蒼海館の殺人

阿津川辰海

講談社
タイガ

目次

Murder of
Aomikan

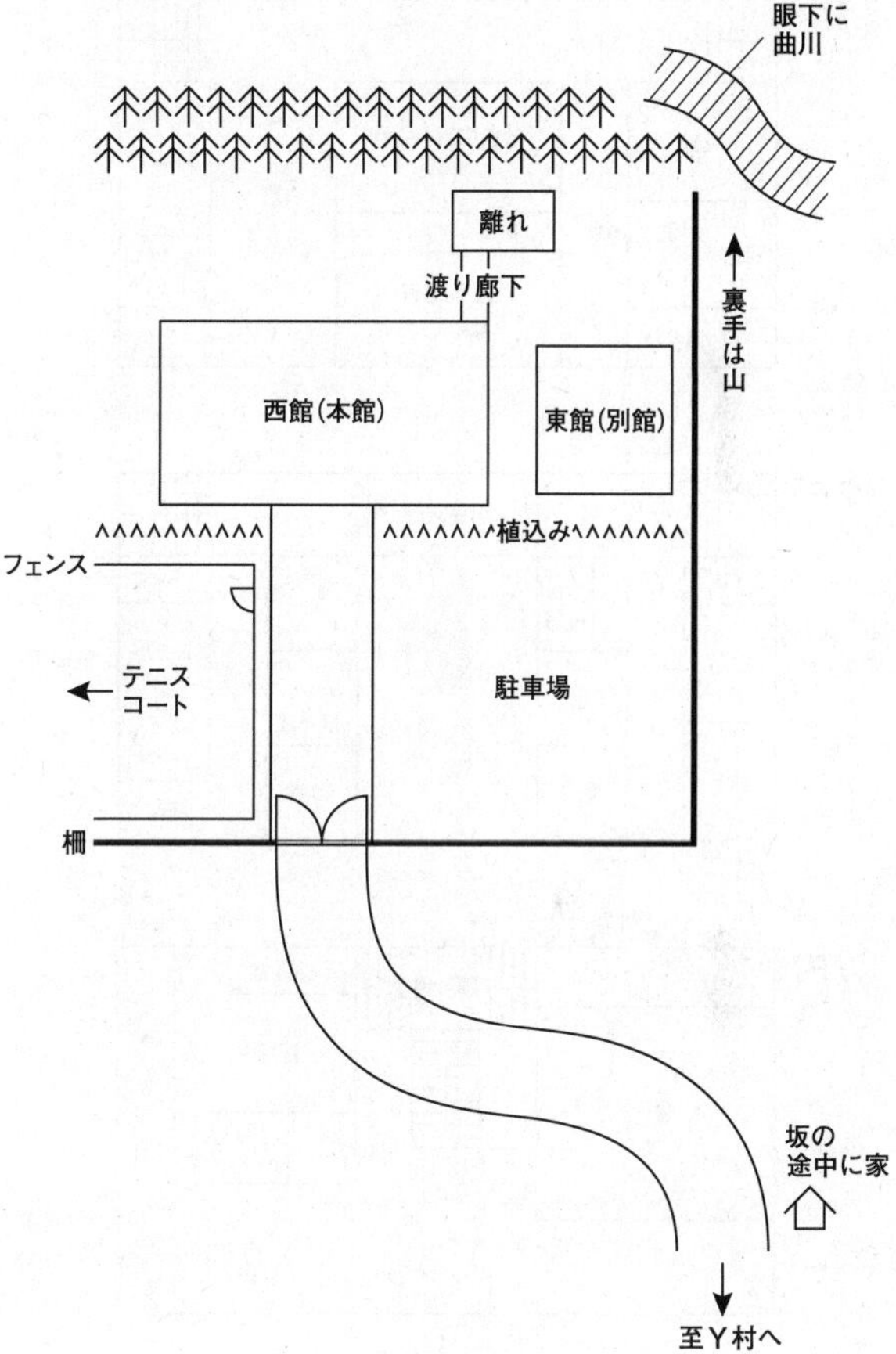
眼下に
曲川
離れ
渡り廊下
裏手は山
西館（本館）
東館（別館）
植込み
フェンス
テニス
コート
駐車場
柵
坂の
途中に家
至Y村へ

青海館周辺図

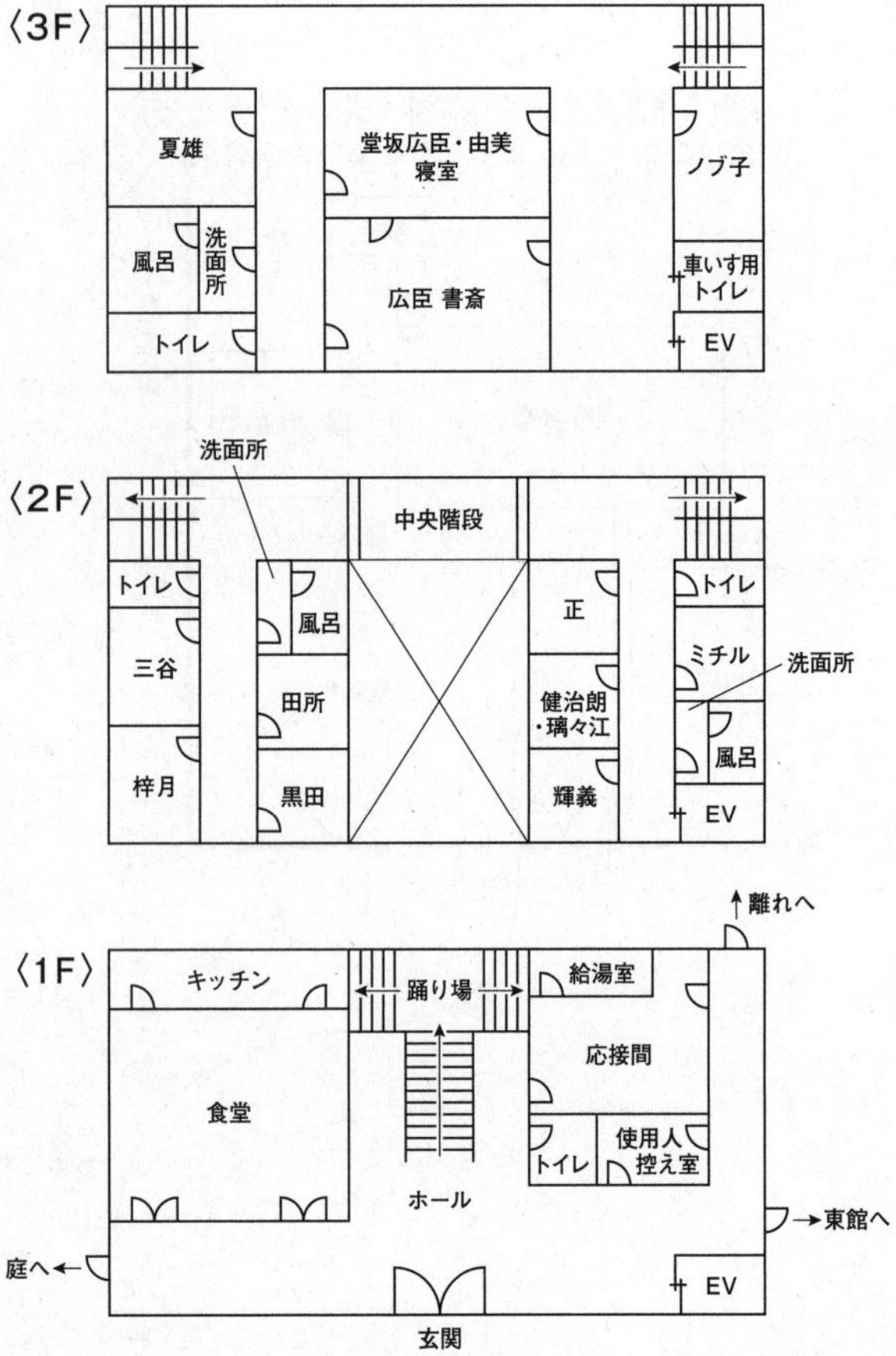
〈3F〉
夏雄
堂坂広臣・由美
寝室
ノブ子
風呂
洗面所
広臣 書斎
車いす用
トイレ
トイレ
EV
〈2F〉
洗面所
中央階段
トイレ
風呂
正
トイレ
三谷
田所
ミチル
洗面所
健治朗
・璃々江
風呂
梓月
黒田
輝義
EV
〈1F〉
離れへ
キッチン
踊り場
給湯室
応接間
食堂
使用人
控え室
トイレ
ホール
東館へ
庭へ
EV
玄関

本館見取り図

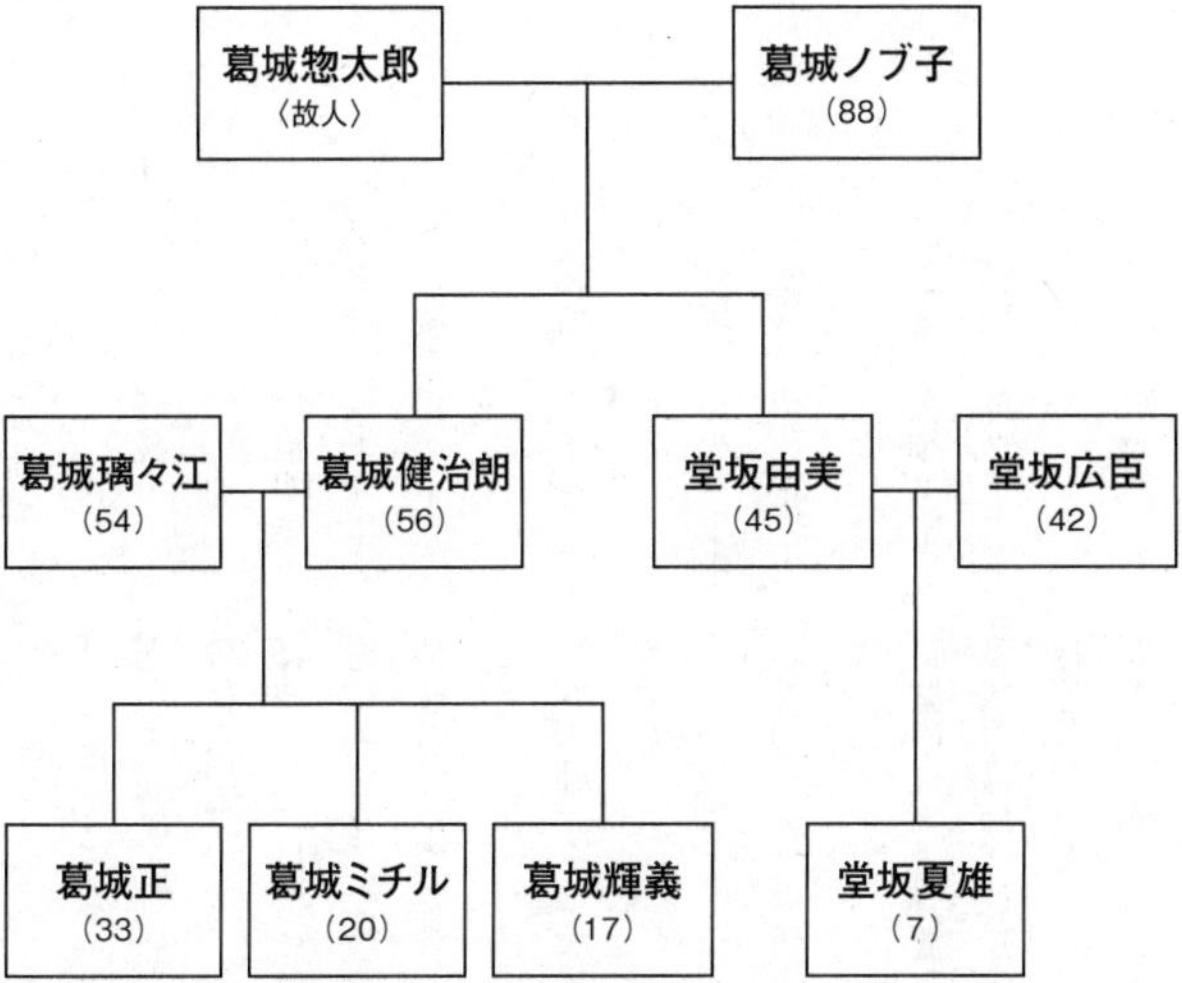
葛城惣太郎
〈故人〉
葛城ノブ子
(88)
葛城璃々江
(54)
葛城健治朗
(56)
堂坂由美
(45)
堂坂広臣
(42)
葛城正
(33)
葛城ミチル
(20)
葛城輝義
(17)
堂坂夏雄
(7)

家系図

主要登場人物

葛城　輝義――田所の同級生。M山の事件以来不登校に。『名探偵』。
葛城　健治朗――葛城の父。自信に満ち溢れた政治家。
葛城　璃々江――葛城の母。大学教授。論理を重んじる。
葛城　正――葛城の兄。警察官。葛城に『名探偵』の手ほどきをする。
葛城　ミチル――葛城の姉。トップモデル。葛城への風当たりが強い。
堂坂　由美――葛城の叔母。いつも陽気で明るい。
堂坂　広臣――葛城の叔父。弁護士。弁が立つが芝居がかっている。
堂坂　夏雄――葛城の従弟。奔放な言動で場をかき乱す。
葛城　ノブ子――葛城の祖母。認知症を患うが、所作の上品さは忘れない。
葛城　惣太郎――故人。葛城の祖父。約二ヵ月前に亡くなる。

坂口――――――雑誌記者。ミチルの元カレ。

黒田――――――夏雄の家庭教師。どことなく陰気。

丹葉　梓月――――葛城家の主治医。

三谷　緑郎――――田所の友達。楽天家の図書委員。

田所　信哉――――高校生。葛城輝義の『助手』。

カバーイラスト――緒賀岳志
カバーデザイン――鈴木久美

蒼海館の殺人

プロローグ（断章）

【館《やかた》まで水位0メートル】

　まもなく犯人が階段を上がってくる。

　葛城《かつらぎ》家の二階の廊下に、僕は立っていた。山奥の高台に建つこの館が水害に遭うなど想像もしていなかった。

　今、一階に水が浸入した。

「早く上に上がってよ！　水がそこまで来てる！」

「でも一階にカバンがまだ……ああっ！　くそっ！」

　僕の家族、それに、避難者たちが、悲鳴を上げながら階段を駆け上がってくる。みんな足元までぐしょ濡《ぬ》れで、必死の形相で水から逃れてくる。唇《くちびる》まで青ざめている人もいた。

　坂を下ったところにあるY村は、既に泥水に呑《の》まれていた。世界は薄膜に覆《おお》われている。我が家は、政治家の父・健治朗《けんじろう》の指揮によって、Y村から避難することが出来なかった住民を、一階のホールと食堂に受け入れていた。

まさか、ここまで進行するとは……。

胃のあたりがきゅうっと締めつけられる。命の危険が迫っていた。本当に生き延びられるのかどうかすら、分からない。

「葛城、僕らも早く逃げよう！　三階へ……！」

田所《たどころ》が僕の手を引く。

頑《かたく》なに動こうとしない僕を見て、彼は目を丸くした。目尻《めじり》が下がって、心配そうな目つきになる。僕がショックのあまり動けないのだと思っているのだろう。

「待っているんだ」と僕は答える。

田所が「この非常時に一体何を？」と鋭い声を出す。

田所の不安も分かる。だが、彼に答えを教えるわけにはいかない。彼の反応は正直すぎるから、犯人に気取られる恐れがある。

僕は犯人を待っている。

謎《なぞ》は全《すべ》て解けている。犯人に立ち向かうための準備も整えた。

勝算はある。それでも、体の震えが止まらない。これだけの構図を描き上げた犯人――彼に、僕自身、恐怖を感じている。入念に結論を反芻《はんすう》してきたのに、未《いま》だに勝利のビジョンを持てずにいる。

だから、この瞬間が見たい。

彼自身も命の危険に晒《さら》される瞬間――彼が、どんな表情を浮かべているか。

そこに真実の色はあるか。そうでないとすれば、彼はどんな嘘《うそ》をついているか。
みなが悲鳴を上げながら、階段を駆け上がってくる。
その中の一人に、目的の人物がいる。
彼がやってきた。

第一部　Y村へ

「あなたがあたしの祖父を知っていたら」とソフィアがいった。「祖父がなにかの病気で死ぬなんて、きっと思いもよらないことだとお考えになるわ！」

――アガサ・クリスティー『ねじれた家』（田村隆一・訳）

1　道程【館まで水位30メートル】

宮殿。

葛城の本宅を訪ねた時、僕の頭に浮かんだ言葉だ。

白を基調とした三階建ての洋館。洋館の前にはテニスコートと駐車場を備え、建家は一つだけではなく、隣には和風の重厚な木造建築がある。

身長の二倍近くもある門扉の柵《さく》に圧倒される。門が開き、顔を覗《のぞ》かせたのは、黒い執事服を着たお年寄りと、黒のスーツを着こなした若い男性。建物まではまだ十五メートルほど距離がある。広大な敷地《しきち》だった。浮世離れした光景で、夢でも見ているのだろうかと、頭がぼうっとする。住む世界の違いを嫌でも思い知らされる。

十月半《なか》ばの週末。秋口の冷たい空気が肌に快《こころよ》い。空は曇天《どんてん》模様で、日本列島に接近している大型台風の影響だろう。

僕の手を引いていた夏雄《なつお》少年が、両手を広げて館を示した。鼻の穴が膨《ふく》らんで、いかにも自慢げである。

「ほらお兄ちゃん！　ここがまおうの城だよ！　世界せーふくを企《たくら》む大まおうが住む城なんだぜ！」

夏雄少年が不敵に笑った。

変なことを言う子供だ。あえてたとえるなら、魔王の城というより、むしろ王族の城に近い。

体がすくんだ。自分がここにいるのが、ひどく場違いだと思う。

「おい田所。ビビってんのかよ」

友人の三谷《みたに》が囁《ささや》き声《ごえ》で言う。口元にはニヤニヤ笑いが浮かんでいた。

「こういうのは思い切りが大事なんだ。せめて葛城の顔見て帰るぞ」

「あ、ああ……」

自分でも声が頼りないのが分かる。三谷は目をすがめて僕を見る。くそっ、分かってるよ。気合を入れろって言うんだろう？

僕は三谷と連れ立って、関東の某県山中にあるＹ村へとやってきた。

もう二ヵ月余り引きこもっている友人――葛城輝義《てるよし》に会うために。

なぜ彼が学校に来られないのか。どうして僕と三谷はここにやってきたのか。

その理由を語るには、今週の水曜日まで遡《さかのぼ》らねばならない。

＊　水曜日

「忌引、ですか」

担任教師の手が止まった。採点中の小テストから顔を上げ、メガネの向こうで目を瞬《しばた》く。

「なんだ、聞いていなかったのか。田所は葛城と親しいみたいだから、てっきり知っているものだと」

「いえ……」

彼はテストの束《たば》に目を戻した。「明日三年生に返す小テストだからやっちゃわないと、田所は二年だから、見られても問題ないよな」と彼は言い訳でもするように言う。開け放たれた窓から、グラウンドを走る運動部の掛け声がいやに大きく聞こえた。

「お前らの謹慎、どのくらいだったっけ」

「二週間です」

「九月の半ばまでだな。八月末頃に、葛城の親族が亡くなったんだよ。おじいさんだか、おばあさんだか。だから謹慎からそのまま忌引に入った。今は四十九日の法要らしい」

とすると、その誰かが亡くなったのは八月の下旬だ。葛城の親類。一体誰だろう。彼は両親や姉と東京で暮らしているが、本宅は別のところにあると聞いたことがある。

赤ペンが滑《すべ》る音が無機質に響く。

「……忌引って、そんなに長く取れるものですか。もう十月も二週目ですよ」

先生の無関心に負けないように、少しでも食い下がろうとする。

「ああ……忌引は十日まで、法要では一日まで。それ以外は普通の欠席扱いだ。傷心なんだろう。まあ、心配ないよ。葛城は優秀だからすぐに授業にも追いつくだろうし、立派な家族もいるんだ。葛城の父さん、有名な政治家なんだぞ。ニュースとかちゃんと見てるか？」

「いえ、あまり」

「まさしく、華麗なる一族だよ。政治家の父、トップモデルの姉、大学教授、警察官に弁護士——トップクラスの人間ばかり揃《そろ》っている。うちは名門だから身内に有名人がいるのは珍しくはないけど、最上級だろうな、あれは。三者面談の時なんか、こっちが緊張する」

彼は自分の冗談に、自分で笑った。

教師の乱雑な机を眺《なが》める。ふと、クリアファイルの中の書類が目に留まった。「忌引届」。

彼は採点を終え、立ち上がった。薄く微笑《ほほえ》んでから、僕の肩をポンと叩《たた》いた。

「ま、こういう時は、どーんと構えて待っててやるもんさ。じゃ、俺はサッカー部の練習見に行くから」

担任教師が去り、僕は職員室に取り残された。てっきり知っているものだと。些細《ささい》な言葉が胸に棘《とげ》のように刺さって抜けない。相手に悪気がないのは分かっているのに、いちいち傷つくのは馬鹿《ばか》らしい。頭ではそう分かっているのに、心が沈んでいくのを止めることが出来ない。


図書室のカウンターには『ご用の方は司書室にお声かけください』という札がかかっていた。試験もまだ先だから、図書室内に人はまばらだ。

カウンターの裏に回り、窓から司書室を覗くと僕の求める人物がいた。

図書委員の三谷は本にフィルムがけをしていた。図書委員はカウンター業務が主な仕事だが、三谷は司書の女性と仲が良《い》いので、フィルムがけのやり方を教えてもらったという。気が向いた時は手伝っているそうだ。

本はマイクル・Z・リューイン『沈黙のセールスマン』の文庫版だ。

フィルムの裏紙を三角形に剝《は》がして、本の端《はし》に合わせた。フィルムは指紋がつきやすいし、一度で綺麗《きれい》に貼《は》らなければ本を傷める。普段は軽薄な彼も、この時ばかりは真剣そのものの表情を見せる。定規をあてながら、慎重に空気を抜き、表紙と背、裏表紙に貼り終えたら、背の上下の余白の部分を斜めに切り、折り込みを作る。カバー天地の弱い部分を補強するためだ。手慣れたものだ。

彼がふうと一息ついたのを確認して、僕は司書室の戸を叩いた。三谷が顔を上げ、窓越しに僕にニヤリと笑いかけた。

「よう、小説家先生。今日も資料を探しに来たのか？」

彼は戸を開けるなり、声を潜めて冗談を飛ばした。

僕が小説を書いて新人賞に応募していることは、仲の良い三谷や葛城には話してある。

「違うよ。行き詰《づ》まっている短編はあるんだけどさ……今日はそのことじゃないんだ。葛城のことだよ」

「ふうん、そっか。ま、入れよ。ちょっと散らかってるけど」

彼には、司書室を私物化する悪癖があった。

「で？　葛城のこと、担任に聞いてなんか分かったのかよ」

葛城が不登校になったと聞いて、一度葛城が住んでいる東京の家に行ったことがあった。家族にも会えず、使用人からも門前払いを食らった。そこが「別宅」で、「本宅」は別にあると知らされたのもその時だ。

「忌引、だとさ」

三谷が眉《まゆ》を動かした。

「それにしちゃ長いな」

三谷は僕の友人で、「謹慎」後に一番気にかけてくれた。

今年の夏休み、僕は親友の葛城を連れ勉強合宿を抜け出した。宿泊先の近くにある小説家・財田雄山《たからだゆうざん》の館に行くためだ。山火事に遭い、館から逃げ出せなくなった。閉じ込められた僕らの前で、一人の少女が死んで――。

頭がズキンと痛む。

僕らはどうにか生還した。捜索隊に保護された僕らは、そのまま近隣の病院で医療処置を受け、捜索隊から教師と両親に連絡が入った。

先生たちはもうカンカンで、『無断で合宿を抜け出し、自らの身を危険に晒した』かどで厳重注意と二週間の謹慎処分を言い渡された。九月から二週間、別室に一日中《いちにちじゅう》留め置かれるというものだった。学校にいる間中、別室に一人きりで過ごし、たまに教師が見回りに来た。なかなか堪《こた》える体験だった。

両親は僕を温かく迎えてくれたが、僕の体調が戻ると厳しい口調で叱《しか》った。母親が涙を浮かべたのには狼狽《ろうばい》した。父はひとしきり怒った後、母のいないところで、「ま、小説が書きたいなら、色んな経験をしておいて損はないんじゃないか」と冗談交じりに言ってくれたので、鼻がツンとするのをこらえて、素直に頭を下げた。

謹慎処分から戻った僕は、好奇の視線に晒された。合宿を抜け出したのはなぜか、何があったのか……館が燃え落ちて、瓦礫《がれき》の中から損傷の激しい焼死体が発見されたことも報道されていた。

僕は差支《さしつか》えのない範囲で話をしたが、どうしても、葛城のことだけは話す気になれなかった。

三谷は葛城とは特段仲は良くないが、僕のことは心から心配してくれている様子だったので、相談相手になってもらっていた。

「本当に忌引なのかね、それ」

三谷は腕組みをして、椅子《いす》に深くもたれかかった。

「ほら、田所の話だと、葛城は随分傷心していたみたいじゃないか」

「出てこられない、ってことか……」

確かに、あの事件は葛城のアイデンティティーにも、深い傷を残した。

飛鳥井光流《あすかいひかる》――かつて名探偵だった女性で、僕の憧《あこが》れの人だった。僕が愚かにも一時期名探偵を夢見たキッカケとなった人、でもある。小学生の頃に巻き込まれた事件を、鮮やかに解き明かしたのが彼女だった。落日館での再会は思いがけないことで嬉しかったが、彼女と葛城は事件の当初から対立していた。

あの事件は、飛鳥井と葛城の、探偵観の戦いでもあった。事件を解き明かした後、探偵はどうするべきか。犯人や関係者に対して何が出来るのか。

葛城は謎を解き明かした。犯人もトリックも水面下の企みも、全てを解き明かした。だが、飛鳥井は、謎を解かないことで、あの危機から全員を救い出した。そのせいで葛城は――謎を解くことが絶対的に正しいと、信じられなくなったのだろう。葛城は今、自分が十年来信じていた価値観を否定されて、立《た》ち竦《すく》んでいるのではないか。

　こうして考えてみると、僕の頭の中のまだ冷静な部分は、やはり葛城は思いつめすぎなのではないかと笑い飛ばしそうになる。だが、その思いつめた思考を無視出来ないほどに——あの事件の最後に彼が見せた表情は、悲愴《ひそう》だった。

（それでも僕は——謎を解くことしか、出来ないんです）

　あの叫びが残響となって、未《ま》だ尾を引いている。

「……先生の机の上に忌引届があった。先生が出た後、ちょっと中身を見せてもらった。確かに葛城のものだったよ。亡くなったのは葛城惣太郎《そうたろう》さん。葛城のおじいさんにあたるみたいだ。死亡日は八月下旬。この週末が四十九日にあたる」

「お前さ……」

　三谷は額を押さえ、長いため息をついた。

「そんなメチャクチャやるやつだったか？　先生の机から勝手に書類盗み見るって、それ、相当ヤバいぞ。また謹慎食らったらどうすんだ」

「バレないようにやったさ。それに——」

　僕は制服の胸ポケットからメモを取り出した。

「添付されていた惣太郎さんの死亡届の写しで本宅の住所が分かった」

　三谷は肩をすくめて首を振った。

「処置なしだな……お前、財田雄山の屋敷《やしき》突き止めた時も、編集さんの持ってた郵便物から調べたって言ってなかったか？　行動パターンが一緒だぞ」

「うっ。それは……」

彼はメモに視線を落とす。

「隣の県の山深くにあるみたいだな。……行ってみるか？」

出し抜けに彼が言った。

「え？」

意外な言葉に顔を上げる。三谷は微笑んで、大げさに肩をすくめてみせた。

「田所の心配が収まらないみたいだからさ。いっそ、見てきた方がスッキリするだろ」

「でも……」

葛城のことは気にかかるが、八月以来、顔さえ見ていない。

それに、葛城家。

葛城の家族に会ったことはなかったが、漠然とした悪い印象はある。

葛城は嘘を見抜くのが得意だ。そうなったのは、自分の家族のせいだと、葛城の口から聞いたことがある。

葛城家は名士だらけの家系で、家族全員が家名を重んじているらしい。葛城自身も相当なお坊ちゃんで、東京にある「別宅」からしてかなりの豪邸だ。

上流階級に生きる葛城の家族は、虚栄と虚飾に満ちていた。葛城は日夜その嘘に晒され、人が嘘をつく時の癖《くせ》や反応を見抜けるようになった。あまつさえ、嘘に対する拒絶反応までが、体質として残ってしまった。

　ある時、葛城は僕に言ったことがある。

「田所君、僕は、自分の家族が苦手だ。彼らは平然と、なんでもないような顔で嘘をつく。僕の家族はね、嘘つきの一族なんだよ」

　葛城の言葉は、担任教師が語ったような煌《きら》びやかなイメージとは真逆だ。

　僕の悪い想像はどんどん膨らんでいく。

　もし、葛城が落日館に行ったせいで、家族から縛られているとすれば。今の学校で悪い友達が出来たせいで、葛城が道を踏み外したと考えられていたとすれば。登校を止められたり、学校を転校させられたり——二度と会えないことさえあるかもしれない。そんな風に思いつめそうになった。

「二千円だ」

　三谷の声で現実に引き戻される。

「東京から電車で二時間、そこからバス。片道二千円で行ける」

　三谷はスマートフォンから顔を上げ、ニヤリと笑った。

「よし、二人で行こうぜ。お前の親友の話なんだ。俺にも心配させろよ」

　押し付けがましくなく、気安い口調だった。

「ちょうど、今週末は暇なんだ。顔だけ見て帰ってくりゃいいだろ。日帰りで済むならちょっとした小旅行だ」

三谷を巻き込むのはためらわれた。だが、道中一人では心細い。自分では友達の多い方だと思っているが、葛城一人いなくなるだけで、こんなにも自分のメンタルがぐずぐずになるとは思ってもみなかった。

「……ありがとう。じゃあ、お言葉に甘えて……」

「本当に気にすんなよ。俺も行きたくて行くんだから」

ああでもさ、と三谷は続ける。

「今週末って確か、台風が来るんじゃなかったか」

「ニュースでやってたな。今回のはかなりデカいって」

「土曜の夜に上陸だっけか。じゃあ、土曜の朝に行って、午後には東京に帰ってくればいいか」

「そうしよう。もう自然災害はごめんだ」

僕がそう言うと、三谷が吹き出した。

「いいぞ、少しは冗談を言えるようになってきたじゃねえか」

＊　土曜日

三谷は大きなあくびをしながら言った。

「昨日の夜から雨模様で、パッとしねえ空だな。台風来るってのはマジらしい。今朝の予報だと、動きが早くなって、午後には上陸だとさ。キビキビ動かないとまずいかもな」

朝の七時、鈍行列車に乗り込む。ここから電車とバスを乗り継いで三時間の道のりだ。

電車の中はのんびりと二人で本を読んで過ごした。

電車からバスに乗り換える。こぢんまりとしたバスがのどかな山間の風景を縫っていった。

駅から十個目のバス停を過ぎ、バスは川を一本渡った。駅舎のラックから抜け目なく持ってきた地図によれば、曲川《まがりがわ》という名前だ。川幅五メートルくらいで緩《ゆる》やかに蛇行《だこう》している。

「こういうの、地理の時間にやったよな」三谷は地図を覗き込んで言う。「川が蛇行して、弧の外側《そとがわ》には土砂が運ばれて自然堤防が出来る。W村ってのが、その堤防の上に出来てる村だな」

「で、僕らの目指しているY村は川の向かい側」

「葛城ん家《ち》は少し高台の方にあるみたいだ」

四十分ほどバスに揺られて、Y村内の停留所に辿《たど》り着《つ》いた。道路はしっかりと舗装されていて、コンクリート造の建物も多いが、古き良き駄菓子屋があったり、「三日月池」という名所を紹介する錆《さ》びついた看板があったりして、山奥ならではの風景をしばし楽しんだ。

山から吹き下ろす風はじっとりと湿り気を帯びている。低く重い雲が垂れこめていた。

雨が降りださないといいが。

坂道に辿り着く。地図アプリの表示では、葛城の家は、この坂道の先にあるらしい。

「あんまり坂道が長いとしんどいな」

三谷がぼやく。駅舎のラックの地図には等高線も描き込んであり、葛城の本宅の住所を入れた地図アプリの位置表示と突き合わせると、Y村が標高四十五メートル、本宅が標高七十メートルといったところ。坂道自体も緩やかなので、それほどキツいことにはならなそうだ。

坂道の中ほどまで行ったところで、道に立っていた子供に声をかけられた。

「お兄ちゃんたち、どっから来たの」
五、六歳ぐらいの少年で、癖なのか人差し指をしゃぶっている。あどけない目が見上げてきた。
少年がもう一人、後ろから現れた。最初の少年より一つか二つ、年上だろうか。胸を反《そ》らしながら、悪童めいた笑みを浮かべている。黒い上着に、これまた黒の半ズボンを穿《は》いている。

年上の方はピカピカに磨《みが》かれた革靴を、年下の方は土で汚れたスニーカーを履いている。目の前の家は古い木造家屋で、こぢんまりとした一戸建てだ。革靴は似合わない。年上の方は、近所に住んでいる友達なのだろうか？

「おうおう、兄ちゃんたち」大きい方が言った。「おめえら誰に許可取って歩いてんだ、ここは俺たちのシマだぜ」

　彼は持っていた木の枝を振りかざして言う。まだ声変わり前の、甲高《かんだか》い声なので、全く迫力はない。自分で言うなりクスクス笑い出したので、冗談なのはすぐに分かった。

　ノリのいい三谷が「いやあすみません、俺たち、今日来たよそもんでして」などとおどけて言う。少年たち二人は顔を見合わせてキャッキャッと楽しそうに笑った。

「お兄ちゃん面白いね」年上の方が言った。

「兄ちゃんじゃない、三谷って言うんだ。こっちは田所。君たちは？」

　年上が「夏雄」、年下が「ユウト」と答えた。

「二人は友達なんだね」

「そうだぜ。俺がサカノウエで、こいつがサカノシタ」

　目の前に広がる坂を見た。上がっていくと、葛城の家があるはずだ。とすると、夏雄は葛城の家族だろうか？　そう思って見れば、夏雄の衣服は礼服のようにも見える。

　坂の上、坂の下というのは、自分たちの家がある位置を示しているのだろう。差別的な匂《にお》いがする。途端に、夏雄が傲慢《ごうまん》で尊大な子供に見えてきた。もっと嫌なのは、ユウトという少年がそれを笑って受け入れていることだ。

　三谷も一瞬顔をしかめたが、すぐに微笑んで話を続けた。少年たちと視線を合わせるよう、しゃがみこんでいる。

「俺らは東京から来たんだ。君たちはこのあたりの子？」

「うん。僕はあっこに住んでるの」

ユウトは木造家屋を指さした。庭に小さな木造の建物があり、倉庫だと思われた。近くには直径五十センチほどの穴が掘られ、脇《わき》には土が積まれている。池を作っている途中なのだろう。最近越してきたばかりなのかもしれない。

「今日、なんかあるの？」

ユウトの声が弾んでいる。興味津々といった表情だ。自然とこちらの気持ちもほぐれる。

「どうしてそう思うの？」

「いっぱい来るもん。お兄ちゃんたち、お山のお家《うち》に行くんでしょ」

「うん、そうだよ。友達に会いに行くんだ」

僕が言うと、夏雄が「へぇえ」と眉を持ち上げた。

「じゃあお兄ちゃんたち、ロウヤを開きに来たんだね。だけどロウヤの鍵《かぎ》は開かないよ。誰にだって開けられないんだ。おっかない竜が番をしてるからね」

夏雄の言葉は謎めいていた。まともに話をする気がないのだろうか。それにしても、ロウヤ、牢屋《ろうや》か。なんだか不吉な感じがする言葉選びだ。

三谷は夏雄から目をそらして、ユウトに聞いた。

「今日、どんな人たちが来たの？」

「うんとね、うんとね。一番はね、おっきくてすっごい車が来たの」

「車？　それはすごいな」

「黒くてピカピカなんだよ。うちのパパのと全然違うの」

　それとね、と少年は続ける。

「あと、怖そうなお兄ちゃんも歩いてった」

「怖そうな？」

「うん。何考えてるか分かんなくてね、すっごくおっかないの」少年は目を瞬いた。「オオカミみたいな感じ」

「オオカミ？」

「赤ずきん、食べちゃうでしょ」

　どうやら絵本の中の話と現実が混ざっているらしい。それでも、ゲームか何かと混ざっている夏雄の言葉よりは可愛《かわい》げがある。

「夏雄君は、そのおっかない人、見たの？」

「ううん。下りてきたのがついさっきだから。あそこにいると息苦しくてさー。そりゃいっぱいいるぜ。オオカミもいればお化けもいれば、ヒトゴロシもマモノツカイだっているんだ。お化け屋敷だよ、うちの家は」

「やめてよ、怖いよなっちゃん。お化けだなんて……」

「ふん、だから言っただろユウト」夏雄が鼻を鳴らした。「今日はじいちゃんがあの世から帰ってくる日なんだって。そのへんに今もいるんだぜ」

「キミ悪いからやめてよう」

ユウトは両耳を塞《ふさ》いで首をブンブン振った。

「夏雄君、それって四十九日の法要のことかい？　葛城惣太郎さんのための……」

「ふうん、やっぱお兄ちゃんたち知ってるんだ。とらわれのおひめサマを助けに来たんだね」

「ちょっと待て、その囚《とら》われのなんちゃらってのは、葛城……いや、輝義のことか？」

「輝義さんって、なっちゃんの従兄《いとこ》の人？　なんか、夏にどっか行ってきたとかなんとか聞いたことあるけど」

落日館に行った時期だ。僕は身を乗り出す。

「そうだよ。まおうとおきさきサマに大目玉食らったんだ。今は自分から閉じこもって、助けにも来ないゆうしゃを待ってる。おやしきには今ではマモノがいっぱいさ。ドロボー三人組も大手を振って歩いている。ドロボーは常に三人組なのさ」

唾《つば》を飲み込んだ。夏雄の言葉は謎めいているが、やはり、悪い想像は当たっていたのかもしれない。葛城は合宿を抜け出したことを責められ、家族にも圧迫されているのではないか――。

「嘘つきの一族」に囚われた葛城を、救いに行く――夏雄の言葉に引きずられた、ヒロイックなイメージが浮かんで鼻白んだ。だが、葛城の家の人間に対して警戒を引き上げなければいけないと、再度気を引き締める。

ユウトはけろりとした顔で、夏雄に向けて言う。

「でもさあ、なっちゃん、どうしておじいちゃんがユーレイになるの？」

「ユウト、お前は馬鹿だな。ユーレイってのは、この世にミレンがあるからなるのさ。やり残したことがあるから化けて出るんだよ。そんなの村人Aでも知ってることだぜ」

「おじいちゃん、ミレン？　ってのがあるの？」

「もちろんだ。何せ――」

その時、庭の方から、カラン、と音がした。

「ユウト！　何やってるの⁉」

次いで、怒鳴《どな》り声が響いた。

中年の女性が早足に歩いてくる。両目が充血して、髪も乱れていた。耳まで真っ赤にして、今にも火を噴《ふ》きそうだった。年齢からいって、ユウトの母親だろうか。

彼女の背後に、大きなシャベルが転がっていた。庭にあった、池作りの途中のような大きな穴のことを思い出した。だが、あの場所で作業をしていたなら、さっき姿が見えたはずだ。穴の脇の築山も、嵩《かさ》は増えていない。別の場所でシャベルを使っていたのか、もしくは、シャベルを持って庭に出てきた直後なのだろうか。

彼女はユウトの右腕を摑み、険《けわ》しい形相で言った。

「坂の上の子と遊ばないように、いつも言ってるでしょ！」

「でもなっちゃんは……」

「でもじゃない！」

三谷はスッと息を吸い込んだが、ゆっくりと、潜めるようなため息を漏らしただけだった。

彼女は「帰るよ！」と言い放って、僕らを一睨《ひとにら》みしてから、ユウトを玄関に引きずっていってしまった。

「……坂の上とか下って言葉、あの親のせいだな」

三谷が小さな声で言った。

「だけど、あの母親、様子が変じゃないか？　近所の子供相手に取る態度じゃないだろ」

「ねえ、お兄ちゃんたちはどーすんの」

夏雄が大きな声で聞いてきた。うーん、と三谷が唸《うな》った。

「そうだな。夏雄君が良ければ、家まで案内してくれるか」

「いいよ。俺の後ろにぴったりついてこないとダメだぜ」と言って、夏雄はテテテテッテッテッテーン、と、国民的ＲＰＧの効果音を口ずさんだ。「ミタニとタドコロがなかまになった！」

夏雄は持っている木の枝を振り回しながら、坂道を登っていく。ゲームの影響で言動はエキセントリックだが、あの年頃の子供にはよくあることだ。

しかし真面目に応対しすぎるのも疲れる。そういったゲームのイメージを混ぜて、根も葉もないホラを吹いているだけかもしれない。子供相手に辛辣《しんらつ》かもしれないが、夏雄の言葉は話半分に聞くことに決めた。

だが、先ほどの、ユウトの母親の様子がどうも気にかかる。坂の上の子供と遊ぶな。あの言葉は、母親の狭量な性格のせいだろう。だけど、もう一つの解釈も可能ではないか。

葛城家自体に、疎《うと》まれる事情がある、という解釈だ。


そして今、僕らは葛城家――宮殿のような、その家に辿り着いた。

ユウトの家から、だらだらと続く緩やかな坂を十分ほど歩いた。Y村から標高では二十五メートルほどの差だ。大きな家の裏手には崖《がけ》があり、下には曲川が流れている。家の背後には鬱蒼《うっそう》とした森が広がっていた。

夏雄がゲームと現実を一緒くたにしているのも、少しだけ理解出来る気がする。のどかな村と自然、そして坂道の上にある自分の豪華な家。まるで、RPGで主人公が冒険を始める村みたいだ。渓流を見下ろせば、あたりの水田や紅葉に色付いた川向こうの山も相まって、心癒《いや》される大パノラマが展開する。小高い丘に過ぎないのに、随分と見事な眺めだった。

門扉のインターホンを押すと、若い男の人と、白い口ひげを生《は》やした年嵩の男の人が出てきた。二人とも黒い服を着ている。

「夏雄、変なことを言って、お客さんを困らせてはだめだよ」

若い男が夏雄の肩を摑まえながら言った。夏雄がキャッキャッとはしゃいだ笑い声を立てた。

小柄《こがら》で、口元に浮かべた笑みが優しい男性だ。親しみやすそうな年上の先輩。そんな印象を持った。

だが、葛城の言った「嘘つきの一族」という言葉がまた頭をよぎる。いかにも人の好《よ》さそうな態度も、取《と》り繕《つくろ》ったものかもしれない。一皮剝《む》けば、真っ黒かも。

彼は僕らに目を移して微笑んだ。

「夏雄が失礼しました。僕は葛城正《ただし》と言います。こっちは、この家の執事長の北里《きたざと》さん」

隣の年嵩の男性が、ゆっくりとお辞儀をした。分度器をあてて測りたくなるような、整った姿勢のお辞儀で、所作の一つ一つが洗練されている。

「あ、僕らは輝義君のクラスメイトで、僕は田所信哉《しんや》、こっちが三谷緑朗《ろくろう》です。よろしくお願いします」

「今日は休み中の連絡事項を持ってきました」

三谷はサラッと嘘を言った。チラリと横顔を盗み見るが、けろっとした顔をしている。

「こんな遠くまで、ご苦労様でした。今、皆様お取り込み中ですので、連絡事項は私《わたくし》の方で引き継がせていただきます。正さまと夏雄さまは、中でお待ちになってください」

夏雄が唇を尖らせた。

「えー、やだよ、そんなのつまんないじゃん。二人とのボーケンはこれからなんだぜ」

正が横から北里をたしなめる。

「まあまあ、そう門前払いしなくても。家族だけの、大事な法事の席だから、北里さんの気持ちも分かりますが……」

北里は表情を動かさなかった。

「あの、僕らやっぱり……」

僕が言うと、三谷が僕の腕をつねってきた。

「ああ、気にしないでくれ。実は午前中に、この村から一時間ほど下った町の菩提寺《ぼだいじ》で、四十九日の法要を済ませたんだ。祖父の友人や知人も招いて、大々的にね。だけど、法事は家族だけでひっそりやりたいと断って、今はこうしてこっちの家に集まっているんだよ」

「それじゃあ、ますますお邪魔するわけには……」

引き気味の僕の腕を、三谷が更に強くつねった。

「いいんだよ。ね、北里さん。せっかくテルの友達が来てくれたんです。こんな山奥まで来てもらって、門前払いじゃ忍びないですよ。どのみち、もう家族以外の客も乱入しているんだ。今さら、一人二人増えたところで同じですよ」

北里は表情も変えずに、ずいと体を前に倒した。

「しかし、健治朗さま、璃々江《りりえ》さまがなんとおっしゃるか」

「父さんと母さんの説得なら、僕の方で引き受けるよ。だから、ね？」

正が胸に手を置いて言う。

北里は正をじっと見つめ、何度か瞬きをしてから、「……正さまがそうおっしゃるなら」と硬い声で言った。

「私はあの方の部屋の支度《したく》をして参ります。お二人のことは正さまにお任せいたします」

「よし、引き受けた。……それにしても、悪いね。北里さんにまで、あの人のことで苦労かけて」

いえいえ、と北里が首を振る。

「『あの人』っていうのは？」

「ああ……」正は頬《ほお》を掻《か》いた。「実は、君たち以外にも予期せぬお客さんがいてさ。だから、君たちもそんなにかしこまらないでくれ」

どんな人物なのだろう。そこに夏雄が割り込んできた。

「ねえねえ、ミタニ、タドコロ、正兄ちゃんのこと知ってる？　正兄ちゃんはケーサツカンなんだぜ」

へえーっ、と三谷が感嘆の声を上げる。

「そう言われてみれば、確かに正さん、町の優しい警察官って感じかも。親しみやすいし」

三谷が無邪気に言うと、正は苦笑して、「褒《ほ》めても何も出ないよ」と言った。

「それに、背が小さくてこういう顔だと、コワモテの犯罪者や同僚からは舐《な》められるんだよ。いいとこなしさ」

そう言って笑う姿も、いかにも爽《さわ》やかだった。

葛城家の警察官。その言葉が記憶を刺激する。葛城から何か聞いたような気がする。

「戦っても強いんだぜ。悪いやつとも戦うけど、自分も悪いやつなんだ」

夏雄は親指と人差し指を立てて拳銃《けんじゅう》のジェスチャーをする。

「こらこら夏雄、それはこの間見たドラマの話だろう？」

正が後ろから夏雄を捕まえてくすぐっている。夏雄がかしましい笑い声を立てた。

「警察……あっ！」僕は葛城の言葉を思い出した。「もしかして、葛城……輝義君に、自分の関《かか》わっている事件の話をした家族の警察官、っていうのは……」

昔、葛城から聞いたことがある。葛城が名探偵を目指したキッカケとなった出来事だ。葛城の家族に警察官がいて、その人が事件の話を小学生の頃の葛城に聞かせた。すると、葛城はたちどころにその謎を解いたという。以来、その警察官は事あるごとに事件の話をし、葛城は事件を解くごとに自信をつけていった。

その話を打ち明けてくれた時の葛城が、とても優しい表情をしたのを覚えている。その警察官に随分心を開いているのだと感じさせた。

「どうして、その話を知って……？」

正の目が一瞬、鋭い眼光を放ったように見えた。

「……ああ！　田所君！　君があの、田所君か！」

彼は「話はテルから聞いているよ」と言って、笑みを浮かべた。

「テルのやつが探偵をやっている時に、いつも傍《そば》にいてくれる友人がいると聞いていてね。探偵助手ってやつだろう?」

テル。葛城輝義というフルネームを久しぶりに意識した。そう呼ばれている葛城のことをなかなか想像出来ない。

「は? 探偵? それに助手?」

三谷が目を白黒させている。北里は一瞬だけぴくっと眉を動かしたが、その他は表情を変えなかった。

僕と葛城が「探偵」をしている事実は、クラスメイトにもあまり知られていない。事件で関わりのあった生徒が幾人か知っているくらいだ。三谷とは仲良くさせてもらっているが、探偵だと吹聴《ふいちょう》されるのを葛城が好まないので、打ち明けるのは何かのキッカケがあった時にしようと思っていた。

僕は三谷に、簡単に事情を打ち明ける。

「…………はぁ?」

三谷は首を傾《かし》げた。正は肩を揺すって大きく笑った。

「ま、今すぐは信じられないだろうけど、テルに探偵らしい能力があるのは僕も保証するよ。以前から、事件のあらましを聞かせただけですぐに真相を見抜いたからね。あの頃、テルはまだ七歳。僕はキャリアで警察官になったんだけど、ちょうど異動で本庁勤務になった年だったんだよ。『現場派』の刑事たちに、ひょろっちい若手としてこってり絞られてね。それで、度々テルを頼ってたんだ」

葛城が七歳の時というと、今から十年ほど前か。若手が事件をバンバン解き明かしたら、それはそれでねたまれそうな気もするが、今の正の様子を見るに上手《うま》くやったのだろう。立ち回りが上手い人なのかもしれない。

三谷の視線が、僕と正の間を何度も行き来する。

「……にわかには信じがたいっつーか……これから俺、お前と葛城のこと、どう扱えばいいんだ？」

「いやお前、どうもこうも」僕は苦笑する。「今まで通り、本好きの友人と思ってくれよ。年がら年中事件を解いてるわけじゃないんだし……」

正はにっこり笑って、頷《うなず》いた。

「今日は精進《しょうじん》落《お》としも兼ねて、田所君と三谷君の歓迎会だな」

それにしても、この正という男は、いかにも「いい人」そうに見える。だが、葛城に刷り込まれた「嘘つきの一族」という言葉が、簡単に信じるのをためらわせた。三谷はもうすっかり正を慕《した》っているみたいだが、僕はまだ警戒を緩めない。正が持ち込む事件を解いていた以上、葛城は正のことを信頼していたのだろうから、そう目くじらを立てることもないかもしれない。だが、身びいきということもある。

袖《そで》をくいっと引っ張られる。夏雄がきらきらした目で僕を見上げている。

「タドコロ、テル兄ちゃんとタンテーしてるの⁉」

彼は鼻息を荒くしながら、饒舌《じょうぜつ》に続けた。

「俺、タンテーのことだってなんでも知ってるぜ。サツジン事件のこと、調べるんだ。大きなおやしきでサツジンが起きて、大体そこには、お医者サマとか、先生がいるんだ。家族だけじゃないんだ。そんで、先生は悪いやつなんだ」

「はは、そうだね。夏雄君は名探偵になれるな」

僕はあしらうつもりで言ったが、夏雄は止まらなかった。

「黒田《くろだ》先生だってそうだ。人に見えるからって油断しちゃいけないんだぜ。マモノはヘンシンの術が使えるって、決まってるんだ。黒田先生だって使える」

「夏雄、黒田さんのことを悪く言ったらだめだよ」

夏雄は正の顔を見上げて、目を瞬き、「はあい」と間延びした声で答えた。正の言うことは素直に聞き入れるらしい。正は僕らに目をやって、「黒田さんっていうのは、夏雄の家庭教師なんだ。今日も挨拶《あいさつ》に来てくれているから、あとで紹介するよ」と言った。

今まで黙っていた北里が進み出て、夏雄の肩に手を乗せた。

「さあ、夏雄さまも一緒に屋敷へ戻りますよ。お母さまが探しておられます」

「エーッ、俺も正兄ちゃんについていくよ」

夏雄は地団太を踏む。

「なりません。ささ、こちらへ」

北里は有無を言わせず夏雄の手を取ると、僕らに向き直り、「失礼します」とこれまた行儀よくお辞儀をした。夏雄は「やだやだ」と激しく抵抗したが、やがて諦《あきら》めたのか「またね、ミタニ、タドコロ」と弱々しい手つきで手を振った。

正がため息をついた。

それより、と続けて僕らに笑いかける。

「ちょっと一息つけるかな。二人と少し話もしたいし——テルは実際、学校ではどうだい？」

三谷はすぐに言った。

「勉強熱心で、成績優秀なんですよ。俺、図書委員なんで、よく本の話とかして、仲良くさせてもらってます」

三谷は平然とした顔で言う。葛城とあまり話したこともないだろうに。

「田所君……だったよね。君は？」

正から話を振られ、体が強張《こわば》った。「僕も仲良く、させてもらってます。一緒にお昼食べたり、放課後に寄り道したり、旅行をしたり……」

「旅行？」正が目を見開く。「ああ、あの。確か、M山だったかな」

それで気付く。合宿を抜け出させ、M山の財田家に葛城を連れて行った悪い友人——そうしたニュアンスで、僕の名前が伝わっているのだろう。体が萎縮《いしゅく》する思いだった。

「すみません……僕……」

「え？　いやいや、謝らないでよ。僕なんか、テルには愉快な友人が出来たんだなって、ちょっと胸のすくような感じがしたくらいさ。もちろん、その後事故に遭ったのは気の毒だったけどね」

「……すみません」

「だから、謝らないでいいいんだよ。無暗《むやみ》に謝るのはやめた方がいい。本当に自分が悪い時に謝れなくなるからね」

正の目尻の皺《しわ》が深まった。

僕はまだ正を半信半疑で眺めているが、どうしたことか、この人の言葉は、不思議と心にスッと入ってくる。教訓めいた質感はない。僕の心を気遣《きづか》って、僕のために言った言葉だと、心の底から信じることが出来る。温かみのある視線、柔らかい口調、気安い態度。全てが一貫してそういう印象を与えるのだろう。だからこそ、危険な匂いもする。

もし、目の前の人物の全てが嘘だったとしたら。そんなことを考え続けるのにも疲れてきた。家族全員がこういうキャラクターなら、葛城が倦《う》むのも分かる気がする。

「それにしても、広い家っすよね」

「葛城家の本宅だ。『青海館《あおみかん》』なんて大層な名前もついているくらいだよ。一九七〇年に買い上げたもので、川越しの山並みが夏に深緑で青々と色付き、それを海に見立てて名付けられた名前なんだってよ。ま、内陸の県で、海がないからこそ、あえて海なんて言っているんだろうね。皮肉めいたネーミングだよ」

「へえぇ。この家には、何人くらいで住んでるんですか？」

三谷が後頭部を掻きながら言った。

「普段は僕らから見て叔母夫婦にあたる堂坂《どうさか》夫妻と、その息子の夏雄、あとはおばあさんにあたるノブ子さんの四人で住んでいるね。あとは、さっき会った北里さんが執事長で、いつもはその他に執事とメイドが十人ほどいる」

「十人⁉」

三谷が目を丸くした。正が肩を震わせて笑った。

「まあ、驚くよね。でも、ここには西館と東館、それに離れまであるから、屋敷の維持・掃除だけでそれくらいの人手がかかるんだ」

お金持ちの世界は想像を凌駕《りょうが》していた。目の前の家が、ますます宮殿に見えてきた。

「ただ、今日は朝までに掃除や料理の支度を済ませてもらって、帰しているんだ。今日の法事の席は家族だけにして欲しくてね。いるのは、執事長の北里さんだけ。もう勤続四十年になるからね。ほとんど家族も同然さ」

「正さんは普段、別のところに住んでいるんですか？」と三谷。

「ああ、そうだね。僕、ミチル、テルの三人兄弟と、両親の五人は東京住まいだ。僕以外の四人は東京の別宅に住んでいて、僕は一人暮らしだけどね」

「別宅なら、輝義君の蔵書を見に行ったことがあります。ご両親とミチルさんはご不在だったので、会ったことはありませんが」

「あのテルが家に友達を呼んだのか。田所君、テルとよっぽど仲が良いんだね」

正が微笑んだ。その表情がすぐに曇った。

「もっとも、八月に旅行から帰ってきた後は、テルはずっとこの家で過ごしてるんだ。のどかな空気の中で静養が必要だろう、ってことでね」

つまり、今日東京から来たのは、正、ミチル、両親の四人ということになる。

「だから、今日は家に家族が九人と北里の計十人、あとはその……お客さんが四人、だね。君らを入れて」

「『あの人』でしたっけ」

「法事の時に来るなんて、厚かましい人たちなんだな……」

三谷は誰にともなく呟《つぶや》いた。いつもながら、自分のことを棚に上げるのが上手いやつだ。正は苦笑しながら、

「一人は夏雄の家庭教師で黒田さん。縁の深い人だから、挨拶だけと言うのを引き止めて、精進落としにお誘いすることにしたんだ。

もう一人は、ええっと、週刊誌の記者で坂口《さかぐち》さんだ」

正がそれで説明を打ち切って目をそらしてしまうので、「どこの週刊誌なんですか」となんとなく聞いてみる。「週刊日暮《ひぐれ》」という、あまり有名でないゴシップ誌の名前が挙がった。

「なんで週刊誌の人が？　取材ですか？」

「いや、家族の関係者なんだ」正が向き直って、明るく言った。「さ、いつまでも門で立

ち話もなんだ。ここから先は僕が案内するよ。ついておいで」

＊

門扉の正面に西館がある。三階建ての白亜の宮殿のような建物だ。玄関の周囲に巡らされた花畑から、秋の花のかぐわしい香りが漂ってきた。

西館の右手に二階建ての木造の建物が見えた。大きさは西館の半分もない。白亜の宮殿の横に、ひっそりと佇《たたず》むように建っている。どっしりとした年季を感じさせ、黒檀《こくたん》のように鈍《にぶ》く光っている。さっき見たユウトの家とは一味違った風格を醸《かも》していた。

「あれが東館だ」と正は指さしながら言った。「ざっくり言うと、西館は家族の住むところ、東館には使用人のための部屋や倉庫がまとまっている感じだね。五十年前、祖父の葛城惣太郎が事業を成功させて、財を成した時に、地元の富豪から買い上げたのがこの土地と家なんだよ。東館は木造だけど味があったからそのまま残して、西館は三十年ほど前に大規模に改築したんだ」

それであれだけ煌びやかな建物が出来たわけだ。

三谷は僕の袖を引き、耳元で小さく言った。

「こんだけ良いとこ住んでんだ、飯も相当うまいぜ」

「お前、変なこと考えるなよ」

分かってる分かってると応じながら、三谷は小さく口笛を吹いていた。

西館と東館の間には舗装された道があるが、屋根はなく吹きさらしだった。

「もう一つ言ってた、離れというのは？」

「西館の裏手にあるんだ。ここからだと見えない」

正が玄関の扉に手をかけて、「じゃあ、父さんと母さんに紹介するよ。ついてきて」と言った瞬間のことだった。

突然、ドーン！　と破裂音が聞こえた。

思わず体が跳ねる。花火や火薬の弾《はじ》ける音に似ているが、これは——。

「銃声？」

三谷の言葉に愕然《がくぜん》とする。銃声？　なんだってこんなところで、いきなり銃声が？

また事件か？　行く先々で不幸な目に巻き込まれる、そういう体質なのだろうか？

「ああ、そんなに怖がらないで。広臣《ひろおみ》叔父さんだと思うよ」

正は笑いながら言った。どうも、僕の考えているような事態ではないらしい。三谷も同じことを思っていたのか、ホッとしたように肩を落としていた。

「堂坂広臣さん。叔母の夫だよ。叔母の由美《ゆみ》さんとは大学時代に出会っていて、おしどり夫婦という言葉がぴったりの仲の良い夫婦だ。広臣さんは腕利きの弁護士で、話し方が堂々としていてかつ魅せられる。唯一の悪癖は猟だ。事務所は東京にあるんだけど、あれを撃つために冬は山奥に住んでいるんだよ」

やがて、帽子を目深に被《かぶ》った男が現れた。風に乗って、ツンと、火薬の臭《にお》いがした。がっしりした体格の中年の男で、何やら顔をしかめている。せかせかとした足取りだった。両手に大ぶりの猟銃を重そうに抱《かか》えている。

「広臣叔父さーん、どうです、首尾は？」

広臣はおとぎ話に出てくる七人のこびとのような、大げさなくしゃみをして、鼻の下をこすった。

「ああ、正君か。肩肘《かたひじ》の張った法要が終わって、少し気晴らしをね。点検を兼ねて一発試し撃ちだよ。狩猟の解禁が待ち遠しいね」

それはギリギリアウトなのでは？　と口に出しかけたが、猟銃の迫力に身が縮こまり、何も言えない。

広臣が僕らに視線を向ける。

「この子たちは？　もしかして、また客人かい？」

「でも、この子たちは歓迎すべき客人だよ。テルの友人なんだ」

広臣が口笛を吹いて、帽子を取った。そんな動作の一つ一つが芝居がかって見えた。

「そいつは歓迎しなくちゃな。初めまして、私は堂坂広臣だ。弁護士をやっている」

「初めまして」自己紹介をしてから、「狩猟が趣味なんですか？」

「もちろん、狩猟免許も銃砲《じゅうほう》所持許可証も押さえてる」広臣はニヤリと笑って肩をすくめた。「仮にも法律家だからね。そうでしょう？」

どうやら笑いどころらしい。三谷はお愛想《あいそ》のような笑いを浮かべていた。

快活な話しぶりといい、気風《きっぷ》の良い男性だ。ただ、どうも芝居がかっているのが鼻につく——と、僕は未だ批判的な目で眺めている。

「由美さんは？」

「精進落としに向けて準備中だ。仕込みはメイドが終えているんだが、何かと用意があって。普段から、たまにメイドを押しのけてまで、自分で料理しないと気が済まないタチだからね。むしろ生き生きしちゃって」

正は僕と三谷に向き直って言う。

「由美さんはいつも明るくて活発なんだ。まるで太陽のような人だよ。大学卒業と同時に結婚したから、ちょっと浮世離れしたところはあるけど、それもまた魅力の一つだね」

「おや、まさか正君がうちの嫁に目をつけていたなんてね」

正は苦笑して「またまた」と手を振った。

「あなた、また山に入っていたの？」

女性の声がした。声に張りがあって、自然とそちらに目が向く活気がある。

女性は東館の方からこちらに向かって歩いてきていた。

振り返った時、僕は目を奪われた。

一言でいえば、華のある女性だった。喪服の黒に包まれてなお、綺麗な面立ちが存在感を放っている。まるで、季節外れの向日葵《ひまわり》の花だ。広臣の妻なのだから、二十、下手したら三十歳年上のはずなのに、年齢をまるで感じさせない。二十代後半と言われても信じられるほどだ。

「あら！」と彼女は口元を押さえる。「お客さんがいらしてるのね」

僕たちが自己紹介すると、広臣は「さっきご紹介にあずかった、私の自慢の妻だよ」と言って穏《おだ》やかな微笑みを浮かべた。さっき正の言った「おしどり夫婦」という言葉が、実にぴったりとくる。夏雄は彼らの息子だというが、のびのびと育ったのが分かる。ゲームと現実の区別がついていないところは、考え物だが。

「実はね、料理をちょっと多く作ってもらいすぎちゃったの。さっきまでどうしようかしら、って悩んでたけど、きっとあなたたちのためだったのね。若いから食べ盛りでしょう？　遠慮せずに、お昼だけでも食べていって」

「いえ、僕らは」

予想を超えた歓迎ムードに、僕はすっかり困惑していた。正直、置いてけぼりだ。

「えっ、いいんですか！」

三谷は予想通りに食いついている。あまりの調子の良さに呆《あき》れる。

広臣がにっこりと笑い、「妻はなんでもいい方に、前向きに捉《とら》えるんです。私も弁護士として見習いたいくらいだ。大学からの付き合いでね」

「第一志望の大学には落ちちゃったけど、第二志望の大学で広臣さんに出会ったのよ」

「だから彼女は事あるごとに言うのさ。物事には全部、何かの意味があるってね。第一志望に落ちたからこそ、代わりに私に出会えたと。男冥利《おとこみょうり》に尽きるだろ？」

広臣は由美の肩を抱き、由美もまんざらでもなさそうに微笑んでいる。

「はいはい」正が手を、パンパンと二度打った。「叔父さんたち、ほんとそのノロケ話好きだよね。胸焼けしてくるよ」

正はうえっと舌を出す真似《まね》をしてみせるが、嫌味の色はなく、愛嬌《あいきょう》のある素振りだった。広臣と由美も笑っている。

僕は段々、よく分からなくなってきた。正は頼れる兄貴分だし、広臣と由美は明るくて感じの良いおしどり夫婦に見える。

だが、喉《のど》に小骨が刺さっているような、妙な不安があるのだ。これが葛城の言う「嘘」の感覚なのだろうか。

「ねえ、そういえば、またお皿が一枚減っているのよ」

「またか。記録をつけ間違えてるんじゃないのか」

「まあ」由美は頬をぷくりと膨らませた。「あなたはキッチンに立たないから」

僕は首を傾げた。

「あの『また』っていうのは……？」

「君たちに話すようなことじゃないんだけど、家のお皿が一週間に一回、一枚ずつ減っていくの。きっと泥棒の仕業よ」

「皿を少しずつ盗む泥棒なんて、考えにくいと思うんだけどな」

『レ・ミゼラブル』では銀食器が盗まれますよ、という文学オタクめいたツッコミは飲み込んだ。

「有名なブランドものだから、換金すればそれなりになるんじゃないかしら」

「まあ、そう言われれば一理あるな……今はオークションやフリマの出品もネットで簡単に出来るし……」

広臣はぶつぶつ呟いたが、僕らに目をやって首の後ろを撫《な》でると、「ま、ないものは諦めるしかないな、そうでしょう?」とあっけらかんと言った。

確かに、この家に侵入者が頻繁にやってきているとは考えづらい。門扉もしっかりしている。もし盗みを働いている人間がいるとすれば、家族の中か、使用人の誰かが当然疑わしくなる。部外者である僕らの前でそうした疑惑を追及するのを厭《いと》うたのだろう。

今の広臣の視線の動きに、そういう「裏」の気配を感じた。

「さああなた、早くそんな物騒《ぶっそう》なのしまってきて、喪服に着替えてください。ストレスが溜《た》まるのも分かるけど、あんまりやりすぎちゃ良くないわ。もう少しでみんな集まるのよ」

「それじゃあ三谷君、田所君、またあとで」

彼はそう言って、東館の中に入っていった。

「さ、早く輝義君のパパとママに紹介してあげないとね。きっと二人とも喜ぶわ」

由美が明るい声で言った。

正は玄関の扉を開ける。

いよいよ、僕らは葛城家に――宮殿の中に入る。

2　華麗なる一族【館まで水位30メートル】

玄関を入ってすぐ、天井の高いホールに圧倒された。二階には客室が、三階には住人の部屋があるようだが、ホールは一階と二階が吹き抜けになり、中央に大階段がそびえていた。壁に取り付けられた明かりは本物のロウソクではなく、電灯をロウソクの形にあしらってあるようだ。ちょっとした調度にも、異国情緒を搔き立てられる。

「あの、靴はどこで脱げば……」

僕は恐る恐る聞いた。

「そのまま上がって大丈夫だよ。心配しなくていい」

まるでカントリー・ハウスである。さっきから驚いてばかりだ。

正の足元を見ると、黒いスニーカーを履いていた。色は喪服に合わせてあるが、あくまでも家の中ではラフに過ごしているらしい。

「俺も一度はこんなところに住んでみたい……いや、やっぱ落ち着かねえかな……俺じゃ分不相応だな、こんな家……」

三谷がうわごとのように呟くのが面白かった。

正はこの家が似合う男だった。振る舞いの一つ一つにも洗練されたものがある。

「父さんと母さんは一階の応接間にいる。けど、今はちょっと……」正が頰を掻いた。

「お客さんと話し中みたいでね。先に僕の妹と祖母を紹介しておくよ、ついてきて」

半ばぼうっとしながら、正についていった。

「妹のミチルは二十歳で大学二年だ。モデルとして活動していて、ミス・キャンパスにも参加したことがあるから、もしかしたら聞いたことがあるかもしれないね」

三谷は僕だけに聞こえるように「あの美脚が最高なんだ」と囁いた。図書室に女性向けの雑誌が入荷したりする時に、よく見かけるので追っかけになったという。だが、頼むから身内の前で美脚だなんだと恥ずかしいことを言うのはやめて欲しい。

「テルを含めた僕ら三兄弟の中で、一番伸び伸び育ったのがミチルだろうね。僕は堅い職業に就いたし、テルもあの通り真面目なやつだ。ミチルは派手好きだけど、家族には優しいやつだよ。──お、噂をすれば、ほら」

一階の廊下《ろうか》の右奥、エレベーターのある方から、女性が車いすを押して歩いてくる。車いすには目尻の下がった優しい顔つきのおばあさんが乗っていた。あれが葛城の祖母、ノブ子だろう。

「何よー、兄い、噂ってなんのこと？　もしかして陰口《かげぐち》とか？」

ミチルは唇を尖らせた。そんな不満げな仕草《しぐさ》さえ愛らしく見える女性だった。喪服を着てなお、その華やかなオーラは隠しきれていない。赤色を入れた髪と目元のメイク、自分の見せ方を心得ているような立ち姿に大人っぽさを感じ、胸がときめいた。同級生とは全然違う。彼女が口元に手をやると、深紅のシンプルなネイルが目に留まる。由美が向日葵なら、こちらは薔薇《ばら》だ。

「兄い、この子たちは？」

「輝義の同級生の田所君と三谷君。こちらが妹のミチルと、祖母のノブ子だ」

ミチルは「よろしくー」と言って手をひらひらさせた。ノブ子は口をもぐもぐさせて、ぼんやりした目をこちらに向けている。

「は、初めまして！」

三谷の声が上擦っていた。ミチルは広げた手を口元に寄せ、くすっと笑った。

「あは、素直そうでいい子たちだねー。テル君もいい友達が出来て、お姉さん嬉しいな」

「へへ、そんなこと言われると照れちゃいますね、へへ」

三谷が後頭部を掻いている。様子が変だ。こんなに女性にデレデレするやつだったか。

ノブ子がつと僕の顔を見た。

「お兄さん、もしかして、新しいヘルパーさん？　若いのに頑張っていて、偉いのねえ。今日はとっても賑《にぎ》やかで、嬉しいわぁ」

ノブ子は高く弾んだ声で言った。不思議だった。さっき正が僕らのことを同級生だと紹介したばかりなのに。と同時に、これが認知症か、と思い至る。僕の祖父母はまだ元気はつらつとしている。だから、認知症というものがあまりリアルではなかった。

すると、三谷がノブ子に目線を合わせて、にっこりと微笑んで言った。

「今日はお世話になります。僕は三谷です」

三谷は相手の目を見ながら、一言一言はっきりと言った。三谷の方が場慣れしていると肌で感じた。いつも軽薄に見える同級生の思わぬ一面を知って、少し驚いた。

「み・た・にさんね。どうもぉ。こんなに若い人が来てくれるなんて、なんだか嬉しいわあ」

「何言うんですか、お母さんだって若いですよ」

おほほ、と口元を袖で押さえてノブ子が笑った。上品そうな仕草と笑い声で、良いところのお嬢様然としていた。いくつになっても、体に染《し》みついた所作は残っているのだと感じる。

ミチルは三谷にウィンクして、小さな声で告げた。

「やるねえ、三谷君。今のはポイント高かったよ」

三谷は耳まで真っ赤にして「どうも」と首をすくめた。どのあたりがポイントが高かったのか聞いてみると、ミチルはノブ子の相手を正に任せ、ノブ子から少し離れたところで答えてくれた。

「『ユマニチュード』って言葉を知ってる？　フランス語で人間らしさを意味する言葉でね……」

曰《いわ》く、認知症になると判断能力や認知能力の低下だけでなく、視覚情報についても認知が大きく変わるという。視野が狭くなったり、認知機能の衰えによって近くのものに気付けなくなったりする、と。だからこそ、相手の正面に入り、視線をしっかりと交わすことで、相手とスムーズに意思疎通が図れるようになる。「ユマニチュード」とはそうした、高齢者が最後まで「人間らしい」生き方をするために、ケアする側が心掛けるべき介護方法であると。

「三谷君はそれを実践出来ていたの。おばあちゃんの話も否定しなかった。これは、自尊心を傷つけないために大切なことなの」

三谷は後頭部に手をやりながら言った。

「はあ、僕は我流なんです。同居してるおじいちゃんも認知症なんですが、目線を合わせて話をした方が返事をしてくれるなって思ってただけで……」

若干、口元を緩ませながら答えていた。勉強になりました、とそつなくミチルに言い添えるのも忘れていなかった。三人で正とノブ子のところに戻る。

密《ひそ》かにショックを受けていた。正直ちょっとかっこよく見えた。

「すごいね。私はおばあちゃんのこともあって、大学で選択した講義で勉強したの」

「すごいのはミチルだってそうさ」正がにこっと笑った。「おばあちゃんを連れて散歩してたんだろ？　感心感心」

「ちょっ、やめてよ兄い、からかわないでったら。こういう時にしかおばあちゃんと会えないし、それに、おばあちゃんが離れに行きたいっていうから。おじいちゃんの部屋だったから、思い出があるんだろうね」

ノブ子は目を瞬いて、首を傾げている。フクロウみたいな愛らしい仕草だ。

どこからどう見ても、おばあちゃんと孫二人の微笑ましい団らんだ。理解のある家族に包まれた、理想の老後。彼らを疑う、僕の心の方が貧しいのだろうか？

「兄い」ミチルの目が正に向いた。「さっきはごめんねー。グッチがうるさくて……」

「なんでミチルが謝るんだ？」

「ほんともー、こんな日にまでやってくるなんてあり得なくない？　あー、頭痛い……」

ミチルが激しい口調で言った。眉間《みけん》に力が入り、顔つきも険しくなっている。

「あの、グッチって呼ばれているのは……」

ミチルは「私の元カレの坂口ってヤツ」と肩をすくめた。大げさな身振りもどこかサマ
になっている。

「ほんっと、なんであんなのに引っかかったかなー。あいつあれで顔は良いし、アブない
雰囲気も似合ってたっていうか……。まさか、記者やってて、しかもこんなにしつこいな
んてね」

正は苦笑して、「おいおい、客人の前でする話じゃないだろ？」とたしなめる。

名は坂口で記者とくれば、いよいよ噂の「お客さん」で間違いないようだ。

「そ、そうですよね、彼氏の一人くらいいますよね……」

三谷は三谷で何やらショックを受けている。さっきから様子が変だ。雑誌で知ったとい

うが……もしかして、少し惚《ほ》れてたのか？「坂口さんも、うちからの招待状が届いた、って言っていたじゃないか。きっと誰かが呼んだんだよ」

「兄いは人が好すぎるんだって、あんなの、自分で偽造したに決まってんじゃん」

坂口という男も、随分な嫌われようである。元カレなので当然と言えば当然だが、ミチルとは浅からぬ因縁《いんねん》があるらしい。正もフォロー役に回って、すっかりタジタジだ。

ふと、尻ポケットに入れた財布のことを思い出した。リュックにしまっておこうとポケットから取り出した。その時。

「え？」

ノブ子の手が僕の財布に伸びていた。ワインレッドの長財布の革に皺が寄り、骨ばった指の先が真っ白になるほど、指先に力がこもっている。引っ張ってみてもビクともしない。ノブ子の目は据わっている。「届けなくちゃ」という呟きが聞こえた気がした。あまりに場違いな言葉なので、聞き間違えかと思った。

ノブ子が車いすから腰を浮かせようとしていた。フットレストに体重をかけようとしている。

三谷が後ろから肩を摑んでくる。「田所、そのままゆっくりノブ子さんの方に歩いていって、少しずつ力を抜いて離せ。喧嘩《けんか》するな」それでは財布を取られるのではないかと、心配な気持ちが湧いてきた。だが、このまま力比べをしていても仕方がない。三谷の指示に従った。

ノブ子の体が車いすに収まる。だが、財布を右手に持つと、肘掛《ひじか》けに左手を置いてまた立ち上がろうとした。ミチルが慌てて止め、正がノブ子の後ろから近付き、隙《すき》を突いて財布をかすめ取った。

ミチルがノブ子に話しかけ、天気や昼食の話をすると、ノブ子の表情が元の柔和な表情に戻った。

まるで僕だけが悪い夢でも見ていたかのようだ。

正は僕にそっと財布を返し、「目につかないようにしまっておいてくれ」と耳打ちしてきた。リュックの中にしまうと、ようやく一息ついた。

「ごめんね、田所君」ミチルが手のひらを合わせて、片目をつむる。「ママたちから、たまにこうなるって聞かされてたんだけど。なんでも、お菓子の箱とか工具箱とか、小さい箱を見ると集めたくなっちゃうらしいの。今の趣味みたい。夏雄と喧嘩したこともあったんだって」

ノブ子は「え？」と大きな声で聞き返すだけだった。さっきのことをもう忘れているらしい。

「『収集癖』ですね」三谷が深刻そうに言った。「認知症になると、そういう症状が出ると聞いたことがあります。宝石類とか、ティッシュの箱とか。自分のことが書かれていると思って新聞や雑誌を集めるケースもあるらしいです」

「うん。おばあちゃん、自分の部屋のリュックに仕舞い込んでるみたいで、この前由美叔母さんが、賞味期限切れのお菓子の箱を大量に見つけたんだって。ホント、参ったって。ふふ、可愛いよね、おばあちゃん」

さっきのノブ子の力と、据わった目のことは忘れられない。あのまま根競《こんくら》べしていたらケガをしていたのは相手の方だっただろう。そのくらい体格差がある。だけど、あの目の色は本気だった。蛇に睨まれたカエルのように、僕の体は硬化して動かなかった。

収集癖、という言葉は初めて聞いたが、果たして本当にそれだけだろうか。お菓子の箱と財布では統一感がまるでない。「届けなくちゃ」という言葉もそぐわない気がした。

必死な迫力があったし、ミチルの言う「可愛い」という感覚は正直分からないが、おとなしく微笑んでいるノブ子の姿には気品があり、見ていて心地が良い。

「じゃあ兄い、またあとでね」ミチルの目が僕らの方を向く。「君たちも、法事に参加してくの？　それともテルに会いに来ただけ？」

「ひとまず、この後父さんと母さんに会わせてくるよ。その後は、父さんと母さん次第だな」

「弟思いの優しいお兄さんですこと」彼女はニヤッと笑った。「じゃ、大ボスを最後に残したわけだ」

「ええっ」三谷の体が跳ねた。「大ボスって」

「まあまあ少年、そんなにビビりなさんなって。兄いと一緒にいれば、雷が落ちるこたあないだろうからさ」

「雷……⁉」

三谷の顔が青ざめた。

ミチルとノブ子はエレベーターに乗った。閉まっていく扉越しに、「じゃーねー」とミチルが手をひらひら振った。

残された僕と三谷は、正に恐る恐る尋《たず》ねる。

「……正さん。輝義君のお父さんとお母さんって……その……なんていうか……怖い人、なんですか？」

正がアハハ……と力なく笑いながら、「ミチルがちょっと脅しすぎたな」と言った。

「怖い、っていうのは言い過ぎかもしれないけど、厳しい人ではあるかな。特に、母の方が。

父の健治朗は政治家だ。五十代も半ばを越えて、いよいよ脂が乗っている。自信に溢《あふ》れた人で、世の中の現状を見据えて学びながら、自分の意見を明瞭《めいりょう》に伝えることに長《た》けている。だけど、情も深い。それが支持を集めている理由だね。テルが帰ってきた時も、一度叱りつけた後は豪放磊落《ごうほうらいらく》に笑っていたくらいさ。

母の璃々江は、ある大学で物理学の教授をしている。とにかく理論立てて整然と考えるのが得意な人だ。家族の前でもあまり笑わないんだ。僕らもよく叱られたよ。ある意味、父とは正反対のタイプだね」

胃が不安に締めつけられる。正や堂坂夫妻は歓迎してくれたが、今の話を聞くと、葛城の母の璃々江には拒絶されるかもしれない。僕は「悪友」なのだから。

「ま、心配しないでいいよ。そのためにわざわざ、先に叔母夫婦やミチルに紹介して外堀を埋めたんだから」

正が自分の胸をトン、と叩いた。頼もしくて、気の良い人だ。正自身、自分の家族のことを愛しているのがよく伝わってくる。「この人についていきたい！」と思わせるカリスマ性が正にはある。広臣、由美、ミチル、ノブ子も本当に見かけ通りの「いい人」なのかもしれない。目の前の正を見ていると、少しずつ気持ちがほだされていった。

廊下にいた北里が「応接間での話し合いが終わったようです」と正に伝えた。

正は「さ、いよいよ対面だ。覚悟はいいかい？」と悪戯《いたずら》っぽい笑みを浮かべた。

一階の応接間の前に立ち、正がドアをノックした。

「入りなさい」

張りのある男性の声だ。声一つで人目を引ける良い声だった。

「失礼します」

正に続いて入室する。

奥のソファに体格の良い男性が座り、半身をこちらに向けるような角度で女性が座っていた。どちらも喪服を着ているが、男性は上着のボタンを外してくつろぎ、泰然自若とした態度で腰かけている。女性はこちらに一瞥《いちべつ》をくれただけで、じっと黙り込んでいる。

　正が僕ら二人を紹介してくれた。

「こちらが僕の父、健治朗。そして母の璃々江だ」

　健治朗は片手を挙げて微笑んだ。まさしく、選挙カーの上で候補者がやるような、そつのない身振りだ。一方、璃々江は軽く会釈しただけで、依然言葉を発しない。

　璃々江は刃《やいば》の美しさを持っている。うっとりするほど端整だが、触れれば手を切り落とされるような迫力と冷たさがあった。メガネの奥の冷たい瞳《ひとみ》がその印象を深めている。こんな先生がいたらファンになってしまうかもしれない。

　璃々江がようやく口を開いた。

「田所さん、三谷さん。今は大切な家族の用の最中です。連絡事項は必ず私どもが伝えますので、今は——お引き取り願えますか」

　淡々としていて、有無を言わせない口調だった。身も凍《こお》り付《つ》きそうなほどの冷たい視線が、なおさら心に痛い。

「まあまあ、そう言ってやるな、璃々江」健治朗は目を細めた。「あいつにも家に遊びに来る友達が出来たってことだ。嬉しいじゃないか」

　健治朗は豪放磊落な笑い声を立てた。

　璃々江がメガネを押し上げて言った。彼女の目がまっすぐ僕を捉える。緊張が胃液と共にせり上がってきた。

「田所さん、とおっしゃいましたね」

「……はい」

「あなたと輝義は、この夏に合宿を抜け出してM山に登った。私も輝義があの小説家を好きなのは知っていますが――率直に聞きましょうか」

璃々江は僕をほとんど睨むような目つきで見た。

「あの話を言い出したのはどちらからでしたか？」

尋問でもされているかのようなすさまじい緊張感だった。思わず俯《うつむ》いてしまう。唾を飲み込んでから、一度ゆっくり息を吸った。

「……僕です。僕が計画を立てて、輝義君に持ち掛けました」

三谷がグッと顎《あご》を引き、目を丸くしてこちらに視線を送っている。

「……そうですか」

璃々江は長いため息をついた。

「輝義は、自分から言い出したと言って聞きません」

「えっ」

僕は驚いて顔を上げる。璃々江が顔を背けた。

「輝義もあなたを庇《かば》いたくて必死なのでしょうね。あなたたちの主張は食い違っていますから、どちらを信じるか、今決めるつもりはありません。合理的な態度ではありませんからね」

合理的？　僕は訝《いぶか》しんだ。仮にも人の親なら、まずは自分の息子を信じてあげるべきじゃないのか？　そんな言葉が頭に浮かんだが、彼女は再び身も凍るような一瞥をくれて言った。

「もっとも、あなたが言い出した、という方が真実味がありますけどね」

「……はい」

「とにかく、あなたが輝義を危険な目に遭わせたのだとすれば、会わせるわけにはいきません」

「あ、あのー」三谷がおずおずと言う。「僕ら、お邪魔だったら帰りますので」

僕は三谷の顔を見た。ここまで来たら思い切りだって言ったのは、お前の方だろう！　あの意気込みはどこに行った！　視線で抗議してみるが、三谷は照れたように首をすくめるばかりだ。彼の額が汗で光っていた。

「母さん」

正は一歩進み出た。片方の拳《こぶし》を固めて、険しい表情を浮かべている。

「そんなに厳しく言うことないだろ……！　輝義だって、田所君だって大変な目に遭ったんだよ。二人でしか出来ない話もあるはずだ。それを、頭ごなしに否定することないじゃないか！　大体、母さんの教育方針は厳しすぎる。そんなんだから、ミチルだって母さんに引け目を感じて――」

「正」

健治朗が手を挙げて正を制した。正は唇を噛《か》んで俯く。

「……正さんに口を出されることじゃありません。ミチルも輝義も葛城家にふさわしい人間になるように教育してきたつもりでしたが、輝義はあんな危険を冒した。それもこれも田所さん、あなたのせいじゃありませんか？」

「まあ璃々江、そこまでにしておこうじゃないか」健治朗が苦笑いを浮かべる。「私も輝義くらいの年の頃は、随分やんちゃをしたものだよ」

「そういうことは聞いていません！」

璃々江の顔にカーッと赤い色が差した。

健治朗が僕らに向き直る。

「すまんね。璃々江は教授という仕事柄突き詰めないと気が済まないんだ。璃々江だって、輝義が君を庇うくらい、君のことを大切な友人と考えていることを分かっているんだよ」

「ちょっと健治朗さん、私はそういうことを言いたいわけじゃ――」

「ともかく、今日のところは顔を見させてやろうじゃないか。な？」

璃々江は人を呪《のろ》い殺せそうな目で自分の夫を見つめていたが、やがてプイと顔をそらした。

「勝手になされば」

「すまんね、うちのが素直じゃなくて」

健治朗が快活そうに笑みを向ける。

「そうだ、君たち、食事はしていくんだろう。由美が誘ったと聞いたよ」

「大体、あなたも由美さんも、人の受け入れが良すぎるんです」

「すっかりへそを曲げたな」健治朗は両手を広げ、肩をすくめる。

「じゃあ、二人を輝義の部屋に案内してくるよ。父さん母さん、またあとで」

璃々江は顔を背けたままで表情は窺《うかが》い知れなかった。健治朗は微笑んで、またそつのない態度で手を挙げた。

応接間から廊下に出ると、正が大きく息を吐《は》いて、僕らに向けて弱々しい笑みを浮かべた。

「……本当にすまない。うちの父と母が失礼をした」

本当にこの人は優しい。緊張がようやく緩んだ。

「いえ、言われても仕方がないと思います……。庇ってくださって、ありがたかったです」

母の璃々江は厳格な態度を露《あら》わにしていたが、自分が葛城に対してしたことを考えれば、あのくらいは正直、覚悟していた。

まずは、葛城に会わなければ――。それが今回の小旅行の最大の目的なのだ。僕をここまで突き動かしてきたもの。あの事件によって負った傷を、僕だけが共有することが出来る――僕にしか出来ない。

胃が敏感になり、喉が締めつけられるのを感じた。

3　二ヵ月ぶりの対面【館まで水位29・8メートル】

「いよいよだな」

三谷が肘でつんつんと僕の体を押す。

二階の廊下の突き当たりに葛城のいる部屋はあった。正が葛城の部屋の扉をノックした。

「テル、いるか？」

扉の奥で息を潜めるような気配があった。触れれば切れてしまいそうな、ピンと張り詰めた糸のような緊張感だった。

「……なんだ、兄さんか」

葛城の声が聞こえた。不意に、鼻の奥が熱くなる。もしかしたら二度と会えないかもしれないと思っていた。今、そこにいる。確かに、そこにいる。

「昼飯はいらない……降りていかないって言ってるじゃないか！」

だが、葛城の声は激しかった。思わずたじろぐ。声がしわがれて、ささくれだっている。

「兄さんがここに来てくれればいいじゃないか……僕は、兄さんさえいてくれれば、それで……」

今度は懇願《こんがん》するような調子になった。衝撃だった。あの葛城が、人に甘えている。僕の知る葛城はいつも超然としていて、自分の言動で周りを振り回しているというのに。

「違うんだよ、テル。今日はお客さんが来ていて」

「ああ！」葛城が強い調子で言った。「どうせ姉さんに寄生虫のように張り付いてるあのクズと、夏雄の陰気な家庭教師だろ？　そんなの顔も見たくない！」

まるで駄々をこねる子供のようだった。僕は言葉を失っていた。

「違うよ、テル。お前の友達だ」

「友達――？」

正が僕に目をやる。僕は頷いて、思い切って扉の向こうに声をかけた。

「……葛城。僕だ、田所信哉だ」

扉の向こうで、息を呑む気配があった。

「話がしたくてやってきたんだ。頼む」

沈黙が降りた。扉は微動だにせず、葛城の反応も窺えなかった。

永遠とも思える時間が過ぎたのち、出し抜けに扉が開いた。

葛城の姿は――まるで、痩《や》せこけた亡者のようだった。

元から小柄な方だったが、猫背気味になり、一層小さく見える。目元に隈《くま》が浮かび、血色は悪く、肌もガサついていた。あまり食べていないのだろう。外にも出ていないに違いない。

「田所君、どうして……」

葛城の唇が震えている。

「よう、葛城。元気にしてたか？」

三谷が僕の背中からひょいっと顔を覗かせると、葛城は目を細めた。

「……あ、ああ、隣のクラスの」

「ひでえなあ、忘れてたのかよ。ま、図書室でたまに顔を合わせるくらいだったしな、無理もねえよ」三谷はにこりと笑った。「お前の好きだったファンタジーの新刊、入荷したんだぜ。お、この椅子使っていいか？」

彼は答えを待たず椅子にどっかと座り込んでいた。有無を言わせぬスピードだった。三谷の思い切りの良さに尊敬さえ覚える。

「……田所君も、上がってくれ。少し散らかってて悪いけど」

葛城は口の端を歪《ゆが》め、どこかぎこちない、弱々しい笑みを浮かべた。

「テル」正が言った「僕は下に降りて、何か飲み物を作ってくるよ。紅茶でいいか。二人も、同じものでいいかな」

「ありがとう、兄さん」

正は部屋を出た。正は気を利かせてくれたのだろう。僕らが三人で話を出来るように。

葛城がベッドに腰かけ、僕は壁にもたれかかる。葛城は俯いたままだ。沈黙に耐えきれず、僕から切り出した。

「本宅に帰ってたんだな」

「……うん」葛城は僕と目を合わさずに答えた。「僕には静養が必要だろうってことで、八月末に退院してから、ずっとここにいる。謹慎の二週間も結局この本宅で過ごしていたんだ。自宅謹慎だよ」

僕は頷いた。

「確か、お前が探偵を始めるキッカケになったのは、家族の警察官だったよな」

「ああ、そうか、田所君には話したことがあったかな」

葛城の表情がほんの少し、和らいだ。

「そうだよ。正兄さんこそが、僕に最初の事件を持ち込んだ人……そして、手ほどきをしてくれた恩師だよ」

三谷が勢い込んで言った。

「さっき、正さんからも聞いたぜ。小学生の頃のお前が、ばっさばっさと事件を解いてた話。すっげえ話だよなあ！　お前も、もっと自慢すりゃいいのによ」

「褒められたくてやっていることじゃない。ただ、そうするべきだと思うからだ」

葛城は顔を背けて、ぴしゃりと言った。拒絶するような口調だった。

「おう、そうかよ……」三谷は頰を掻いた。「あ、でもよ、小さい頃のお前が事件を解決してたなら、警察でもお前、有名人なのか？」

「いや、手柄は全て兄さんのものだ。警察では、兄さんが解き明かしたことになっている」

「なんだよそれ」三谷が唇を尖らせて、拳を振り上げた。「ずりいじゃねえかよ、そんなの」

「小学生が謎を解いたなんて、信じてもらえる話でもないだろう。小説でもあるまいし」

僕はなだめるつもりで言った。すると、葛城がフフッと笑った。この部屋に入って初めて、屈託のない顔で笑った。

「そう思うよね？　ところが、兄さんは馬鹿正直だから、上司にその通り話してくれたらしいんだよ。『弟が謎を解いた』ってね」

兄のことを語る葛城の口調は弾んでいた。

「マジかよ」三谷が口笛を吹いた。「馬鹿正直にも程があるぜ」

「もちろん、信じてはもらえなかった。それどころか、兄さんの方が馬鹿にされたくらいさ」

葛城は首を振った。

「父さんもニヤニヤしながら『正の手柄になってるならそれでいいじゃないか。兄さんの役に立てるなら嬉しかろう？』なんて言って」

葛城の唇が醜《みにく》く歪んだ。

「でも、正兄さんは『そんなの間違ってる』と言ってくれた。父さんの言葉を受け止めながら、唇を強く噛んでいた。その姿を見て、自分から、兄さんが解いたことにしていいと、伝えたんだ。兄さんが悲しそうな顔をして、謝ってくれたのを覚えてるよ」

僕は、正のことを疑っていた自分を恥じた。初めて見た時から、あるいは、健治朗と璃々江から僕と三谷を庇ってくれた時から、ずっと分かっていたことだった。彼があまりに完璧《かんぺき》すぎるので、否定したくなる——そんな僕の僻《ひが》み根性《こんじょう》だったのかもしれない。

「兄さんは色んなことを僕に教えてくれた」

葛城の目に光が戻り、背筋が伸び、声には張りが生まれていた。それが嬉しかった。この姿が見られただけでも、今日来て良かったと思った。

勢いでここまでやってきた。

どんな言葉をかければいいのか分からなかった。

頭の中にフッと浮かんだ言葉を、僕は口にした。

「——葛城、戻ってこないか」

葛城の顔から表情が消える。僕は自分の発言を後悔した。

「………気持ちを整理する時間が欲しい」

「もう随分長くなる。あの事件のことは、決してお前のせいなんかじゃない。そりゃ、彼女の言った通り、僕らは間違えていたのかもしれない。だけど……彼女の方が正しかったとも、思えないんだよ」

自分の言葉がひどく空虚で空回りしているように思えて、もどかしかった。

「ああ……」葛城は首を振った。「自分でも、時折分からなくなるよ。自分が何に打ちのめされて、身動きが取れなくなっているのか、ね……」

「だけど」

「ダメなんだよ田所君。もう亡くなった人に、僕がしてやれることは何もない……被害者の家族に、被害者を返してあげることだって出来ない……分かるかい？　結果なんだ。探偵が事件に関わるのは、全てが終わった後だ。僕はもう……嫌になったんだよ」

「どういうことだよ」三谷は首を傾げる。「あれか？　例のM山と何か関係があるのか？」

「そうだね」葛城は薄く笑った。「田所君にも、その節は本当に迷惑をかけたね。君にも謹慎をさせてしまった。本当に申し訳ない」

「僕はそんな言葉を聞きたくてここに来たんじゃない！」

自分の中に入ったヒビが破れて、そこから声が飛び出した気がした。耳鳴りが次第に自分の息遣いに取って代わる。感情が昂《たかぶ》るあまり、目尻から涙がこぼれそうになった。顔がぶるぶると震えるのが分かる。

葛城が隈に縁取られた目を向けた。その目には、さっき兄のことを語っていた時の光はない。冷たく澱《よど》んだ目。冷たさは彼の母に似ているが、彼の母の目は澄んでいた。彼は誰にも似ていない瞳を向けて、孤独を表明するかのように、部屋の片隅《かたすみ》から僕を見ていた。

「じゃあ、田所君は何を求めてここに来たんだい」

「え——」

「僕にどうなって欲しくて、ここに来たんだい」

胃が空っぽになって、周囲から酸素が消えたような気がした。

どうなって？

分からない。自分の中を探してみても、答えがちっとも見つからない。

喉が干上がってしまって、声が出てこない。

唐突に、パン！　と鋭い音がした。

驚いて音の方を見ると、三谷が両手を打ち鳴らしていた。

扉の外でも物音がした気がするが、気のせいかもしれない。

「難しい話は後にしようや。正さん、結局戻って来なかったな。下に降りたら声かけとくわ。あ、ところで、庭にでっかいテニスコートあるよな。道具もあるんだろ。体、動かさないか？」

「いや、僕は遠慮しておくよ。でも、道具は使っていいと思う。兄さんに伝えれば案内してくれるんじゃないかな」

「そうか」

三谷は葛城の肩に手を置いた。

「俺たち、昼飯はご馳走《ちそう》になる予定なんだ。いらないなんて言わないで、久しぶりに、一緒に飯食おうや」

「……あれ？　三谷君と一緒に食べたことがあったかな？」

「つれないなあ」

三谷がチェッと舌打ちすると、葛城も小さく笑い声を立てた。

ショックだった。僕が凍り付かせてしまった空気を、三谷は一瞬で元に戻し、葛城の笑顔まで引き出してしまった。僕はと言えば肝心な時は、いつも、ヘタレだ。

——**じゃあ、田所君は何を求めてここに来たんだい。**

頭の片隅で、ずっと、その答えを探していた。

4　招かれざる客【館まで水位29・8メートル】

精進落としの時間まで小一時間あるというので、正と三谷はテニスをすることになった。正がすぐに東館から道具一式とテニスウェアを持ってきてくれ、僕も誘われたが、気乗りせずに断った。

テニスコートでラリーを愉《たの》しむ二人を、僕はフェンスにもたれかかって見ていた。

雲が垂れこめていて、重くのしかかってくるように感じる。頭がキリキリ痛んできた。今回の台風はかなり強いという。こんな風にのんきに過ごしていないで、一刻も早く帰途につくべきなのではないか……。

葛城に言われたことが、頭を離れてくれない。

会えばなんとかなると思っていた。もちろん、事件のことや忌引が重なっているとはいえ、相手は引きこもりで不登校だ。そうそう上手くいくはずはないし、すぐに葛城と日常に戻れるとは思っていなかった。それでも、葛城の行動を変える一歩になってくれればと思っていた。だが、ああまで壁を作られるとは。顔さえ見られれば、歩み寄れると思っていた。所詮《しょせん》、傷の舐め合いに過ぎないとしても、だ。

それなのに、情けないことに、言葉さえ出てこなかった。

「なあ田所ー、いつまでしょげてんだよー。ホッ、と！」

「ふんっ！　三谷君いいねえ、初めてにしては筋がいいよ！」

「ほんとっすか！」

三谷がボールを返すと、正はそれを難なく拾い上げ、ボールを打ちやすい位置に返す。かと思えば、打ち上げて三谷の強打を誘ったり、鋭角に打ってみたりする。なかなか上手い。三谷も頬を上気させながら、気持ちよさそうにコートを駆け回っていた。僕も体を動かせば、この憂鬱《ゆううつ》も少しは晴れるだろうか。やっぱり、僕もテニスウェアに着替えてこようか——と思ったその時。

ふと、背後から煙草《たばこ》の臭いがした。

フェンス越しに男が一人立っていた。サングラスにオールバック、喪服を着てはいるが、シャツの襟元は大きく開いている。三十代後半くらいだろうか、見た目はかなり危なげだが、顔立ちが整っているので「イカしたおじさま」といった感じだ。

名前を聞く前から、相手が誰か分かった気がした。

「フン、のんきなもんだよな。なあそう思わねえか、坊主《ぼうず》？」

煙草の吸いすぎのせいか、少し喉が潰《つぶ》れたような、ざらついた声だった。

「俺は坂口だ。坊主、見たことねえ顔だな。隠し子か？」

やはりそうか。ミチルに付きまとっている元カレという情報、葛城の「クズ」という吐き捨てるような発声を思い出す。顔は整っているが、乱暴な態度にはまるで好感が持てない。

声の質感から連想したのかもしれないが、この男はどこか蛇を思わせる。坂道の途中の家のユウトが言っていた、「オオカミ」のように怖い男性というのは、坂口のことかもしれないと思った。そう思ってみると、蛇よりもオオカミの方がしっくりくる気がしてきた。

「いや、僕は輝義君の友人で」

雑誌の記者だというが、どうして今日は法事に参加しているのだろう。どうもこの男、何か企みを秘めている気がする。

客人と言えば、この館にはもう一人いたはずである。確か、名前は黒田。「夏雄の陰気な家庭教師」と葛城が評したことを思い出す。

「おっ、やってますねえ。僕も交ぜてもらおうかな」

坂口の背後からもう一つ、間延びした声が聞こえてきた。陰気な男が立っている。黒縁の厚いメガネ、豊かな口ひげ……全体的な雰囲気から、そう感じるのだろうか。だが、メガネの奥の目尻は下がっていて、優しさ、穏やかさを感じられた。

坂口は煙草を指先に挟み、クックッと肩を震わせて笑った。

「黒田ァ、てめえはのんきだな。まさかなんの目的もなく法事に乗り込みやがったのか？」

「そういう坂口さんは、何か目的が？」

黒田の返しに、坂口は大きな舌打ちをする。黒田は僕を見て微笑むと、「君は？」と尋ねてくる。子供の扱いに慣れていそうな笑みだった。

僕は自己紹介を済ませ、ついでにテニスをしている三谷を指さして紹介してやる。

坂口の目が僕に戻った。

「なあお前、M山の火災と落日館の事件について、何か知っているんじゃねえか」

体の反応を隠せたか不安になった。そっと息を吸ってから、「どうしてそう思うんですか」と尋ねる。

「わざわざ法事の日にまで会いに来るような仲だ。とすりゃ、知ってることもあるんじゃねえかと思ってな。俺もあいつとは話をしてみてえんだよ。財田雄山の裏の顔とか、おもしれえもん見てるかもしれねえからな」

嘲笑《あざわら》うような声を立てる。口元にはニヤニヤとした笑みを浮かべていた。不快な態度だった。

「だが、相手はお籠《こも》りの最中で、ミチルのやつも何も知らないときてる。ま、当然だわな。あいつの口から、弟の話なんざろくに聞いたことがねえ。姉弟仲が悪いんだろうよ」

違和感を覚えた。姉弟仲が悪い？　初めて聞く話だったし、イメージにそぐわなかった。


「仲が悪いってことないですよ、あんなにいい人なのに」

勢い口調が強くなってしまう。

「そりゃお前、あいつの本当のところを知らねえからさ」坂口は底意地の悪そうな笑みを浮かべた。「女は怖《こえ》ぇぜ、坊主。もちろん、女だけじゃねえ。この家は蛇の魔窟《まくつ》だよ。一枚皮剝いたら、何が出てくるか分かったもんじゃねえ」

僕はムッとした。その中には当然、葛城のことも含まれている。

「そうですか？　感じの良さそうな家族じゃないですか」

僕は最前までの自分の疑心暗鬼もよそに、そんな言葉を口にした。

坂口は眉を動かし、煙草の吸い口を捻《ひね》りつぶした。身を硬くする。フェンスの中に入ってきて、手でも上げられるのじゃないかと思ったのだ。

「そりゃお前、騙《だま》されてんのさ。あの男だってそうさ……」

彼の声は芝居がかっていた。フェンス越しに彼が指さす先には、爽やかな笑顔を振りまいてラケットを振る正がいた。

「ああいう男が意外と曲者《くせもの》なんだぜ。腹の底では何考えてるか分かりゃしねえ。確か、ミチルの兄だろ。あのアバズレと同じ血が流れてやがるんだからな……」

ムッとして言い返そうとした瞬間、テニスコート上の正がこちらに気付いた。正はすぐさま険しい顔になり、僕らの方に歩み寄った。

「坂口さん、またあなたですか。田所君に一体何を吹き込んでるんですか」

「おっと、睨まれちゃかなわねえ」坂口がフェンスから身を離し、おどけたように笑った。「なあに、坊主がウブだから、ちょっとからかってただけさ」

しゃくりあげるような笑い声を立てる。

「まあ見てろよ。俺にはとっておきの『ネタ』があるんだぜ……」

坂口の目がサングラスの奥で光ったような気がした。首を振って僕らを一人一人見て、まるで飛び掛かる直前の猟犬のようだ。

「へっ、まあ楽しみにしてるがいいさ。じゃあな、お人よしの坊主」

どういう「ネタ」なのか聞こうとした時には、坂口は大股《おおまた》で屋敷の方に歩き始めていた。

「じゃあ、僕もこれで……」

黒田は何やら気まずそうに、そそくさとその場を後にした。

正がため息をついた。

「すまない、もっと早く気が付いていれば。嫌な思いをさせたよね」

正が僕の肩にそっと手を置いて、顔を見上げてきた。

「ああ、いえ」僕は首を振る。「少し話をしていただけです。でも、変わった人ですね」

正は困ったような笑みを浮かべる。

「まだちょっと時間があるな。もう少しラリーするかい？」

「いや、中断されて気分が醒《さ》めちゃいましたし、それより」三谷がスポーツタオルを首にかける。「俺、正さんの話が聞きたいな。正さん、警察官なんでしょう？　面白い話がいっぱいありそうじゃないっすか」

三谷の趣味はハードボイルドと警察小説だ。実際の警察の仕事に興味津々なのだろう。

「ええっ。参ったな、もしドラマとか映画みたいな話を期待されているなら、困るよ。職業柄、話せないこともあるしね……」

「話せる部分だけでいいっすから。ねっ！　ここにいる田所大先生は、いつか偉大なミステリー作家になるんですから。警察小説だってレパートリーに加えておかなくちゃあいけませんよ」

「なっ！　お前バカ、そんな大声で……！」

三谷は大抵憎めないやつだし理解もあるが、こういう時だけは本当に困る。僕は必要最小限の人間にしか、小説を書いていることなぞ知られたくないのだ。

「つまり、自分でも書いたりしているんだね。そりゃ凄《すご》いな……」

正はそれ以上深く突っ込んで聞くことなく、すぐに大きく頷いてくれた。

「よし、分かった。もちろん、実際の事件の個人情報なんかは話せないけど、田所君の創作の参考になりそうなものをピックアップしてみようか」

「あ、ありがとうございます……」

正はそう言いながら、面白い話を次々してくれた。警察に入って初めてした仕事、正と葛城の二人が初めて解いた事件のこと、盗難事件を扱う他課の同僚から教わった泥棒の思考パターンのこと、自分が関わった興味深い殺人事件のこと。そのまま小説にしたいとさえ思って、僕は二つ目の話の前で「ちょっと待ってください」と勢い込んで、リュックからネタ帳を取り出して真剣にメモを取り始めた。

こんな語りを小さい頃から聞いていたと思うと、葛城が羨《うらや》ましかった。それくらい、正の語りには人を惹き付ける呼吸がある。葛城が探偵をし始めた時に感じた胸の高鳴り、正に師事する喜びを、時を超えて僕も感じているのだろうかと思った。

葛城に足りないのは、これだろうか？

この喜びと高鳴りを、思い起こすこと。

——もう亡くなった人に、僕がしてやれることは何もない。

——結果なんだ。探偵が事件に関わるのは、全てが終わった後だ。

——僕はもう……嫌になったんだよ。

葛城の悔恨めいた言葉の数々を思い出すと、それだけでは足りないかもしれない。だが……しかし……。

その時、突然携帯の着信音が鳴る。

正は自分のポケットを見やって、「ごめん、電話だ」と申し訳なさそうに片目をつむる。

「もしもし。ああ、その件は東京に帰ってから……」と正が通話している間、彼のスマートフォンを見ていた。スカイブルーのシンプルなデザインに、南国風の写真がプリントされたスマホカバーだった。

　正の通話が終わると、三谷が聞いた。

「そのスマホカバー、いいですね。どこで買ったんですか？」

「ああ、これかい？」正は微笑む。「実は、由美さんからもらったんだよ。元は由美さんが使ってたんだけど、新しいのを買ったからあげるって。だから、どこで買えるかは分からないな」

正はスマートフォンの画面を見て、「そろそろ時間だね。食堂に行こうか」と口にした。

「あっ、お話聞かせていただいて、ありがとうございました、正さん」

　お礼がまだだったことに気付き、僕が勢い込んで言うと、正は照れくさそうに笑い、

「まあ、何かの役に立つといいね」と言った。

「俺、体を動かしたら腹が減ってきました！」

三谷がタオルで顔を拭《ふ》きながら言う。のんきなものだ。そこだけは坂口に同意する。

＊

食堂には葛城家の面々と客人たちが集まっていた。

奥の座席には小さな写真立てが置かれている。白い髭《ひげ》を蓄《たくわ》え、快活に笑う老人の写真——今は亡き葛城惣太郎の遺影だった。目尻が下がっているのがいかにも優しそうな印象を与えた。この「よく出来た家」の家長にふさわしい人物だと感じた。

葛城惣太郎と言えば、一流企業の「葛城物産」の経営者だった。会社のロゴマークが特徴的で、中心に盾を据え、前方に剣と弓がクロスした形であてがわれている。守りよりも攻め、という経営方針を押し出したデザインで、その方針のごとく、昭和の時代からビジネス界の中心を担ってきた名企業だ。

食堂に集まった全員の顔を順番に眺めてから、璃々江は鼻を鳴らし、肩をすくめた。

「賑やかですこと。今日は『家族だけでゆっくりする』んじゃなかったでしたっけ?」

身を縮こまらせる。やはり、こんな場に紛《まぎ》れ込《こ》んだ僕らや坂口、黒田は場違いなのではないか。

「いいじゃありませんか。食事はみんなで食べた方が良いでしょう?」由美は明るい調子で言って笑う。「二人とも、ジュースでよかったかしら。リンゴとブドウがあるの。どっちがお好き? たくさん飲んでいいのよ」

そのリンゴやブドウのジュースだって、僕が普段飲んでいる紙パックのジュースとはわけが違う。果実そのものを搾ったような瑞々《みずみず》しさと芳醇《ほうじゅん》さがあった。

頭の中で、もう一度葛城家の家族関係を整理する。

健治朗と璃々江が葛城の父母。彼らの子供は三人で、上から、正、ミチル、輝義だ。健治朗は惣太郎と、惣太郎の妻・ノブ子の長男である。

　堂坂夫婦は、葛城から見ると叔父夫婦にあたる。由美は葛城惣太郎の長女で、広臣と結婚して改姓した。彼らの息子が夏雄である。

　葛城家のメンバーは総計九名。ノブ子を始め、健治朗・璃々江夫妻、その子供の正、ミチル、輝義、堂坂夫妻、その息子の夏雄。客人は僕らを含め四名。坂口、家庭教師の黒田、そして三谷と僕。

　十三人で長細いテーブルを囲む食卓は華やかだった。執事長の北里は着座せず、座っている僕らの間を音もなく縫って給仕に勤《いそ》しんでいた。由美は「父さんはこのお酒が好きだったわねえ」と言って、遺影の前に日本酒のグラスを置き、健治朗は「親父《おやじ》、献杯」と赤ら顔で自分のお猪口《ちょこ》を傾ける。ミチルは「このスープ美味《おい》しい、由美叔母さん、後でレシピ教えてよ」と言い、「すみません、急に押しかけて、ご馳走にまでなって……」と黒田は肩をすぼめてみせる。すると、「いやいや、夏雄だって、センセイに来ていただいて喜んでおりますから」と広臣がハキハキとした、気持ちの良い答えを返す。

　――出来すぎたホームドラマを観ているみたいだ。

　唐突に自分の中に浮かんだ言葉に驚き、同時に、これだ、と納得する。葛城家の一族が感じの良い人に見え、正も「いい人」かもしれないと思ってなお、心のどこかで疑っている理由。目の前のあまりに理想的な「家族」の光景……そこに嘘くささを感じてしまう。それぞれが与えられた役割を演じているかのような……。

あまりに意地悪な見方だろうか？　僕がひねくれているだけで、もっと素直に彼らの姿を受け止めるべきなのだろうか。

「田所～、お前、何辛気臭い顔してんだよ？　ほら、この牛肉の赤ワイン煮すげーうまいぞ。口の中で溶けやがる……で、この馬鹿うまいブドウジュースで喉に流し込むとよ～ねっとり絡みついてたまんねえぜ……なあ、ジュースのおかわりしたら図々《ずうずう》しいかな？」

三谷は満面の笑みで料理に舌鼓を打っていた。内心でため息をつく。僕もあまり深く考えない方がいいのかもしれない。

本当、最近の僕は、どうかしている……。

葛城は黙って食事を続けていた。だが、食はあまり進んでいない様子だった。

「正さんも、お仕事がお忙しいんでしょう？　警察官ですもんね」と由美が言った。

「はは、まあ、そこそこには」

「何言ってるの兄い！　もー、めっちゃ忙しいでしょ？　今日だって、本当は東京からパパの車で一緒に来られるはずだったのに、結局急な仕事が入ったじゃない！」

「それで、後から歩いてきたのか。じゃあ大変だっただろう。バスも電車も長いからな。それも仕事終わりとあっては」

広臣がねぎらいの言葉を向けると、正は笑って「ありがとうございます」と言う。

ノブ子は、由美の隣で車いすに座っていた。

「お父さん、どこ」ノブ子が首をぶるぶると振る。「ご飯ですよ。お父さーん」

「お父さんはもうすぐ来るから、ほら、温かいうちに食べて」

ノブ子はゆっくりと、自分の左斜め前に座る黒田の姿を見た。

「お父さん、そんなところにいたの」

「え？」

「お父さん、どこに行ってたの。また女のところ？　ねえ、そうなんでしょ、なんとか言いなさいったら――」

ノブ子の顔がカーッと紅潮する。

由美がノブ子の手を握る。「お母さん、ご飯食べよう」ノブ子はうつろな目を自分の娘に向ける。「えっ。ああ、そうだったわね。ご飯だったわね」皺くちゃの唇を震わせている。「そうねえ」最前までの発言など忘れたかのように、彼女はスプーンを手に取る。「おいしいわねえ。私、エビが好きなの。これ、あなたが作ったの？　どちら様？」

ノブ子に問いかけられた璃々江はにこりと微笑んで、「おいしいですねえ」と言った。先ほど僕らに向けた表情と打って変わり、たおやかな微笑みだった。失望したような色も見せない。もう慣れっこのやり取りなのだろう。

広臣は黒田に語りかけた。

「すみませんね。義母はもう家族の顔も、半分くらい分からなくなっているんですよ。あなたのことを惣太郎さんと勘違いしたようだ」

「はあ、そうでしたか」

黒田は首をすくめながら、後頭部をポリポリと掻いている。

「立派な惣太郎さんに比べたら、僕なんかまだまだですが、少しでも似ていると思ってもらえたなら嬉しいですね。光栄だなあ」

黒田は口の端に薄く笑みを浮かべて言った。由美が「何をおっしゃいますか、いつも先生にはお世話になって……」と笑顔で言い、それにまた誰かが明るい言葉を被せる。出来すぎたホームドラマ――その言葉はますます僕の中で膨れ上がっていく。

「黒田さん、気にすることないですよ。兄いもたまにやられるんです」

ミチルが言うと、「まあ正君の場合は元々隔世遺伝で惣太郎さんに似ているわけだけどね」と広臣が笑った。正はただ微笑んで首をすくめている。

「『女のところ』、ねえ。高齢者ってのは、無茶苦茶に見えて、心にもないことは言わないもんだぜ」

そのホームドラマに亀裂《きれつ》が走った。

坂口だ。クックッと肩を震わせながら、グラスに入ったジュースをグッと飲み干す。

空気がピリつくのが分かった。「どういうことですかな?」と健治朗が言う。

「つまり」坂口は口元に皮肉めいた笑みを浮かべた。「認知症になって頭の中に蘇《よみがえ》ってくることってのは、昔の体験なのさ。惣太郎さんが『女のところ』に行っていたなんてことを言うのは、ずうっと昔にそういう経験をしたからだよ」

健治朗の顔が険しくなった。

「坂口さん……ここは父・惣太郎の死を悼む場です。死者に対する根拠のないあてこすりはやめてもらおう」

「根拠ならあるだろ。黒田さんに対する反応がその証拠だ。なあ？」

黒田は坂口に水を向けられ、肩をピクリと跳ねさせた。

昔、惣太郎が浮気をしたから？　本当にそうなのだろうか。だが、ノブ子のさっきの目には、僕の財布を奪った時と同じ本気の色があった。

こんな場で故人の浮気がどうなどという話を持ち出す坂口の無神経さが信じられなかった。ミチルが蛇蝎《だかつ》のごとく嫌う理由が分かった気がした。

「おっと、追い出そうったってそうはいきませんよ。こっちには招待状があるんだからね」

坂口はそう言い、胸ポケットから封筒を一つ取り出した。ミチルがつかつかと歩み寄って、坂口の手からひったくるようにそれを奪い取る。

招待状は手から手へ順繰りに回されてきた。封筒には坂口の名前と、彼の職場が宛先《あてさき》として明記されている。印字されたものなので、誰が出したものかは分からない。封筒の中身の案内文も、四十九日の法要・法事の日程を知らせる一般的な文面で、パソコンで打ち出したものだ。封筒にはY村の消印が押してある。確かにこの村で投函《とうかん》されたものらしい。

裏面には、法要の開催場所として菩提寺の住所、法事の方は葛城家の住所が記載されている。「家族の意向により、法事は親族と一部親しい知人のみで執り行います」との但し書きがあった。

「こんなのパソコンで誰でも作れる」ミチルが鼻を鳴らした。「あんたが自分で偽造したに決まってる。法要の日程は知人友人には連絡してるから、あんたなら調べるのは容易だったはず。出来ないことじゃない」

「でも、僕のところにも同じものが……」

黒田がリュックの中を探り、封筒を取り出した。坂口はそれを奪い取って、「読めたぜ」と言った。

「見ろよ。俺の招待状と黒田さんの招待状は同じプリンターで印字されている」

確かに、二人の招待状の文面の右上にあたる位置に、インクがかすれた痕《あと》があった。重ねてみると、ぴったり、同じ位置だった。

「この痕には見覚えがある。あんたたちが出していた法要の案内にも、同じ位置にインクの痕があった。プリンターの故障だろうな。つまり、この招待状はこの家のプリンターで印刷されたものだ」

ミチルが苛立《いらだ》たしげな息を吐き、口早に言った。

「プリンターなんて誰でも使える。あんたが前にうちに来た時に、こっそり使ったのかもしれない」

「おーおー、怖いねえ」

坂口はへらへらと笑った。

招待状の一件は明らかに不自然だ。葛城家の人々が坂口をこの場に呼びたがるとは、到底思えない。場を引っ掻き回されるのは必定だからだ。この中の誰かが、坂口や黒田を呼んで、何かを企んでいるのか？

それとなく家族の反応を見てみるも、怪しい素振りを見せている人物はいない。

その時、視界の下からヌッと顔が現れた。

夏雄だ。口の端にケチャップをつけて、悪戯めいた笑みをこちらに向けている。

「ねえ、タドコロとミタニはなんでウチに来たの？」

「行儀悪いよー、夏雄」由美がたしなめる。「二人は輝義君のお友達なの。遊びに来てくれたのよ」

「さっき聞いたけどさ、輝義兄ちゃん、タンテーなんでしょ？」

夏雄が言う。

「じゃあさ、タドコロ、テル兄ちゃんのジョシュなんでしょ。刑事さんもタンテーもいつも二人で動くんだぜ。二人そろったら、こうどー開始さ。面白い事件がいくつも起こって、タンテーは最後に必ず意外な真実を突き止めるんだよ。犯人は一番怪しいやつか、一番怪しくないやつさ」

「夏雄、お客さんを困らせるのはやめなさい」

広臣が首の後ろに手をやって、唸るような声を出した。眉根を寄せている。

不意に、予感が訪れる。この先を聞いてはいけない——そんな不穏な予感が空間に浸《しん》潤《じゅん》してきた気がした。「出来すぎたホームドラマ」に入った亀裂は、ますます大きくなりつつある。家族それぞれが自分の演じるべき役割を放棄し、何か恐ろしいものをぶつけ合おうとしている——。

「面白いこと言うな、夏雄君は」

坂口が身を乗り出す。その口元に、蛇のように長い舌がちろちろと覗いたような錯覚がした。今日の僕はどうかしている。空想と現実が奇妙に溶け合っていく。

「どうして、田所君と三谷君が来たのが、そんなに気になるんだい？　夏雄君はどうしてそんなにタンテーのことが気になるの？」

「あのね」

「夏雄！」

広臣がぴしゃりと言う。だが、夏雄は既に遺影を指さしていた。

夏雄は首を傾げて、無邪気な声音で口にした。

「だってさ、おじいちゃんって殺されたんでしょ？」

5　疑惑　【館まで水位29・7メートル】

ゴオオッ、とすさまじい音が響いた。あまりにも出来すぎた舞台装置のように聞こえた。いやに大きく、不吉な風の音だった。

「北里。ちょっと様子を見てきなさい。ことによると、台風の影響やもしれん」

ようやく沈黙を破って、健治朗が言う。分厚い手で顎を撫でている。

「……かしこまりました」

北里はゆっくり頭を下げると、部屋から出ていった。彼も夏雄の言葉には動揺したはずだが、執事の冷静さのなせるわざか、無表情のままだった。

「ちょいと水を差されちまったが」坂口が歯を見せて笑う。「夏雄君、さっき、面白いことを言っていたよねえ。——どうして、惣太郎おじいちゃんが殺されたと思うんだい？」

葛城惣太郎……。八月の下旬に死んだ、この館の元当主。その四十九日の法事に集まった家族の前で、「惣太郎は殺された」などと口にしては……空気が凍り付くのも当然だった。

殺された？

葛城は無反応だった。何か言い出す素振りはなく、焦《じ》れったくなった。

「殺されたなんて、あり得ません」璃々江が僕らに目をやってから、ぴしゃりと言った。「自分のベッドの中で、あれだけ穏やかな顔で亡くなったじゃありませんか。持病の心臓病による発作。それで結論は出たはずです。警察も『事件性なし』と判断を下しました」

「ま、まあまあ、璃々江さん、子供の言うことですから、ね？」

由美が笑いながら言った。

『事件性なし』と判断されたなら、目立つ外傷もなかったと考えられる。聞けば済む話だが、目の前の状況に圧倒されていて、聞くのがはばかられた。

もし、殺人だとすれば、毒殺だろうか？　事件性がなく、死因も明らかであれば、司法解剖には回されないだろうし……。

「本当のことだぜ。俺、確かに見たんだ。おじいちゃんが注射するやつにね、なんか入れてるところ。な、タドコロ、すっげえ怪しいだろ？」

「子供の言うことですから」広臣が取りなすように言った。

「広臣さん、俺はこの子に聞いてんだぜ。俺は信じるよ、夏雄君の言っていることをな」

坂口がぴしゃりと言うと、広臣は黙り込み、首筋をさすっていた。

夏雄は坂口と僕の方を見て言った。

「あの日、おじいちゃんが具合を悪くしたあの日さ……離れの戸棚の前に、誰かが立っていた……戸棚にはね、薬が入ってるんだ……おじいちゃんに注射する、薬がね……」

夏雄はまた何かの作品のマネなのか、似合わない口調で言った。

「夏雄」

広臣が鋭く、小さく言った。

「戸棚の前に立つ誰か……すごくヘンな感じだったんだよ……何か企んでる感じっていうかさ……だから、様子を見てたんだ。そしたら――」

「夏雄！　やめなさい！」

しびれを切らしたように由美が言った。彼女がこんなに大きな声を出すのを見るのは初めてだった。

「その話、みんなの前でしちゃダメって言ったでしょ」

「なんでさ？」

「おじいちゃんは病気だったの」由美の口調が和らぐ。「体が悪かったのよ」

夏雄はしばらく目を瞬いていたが、やがて、何かを納得したのか、ニンマリと笑ってみせた。

「ふうん、そう」

夏雄は僕の足の間から離れ、自分の席に戻った。周囲をちらちらと窺う目つきには、どこかこの状況を愉快がっているような色がある。

「由美さん、夏雄は前からこんな話を？」

正が聞いた。口調は柔らかいが、眼光は鋭い。刑事の顔つきらしかった。職業意識が首をもたげてきたのかもしれない。

「え、ええ、そうなんです」

「僕も、事件で関わる時は、子供の証言は慎重に扱いますから。その――」

正は何かを言いかけ、夏雄の顔を見てやめた。すると、その言葉を引き取って広臣が大げさに言った。

「ええ、まさに正君の言う通りなんです。ドラマと現実の区別がついていないんですよ。

ついこの間も、二時間ものサスペンスなんて見てましたから。幼《おさな》い子供にはよくあることです、そうでしょう？」

「ひでえ！」夏雄はテーブルを叩きながら立ち上がった。「父さんも正兄ちゃんもそんなこと思ってたのかよ！」

「いや、違うんだよ夏雄、僕はそういうことを言っているつもりは――」

正がなだめようとするのを、由美が早口で遮《さえぎ》った。

「何度も言って聞かせてるんですが、すみません、こんな大事な場で……ほら、夏雄も謝りなさい」

「なんでさ」夏雄は唇を尖らせた。「俺は本当のこと言ってるだけだぜ」

「なんでって……」

由美は唇をわななかせた。まさに一触即発の雰囲気だった。由美や広臣の反応はちょっと大げさに思えるが、夏雄に今の話を聞かされるたびに、「みんなの前でその話はしないように」と言い含めて、ストレスが溜まっているのだろう。

「あの」三谷が言った。「離れって、西館の裏手のことですよね。そんなところに薬を保管していたんですか？」

「いや、離れは趣味の部屋に使ってたから、寝るのもそこだった、とか……？」

惣太郎さんは、そのまま離れのソファで眠ってしまうことはたまにあったけど、寝室はこの西館の三階にあって……」

「本当は薬は三階の書斎にあったのさ。だけど、おかしくなって暴《あば》れたおじいちゃんが、全部薬を割っちゃったんだよ。手に傷作ってさ」

夏雄がニヤリと笑って言う。

「夏雄！　あんたそんなことまで……」

「由美さん、今のは本当のことですか？」

黒田が問うと、由美がため息をついた。

「え、ええ、そうなんです。父の足腰が弱って、認知症も進んでからは、寝る前に薬を注射してあげることが多かったから、寝室近くの書斎に薬を保管しておいたんです……そしたらある日、書斎の中で薬の瓶《びん》が全て割られていて……ああ、ごめんなさいね、こんなこと、他人様《ひとさま》の前でする話じゃないのに」

「いえ……」

いやいやながらに話すような彼女の口調には、彼女に似つかわしくない疲れさえ滲《にじ》んでいた。

「お義父《とう》さんの手にはガラスで切ったような深い傷があって、靴底には割れたガラスの欠片《かけら》が刺さっていました」

広臣はまるでここが彼の法廷であるかのように、事実だけを提示した。

「それで私たち、仕方なく、薬をお父さんから遠ざけたんです。あの薬を使うと、確かに頭がぼうっとするし、お父さんも薬に縛られる現実が堪えがたくなったんだと思うの。ちょうどその日はホームパーティーがあって客室は使われていましたから、離れの戸棚ならなんとかスペースも確保出来るし、と思って」

「お義父さんは体が弱ってから、離れには近付いていませんでしたし。それで、そのまま離れが定位置になって、ずるずると……」

「ホームパーティー……」健治朗が顔をしかめた。「私たちも来ていた時だな。四月頃のことだから、もう半年も前か。道理であの日、父がずっと布団を被って眠っていたわけだ。私たちや客人から、手の傷を隠すのに必死だったんだね」

健治朗の指摘に、広臣がグッと息を詰まらせる。

今の話通りなら、薬は確かに、離れの戸棚に保管されていたことになる。

その戸棚の前に佇んで、薬をいじっていた人物……。夏雄の言葉が本当かどうか、今のところは判断する材料がない。だが、夏雄の奇矯な言動を考えると、嘘を言って場をかき乱しているようにも見えてしまう。

葛城家は嘘つきの一族……。

「由美、由美、どうしたの。顔が怖いわ」

その時、ノブ子がすがるように由美の腕を掴み、そう言った。一触即発の雰囲気がそっと和らぎ、由美は「ああ、なんでもないのよお母さん。ごめんね……」と言いながら、ノブ子の背中を撫でた。

だが、不穏な空気はまだ終わらない。坂口に引き下がる気がないからだ。

「謝る必要なんざないでしょ、奥さん」坂口は嘲《あざけ》るように笑った。「この子は自分の見たことを話してるだけなんだから」

「坂口さん」璃々江がぴしゃりと言う。「あなた、随分とこだわるじゃありませんか。どうしてそこまでして、夏雄君に話させようとするのですか？」

「璃々江の言う通りだ」健治朗は重苦しい口調で言う。「これは葛城の家の問題だ。あなたには関係がない」

坂口は二人の顔をじっと見つめた後、大げさな身振りで肩をすくめてみせる。

「そりゃ、正義のためですよ。もしですよ？　もし、惣太郎さんが本当に殺されていたとすれば、犯人を見逃しちゃ正義にもとるじゃありませんか」

なんとも薄っぺらい言葉だった。

「ちゃんちゃらおかしい」ミチルが鼻で笑った。「正義？　坂口さんに一番似合わない言葉だよね、それ。どうせ気になってるのは金のことでしょ」

「ひどいねえ。昔みたいに『グッチ』って呼んでくれよ。寂しくて泣きそうだぜ」

ミチルが顔をしかめた。「最低」と吐き捨てるように言う。

しかし、坂口は一体、何がしたいのだろう。ただのゴシップ趣味なのか、それとも何かの狙いがあるのか。

坂口は立ち上がり、テーブルの周囲をゆっくり歩き始める。坂口以外の僕たち十二人の背後をぐるりと一周しながら、顔を見渡している。後ろ暗いこともないのに体が強張った。それくらい彼の態度は堂々としていた。断罪者は彼の方で、僕らは処刑の順番を待っている罪人であるかのように錯覚させられた。

「葛城惣太郎。実業家として財を成した男が病死した。持病の心臓病の発作でな。八十七歳の御年も考えればあながちあり得ないことじゃあない」

坂口はそこで言葉を切り、ニヤリと笑った。

「遺言状を書き換えさせて、全てを長女に相続すると決めた直後でなけりゃあな」

由美が立ち上がった。耳が紅潮している。

「あなた——なぜそれを」

堂坂夫婦は今や敵意を隠さず坂口を睨んでいた。膠着《こうちゃく》状態だ。いやが上にも場の緊張が高まる。

坂口の意図するところがようやく分かった。これは、遺産目当ての殺人だったと。これが彼の言う『ネタ』だったのだろうか。いや、まだ何か隠し持っていそうな気がする。

「いや——この際、ハッキリさせましょう」

意外にも議論に加わったのは、璃々江だった。目をキッと見据えている。

「確かに、惣太郎さんの死と遺言状の書き換えのタイミングはあまりに不自然でした。なんらかの作為を感じずにはいられません」

「璃々江」

たしなめるように言ったのは夫の健治朗だった。

「みっともない真似はよしなさい。他人様もいる前で」

僕は身を硬くする。途端に、ここにいてはいけない気がしたのだ。「あの」と声を出し、立ち上がって中座しかけた時、健治朗は眉をぐりっと動かし、不敵に微笑んだ。まるで役者のような顔の動きだった。

「もちろん璃々江、私だって君と思いは一緒だけどね」

広臣が顔をしかめて、深いため息をついた。前髪を掻き上げて、健治朗を見やる。

「これだから政治家というのはいやだね。随分回りくどくおっしゃる。ハッキリ言われたらどうです」

「回りくどいのは弁護士も同じでしょう。聞きたい言葉は相手から言わせなければ。そうでしょう？」

広臣が眉根をぎゅっと寄せた。健治朗はあえて相手の口癖を使ったのだ。

「しかしね、健治朗さん、璃々江さん——ありゃ偶然ですよ。確かに突然亡くなったのには驚きましたけどね。お義父さんにとっては、遺言状を書き換えるのが当然のことでしたよ。お義母さんは私たちの顔はしっかり分かりますが、璃々江さんは先ほど、『どちら様？』と聞かれていましたよねえ」

璃々江は顔をしかめた。広臣の態度は法廷に立つ弁護士のそれだった。事実を指摘しながら、持論を納得させるようにゆったりと喋ってみせる。

「思うに、私たち夫婦がこの家に住み、懸命に介護してきたおかげでしょう。お義父さんも、家を出ていって東京で暮らし、政治家一家として悠々自適の暮らしをしているあなた方長男夫妻よりも、我々に情が移ったんじゃないでしょうか。そうでしょう?」

「くっだんない」

ミチルがスマートフォンをいじりながら言った。

「私たち、こんな言い争いするために集まったわけ? 誰も楽しくないでしょ、こんな話題——ああでも、テルは大好きだもんね、殺しの話」

彼女は嘲るような笑い声を立てた。その笑い声には、思わず人をぎょっとさせる響きがあった。ミチルと葛城は姉弟仲が悪いと、坂口が言っていたのを思い出す。

「いや、そんなことは……」

葛城は目を伏せながら言った。

「違うの?」ミチルが手にしていたスマートフォンをテーブルに伏せた。「昔から兄いにくっついて、くだらない話せがんでたじゃない」

「ミチル、何もテルにそんな言い方しなくても……」

正がたしなめると、ミチルは綺麗な顔を少し歪めた。

「兄いも面倒見が良いからさ。本当、優しいよね、こいつなんかのために」

ミチルは正には信頼を寄せているようだが、葛城への態度はあくまで厳しかった。

ミチルと葛城の間に、一体何があったのだろう?

だけど、葛城の様子はおかしかった。目の前の殺人疑惑に対して、なんのリアクションもない。怒りや反発、あるいは興味。葛城にはどれもない。今、彼は何を考えているのか。考えるのをやめられるような人間じゃないはずなのに。

坂口が、パン、パン、と二度手を叩いた。

「皆様方、内輪もめも結構でございますがね」

「内輪もめ⁉ そもそも焚《た》き付《つ》けたのはあなたでしょうが！」

璃々江が頬を紅潮させていった。

「今重要なのは、惣太郎氏を手にかけたのは誰か――ズバリ、これですよ。俺にはあれが殺しだったと信じる根拠がある」

「デタラメを――」

坂口がサングラスを外す。

その瞬間、テーブルを囲む全員がハッと息を呑んだ。

坂口の右目の上に大きな切り傷があった。傷は縫合されている。

「先月からちょいとばかり、命を狙《ねら》われていてね。俺はこの中に犯人がいると踏んでるのさ」

6 襲撃 【館まで水位29・6メートル】

ノックの音が三度、響いた。

「失礼いたします」

重苦しい沈黙を破るかのように、北里が室内に入ってきた。彼の肩はぐっしょりと濡れていた。髪にも滴が滴《したた》っている。

「雨風が強くなってまいりました。外に出て風に飛ばされそうなものを引き上げていましたが……ニュースによれば、台風XX号が、中心気圧九百三十ヘクトパスカルのまま関東に上陸した、と……」

「九百三十⁉」

健治朗が大声を上げた。

「パパ、あんまり大きな声出さないでよ。九百三十ってそんなに凄いの？」

健治朗が顎を撫でた。心なしか、額に汗が浮いているように見える。

「……かなりの勢力だ。台風は中心気圧が低いほど勢力が強いが、並みの勢力の台風が九百六十から九百九十だ。九百三十だと、歴代三位の台風の勢力に並ぶ」

健治朗の説明が頭に浸透して、思わず体が震えた。もしかして、僕らはとんでもない時に遠出してしまったのではないか？

三谷と顔を見合わせた。彼も似たようなことを考えたのだろう。

「Y村には避難勧告が出ていないのか」

「まだのようですが、電車とバスは午後二時をもって運休を決めたようです」

「「えっ」」

僕と三谷が二人揃って声を上げた。なんてことだ。今は昼の一時半。車で送ってもらえても、午後二時の電車には間に合わない。

僕らの気持ちを察してか、健治朗が言った。

「田所君、三谷君、黒田君。聞いての通りだ。交通手段もないことだし、この風雨では出歩く方が危険だ。今日は部屋を用意させるから、泊まっていきなさい。幸い、使っていない客室ならいくつかある」

家庭教師はぺこりと頭を下げた。

「健治朗さま、俺は？」

坂口が自分を指さして言った。目の上の傷が生々しい。

「……坂口さんも泊まっていきたまえ。人を見殺しにする趣味は、私にはないのでな」

「御屋形様、私は涙が涸《か》れてしまいそうです」

坂口は大げさな身振りで自分の目元を押さえていた。

「北里、二階の空き部屋の様子を見てきてくれ。昨晩に掃除を頼んであるから問題はないはずだが。もし足りない備品があれば補充を頼む」

「かしこまりました」

北里はまたお辞儀をして退室した。他の使用人がいないせいか、本当に忙しそうだ。

健治朗は長いため息をつく。

「Y村は低湿地だ。曲川が氾濫《はんらん》危険水位に達すれば、村の大部分が水没するだろう。昔から、あの流域は水害が起こりやすいんだ」

「そうなの？」

「ああ。Y村の東に、地元の人間に『三日月池』と呼ばれている池があるだろう。あれは百五十年前の水害の時、氾濫した水域が切り離されて出来たものだ」

璃々江が「へえ」と息を漏らすが、その視線は健治朗の方には向いていなかった。

「君は専門外の領域にはまるで興味がないからな」

健治朗は苦笑すると、最新型のスマートフォンを覗き込む。

「……ともかく、台風が過ぎ去るまでの間、対策をして夜を越すほかないな。天気予報通りなら、明日、日曜の昼には抜けそうだ」

「だがよう」坂口はがなるような声で言う。「ぞっとしねえぜ。殺人犯と、しかも、俺の命を狙っているやつと一晩一緒に過ごすなんてなあ？」

台風の話題になっても、坂口は自分の言葉を退ける気はないようだ。広臣が立ち上がり、舌鋒《ぜっぽう》鋭く言った。

「あなたねえ、言いがかりも大概になさい。惣太郎さんが殺されたというのは、あなたの憶測に過ぎません。遺言状の書き換えのタイミングと死亡のタイミングはただの偶然であると、私は立証してみせました」

「『立証』ねえ。ある事実とある事実が完全に無関係であることを立証することなんざ、本当に出来るのかね？　弁護士っていうのはおめでたい連中だ」

「あんたら記者はその反対じゃないか。関係のない二つを無理やり結び付けて、世論を煽《あお》り立《た》てる。あんたを恨んでいる人間はさぞ多かろうな」

「あんたこそ憶測でひどいことを言うじゃあねえか。涙が出てくるよ」

広臣は厳しい視線を坂口に向け続けていた。

「広臣さん、しかしあんた、随分絡んでくるねえ。もしかして、惣太郎氏を殺したのはあんたじゃないのかい」

「父さんは犯人じゃない！　さっきからそう言ってんだろ！」

夏雄が出し抜けに大きな声で叫んだ。

「夏雄、やめなさい」

「父さんは犯人じゃないんだ！　だって――」

「夏雄！」

広臣に怒鳴られて、夏雄は体をビクッと跳ねさせた。大きな舌打ちをして、「つまんねえの」と口にする。

葛城がその時ようやく口を開いた。

「……そもそも、坂口さんが、僕ら一家の仕業だと疑う根拠は……なんなのですか」

気弱そうな瞳が坂口に向けられている。やはり、いつもと様子が違う。謎を追及する時の葛城には、もっと迷いがなかったはずだ。

「ちょっとテル」ミチルが嘲笑うような声を出した。「信じるわけ？　こいつの言葉を」

「……信じるかどうかを決めるのは、聞いてからでも遅くない」

「へえ、ご立派だこと。さすがタンテイさん」

ミチルの葛城に対する態度は冷淡だった。いや、それ以上に、彼女の発した「タンテイ」という言葉からは、侮蔑《ぶべつ》のニュアンスすら感じられた。

「君は優しいねえ。おじさん涙がちょちょぎれそうだよ。――ま、それはそれとして、根拠の話をしようか。初めはこのY村で事件が起きたのさ。惣太郎さんが亡くなる前日、俺もY村に逗留《とうりゅう》していた」

本当にストーカーまがいだな、と思ったが、口に出さないでおく。

「逗留していたのはなぜだ？」

「愛《いと》しのお嬢さんを追いかけるため――とでもいえば、満足かい？」

違う、と直感が告げた。そんなことのために、坂口は葛城家の周囲を探っていたのではない。なんらかの秘密、それを嗅《か》ぎつけたからこそ、探っていた――。

「その日、俺はあるものをカメラに収めた――。こいつが俺の『ネタ』さ。俺も命が惜しいんで、何かは伏せさせてもらうがな」

彼は食堂内の人間をぐるりと見渡した。この中の誰かに狙いを定めているのは明らかなようだ。

「ふん。存在しないものは出せないからな」

健治朗のヤジを無視し、坂口は続ける。

「とにかく、俺が襲われたのはその直後だったのさ。この館からY村に下る坂道で、落石に襲われてね。崖の上から、三十から五十センチ大の岩がどさどさっとな。あんなもの、打ち所が悪けりゃ、ヘタすりゃお陀仏《だぶつ》さ」

人の仕業だとすれば、落石事故に見せかけようとしたことになる。もしこの中の誰かの仕業だったとしても、そこまで手間のかかることをやるものだろうか。

「その時、Y村にはあんたら家族が全員集まっていた。惣太郎さんの主治医の姿も、黒田さんの姿もあったな。そりゃ、東京には俺を恨んでる人間が大勢いるだろうが、東京からわざわざこんな辺鄙《へんぴ》なところまで追いかけてくる物好きはいやしない。そこで、落石は惣太郎さんの死と関連があるに違いないと思ったのさ」

「短絡的な見方ですね。ただの事故だった可能性もあるでしょう」

広臣の言葉に坂口は笑った。

「そりゃ、一度だけなら俺もそう思うさ。だが、偶然は二度続かねえよ」

彼は自分の目の上の傷を指さした。いよいよその話をするらしい。

「この傷は、東京に帰ってきた後、二度目の襲撃の時に出来たものだ。時期は六週間前。新宿の高架下で暴漢に鉄パイプで襲われてこのザマさ。ま、暴漢っていっても、男か女かは分からねえ。随分華奢《きゃしゃ》で身軽なやつだったからな。五、六針縫っただけで済んだのは幸いだったが、危うく頭カチ割られるところだったぜ」

芝居がかった口調で話す坂口を、広臣が鼻で笑う。

「それこそ、あんたを恨んでいる連中の仕業かもしれん。東京にはあんたの敵が大勢いた

「そりゃあな。ただ、襲ってきたやつが『カメラはどこにある』と聞いてきたもんで、ピンと来たのさ。俺が惣太郎氏の死の直前、撮影したあの写真を狙った犯行だ、とね」

「こじつけに過ぎない。大体、本当にそんな写真があるならとっとと出せばいい。その方が話が早いじゃないか。盗まれたものを出せやしないだろうがね……」

広臣は吐き捨てるように言った。

坂口は突然、胸ポケットから何かを出した。SDカードだ。

食堂にいる面々が、ハッと息を呑む。

「ところが、だ」坂口は大見得を切るような顔つきで、不敵に笑った。「犯人のやつ、違うカメラのSDカードを盗んでいきやがった。データはほら、この通り」

「……本当に君の言葉通り、それが本物のデータなら、それを奪えば終《しま》いだ。あなた――殺されても文句は言えないぞ」

健治朗が厳《おごそ》かな声で言った。最後の言葉は恫喝《どうかつ》とも取れる迫力だった。

だが、まさにその通りだ。坂口の行動は、いくら家族を揺さぶって真相を探るためとはいえ、あまりに挑発的すぎる。「殺されても文句は言えない」という言葉が、いやな重みを伴って聞こえる。

「へえ。政治家先生が、一介の雑誌記者を脅迫ですか。かぁー、これだけでも随分な記事になりますな」

「脅迫？　私は親切心で警告してやっているのだ」

「そいつはどうも。ただ、俺もそこは抜かりねえ。データの複製は自宅に残してあるから、これを奪われたところで問題ない」

健治朗が鼻を鳴らした。広臣が顎を撫でながら言う。

「それにしても、肝心なところでカメラを取り違えるとは。随分せっかちな犯人のようですね」

「ところがどっこい、すさまじい念の入れようだったぜ。俺がダミーのデジタルカメラを差し出したら、『そのカメラじゃない』ってすぐ否定した。こりゃ、俺の仕事ぶりを知ってるやつだぞ、と思ったね。俺の相棒はこいつだからな」

坂口はカバンから一眼レフカメラを取り出した。

「次に、犯人は俺のカバンから外付けのHDDを盗み出した」

「写真の保存に、今時HDDですか」広臣が目を見開いた。「クラウドサービスでも使ってるのかと思ってましたが」

「ああいうのは信頼してない。俺は古い人間だしな。ま、大事なデータを奪われたらしょうがないから、HDDのことは仕事仲間にしか話してねえ。こいつ、同業者か？　そう思った時、犯人のやつ、とんだ間抜けをやらかしやがった」

坂口はクックックッと笑った。

「俺の一眼レフカメラと間違って、その日持っていた社用カメラのSDカードを抜いていきやがったのさ。相当焦ってたんだろうぜ」

見てみろよ、と坂口が近くにいた僕にカメラを渡す。確かに、SDカードを入れておく底部に「Shukan Higure」のロゴが印字されたテープが貼られている。会社の代表誌の名前だ。目に入らないとは考えにくい。犯人は相当焦っていた？　それとも――。

坂口は座の面々を睥睨《へいげい》するように見渡していた。反応を見ているに違いない。証拠はまだ残っていると聞いて、動揺するのは誰か――。だが、誰も彼も、目をすがめたりムスッとしたりしながら坂口のことを不快そうに見ているばかりで、有意な反応は見つけられそうになかった。

正が咳払《せきばら》いをした。

「つまり、夏雄の証言と、坂口さんが二度襲撃された事実、そして、坂口さんが所有されているという『写真』――これらが、惣太郎の死が殺人と思われる理由ですね。いずれも状況証拠に過ぎないじゃないですか」

「ごめんなさいね、皆さん」由美が底抜けに明るい声で言った。「この子にはよく言って聞かせますから、人の気を惹きたくて嘘をつくことがあるんです。いつもはもっと面白い嘘なんだけど、たまにみんなをびっくりさせすぎるのが問題ね。ほら夏雄！　あなたも謝って」

「……ごめんなさい」

夏雄は平板な声で言う。そっぽを向いて、投げやりな謝罪だった。

「坂口さん」

健治朗は厳かな声で言った。

「私はまだ、あなたの仮説とやらを信じることが出来ない。だが、これだけは言えるね。あなたは私の家に土足で上がり、私の家を踏みにじった。この行いは、断じて許さない。君の所属する会社にも、今度厳重に抗議を申し入れよう」

坂口は口笛を吹いた。

「へえ、そりゃどうも。でも、そんな強気でいいんですかい？　俺の持っている写真はまさしく、惣太郎氏の殺害疑惑を、決定づけるものなんですぜ」

坂口の言葉に息を呑んだ。健治朗は眉一つ動かさない。

「私の家族につまらない疑いをかけるのはやめていただこう」

坂口は嘲るように笑った。

「夏雄君の話だって聞いてやる必要があるんじゃねえか？　あんたら――それでも家族かよ」

坂口の吐いた正論に、誰も言い返すことが出来ずにいた。

「あのう」

その時、三谷が口を開いた。能天気に間延びした声だった。

「ちょっと思ったんですけど……もし、もしですよ、薬に毒を混ぜられたなら、主治医の先生が怪しいんじゃないですか……？」

「まさか！」

広臣が大きな声で否定した。

「丹葉《たんば》先生に限ってそんなことはあり得ないよ。あの人は素晴らしい人だ。惣太郎さんが亡くなった前日だって、アメリカの出張帰りから駆けつけてくれたんだよ。『たまたま往診の日と重なっただけだ』なんて言ってたけど、スケジュールの合間を縫って来てくれたんだろう。本当に、稀《まれ》に見る熱心な医者だよ」

「そうよ」由美が言った。「爽やかな好青年って感じが全身から漂ってるもの。二十九歳なのに、もうベテラン然としていて、安心感があってね。マメに往診もしてくれるし、我が家のホームドクターなの」

健治朗が二人の賛辞に追従した。

「二人の言う通りだよ。丹葉先生はいつも私たち家族のことを考えてくれる。最初は惣太郎とノブ子の主治医だったのが、私たちの健康上の悩みの相談にも親身に付き合ってくれてね。今では家族ぐるみの付き合いだ。丹葉先生の奥さんとも仲が良いんだよ。なあ、璃々江？」

璃々江はチラリと健治朗に視線を投げてから、肩をすくめた。

「……さあ」

「ははは、とぼけおって。璃々江は丹葉先生以外の診療は受けたがらないんだよ」

あの理知的な璃々江がそこまで信頼をおくということは、人格者でありながら、病気や所見の説明も論理的で整理されているのだろう。爽やかで人が良くて、頭も良い……彼らの話から浮かんでくる「丹葉先生」の像はどこから見ても立派な人物だった。彼らの口調にも庇う素振りはない。

「おや、私の話ですかね」

その時、食堂の入り口から声がした。

声を聞いた時、体が震えた。

こんなところにいるはずがない。

入り口に二人の男が立っていた。一人は北里。そして、もう一人は——。

北里が前に進み出た。

「ご主人様、恐れながら、丹葉先生をお連れしました。招待状をお持ちでしたので」

北里が言い、手袋をした手で封筒を掲げた。坂口、黒田が持っていたものと同じものだ。どうやら、何者かがこの男を呼び寄せたらしい。だが、なんのために。

北里の隣には、外套《がいとう》を着た男が立っていた。

「丹葉です。今日は惣太郎さんの四十九日と聞いて、せめて皆さんにご挨拶だけでもと立ち寄らせていただきました。顔だけ見せて、ご迷惑にならないうちに失礼しようと思っておりましたが……」

清潔で、誰から見ても好ましい印象を与える男だった。家族が語った「丹葉先生」の像が、そのまま具現化したような姿だ。どこからどう見ても、人格にも頭脳にも優れた好人物に見える。

だが僕は、彼の正体を知っている。

「いや、いや、丹葉先生」

健治朗が立ち上がった。

「この大雨ですから、ゆっくりなさっていってください。事故に遭わないとも限らない。今日は他にもお客さんが大勢いらっしゃいますから、どうぞ、遠慮せずに……」

「そうですか？　では、お言葉に甘えて」

ところで、と彼は続ける。

「皆さんはなんの話をされて——おや」

食堂の中を見渡していた彼の目が、僕に向く。

よそいきの笑顔を満面に浮かべた。僕はこの笑顔をよく知っている。

本性を隠しておくために、彼が完璧に被った「仮面」。

誰もがその人の好さそうな笑顔に騙される。

だけど、僕は騙されない。

「やあ、奇遇だね、信哉。こんなところで会うなんて思いもしなかった」

「何しに、来たんだよ……どうしてこんなところにいるんだよ……」

僕は目の前の男を睨みつけた。

「——梓月《しづき》兄さん」

7　兄弟　【館まで水位29・5メートル】

「ええ！　田所君と先生は、ご兄弟だったんですか？」

広臣が目を丸くして言った。

僕の兄――丹葉梓月は人好きのする笑みを浮かべて言った。

「私も驚きましたよ！　輝義君に面白い友人がいるとは聞いていましたが、まさかそれが信哉だとは。いやあ信哉、こんな偶然もあるんだね！　私は嬉しいよ――本当に、とっても嬉しい」

両肩に手を置かれ、顔を覗き込まれる。人差し指が、トン、トン、と僕の肩を小さく叩いた。まるで、僕にだけシグナルを発するかのように。兄の手の動きは、誰にも見えなかっただろう。兄はみんなの死角を狙っている。

「でも、先生は丹葉って名字でしたよね」黒田が問う。

「ああ」兄は僕の肩から手を離し、背筋を伸ばした。「私は結婚して妻の姓を名乗っているんですよ。婿養子《むこようし》でしてね。妻の家が厳格な医者の家系なので。そのおかげで、こうして皆さんとの縁も出来たわけですが」

頭の中で、「縁」という言葉を「パイプ」に置き換える。今の奥さんと結婚したのだって、きっと金目当てだ。兄は子供の頃から、周囲の人間は全て利用すればいいと考えて生きている。同級生も、担任の教師も、そして親も。利用価値がない年下の弟の僕は、兄に顧みられることさえ滅多になかった。

僕が十三歳の時に、医学部を卒業して研修医になり、各所の病院を転々とし始めた時から、兄は一人暮らしを始めて交流が薄くなった。兄の結婚式にも出席したが、「おめでとう」の一言以外ろくに会話も交わさなかったことは覚えている。梓月は関係者の名士たちへの顔つなぎで忙しかったのだ。いつだって、自分本位なのだ。

僕が探偵を目指すキッカケになった女性、飛鳥井光流との出会いを果たした時、僕は七歳、兄は医学部進学のため浪人中の十九歳だった。彼はあの日、死体を横目に見ながらローストビーフを食べていた。彼にとって、他人は本質的にどうでもいい存在なのだ。

呼吸が浅くなる。主治医がこの兄だというなら、殺人さえ犯したかもしれない。金、利得、保身。今すぐ、兄の仮面を剝いでやりたい。だが、葛城家の人々は皆、梓月の外面を信じている。僕一人が声を上げたところで、状況は何一つ変わらない――僕はそのことを、これまでの経験で知っていた。いつだってそうだ。親戚や、優秀な兄の前歴を知っている教師が信じるのは、「信頼」を積み上げてきた兄の方。割を食うのは、いつも僕だ。

兄がさっき僕の肩を叩いたのは、「余計なことはするなよ」というシグナルだ。もう兄の手は触れていないのに、肩にずっと体重を乗せられているような感じがする。

「それで、皆さんは一体なんの話をなさっていたのですか」

梓月はそう繰り返した。健治朗は複雑そうな表情を浮かべるが、坂口が「実はですね」

と顔に喜色を浮かべて話をした。広臣と由美が口を開きかけたが、家族の人間が止める暇もなかった。

「殺害疑惑……ですか」

梓月は最後まで聞くと、「なるほど」と頷いた。

彼はしかつめらしい顔をして、無言で診察カバンを開いた。彼は、注射器とアンプルを取り出した。アンプルの中には薬液が封入されている。先端のガラス部分が折れるようになっており、中の薬液を注射器で吸い上げて、注射する仕組みだ。

梓月はアンプルを持ち上げて言った。醒めた目つきで薬液を覗き込む彼は、いかにも医者らしく見える。

「……アンプルは折ったら元に戻せません。痕跡《こんせき》を残さず、毒薬を混入するのは不可能ですよ。ガラスですし、もし元に戻すなら、溶接工にでもなるしかありませんね」

梓月の軽口に、座の面々が笑った。

「医者の倫理がそう言わせるのかね？　実はあるんだろ、方法が」

「坂口さん、あんたもしつこいな」と広臣がうんざりした調子で言った。

その後、梓月を囲む輪が出来、璃々江と由美の手で梓月の分の食事が用意された。輪の中から坂口は締め出され、以降、どんな言葉を投げかけてもはぐらかされ続けた。

坂口が舌打ちをした。

「しらけちまったぜ」

残念ながら、坂口と同じ思いだった。

＊

雨風はいよいよ強くなってきた。窓枠がガタガタ鳴る音が屋敷中からしている。雨だれの音が絶えず鳴り響き、意識を苛《さいな》む。

「この雨、ほんとひどいですねえ。曲川は大丈夫でしょうか」

由美は心配そうに漏らした。健治朗が唸って言った。

「河川の状況はモニタリングしている。水位は少しずつ上がっているようだが、氾濫危険水位に達するのはまだ相当先だろう」

「モニタリングとおっしゃいますが、どうやって」

黒田の言葉に、健治朗はスマートフォンの画面を差し出した。

「県が作成しているホームページです。曲川は二級河川だから、都道府県の管轄なんですよ。河川流域に定点カメラを設置して、一分ごとにその画像を掲載しています」

家に籠りながら、災害の情報は結構集められるらしい。健治朗は災害に強い都市構想を作るべく、こういったツールをまとめて勉強したことがあると璃々江が言った。

「客人の皆さんは、先に荷物を部屋に運んでくるといいでしょう。部屋割りはどんな風にしましょうか」

健治朗は図面で示す。二階の右翼に家族、左翼に招待客四名が宿泊する。三階にはノブ子など元々の住人の居住スペースがあるようだ。

「お客さんは丹葉先生、黒田さん、坂口さん、田所君、三谷君の五名なので、一部屋足りない計算になります。そこで、止むを得ず、離れを用意させていただいた」

「えっ、いいんですか」僕は言う。「惣太郎さんが使っていた部屋なんですよね？」

館の元当主、まして故人の部屋である。軽々に立ち入って良いものだろうか。

「父が倒れてから一年以上、物置として放置されていた部屋だし、父も許してくれるだろう。ただし、掃除も行き届いていないし、大きめのソファをベッドとして使うしかないような体たらくだ。あんな部屋を客人に使わせるのは忍びない。ここは私が――」

健治朗が言いかけた時、坂口が手を挙げた。

「それなら、俺に行かしてくれよ。貧乏くじを引くのは俺の役目だろう？」

場の空気が硬直した。

「……しかし、あなたは」

「おいおいおい、今さら俺を客人扱いってか？　さっきまで散々言ってくれたくせによ。それとも何か？　俺を行かせたくない理由でもあるのか？」

むしろ、坂口の方に何かの底意があるはずだ。この場にいる全員がその思いを共有していたと思う。

健治朗は咳払いをしてから言った。

「……まさか。不便だろう部屋を使っていただくのが忍びないだけだよ」

健治朗の硬い表情を見て、なぜ突っぱねないのかと不思議に思った。さっきの夏雄の話を確かめようとしているとか、なんらかの悪巧《わるだく》みをしているのは確実だ。

そこまで考えて、気付いた。ここで坂口の提案を突っぱねては、むしろ、健治朗の方に隠し事があるような雰囲気が出てくる。殺人などないと主張している葛城家サイドにとっては、むしろ殺人説を勘繰らせる材料を与えることになってしまう。

そして恐らく、坂口はそこまで読んで揺さぶりをかけている。

坂口は肩をすくめながら、何でもないように答える。

「お構いなく。車中泊だって珍しくないんだ。横になれるだけでもありがたいぜ」

「……そうですか。それでは、申し訳ありませんが、離れをお使いいただくということで」

「ええ、喜んで使わせていただきます」

坂口はおどけた丁寧語を口にした。

「……ふうん、ま、うるさいのが一人、西館の外に行くならいいかもね。今夜はゆっくり眠れそう」

ミチルが誰にともなく言うと、坂口は「つれないねえ」と笑う。

「それでは」

坂口は芝居がかった仕草で礼をし、食堂を出ていった。

葛城は最後まで何も言わず、そそくさと逃げるように出ていった。引き止めて意見を聞く暇もなかった。

家族の前だから、いつものように振る舞ってくれないのか。

あるいは――もう彼の中で、何かが決定的に変わってしまったのか。

しばらくその場を動けずにいた。

8　探偵【館まで水位29・3メートル】

精進落としという名の食事会が終わり、僕らは散会した。

一階の廊下に出た瞬間、腕をそっと掴まれ、中央階段横のスペースに連れ込まれる。応接間の正面に当たり、食堂から二階へ上がる面々からは死角になる。

「――まさか信哉にこんなところで会うとはね。どうしてこんなところに？」

「兄さんこそどうして法事の日に現れたんだ。あんたに目的がないとはとても思えない」

梓月がクックッと引きつるように笑った。招待状だって、偽造出来る。坂口や黒田にも同じものを送ってカモフラージュしたのだろう。いかにもこの兄が考えそうなことではないか。

「……あんたが殺したんじゃないのか？」

僕が言うと、兄は目を丸くし、プッと吹き出した。

「いいねえ。負けん気が強くなってきたじゃないか。小さい頃のお前に足りなかったのはそれだよ」

「今は昔の話はしていない。それとも答えたくないのか？」

兄は余裕ぶった笑みを崩さない。

「さっきの話だと、夏雄君は離れの戸棚の前に立つ『誰か』の姿を見たってことだったよな。仮に、その話が本当だとしよう。それなら、私は犯人ではあり得ない」

「どうしてそう言える？」

「だって、私が犯人なら、わざわざこの家で毒を入れたりしないだろう？　診療所でゆっくり毒を混ぜてくれれば済むことだ」

僕は唾を飲み込んだ。

——こういう男なのだ。

どこまでも理屈家であるために、人の想《おも》いを顧みない。今だって、医者が発する言葉としては最悪の部類だ。

小さい頃から、僕は不出来な弟として兄に切り捨てられてきた。僕は兄に認められたくて仕方なかった。だから、今の高校に入った。兄も入った名門校だからだ。

受験に合格した時、僕は一度だけ、兄に電話をかけた。

僕、兄さんと同じ高校に入ったよ。

どうだ、見たか、僕だってやれば出来るんだぞと証明出来たような思いで、僕は勢いよく言った。

だが、梓月の答えはたった一言だった。

「だからなんだ？」

兄は自分に興味さえないのだと知った。それ以来、より深く兄を憎むようになった。

兄は僕の腕から手を離した。

「まあいいさ。今夜はこの家で一緒に過ごさなきゃいけないみたいだからね。仲良く行こうよ、弟君」

兄はよそいきの笑顔に戻って、僕の肩を叩いた。その肩に、鈍い痛みと寒気が広がっていくような気がした。

*

客室にはシングルベッドと机、木製の椅子、クローゼットがある。ふかふかの絨毯や、ランプ一つとってもおしゃれな調度が印象的だ。

家族に連絡を取り、今夜は泊まっていくと告げた。母は山奥だし台風が危ないのではと心配げだったが、交通手段がないと話すと納得してくれた。

頭が痛む。元々低気圧で頭痛が始まるタイプなのだが、ここに来てからの展開もめまぐるしい。葛城家の住人たち、坂道の途中の奇妙な住民、惣太郎の殺害疑惑、坂口が二度襲われたこと……。一連の出来事の裏にあるものは、僕には見えてきそうにない。

葛城くらい頭が切れれば、見えてくるものがあるのだろう。

だけど、今の葛城は、見ようともしていないのではないか。

——じゃあ、田所君は何を求めてここに来たんだい。

葛城の拒絶するような声を思い出す。兄の正にのみ向けていた甘えるような態度と、姉のミチルから向けられていた軽蔑の念を思い出す。あれが、僕の知らなかった、家族の中の葛城の姿だ。誰だって多かれ少なかれ、家の中と外では見せる姿は違うだろう。だから、家族の前でだけ見せる葛城の顔を知ったことがショックの原因というわけではない。

本当の原因は、自分が求めているものが何なのか、僕にも分からないからだ。こんな状態では、僕が、葛城にしてやれることがあるのかさえ見当がつかない。

頭が痛む。

ノックの音がした。

「三谷だ。入ってもいいか？」

三谷は笑顔がいつもより少なくて、声にも張りがない。少し憔悴《しょうすい》しているように見える。

三谷を椅子に座らせて、自分はベッドに腰かけた。

「まさか帰れなくなるとは。災難だったな」と僕は言う。

「でもまあ、台風だって明日になれば通り抜けているだろ。バスと電車が復旧すれば、すぐ東京に帰れるさ。俺もさっき、親に連絡しといたよ」

疲れていても、楽観的思考はなくしていない。僕は健治朗の反応や話を聞いているうちに、今回の台風はすさまじいかもしれないぞと、不安が込み上げている。

三谷が机の上の本二冊に目を留めた。さっき僕が荷解《にほど》きして、机の上に出しておいたものだ。ジム・ケリーの『水時計』とトルーマン・カポーティの『カメレオンのための音楽』。旅行には大抵複数冊持ってきてしまう。読み慣れたジャンルと、読み慣れていないものを取り交ぜて。

「お、今何読んでるんだ」

三谷がジム・ケリーに興味を示した。プロローグは好みなのだが、気もそぞろだったのでちっとも読み進められていない。

二年前、短編ミステリーの賞に出したことがあり、受賞には至らなかったものの、編集者の目に留まって定期的に会うようになった。彼に「イギリスのミステリーが好き」と伝えたら、「それなら、アン・クリーヴスとかジム・ケリーとか、現代のも読もうよ」と勧められた。ピーター・ラヴゼイやレジナルド・ヒルを読むようになったのも、大体彼の影響だ。

「帰りの電車の時、本交換しないか。俺の持ってきたやつ、行きで読み終わりそうでよ」

冒頭しか読んでいないので、こっちは構わない。「そっちこそ何読んでいるんだ?」と聞くと、「ロバート・クレイスの『ララバイ・タウン』だ」と応じてきた。

三谷は手にしていた僕の『水時計』を返してきた。

「……それにしても、マジなのかよ。葛城が探偵やってる、って話」

「本当だよ。信じられないか？」

「探偵かどうかなんて、どう理解しろっていうんだよ。アメリカの私立探偵みたいに、ライセンスがあるわけじゃないだろ。目の前で名推理でも見せてもらえばいいのか？」

三谷の口調は軽く、おどけたような響きなので悪い気はしない。僕も自然と笑顔になった。だが、探偵、という言葉に、僕の意識は既にあの日に飛んでいた。手持《て も》ち無沙汰《ぶ さ た》に『水時計』のページをめくりながら。

赤々と燃える山。煤《すす》で黒く汚れた手のひら。目の前で打ちひしがれていた葛城。

山火事に巻き込まれたあの事件が終わった後のこと。病室の白い天井を眺め、しかし、何かせずにはいられなかった時に、僕はスマートフォンのメモ帳に新しい短編小説を書いていた。自分の中に渦巻く言葉を、吐き出さずにはいられなかった。そうすることでしか、夜を越えることが出来なかった。それは探偵の存在意義をテーマにした八十枚ほどの短編で、以前から温めていた密室トリックも上手く使えた自負がある。熱に浮かされたように書き、書き終えた日に、ようやくぐっすり眠った。

だが、編集氏の反応は芳しいものではなかった。

「トリックは良いと思うよ。意外な犯行手段だし、伏線も良い」

彼は眉根を寄せ、首を振っていた。

「だけど……田所君はこの探偵にどうなって欲しいのかな。それが見えない」

「どうって」

「探偵はこうあらねばならない。そういう言葉だけが上滑《うわすべ》りしているんだ。長く書けばまた違うのかもしれないけどね。だけど、この短編サイズでは、彼がどうなりたいかが見えない」

どうなって欲しいか。

それを言い表せないから、僕はこの短編を書いたのだ。口に出しかけて、それがなんの反論にも抗議にもなっていないことに気が付く。自分の中で答えが出せていないのに、読者がそれを見つけてくれるわけもない。

「君の作品のいいところは、ユーモラスな軽さだと思っていた。だから今回のは新機軸だと思うけど、この路線で行くなら、もう一歩ちゃんと煮詰めて欲しい。その上で、いくつか具体的な提案なんだけど――」

編集氏の言葉を一つ一つノートに書き留めながら、育ててもらっているなぁという実感を新たにした。チクチクと心に棘のようなものが刺さっていくが、これは全て自分のためなのだと言い聞かせた。自分のために言ってくれている言葉を、不快に感じてはいけない。自分の価値を否定されたように感じてはいけない。彼は自分の味方なのだ。

それでも、ノートに書き留めた文字は無表情に、僕を苛む。

「それにしても」

と編集氏は最後に付け加えた。

「『探偵の存在意義』なんてテーマに、今どれだけの読者がついていけるのかな。名探偵とは。謎を解く存在はどうあるべきか。いくら真剣に向き合っても、その先には誰もついてこないかもしれない。君以外誰一人立っていない、そんな焼け野原かもしれない」

僕は座ったまま凍り付いた。今までそんな風に考えたことはなかった。僕は不意にとてつもない孤独感に襲われた。家に帰ると、まるで何かに縋《すが》りつきでもするかのように、編集氏の指摘を一つ一つ受け入れて原稿を手直ししていった。

だが、そうして手直ししたものは、僕が作りたかったものとは別物に成り果てていた。こんなことを書きたかったんじゃない。僕の手で書いたはずのものが、僕を手ひどく裏切っていた。大量の水が片田舎《かたいなか》のイーリーの町を襲う。肝心な問いには何も答えられないまま、僕はその水に足を浸している。冷たさが足先から這《は》いあがる。楽しさも、切実さも失われていた。こんなものは僕の作品ではない。これは僕の作りたかったものではない。どうして自分がイーリーにいるかを考える。原稿用紙は赤い痕跡で汚れている。あの夜に虚《むな》しい思いで原稿用紙をめくった手が、今、『水時計』のページを無意識にめくる。ああ、そうか。イーリーは『水時計』の舞台だったと気付く。気付いてなお現実と夢想は混濁している。自分が赤ペンで汚し尽くした原稿用紙を持って、イーリーの水害に巻き込まれている。水が冷たい。冷たいのが怖い。水流に足を取られる。僕の作品が僕の手を離れていく。それでもいいかと心のどこかで諦観《ていかん》している。あれはもう、僕の好きなミステリーではない。

「田所」

ハッとして顔を上げる。三谷の心配げな顔が目の前にあった。

「……一体どうしたんだよ。急に黙り込んで」

「あ、ああ」

三谷が傍にいるのに、ほったらかしにしてしまった。

今の僕は本当にどうかしている。ふとした瞬間に意識を搦《から》め捕《と》られ、自分の心の中に取り込まれてしまう。もがけばもがくほど足を取られる底なし沼のようだった。葛城が原因なのははっきりしているのに、解決方法が分からないことが、ますます気分を暗くさせた。

目の前の三谷の顔を見ているうちに、一人で抱え込んでいるのが悪いのだと思った。生煮えの悩みを口にするのはためらいがあったが、さっきまで考えていた自作のことと、探偵の存在意義について考えていたことを、そのまま話してみる。

ううん、と三谷は首を捻った。

「三谷的にはどうだ？　三谷もクレイスを読んでいるんだろう。エルヴィス・コールを思い浮かべてくれよ。探偵っていうのは、どういう存在であるべきだと思う？」

三谷は目をつむって、腕を組んで唸り出した。固唾《かたず》を呑んで見守っていると、出し抜けに三谷が目を見開いた。

「分からん！」

三谷はバッサリと切り捨てた。前傾していた体がつんのめった。

「わ、分からんってお前」

「四六時中そんなこと考えてるお前でも答えが出せてないなら、俺にはなおさら分からん！」三谷は頭を掻いた。「気を悪くしたらスマンが、正直、お前が何を問題だと思っているのかがよく分からない」

「なんでだよ。お前だってミステリーは読むだろう」

「読むけど、文学だって読むしファンタジーだって読むよ。その中の一つが、ミステリーってだけだ。だから探偵がなんだとか、探偵はこうあれとか、ろくに考えたことないんだ。俺はただ、探偵がかっこよく活躍したり、ボロボロになりながら頑張ったりするのが、面白いしアツいから読んでるんだよ」

体から力が抜けた。

衝撃だった。相談してみて良かった。大げさかもしれない。だが、気心が知れている同級生が相手だったのが大きかった。彼との間でも、これだけ温度差が生じた。

編集氏を前にした時のあの孤独感が蘇った。

「だけど、そういうのをテーマにした小説だってあるし、田所が探偵について悩むのもいいんじゃないの。俺にしてみりゃ、書いてるだけですげーのに、そこまで突き詰めてるんだから恐れ入るよ」

力を込めた口調で三谷は言った。

「……悪かった。こんな時に変な相談して」

「何謝ってんだよ。俺は実際、田所が真面目な顔してそんなこと考えてんだなーって面白かったぜ」

「なっ……！　お前、人が真剣に言ってるのに！」

彼はからからと笑った。

気分が少し和らぐ。確かに、少し考えすぎだったかもしれない。

「ああ、でもさ。どうせ悩むなら、自分の答え見つけて、一言で言いきってみればいいんじゃねえの」

「一言で？」

「それなら興味なくても分かるし、編集さんもびっくりさせて、見返せるかもしれないぜ」

「難しいだろ、一言でなんて」

「難しいからやるんだよ。探偵がいくら魅力的だって、事件が起こらなきゃ意味がないだろ。それも、とびっきり難しくて、歯ごたえのあるやつじゃなきゃ。その点、田所はトリックを褒められてるから、事件の方は問題ないんだ。だから、今度は『探偵』の方を完成させるんだよ」

「一言で」

「そう」

三谷の言葉は自信ありげに語られるせいか、妙な説得力があった。確かに、一言で言いきることとさえ出来れば、確かにあの短編も締まるだろう。まるで、目の前にまっすぐな一本道が現れたような気分だった。今すぐ、答えが見つかるというわけじゃない。だが、この道を行けば必ず辿り着くという確信があった。

この道の先に、葛城もいればいいのだが。

そう思った時、またしてもノックの音が響いた。

「起きてるか？　俺だ。坂口だ」

僕と三谷は顔を見合わせて、喉仏を上下させた。

9　毒殺？【館まで水位29・2メートル】

「お前らは、俺の話に興味がありそうだったからな」

坂口は部屋の真ん中に立つと、ニヤニヤと笑いながらそう言った。

「本当は、あの輝義ってガキにも声かけたんだが、出てきやしねえ。だから、お前らだけでも話をしようと思ってよ」

「なんのために？」三谷が警戒を緩めずに言った。「一人でも味方を増やすためですか？」

坂口は肩をすくめただけで、質問に答えなかった。

「離れを見るなら今がチャンスだ」

食えない男だ。やはり、離れを使うという申し出には目的があった。

惣太郎の死の状況には興味がある。葛城が自分から動かない今の状況を考えると、今僕が見ておいて、後から報告するだけでも意味があるだろう。

その時、肩を掴まれた。三谷だった。声を潜めて言う。

「おい、まさか行く気か？　やめとけよ。あいつの腹の中が分からないし、何か面倒に巻き込まれるかもしれないぞ」

三谷はごく冷静だった。進んで坂口の話に付き合えば、後で葛城家の前で「田所君と三谷君も疑いを抱いたようだ」とダシに使われるかもしれない。そのくらいの計算はしそうな相手に見える。

足が鈍った。三谷の言う通りに思えてきた。

「ぎゃっ」

突然、坂口が大声で叫んだ。机の近くから飛びのいていた。

「どうしたんですか」

「……な、なんだ。絵かよ。脅かしやがって」

彼の視線の先には、トルーマン・カポーティの『カメレオンのための音楽』がある。表紙には赤と緑、紫のカメレオンと楽譜があしらわれている。結構好きな表紙だ。

「……もしかして坂口さん、カメレオン、苦手なんですか？」

坂口は小さく呻《うめ》いた。

「馬鹿野郎。いい大人がそんなもん怖がるわけねえだろ」

彼は早口で言った。やや激しい口調で、ムキになっているようにも聞こえる。

不意に、彼の腹の底を探っていたのがあほらしくなってきた。考えるのは情報を得てからでも遅くない。それに、殺人などというのは坂口と夏雄の妄想かもしれないではないか。見てみたら、明らかに病死かもしれない。全ては見てから判断すべきことだ。

「坂口さん、案内をお願いします」


一階の廊下の突き当たりに離れに続く裏口がある。扉を開くと、渡り廊下があった。渡り廊下はタイルで舗装され、上には屋根があり、手すりまで設置されている。渡り廊下は五メートルほどの長さだ。

屋根は広めに作られており、この強風の中でも少し雨が吹き込んでくるだけだ。

「手すりは惣太郎さんが使っていたものだな。高齢で、転倒の心配もあったからな」

坂口が振り返って言う。

手すりや渡り廊下の屋根は新しいのに、離れの建物自体は古い木組みの家屋だった。

「この館が元々、他の名家の家だったのを葛城家が買い取ったって話は聞いてるか？　東館と離れは、その時の古い木造家屋のままらしい」

つまり、古い家に、屋根や手すりが建て増しされた形だ。

「でも、この離れは、東館の木造家屋よりは新しめに見えますね。どうしてでしょう」

「ん？　言われてみればそうだな。俺は聞いたことねえが……」

白の玄関扉はドアノブ式で、ノブを回すとラッチが引っ込む、一般的な仕様だ。扉には高い位置に小窓がついており、小窓から白く強い光が漏れていた。内開きの扉を全開にすると、木のいい香りと埃《ほこり》の臭いが鼻をくすぐった。

左手に本棚と机、正面に大きなソファと、右手に戸棚とウォークインクローゼット、コート掛け、青色のスツール、オーディオ機器の類《たぐい》があった。机の上には、来客用と思われる青いグラスが、伏せて置かれている。右手の戸棚にはCDやオーディオ類の他、下段に薬が並んでいた。見上げると、天井が少し高いように見える。木の香りも相まってか、開放的な気分になった。西館のように華美には造らず、シンプルで落ち着いた質感の部屋だった。

窓は正面に二つ。左側と右側にある。

確かに少し物が多いが、思っていたよりは整理されていた。CD類も歌手の名前順に整然と並んでいる。元気だった頃の惣太郎が整頓《せいとん》好きだったのだろう。長い間、物が置かれているから埃っぽいが、それを除けば、故人の趣味の良さも窺えるいい部屋だ。

「どうですか、この部屋は……ベッドもないんじゃ大変でしょう。明かりも、随分古い電球式だし……」

明かりは一つだけで、天井から電球が吊《つ》り下《さ》がり、白いランプシェードがかかっている。昔の家によくあるような、電球を点灯・消灯出来る引き紐《ひも》もついていない。シェードには埃が積もっている。電球を替えたのは随分前のことのようだ。北里も、急な話であそこまで掃除が行き届かなかったのだろう。

「まあ、ソファで寝るのは苦にならないし、別段不便はないぜ。ただまあ、明かりだけは確かに面倒だな。旧式の電球だから馬鹿に明るいし、オレンジ色の常夜灯もない。スイッチも玄関脇の一つだけだ。俺、家ではスマートフォンで遠隔操作してるから、まどろっこしくてかなわないんだよな」

ともあれ、「馬鹿に明るい」という彼の言葉には頷ける。無遠慮すぎる白い光は、扉の小窓からも漏れていたし、窓からも影を投げかけるほどだった。

「この離れの中は、惣太郎が死んだ時のままだ。本当は家族が何度も処分しようとしたんだが、ノブ子さんが譲らなかったらしい。ま、奥様には逆《さか》らえないってことだろう」

で、と坂口が続け、右手の棚の前に立つ。

「この棚の中身も、あの日のままだ」

棚の下段の薬を、坂口は指し示す。頭痛薬や胃薬、目薬など、市販の常備薬の隣に、薬液のアンプルが所狭しと並んでいる。アンプルのラベルは全てこちらを向いており、目薬には開封した年月日がペンで記載してある。目薬は開封してから三ヵ月で使いきる必要があるからだろう。棚板に積もった埃を見て、惣太郎が死んでからの時間を思った。

「あの日、俺は惣太郎氏危篤の報を聞きつけ、この家の近くまで来ていた……そこまでは話したよな。そして、家の誰かに話を聞こうと、敷地内をウロウロしていた……門扉は執事が開けてくれてね。で、この離れの裏手に辿り着いたのさ」

「もったいつけるのはよしてくださいよ」三谷が鼻を動かして顔をしかめた。「坂口さんは、そこで何を見たんです？　『ネタ』っていうのはそのことじゃないんですか」

「まあ急《せ》かすなって。その時俺は、あの窓の外に立っていた。そこから、戸棚の前に立っている男が見えたのさ……」

坂口は左側の窓を指さした。二つあるうちの一つ、離れの玄関扉の真向かいに位置する窓だ。あの位置に立てば、確かに戸棚が見えるだろう。だが、戸棚の前に誰か立っていた、という話は、夏雄の話にもあった部分だ。新鮮な驚きはない。

坂口は手にしていたスマートフォンで画像を見せてきた。

写真は隠し撮りめいたアングルと明度で撮られていた。戸棚の前に男が一人、こちらに背を向けて立っているのが見える。戸棚のガラス戸は開かれていた。さすがプロだ。ピントは外しておらず、男が手にしているものまでハッキリと見て取れた。アンプルを一本左手に持っている。右手は背中に隠れて見えない。

「こ、これは……」

「データだけスマホに移してあるんだ。男は戸棚にアンプルを戻すと、すぐに離れを出た。だから俺は離れの玄関に回り込んで、戸棚を調べに行った」

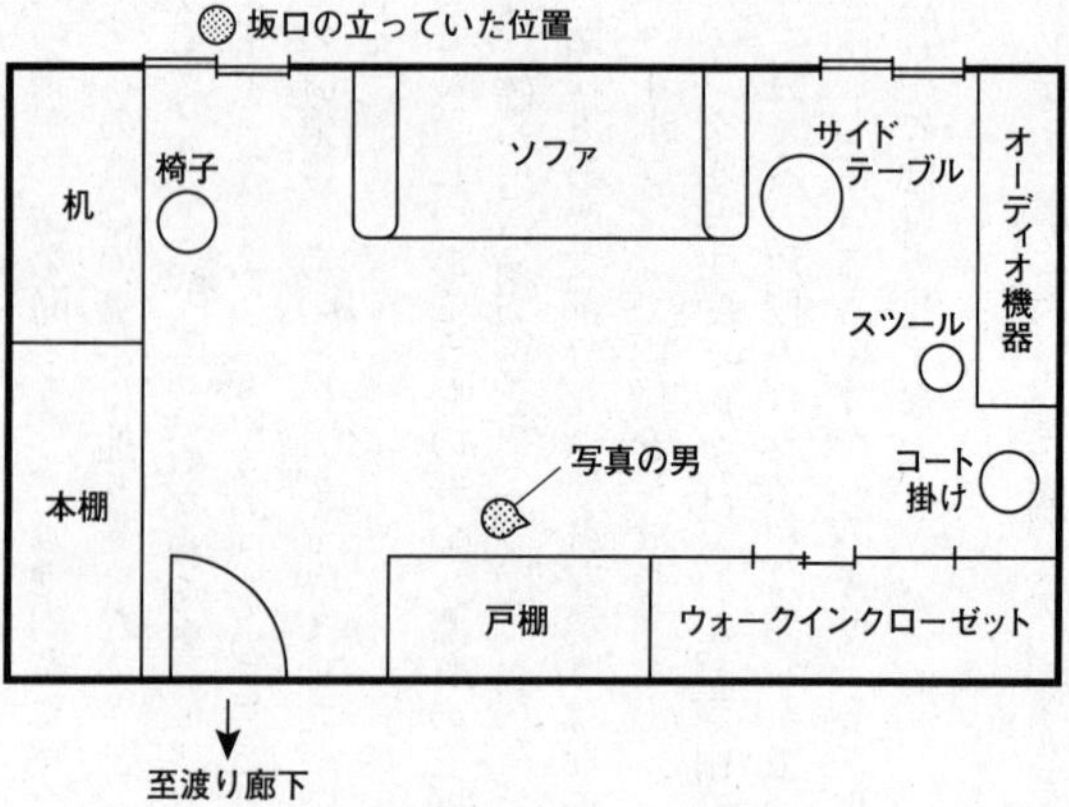
坂口の立っていた位置
机
椅子
ソファ
サイド
テーブル
オーディオ機器
スツール
本棚
写真の男
コート
掛け
戸棚
ウォークインクローゼット
至渡り廊下

離れ見取り図①

彼はスマートフォンの画面をスワイプして、次の画像を呼び出す。

戸棚を正面から写した写真だ。アンプルのうち一本だけ、ラベルが斜めに向いていた。几帳面に整列したラベルの中で、異質な存在感を放っている。

「その時には意味に気付けなかったが、翌日、惣太郎さんが死んだと聞かされたのよ。それで、あの男こそが犯人だと思ったわけ」

坂口は口の端から、ちろりと舌を覗かせた。

「そう、こいつこそが、全ての鍵だ……」

三谷が険しい顔で言った。

「あなたが目撃した時点でアンプルを処分していれば、惣太郎さんは死ななかったんじゃないですか？　あなたのような記者が、意味に気付けなかったはずがない」

「手厳しいねぇ。だが、もう毒薬は投与された後で、この写真の時には証拠の処分に来た可能性もある。それなら、あの時に俺が何をしようと、結果は変わらなかったのさ」

「そうだとしても、結果論ですね」三谷は首を振った。「第一、この写真一枚では、殺人があったかどうかなんて分からないじゃないですか。家族の一人が、薬を取りに来たり、整理しに来ただけかもしれない」

坂口は肩をすくめた。

家族の中の一人……男であることは、肩幅や体格から見て明らかだ。体格は健治朗や広臣らしいが、どことなく若そうな印象を勘案すると、正に思えてくる。もしくは……葛城？

自分で自分の思考がおかしくなった。まさか、葛城のことまで疑い出すなんて。彼に限って、自分の祖父を殺したりするものか。

いや……本当にそうか？

「ん？　ちょっと待てよ」

三谷が僕の肩を叩いた。

「おい、今の話とこの写真、おかしくないか？」

「何がだ」

「だってそうだろ。あの窓から、玄関扉が見えるんだぞ」

「目ざといね。そしてほら、この写真の通り、扉は開け放たれている」

一枚目の写真では内開きの玄関扉が全開になっていて、渡り廊下の一部が見えている。

その瞬間、脳裏に閃《ひらめ》くものがあった。

「そうか」僕は早口になった。「夏雄君だ。彼は戸棚の前に誰かが立っていたのを見た、と言っていた。つまり坂口さんと同じものを目撃している。だが――」

「ご明察」坂口が口元に笑みを浮かべた。「あのガキが覗き見出来たスペースは、どこにもない」

離れの中を観察しながら、坂口の発言の真偽を確認していく。

覗き見が出来たポイントは二つ。窓から、もしくは、扉の傍からだ。しかし、左側の窓の外には坂口が立っており、二つの窓は同じ壁面にある。右の窓の外に夏雄が立っていたら、必ず坂口が見つけただろう。

そして、扉の傍という可能性もない。写真には全開になった扉が写っているし、扉の外に誰かが立っていたなら坂口か男が気付いたはずだ。

室内はどうか。ここにも、男にも坂口にも見とがめられないスペースはありそうにない。ソファの下なら潜り込めるかもと思ったが、坂口が「室内の写真を撮りに行った時、部屋の中を隅々《すみずみ》まで調べた」と言い添えてきたので、ひとまず考えづらい。

「すると、あの子供の言っていることはまるっきり嘘……ってことになる」

坂口の言葉に少しショックを受ける。あれほど必死に言い募《つの》っていたのに、結局は嘘しかなかっただなんて。葛城家は嘘つきの一族。その言葉がまた頭の中で踊る。

同時に、どこか納得する思いもある。夏雄の言動はエキセントリックで、出会った瞬間から僕と三谷を惑わせていた。ドラマと現実が混じっているというのもありがちな話に思えてくる。

だが、そうだとすると——。

「どうして坂口さんの話と夏雄君の話は、一致しているのでしょうか」

「そこなんだよなあ」

坂口が首を捻った。

「もちろん、今の写真をあのガキに見せたことはない。お前らが初めてだ。ま、ガキの話はほんの一部だけだし、偶然一致したってこともあり得る。だから、もう少しあのガキ揺さぶって話を聞いてみようと思ったんだが……親があそこまで抵抗するとはな。後ろ暗いことでもあんのかねえ」

彼はそう言って、下卑《げび》た笑みを浮かべた。

「……確かに偶然の一致は気になりますが、だとすれば、惣太郎氏の殺害疑惑を裏付ける状況証拠は、あなたのその写真だけ、ということになりますよね」

坂口が夏雄の発言を嘘と知っていたなら、結局のところ、坂口の狙いは葛城の家族を煽り立てることにあったと推測出来る。途端に目の前の男のキナ臭さがぐっと深まった。

三谷が離れの戸口に立ち、坂口を振り返って言った。

「……お話というのがそれだけなら、ここらで失礼しておきます」

「冷たいねえ。あくまで信じない、ってことか」

三谷は肩をすくめ、「田所、行くぞ」と言って部屋を出た。背後で坂口がクックッと引きつるような笑い声を立てた。

蛇のような陰湿さに、背筋がぞわりと粟立《あわだ》った。

＊

夕食まで自由時間だった。本を読もうとしても気が散ってしまう。葛城の様子が気にかかって仕方がない。もう一度、とにかく話す機会が欲しい。大切な友人なのだから。

坂口から聞いた話をすれば、少しは気を引けるかもしれない——そう思いついたらいてもたってもいられず、葛城の部屋に行った。扉をノックする。

「葛城、いるか?」

扉の向こうはしんとしていたが、僕はその場を動かなかった。やがて、ふう、と何か気だるそうな吐息が聞こえた。

「……なんだい、田所君」

「お前の知恵を借りたいんだ。坂口さんから聞いた話がある。まだ可能性は五分五分だが、やはり惣太郎さんは殺されたのかもしれない。中に入れてもらえないか……?」

葛城はフッと息を吐いた。

「知恵を借りたいだなんて言って、僕が出ていったら百パーセント僕頼みなくせに」

冗談交じりならともかく、こんなあからさまなあてこすりを僕に対して言うやつではなかった。

「でも——」

「おじいちゃんが殺されていた。それで、だからなんだって言うんだい? 謎なんか解いたところで、おじいちゃんは帰ってこない」

「犯人は生きているんだぞ! 野放しにしておいたら、また凶行を繰り返すかもしれない」

「そうだね……そうかもしれない。だけど、もし止むにやまれぬ理由で、殺したんだとすればどうする？　僕にはそんな人を裁く権利はない……」

「理由はどうあれ、人を殺したなら、裁かれるべきだろ」

沈黙が流れた。

葛城はゆっくり吐息を漏らした。

「田所君……僕はそんなことにはもう、疲れたんだよ」

葛城はそうやって、議論からも降りた。

＊

三谷は自室のベッドに仰向けに寝そべり、読書の真っ最中だった。ホールに出て話さないかと誘うと、すぐに読書をやめて付き合ってくれた。

「お、ちょうどいいところに。男手が欲しかったんだ」

一階でミチルに声をかけられた。

ミチルに連れられて応接間に行くと、健治朗、璃々江がいた。

「窓が割れた時のために、段ボールを貼り付けておこうと思ってね」健治朗が言った。

「今、順番に声をかけているんだよ。執事やメイドを帰したから、人手が足りなくてね。出来れば、君たちにも協力願えればと」

これだけでかい家だ。窓の数もさぞ多かろう。

「もちろん！　一宿一飯のお礼にビシバシ働きますよ」三谷は僕を振り返って小声で言った。「一宿一飯の礼って言葉、一度使ってみたかったんだ。飯は二食も三食も食うけどな」

呆れたやつだ。

僕らは養生テープと段ボールを受け取ると、一階で作業を始めた。ノブ子と夏雄以外の、館内の全員が動員されているという。

廊下の窓に段ボールを貼りながら、三谷がため息をつく。あたりには僕ら二人しかいなかった。

「正直、空気が重いったらないぜ。昼飯の後半の方なんかよー、俺たち、マジでここにいていいの？　って感じだったろ」

作業の手を止めずに、三谷が言う。

「うん……料理の味もしなくなったよ」

「え？　あんなにうまいのにか？　そりゃーもったいないぜ田所。俺は料理は料理で美味しくいただいたぜ」

「図太いな、お前は……」

半ば上の空で答えながら、僕は葛城の心情に思いを馳《は》せる。坂口に煽り立てられた結果とはいえ、健治朗や広臣の皮肉の応酬は、普段からやり慣れているような響きを伴っていた。彼の家族は、ずっとああしていがみ合ってきたのだろうか。表面上は礼儀正しい、上流階級の家族を演じながら。葛城が幼い頃から、ずっと。

「それに、あの坂口ってやつだ。昼食の時も最悪だったけど、離れで聞かされた話はもっとだぜ。あれくらいで殺しだのなんだのって、大げさだよな。人を煽るのが生きがいなんだろうな、ああいう手合いは」

坂口の主張は眉唾物だ。そう思う一方で、写真の持つ生々しさに引きずられる気持ちもあった。惣太郎が死んだ前日、「男」はあそこに立っていたのだ。偶然とは考えづらい。

だが、突然疑問が湧く。

坂口の言う「ネタ」とは、本当にあの写真なのだろうか？

あの写真には確かにインパクトがあるが、大げさに「とっておき」とまで言うほどのものだろうか？　そう、こいつこそが、全ての鍵だ……。彼の言葉を思い出し、ハッとした。こいつこそが。もしかして、坂口は男の正体に心当たりがあるのではないだろうか？

男の正体は一体誰なのだろう？　政治家の健治朗？　弁護士の広臣？　それとも……警察官の正だろうか？

「あとさ、何がびっくりしたってお前の兄貴だよ。まさか葛城惣太郎さんの主治医をやっていたなんてな。こんな偶然あるか？」

「……偶然なもんか」

勢い、吐き捨てるような口調になってしまった。

「元々、兄さんは金と研究にしか興味のない医者だ。自分の患者も研究対象くらいにしか思ってない」

「ええっ、お前、それはないだろ。葛城の家の人たちだって、あんなに信頼してたじゃないか。好青年だ、仕事熱心だって。お前の言うような人間にはとても……」

「そういう人間なんだよ！　外面《そとづら》だけは完璧で、でも、腹の底では何を考えているか分からない。葛城家に近付いたのだって、何かの下心があってに決まってる。案外、坂口さんの写真の男の正体だって、兄さんかもしれない」

そうだ！　口にした途端、それしかないように思われた。坂口は葛城家ではなく、優秀な医者を強請《ゆす》る「とっておきのネタ」を手にしていたのだ！

三谷が目を細めて僕を見ていた。首を傾げ、どこか突き放すような調子で言う。

「……お前の話を信じないってわけじゃないけどよ。だがお前、自分の兄貴に対して、それは言い過ぎじゃないのか。それに……もしかしてお前まだ、惣太郎さんがマジで殺されたって疑ってんのか？」

虚を衝《つ》かれた。盛り上がっていた気持ちが急速にしぼんでいく。

「坂口さんの言うことは信じられない。あんな写真証拠にもならないし、あれは小さい子の言うことだぜ」

三谷はバッサリと切り捨てた。それがなんとなく悔しくて、僕は形ばかりの抵抗を続ける。

「……だけど、もし、本当に殺人が起こっていたとしたら？　そんなの……正義にもとるだろ。絶対に許せないじゃないか」

そこで葛城の出番だ。脳の奥からガンガンと声がする。葛城は鮮やかな名推理で家族の中に潜む殺人鬼を見つけ出し――。

三谷がフッと笑った。いつもの軽いテンションの中に、どこか嘲るようなニュアンスが混じっているように聞こえた。僕の被害妄想かもしれないが。

「大真面目な顔して、正義って……。お前さ、どうしてそんなに必死になってるんだ？殺人について嗅ぎ回るなんて、ちょっと趣味悪いぞ。そういうのは紙の上だけにしとけよ。もし本当に事件だとしても、大人に任せておけって」

正論だ。頭では分かっている。ただの高校生である僕らに出来ることはない。

「でも！」

「この家には警察官だっているんだしよ。何もお前が頑張ることないだろ」

「え？　僕の話？」

驚いて振り返ると、正が額を拭《ぬぐ》いながら歩いてきた。

「た、正さん。いつからいたんですか？」

「警察官、あたりからかな。僕の受け持ち分は終わったよ。手伝おうか？」

「えっ、いいですよ、僕らやりますから」三谷が言った。「実は、お喋りしながらやってたんで終わってないんです、すみません」

「そうかい。じゃあ、僕もお喋りに交ぜてくれよ」

正はそう言って、足元の段ボールを手に取った。恩着せがましくない、気安い口調だった。正といると妙に安心出来た。

僕と三谷は少し顔を見合わせてから、二人同時に息をついた。休戦だ。さっきまでの言い争いは、このまま忘れてしまえばいい。僕は少し、カッとなりやすくなっているようだ。

「田所君は、テルとの付き合いは長いの？」

「高校に入学してからですから、一年半くらいですね」

「テルはよく君の話をするよ。小学生と中学生の頃にはなかったことだ。一年半は短いように思えるけど、テルにとっては、最も濃い一年半なんじゃないかな」

なんだか照れくさくなる。

「聞かせてよ」正が額の汗を拭った。「田所君とテルの話」

「ああ、それは俺も興味ある。じっくり聞いたことはないからな」

三谷にも促《うなが》され、僕は話を始めた。高校一年生の四月、合宿で殺人事件が起きたところからだ。殺害されたのは学校とは無関係の宿泊客だったので、三谷は事件の存在こそ知っていたが、詳細までは知らなかった。同じ班で行動していた僕と葛城は期せずして死体の第一発見者となり、警察に疑われたのだ。表向きには地元の警察が解決したことになっているが、犯人の遺留物から推理を膨らませ、事件解決に導いたのは葛城の功績だった。

それからも、学校で起きた転落死事件や、近所の商店街で起きた連続盗難事件を、葛城と共に解決した。「何が起きたのか」を鮮やかに解き明かす葛城の推理の魅せられ、時に危なっかしい行動を取るのにはハラハラした。二人は推理小説の趣味も合ったので、日頃からよく趣味の話をしていたし、僕の習作を葛城に読ませてけちょんけちょんにけなされながら、アドバイスをもらったこともあった。

話が落日館のことに及ぶと、何から話せばいいのか分からなくなり、あの館にいたもう一人の探偵・飛鳥井光流のことになると、僕の口は重くなった。正の質問に導かれながら、ゆっくりと話した。

「そんなことが……」

三谷も嘆息していた。彼の気遣わしげな目に救われるような心持ちがした。

顔を上げると、正は優しい目をして僕を見ていた。

「……田所君はいつもテルに寄り添ってくれていたんだね」

意外な返答だった。そんな優しい言葉をかけてもらう資格は、僕にはない。

「いえ……僕は何も出来ていません。あの事件で彼が折れそうになった時、僕は立ち竦んでいただけでした」

あの日、葛城がナイフで襲われた時、僕の足は一歩も動かなかった。

僕は、葛城の危機に、一歩も動き出せないような人間なのだ。

「そんなことないだろ」三谷が力強い声音で言う。「今日だって、こうしてここに来たじゃねえか。お前明るく見えて、ほんっと自己評価低いよな」

的確な分析が心に深く突き刺さる。

「君がいて、テルはどんなにか心強かったかと思うよ」

正の目が細められた。

「僕は最初のキッカケを与えたが、それから先のフォローは、出来なかった。小学生の頃から、テルは僕の自慢だった。僕の弟は誰よりすごいんだぞって、言いふらしてやりたかったくらいさ。……もちろん、警察ではあまりいい顔をされなかったけど」

正は目を伏せる。

「まあ、子供の頃から、少し危なっかしいところはあった」

「そうなんですか？」

正は、ふうと深いため息をついた。

「……昔、ミチルがずっと塞ぎこんでいた時があってね、その理由を、テルが突き止めた。ミチルが小学校の飼育当番の日に、金魚が死んだんだ。ミチルはそれを自分のせいだと思って、なんとか隠そうと、隣のクラスの金魚鉢から代わりの金魚を入れて誤魔化していた。もちろん、金魚が死んだ理由なんて、本当のところは分からない。それでも、自分の責任だと思うのは耐えられなかったんだろう。……だけど、後ろめたさからは逃れられなかった。だから、テルに見抜かれたんだ。ただ、テルはまだ幼かったから、突き止めて、ミチルを問い詰めるだけだった」

葛城らしい、と思った。彼はいつだってまっすぐだ。真実を突き止めるためとあらば、脇目も振らず一直線。

だが、まっすぐさはどこかで衝突を引き起こす。

「『金魚が死んだのはミチルのせいじゃない』——そんな器用な嘘の一つでもつければ、良かったんだろうね」

「でも、輝義君は嘘をつかない」

僕の言葉に正は頷いた。

「だから、ミチルは怒ったんだ」

——なんなのよあんた、何様のつもり⁉

——自分が人より少し賢いと思って!

——勝手に踏み込んでこないでよ!

「家族みんな、子供の喧嘩だと思っていた。ミチルが塞ぎこんでいた理由も分かって、正直安堵《あんど》していたんだよ。だから、テルとミチルの間に深い溝が出来ていることに、しばらく気が付けなかった。ミチルは今でも、テルが探偵として振る舞うのを快く思っていないんだよ。思えば、テルが家族の前で推理を披露しなくなったのは、あの時からだった気がする。僕も、他の家族がいない時に、テルと話すようになったんだよ」

「……それなら、輝義君を支えてきたのは、やっぱり正さんです。あなたは輝義君が折れそうになった時、そうして寄り添うことが出来た。今の僕には、何も出来ない」

「僕ではもう力不足だよ。今テルに必要なのは、同年代の誰かだ。僕のように、ただ寄り添うだけじゃダメなんだろう。テルに踏み込める、同年代の誰か。それが、テルに必要なものだったんだよ」

「踏み込む……」

正は優しく微笑み、僕を覗き込んだ。

「僕の見立てでは、君しかいないと思うな」

「僕なんかじゃ……」

僕が言うと、正はふうっと息を吐いた。その弱々しい顔にハッとさせられた。

「……ほんと言うとね、僕も、途方に暮れているんだよ」

あの正が、僕相手に弱音を吐いている。その事実に驚くあまり、僕の体は硬直した。

「あそこまで落ち込んでいるテルは初めて見るんだ。M山の事件から帰ってきてから、あの手この手で元気づけようとしたんだけどね。でも、ダメだった……。ちょうど、テルに聞かせて解いてもらうような事件もなくてね、最近では、会話するのも気づまりになってきているくらいさ……」

正の気持ちが痛いほど伝わってくる気がした。家の中に落ち込んだり怒ったりしている誰かがいると、感情がどうしても引きずられる。いくら親しくて仲の良い家族でも、どうしても息が詰まってくる。

「テルが立ち直るには、何かのキッカケがいる……君が来てくれた時、僕はこの、『何かのキッカケ』を摑んだような、温かくて救われたような気持ちになったんだよ」

――田所君！　君があの、田所君か！

門扉で僕らを出迎えた時の、彼の笑顔の意味が、分かった気がした。

正は僕の目を覗き込んだ。

「なあ、田所君。テルをあそこから救い出してやってくれないか」

十以上も年上の男に、それも、すっかり心を許してしまっている男に誠心誠意頼み込まれて、断れる人間がいるだろうか。

「……元から、そのつもりでやってきました」

三谷に背中を叩かれる。背中がヒリヒリ痛むほどの力だった。

「よく言った！　俺はその言葉をずっと待ってたんだぞ！」

正が笑った。正の笑顔が、心なしか少し柔らかくなったような気がした。

心に温かいものが込み上げてくる。

作業が終わると、「お疲れ様。自分の部屋に戻って、少し休んだ方がいい」と言って、正は僕らの肩を叩いた。

正は部屋に戻る直前、僕だけを呼び止めて、励《はげ》ますようにこう言った。

「大丈夫だよ田所君。夜明け前だ」

「え？」

「夜明け前が一番暗い。今はたまたまその時なんだよ。そして、明けない夜はないんだ。月並みな言葉だけど、さ」

正はにっこりと笑った。「テルのこと……頼んだよ」

心が熱を帯びる。やるのだ。僕が必ず、やってみせる。

10 眠れない夜【館まで水位28・7メートル】

六時過ぎの夕食の時間、館にいる全員が再び食堂に集まった。会話はもうなかった。

健治朗はみんなの前で言う。

「今日は、早く寝ておくことにしましょう。雨は今晩いっぱい強く降り続くようです。Y村付近を直撃するのは今晩遅くになる予報ですから、万が一に備えて少しでも眠っておくべきでしょう。雨の勢い次第では、日付も変わって間もない頃、警報で叩き起こされるなんてこともあるかもしれない。眠っていられなくなってからでは、遅いですからね」

健治朗の言葉に誰も異議を唱えなかった。普段夜更かししがちな僕や三谷も、今日は八時あたりを目標に寝ようと話した。

「高台の上ですから、浸水被害に遭うとは到底考えられませんが……」と梓月が首を振った。

「あくまでも万が一、ですよ。先生」広臣が言った。「しかし、川の様子は気になりますね。一度視察に行きましょうか。車で来ているのは、健治朗さん、坂口さん、黒田さん、丹葉先生か。あとは私の車が一台」

「僕、行ってきましょうか」黒田が立ち上がった。「まだ体力もありますし」

「それなら申し訳ないが、黒田さんにお任せしよう。写真も何枚か撮ってきてくれるとありがたい。カメラをお貸ししますので」

黒田は深々と頷いた。坂口はその隣で「あえて申し出るなんて、物好きだねぇ」と笑った。健治朗は冷たい一瞥をくれてから、カメラを取りに部屋を出ていった。テキパキと視察のための準備が進められていく。

葛城は食欲がないのか、皿にはほとんど手を付けていなかった。一度、僕と視線が合うと、気まずそうに目をそらした。

一人、また一人と自分の部屋へ戻り、自然に散会となった。

＊　三谷

午後九時四十八分。

参ったなあ……と、俺は夜中の部屋で独《ひと》り言《ご》ちた。

まさか田所を誘ってやってきたこの小旅行が、こんな展開になるとは……。

俺としては、葛城の顔が見れれば御の字、そのくらいに考えていた。だけど、田所のあの必死さはなんだ？　まさかあいつがあそこまで追い詰められているなんて、思いもしなかった……おまけに、葛城の家の方にも、殺人疑惑だの襲撃事件だの皿の盗難だの、キナ臭いものがそこかしこに溢れてやがる……。

台風がひどくならなければ、明日には家に帰れると思うが……ちょっと葛城の家族も、オーバーすぎるんじゃないだろうか？　それとも、俺が自宅も生まれも東京だからそう思うだけで、このあたりの人には、案外リアルな感覚なのかな。

ふうっとため息をついた。

まあ、いいや。

俺まで深刻に考え始めたらダメになる。ただでさえ田所があんなに思いつめているんだ。せめて俺だけは、平常心でいよう。楽観的に考えて、全部上手くいくって笑い飛ばす。俺まで、田所に引きずられちゃ、ダメだ。

その時、廊下の向こう側で、バタン、と扉の閉まる音がした。田所の部屋の方だった。トイレにでも起きてきたんだろう。あいつも、眠れない夜を過ごしているに違いない。

俺はベッドに横になって、見慣れない天井を見上げながら、おまじないのように一人で呟いた。

「平常心、平常心、っと……」

＊　田所　【館まで水位27・2メートル】

甲高い音で目が覚めた。

まるで何かの警告音のような、鋭くしつこい音。頭が割れそうになる。

「なんだ⁉」

素早く身を起こす。ベッド脇の机でスマートフォンが光っていた。今何時だ？　それに、今の音は？　スマートフォンの画面には『洪水警報発表　警戒レベル３：××県Ｙ村、Ｒ村……』と表示されている。肺腑《はいふ》が冷えた。台風だ。Ｙ村の名前もある。洪水？　まさか、河川が氾濫したのか？

画面には、午前一時六分とあった。みんな起きているだろうか。さっきの警報音は、色んな所から一斉に鳴ったように聞こえた。みんな、似たような行動を取っているのではないだろうか？

スリッパをつっかけて部屋の外に出る。

向かい側の部屋の扉が勢いよく開いた。三谷がぜいぜいと息を吐いていた。視線が合う。彼はホッとしたような吐息を漏らした。

「良かった……何事かと思って起きてきちまったぜ」

「僕もだ」

三谷の部屋の隣の扉が開き、兄が顔を出した。

「二人とも起きてきたか」梓月が言った。彼は自分の向かいの部屋に目をやった。「この部屋は黒田さんだったな」

梓月は黒田の部屋の扉をノックするが、中から反応はない。

「まさか、川を見に行ってから戻っていないとか……?」

三谷の言葉に、梓月が「今の音を聞いて、眠っていられるとは思えないからね」と呟いた。「もしかしたら、私たちより先に起きてどこかに行っているかもしれない。他の人たちを探そう」梓月は冷静に言った。悔しいが、案外頼りがいがある。半ばムッとする思いで兄についていった。

館の左翼には三谷、梓月、黒田、僕の部屋だけだ。右翼の廊下に行くと、葛城、健治朗、璃々江、ミチル、北里の姿があった。右翼にはあと、正の部屋があったはずだ。

北里がいち早く僕らを認めた。

その時、階段を下りる音が聞こえた。三階には広臣、由美、ノブ子、夏雄の部屋があったはずだ。

「皆さん、大丈夫ですか」

髪に寝癖をつけた広臣が降りてくる。

「三階のみんなは」

「妻も夏雄も大丈夫です。ノブ子さんなんか、すやすや寝息を立ててますよ。年取って耳が遠くなってるから、あの喧《やかま》しい音も聞こえなかったらしいね。そうでしょう?」

広臣の軽口に笑う者はいなかった。

ミチルが大きなため息をついた。パジャマ姿で、少し髪が乱れているのがセクシーだった。

「それにしても、たかだか台風でしょ。随分大げさすぎない？　なんかすごい音するから目、覚めちゃったけど……」

健治朗は眉をひそめて言った。

「台風を舐めない方がいいぞ、ミチル。特に今回のものは規模が大きい。水害のことも見据えるべきだ。警戒レベルは全部で五段階で、警戒レベル3と言えば、高齢者・要介護者に避難を促す信号だ。曲川の流域に何があったのか」

健治朗の言葉に、広臣が首を振る。

「まだ何も分かりませんよ」

「ねえ」ミチルがあくびしながら言った。スマートフォンをいじって、情報収集をしているようだ。「今の雨、二十四時間降水量が八百ミリにのぼる見込み、毎時間あたりの降水量は九十ミリだって。それってヤバいの？」

「九十⁉」

健治朗が叫んだ。

「……気象庁の『猛烈な雨』の基準が毎時間八十ミリだ」

「うっそ。それ以上ってこと？」ミチルの顔が陰った。「それ、マジでヤバいやつじゃん」

健治朗の顔に皺が寄っていた。

「……とにかく、情報収集と現状確認だ。手分けしてとりかかろう。案の定、寝ているどころの騒ぎではなくなったな」

「あれ、田所、どうしたのその指」

「ああ」僕は右手の人差し指と中指それぞれに巻いた絆創膏《ばんそうこう》を見た。「夜中に本を読んでいたら、紙で切ったんだ」

ふうん、と三谷は鼻を鳴らした。

「まずは、ここにいない人の安否を確認しよう。正に黒田さん、それに……坂口さん、だな」

「黒田さんの部屋にはさっき声をかけました」梓月が言う。「返事はありません。川の視察から帰ってきているかどうかも不明です。健治朗さんは何か聞いていませんか」

「私はまだ報告を受けていないな。黒田君の様子が気になる。私が少し外の様子を見てこよう。それにしても正のやつ、これだけ廊下で騒いでいてまだ出てこないとは、のんきなやつだな」

「しょうがないよパパ。仕事で疲れてるんでしょ。私とこいつで起こしてくる」

ミチルは取りなすように言い、葛城の肩をつかんだ。葛城は不安げな様子で家族の顔を見渡していた。

「ともかく声をかけよう。問題は坂口さんだが……」

「もしかして、本当に殺されて……?」

広臣がポロリと漏らした。その場にいた全員が広臣を見る。

「いや、いやいや、冗談ですよ。でも、彼だってそろそろ顔を見せていい頃だ。あんな人でも、こんな時に一人では心細いでしょうからね」

「それなら、私が見てきましょう」と梓月が申し出た。

結局、僕と三谷、梓月の三人で坂口を呼びに行くことになった。葛城、ミチルが正を起こし、健治朗は外へ。広臣は三階に戻り、ノブ子の様子を再度確認してくることになった。

一階の廊下には正の姿も、坂口の姿もない。そのあたりから、本格的に「これはおかしい」と脳が警報を発し始めた。坂口は本当に殺されたのではないか？

裏口を開けると、雨風がびゅうっと吹き込んだ。顔にかかるくらいの雨だ。ここまでくると、渡り廊下の屋根も役に立たない。

離れの扉をノックする。風の音でかき消されそうだったので、握り拳を叩きつけて、ドン、ドン！　と激しく鳴らした。

「坂口さん、いますか！」

返事はない。梓月がドアノブに手をかける。

「……開いている」

彼は扉を開ける。

「なんだこれは」

梓月が扉のラッチ部分を指で撫でていた。「白の養生テープだ」と彼が言う。「誰だろうね、こんなものを貼ったのは。これじゃ、鍵が閉まらないじゃないか」

「暗いぞ」部屋の中に入った三谷が言う。「スイッチは……ここだ。あれ、点《つ》かないな」

「電球も切れてるのか。やれやれとんだボロ家だね」

住人がいないせいか、梓月は容赦なく家をくさした。

部屋に足を踏み入れた時、何か変な匂いがした。昼間に入った時とは違う。あの時は木の匂いがして、心がほぐれたのを覚えている。今はどことなく鉄臭かった。空気が湿り気を帯びて、胸を静かに圧迫する。

「うわっ！」

その時、三谷が大声を上げ、ドタドタッと倒れた。

「何があった」

「足元にこいつがあったんだよ」

三谷はスマートフォンの懐中電灯機能をつけ、「こいつ」に光を向けた。

青色のスツールだった。横倒しになっている。部屋に入った直後に足を引っかけたところを見ると、ドアを開けてすぐの床に放置されていたようだ。

「どうしてこんなところに……？　……いや、昼間来た時はもっと壁際に寄せてあったよな」

「こんな中途半端《ちゅうとはんぱ》なところに、一体どうしてだ。アイテテテ……」

三谷はゆっくり立ち上がった。

その間も嫌な予感は膨らみ続ける。あんな大きな音が鳴ってなお、坂口が目を覚ます気配がないからだ。いや……息の音さえしない。

「いるのか、いないのか、はっきりしろよ、おっさん。これじゃ暗くて何も見えやしねえ」三谷はぶつぶつ言いながらスマートフォンを部屋の奥に向けた。「坂口さん、あんた、そこにい――」

三谷の言葉が不自然に途切れ、スマートフォンが床に落ちた。明かりは天井を照らし、引きつった三谷の顔を不気味に照らす。三谷は呼吸も荒く、震えていた。

怯《おび》えている。

「お、おい、おい、おいなんだよ今の、今のって」

三谷の声は裏返っていた。

「落ち着けよ三谷、一体何が」

「何って、見なかったのかよお前、今の、今の……！」

光が閃いたのは一瞬で、何が起きたのか全く分からなかった。

体が凍《い》てついていく。呼吸が苦しい。目を背けたいはずなのに、勝手に足が動いた。

「おい、田所お前」三谷に声をかけられるのも構わず、僕は部屋の奥に歩いていく。

兄はゆっくりと腰を屈め、三谷の落としたスマートフォンを手にした。ライトを部屋の奥に向ける。

喉の奥から、呻き声が出た。

「なるほど、これは私の専門分野らしいね」

兄の酷薄な言葉が耳に届く。

懐中電灯の光に照らされた――それを目にする。

強烈な吐き気が込み上げる。

「おい信哉」梓月が僕の肩を掴み、耳元で囁いた。「吐くなら外で吐くんだ。いくら可愛い弟でも、現場の汚染は許さない」

それが「可愛い弟」にかける言葉か？　そんな反論さえ口から出せなかった。

椅子に座っていたのは、男の死体だった。

男は椅子に座り、後ろにのけぞっている。その背後には、真っ赤な血液が飛び散っていた。男の体には頭部がついていない。正確には、頭の下半分だけが体に残っている。こちらに向けてだらりと垂れ下がっている赤黒いものが舌であると認識するのに時間がかかった。頭の残りの部分は跡形も残っていない。背後に血と脳漿《のうしょう》となって飛び散っている。背後に散った放射線状の血が、まるで曼珠沙華《まんじゅしゃげ》の花のようだった。最も不吉な色で描かれた残酷絵巻。

思わず後ずさった。薬の入った戸棚に背中をぶつけてしまう。昼間、坂口と交わした言葉を思い出した。惣太郎の死に付きまとっていた男の影……今、同じ部屋で坂口も死んだ。

この離れには、死者の気配が充満している。

坂口の死体のそばには散弾銃が落ちていた。右の足の靴は脱げている。

――自分の足で、引き金を引いたのか？

「いつだ？　銃声なんて聞こえなかったぞ」梓月が苦い顔をして言った。「まさか、坂口さんがこんな死に方を……」

「俺がどうかしたかよ」

背後から突然聞こえた声に、体が飛び跳ねた。

振り返ると、坂口が立っていた。蛇のような陰険な顔も、目の上についた生々しい傷も、昼間見たままだった。

ぎゃあっ、という情けない声が自分の喉からほとばしった。心臓が止まるかと思った。まるで死者の声でも聴いたかのような驚きだった。現実に——死んだと思っていたのだから！

坂口の後ろに、ミチルと葛城がいた。ミチルが葛城の服の襟首を持っている。無理やり引きずってこられたような格好だ。

「ねえ、これどういうこと！　兄いの部屋で声をかけてみたら、こいつがいたの」

ミチルと葛城はまだ死体のことを知らない。だが、僕らはまだ衝撃が冷めておらず、目の前の事態にもついていけずにいた。説明する余裕は全くない。

「あーくそ、頭がガンガン痛むぜ。こりゃ一体何の騒ぎだよ」

「あ、あんた、どうして……離れにいたんじゃないのか……」

三谷が震えながら坂口を指さす。坂口はポリポリと首を掻いた。

「あー、そうなんだけどよ。正さんと部屋を交換したんだよ。部屋換えてくれるっていうもんでな」

「なんですって！」

僕は思わず叫んだ。

死体の服装に目をやる。その瞬間、僕は眩暈《めまい》に襲われた。あの服は、見たことがある。爽やかな色のカッターシャツ、細身の黒いズボン。膝《ひざ》から力が抜ける。床に崩れ落ちる。見るな、葛城。今すぐにでもこの部屋から追い出したかった。

光がスポットライトのように部屋の奥を照らす。その瞬間、ミチルのものだろう、甲高い悲鳴が聞こえた。風のような速さで彼女が死体に駆け寄る。

「ああ、そんな、嘘よ、こんなの嘘よ、兄い！　兄い！　嘘だって言ってよ――！」

彼女は死体に取りすがって叫び始める。パジャマや顔にも血が付いていた。目には大粒の涙が浮かび、何度も首を振っていた。

「イヤ、イヤ、イヤ……イヤあああぁッ！」

彼女は死体の足元に崩れ落ちた。死体の足に顔を埋《うず》めて、手が蒼白になるほど強く、死体のズボンを摑んでいる。

葛城はその場で立ち竦んだまま、茫然《ぼうぜん》とした目をミチルと死体に向けていた。

「僕は」

葛城は蚊の鳴くような声で言った。一気に何十歳も年を取ったみたいだった。

「また、何も出来なかった……」

「葛城……」

「兄さんは、死んでしまった。もう、何も出来ることはない……僕は、ずっと、何も出来ない……」

彼の昏《くら》い瞳を覗き込んでいると、千々に胸が張り裂けそうになった。

「……これを見てくれ」

梓月は机の上に広げられた手帳を取り上げる。

『僕はもう耐えられない。

先に天国に行きます』

流麗な筆致で、走り書きがされていた。遺書？　自殺ということか？　現実が揺らぎだす。足元さえ覚束《おぼつか》なくなる。僕は足を水に浸している。

――どうして。どうして、こんなことに。

葛城正が死んだ。

葛城家で唯一嘘をつかない人。

まっすぐに正義を貫《つらぬ》く警察官。

僕を認めてくれた爽やかな人。

そして葛城輝義の推理の師匠。

僕は葛城を助けに来ただけなんだ。

それなのに、どうしてこんなに残酷なことばかり起こるのだろう。

風が窓を揺らす音が、いやに大きく聞こえた。

第二部　葛城家の人々

そりゃきみにとっては深刻な問題なんだろうし、自分の主張を盛り込みたいのはわかるけど、大多数の読者はミステリーがいかにあるべきかとか、探偵であることの倫理的根拠なんてどうだっていいんだ。

――法月綸太郎《りんたろう》「……GALLONS OF RUBBING ALCOHOL FLOW THROUGH THE STRIP」

0　半年前

強い雨の降る晩だった。

バケツをひっくり返したような大雨は、いつ終わるとも知れない。激しい春の嵐《あらし》だった。気温の高さと湿度が相まって、駐在所の中にはムッとするような蒸気がこもっていた。

間田《はざまだ》巡査は水害に備え、この駐在所で待機を命じられていた。曲川が万が一にも氾濫すれば、駐在所のあるW村だけでなく、橋向こうのY村からも多くの避難者が出る。二つの村のはざまにあるこの駐在所で、避難所への案内をしたり、要避難者の手助けをする事態を予想しての、勤務だった。

間田は長いあくびをした。

彼は湿度の高い夜が嫌いだった。汗が止まらないし、すぐに顔に脂が浮いてきて、息をするだけで不快なのだ。今晩も、洗面所で三回も顔を洗っている。

その時、ガラス戸が叩かれた。

激しい風の鳴らす音ではなかった。ガン、ガンと二度、必死な性急さを感じさせるテンポだった。

「はい――」

間田は生返事をして、ガラスの引き戸を開けた。

外に、男の高齢者が一人立っていた。全身を水に濡らし、体を震わせ、いかにもみすぼらしいなりだが、口元に蓄えられた白い口ひげには、どことなく威厳《いげん》が漂っている。不思議な印象だった。

「どうなさいましたか?」

間田は優しい口調を心掛けて問いかけたが、彼は首を振るばかりで、何も言わずに駐在所の中に入ってきた。あっ、と声を出す暇もなかった。彼は来訪者用のパイプ椅子に腰かけ、茫然とした目つきで壁を見ていた。

間田は彼の足元に目を留めた。

彼はサンダルを履いていた。サンダルは泥に塗《まみ》れ、ズボンの膝のあたりやセーターの前面にも派手な泥汚れの痕がある。どこかで転んだのだろう。この大雨の日、ただでさえ足元が悪い中、よりによってサンダルで出てくるとは——。

大丈夫ですか？　家はどこにありますか？　避難しに来たんですか？　間田はいくつも質問をしたが、男から明瞭な反応はなかった。

男は頭から脱がせたり着せたりしやすい、襟元がゆるく、サイズの大きいセーターを着ていた。去年亡くなった間田の祖父も、晩年はこんな服ばかり着ていた。介助して脱ぎ着させる時に、介護者が楽なのだ。

間田はこのあたりから、男が認知症ではないかと疑い始めた。だから、こんな雨の中わけも分からず家を飛び出してしまい、徘徊《はいかい》しているのだろうと。今頃、家族が困っているはずだ。もし男が徘徊の常習者で、家族がしばしば困っているとすると——。

間田は「ちょっとごめんなさいね」と言って、セーターの背中の部分を裏返してみた。転んだ時に乱れたのだろう、肌着がめくれて、背中が少し露出していた。タグにシールが貼ってあり、名前と連絡先が書いてある。

「ビンゴ」

間田は小さく呟き、タグに顔を寄せ、ぎょっとした。

葛城惣太郎
長女（堂坂由美）
連絡先：080―××××―●●●●

（葛城？　葛城と言えば、橋向こうのY村の名家じゃないか。しかもその当主の惣太郎は、どこかの会社の社長で、とんでもなく偉い人だったはず……）

間田は髭に漂っていた威厳の理由を理解し、同時に、深い憐《あわ》れみの念を抱いた。

（結局、みんなこうなってしまうんだ）

どれだけ偉くても、どれだけ登り詰めようと、関係ない。最後には、みんな同じだ。

間田は電話番号をメモ帳に書き写すと、「じゃ、家に連絡しますからね。よかったですね、家に帰れますよ」と惣太郎に声をかけた。

その時、異変が起こった。

惣太郎の目が見開かれ、顔から血の気が引いた。唇をわななかせて、「やめろ」と恫喝するような声を出した。

「え？」

「やめろ、家には、連絡するな」

到底、人にものを頼む態度ではなかった。社長として長く生きてきた人間は、いくつになっても社長なのだ。そういう態度は簡単に抜けるものではない。

「でも、家に連絡しないと、帰れませんよ。今日は雨がひどいから、早く帰った方がいいと思いますけど……」

間田は何度もなだめすかしながら、同じようなことを口にしたが、惣太郎は同じことを繰り返すばかりだった。やがて、五分ほど押し問答を繰り返してから、惣太郎は言った。

「帰りたくない」

初めて、惣太郎は自分の願望を素直に口にした。このあたりで、間田の職業意識は別の着眼点に向いた。

惣太郎のような男が、着の身着のまま、何も持たず、しかもサンダル履きで、この大雨の中を隣村の駐在所までやってきた――。

Y村の葛城家の位置は、間田も知っている。ここから歩きで四十分ほどの距離だ。高齢者の足では、もっと時間がかかる。それほどの距離を、惣太郎は必死に逃げてきた。何かの恐怖がなければ、人はこんな動きをしない。そして、家に帰りたくないという言葉。

間田は、虐待を疑った。

さっきセーターをまくった時、見えた範囲の背中には傷がなかった。間田が全身をさりげなくチェックすると、右手に、小さい切り傷のようなものが多数あった。刃物で切ったような傷だった。どうして、こんな目立つところに傷が――。

虐待は何も児童相手のものばかりではない。高齢者相手のものも多く、家族が手を上げるもの、介護者が暴言を吐くもの、形態は様々だ。家族が加害者の場合、被害者側の高齢者の方も、「身内の恥」を露見させないために、必死に口をつぐむことが多い。高齢者が本音をこぼす機会は貴重なのだ。

　間田は、「どうして帰りたくないんですか？」と丁寧な口調で聞いた。しゃがみこんで、パイプ椅子に座る惣太郎に視線の高さを合わせていた。

　惣太郎は、まるで、自分のさっきの言葉を忘れているかのように、不思議そうな目つきで間田を見た。

　そして、出し抜けに言った。

「こ、ろ、さ、れ、る」

　間田の喉仏が動いた。

「どうしてそう思うんですか？　息子さんや娘さんに、何かされましたか？」

「あの家にはばけものがいる」

　質問の答えになっていなかった。何かされたのか、と再度聞いても、会話が成立しなかった。

　惣太郎は顔を押さえた。右手についた切り傷が、生々しく間田の視界に飛び込んできた。

「私の使っている薬の、薬の入ったガラス瓶が、起きたら全部壊れていた。妻が、『悪い夢でも見たの？』と聞いてきた。私が壊したと、思われている。手にも、覚えのない、こんな傷跡が」

惣太郎は、一言一言絞り出すように、そう言った。

「私じゃないと言っても、誰も信じやしない」

「そうですか。それはひどいですね」

「薬が離れに置かれた。あれじゃ、何かされても気が付けない」

間田はこのあたりから、惣太郎の言葉を話半分に聞き流していた。薬に何かされたら、というのは、偉い人間にありがちな人間不信、被毒妄想だろう。登り詰めたからこそ、自分の身の回りの危険に敏感になる、いや、なりすぎるのだ。殺されるというから何をされたかと思ったら、大したことはない。惣太郎には、認知症を疑われる症状や反応もある。自分で割ったことを忘れて、それを誰かに責任転嫁していると考えた方が自然だ。今の段階では、一緒になって虐待だなんだと騒ぐこともない。

「そうですか。それは怖かったですね。ごめんなさいね、仕事の電話なんですけど、一本だけかけさせてもらってもいいですかね」

間田はそう言いながら、素早く駐在所の電話を操作した。

「はい、堂坂です」

疲れた女の声が応《こた》えた。間田は名乗り、事情を説明した。女は「ああ――」と安心したように声を漏らした。

「良かったです、ずっと探してたんです……ええ、そうなのあなた、見つかったって……あ、ごめんなさい。すぐに向かいます。W村の駐在所ですよね。主人と一緒に、車で向かいますので」

間田は電話を切り、「良かったですね、娘さん、迎えに来てくれますよ」と言った。

すると、惣太郎の顔が紅潮した。

「あんた、この私に嘘をついたのか！」

間田は首をすぼめた。

（こりゃ、ちょっと侮りすぎたかな。迎えに来るまでにひと悶着《もんちゃく》起きるとまずい……）

間田の脳裏に瞬間不安がよぎったが、惣太郎はそれ以上怒鳴ることも、食ってかかってくることもなく、力なく首を振るのみだった。

「あの家には、ばけものがいる」

惣太郎は繰り返した。

「さっきも、そう言ってましたよね。でも、『ばけもの』って、具体的になんのことですか？」

惣太郎は一呼吸おいて言った。

「……くもい」

惣太郎の言葉は、すぐに頭の中で繋《つな》がらなかったが、禍々《まがまが》しいイメージが、じわじわと脳裏に広がった。

蜘蛛《くも》……。

間田は、惣太郎の寝室で、ベッドの脇にしゃがみこんで、惣太郎の右手にカッターナイフで傷をつける何者かの姿を想像した。それは加害欲とも暴力性とも違う、どこまでも陰湿な行為だ。そうしておいて、何者かはガラス瓶を割る。家族はみんな、惣太郎のせいだと思い込む。信じてくれと言っても誰も信じない……。

蜘蛛。

確かに蜘蛛だ。いくつも糸を伸ばして、獲物を搦め捕り、もがけばもがくほど蜘蛛の巣からは逃れられなくなっている。陰湿に、計算高く仕掛けを張り巡らせる、そんな何者か……。

薬を割ったのは、なんのためだろうか。薬の置き場所を、本人から遠い位置にさせるため？　そうだとすれば、確かに薬に毒を混ぜやすくなる。監視が少なくなるからだ。

そんな計算を張り巡らせる蜘蛛のような人間が、あの家に？

一瞬、惣太郎の言っていることは、全て本当なのではないかと信じかけた。

その時、ガラスの引き戸が開いた。堂坂由美と、その夫らしき男が立っている。男は堂坂広臣と名乗り、間田に謝意を述べた。

「ああ、お父さん、無事でよかった……」

由美は惣太郎の肩にバスタオルをかけ、濡れている部分を優しく拭っていた。

「本当にすみませんでした、こんな夜分にご迷惑をかけて」

広臣は深々と礼をする。

「いえいえ、とんでもありません」

礼儀正しい人たちだった。間田は気分が良くなって、惣太郎を二人の元に送り出した。

車に乗り込む惣太郎に手を振りながら、間田は思った。

（そうだ、あるわけないじゃないか……。あんな家で、それも、あんなにいい人たちなのに、惣太郎さんが言うような恐ろしいことが起こるわけがない……）

間田の夜はまだ長かった。彼は手慰みに先ほどの応対の記録を書いたが、彼自身、重大に捉えてはいなかったため、あくまでも参考として簡単に記録したに過ぎなかった。この話が葛城家のある人物に伝わるまでは、それから約半年を要した。

夜が明けると、雨はすっかり上がり、爽やかな春の晴れ間が覗いた。懸念された曲川の氾濫も起こらなかった。

間田の頭の中で、夜の記憶はもう薄れていた。

1　死体　【館まで水位26・8メートル】

どれほどの時間が経ったのか、感覚が覚束ない。ミチルは死体の足元に取りすがって泣き続けていた。

ミチルはようやく立ち上がると、キッと鋭い眼光を葛城に向けた。葛城の胸倉を摑んで言う。

「あんた、どうしてそんなに平静にしてられるの！　兄いが……私たちの兄いが死んだのよ……！」

葛城は確かに涙一つ流していなかった。だが……先ほどまでの精も根も尽きたような顔を思い出す。心の中は平静にしているはずがない。

「僕は……」

「あんたは死体なんかもう、慣れっこなんでしょう。だからそんな風にしていられるんだ」

「慣れてるわけ……ないだろ。兄さんだぞ。僕らの、兄さんが……」

葛城の声は次第に萎んでいった。

「じゃあ、いつものやってみなさい。誰がこんなひどいことしたの？　教えてよ！」

「出来ない……」葛城は首を振った。「僕には、出来ないよ」

「じゃあ、また部屋にこもってなさいよ！　そうやってずっと逃げてればいいじゃない！」

ミチルは突然葛城の胸倉から手を離した。目を勢いよくこすり、僕らに向き直る。両目の下が赤く腫《は》れていた。

「……ごめんなさい、取り乱して。早く、パパたちに状況を伝えないと……」

ミチルの肩に梓月が優しく手を置いて、気遣う言葉をかけていた。

葛城は一歩も動かないまま、無言で兄の死体を見つめていた。

二階の右翼側に、みんなは所在なげに立っていた。正の死について伝えると、驚きと悲しみが家族の間で波のように広がった。葛城は何も言わず、ふらついた足取りで自分の部屋にこもってしまった。引き止めようとしたが、声をかけられる雰囲気ではなかった。

「一体なぜ、こんな時に……」

健治朗は沈痛な面持ちを浮かべ、目を見開いていた。

「そ、そんな、正さんが……？」

由美は目に涙を浮かべ、ショックを露わにしていた。両目を覆い、俯いてしまう。隣に立つ広臣も「あり得ない」と何度も首を振っていた。

「嘘よ……」

璃々江は目に見えて取り乱すことをしなかったが、さすがに自分の息子の死である。茫然と目を見開いて、そのまま固まっていた。

ミチルは由美に取りすがって、また泣き始めていた。家族の顔を見て安心したのだろう。自分の母親ではなく、由美の方なのだなと思った。由美はミチルの背中をゆっくり撫でながら、ミチルの肩に顔を埋めていた。

「とにかく様子を見に行こう。丹葉先生、申し訳ないが同行してください」

十分ほどして、二人が戻ってきた。

健治朗が言った。

「電気がつかないと状況の確認が満足に出来ない。電球を替えようと思うんだが、脚立が東館にあるから、この大雨の中持ち出すのも億劫《おっくう》でね……」

広臣がその先を続ける。

「田所君、君の身長なら届くはずだ……あんなところにもう一度連れて行って申し訳ないが、手を貸してくれるか」

僕は渋々《しぶしぶ》ながら同意した。離れの天井は三メートルより少し高いという。僕の身長は一メートル八十五センチほどあり、この中では一番高かった。

「死体の状態を見ておきたい。私もついていきましょう」

梓月が椅子から立ち上がった。

現場を調べるなら葛城を連れて行きたかったが、部屋から引きずり出すわけにもいかない。心配と後ろめたさで胸が潰れそうだった。

離れに健治朗、広臣、梓月、僕の四人で向かう。

広臣は離れのクローゼットの中から替えの電球を取り出した。

気が進まなかったが、スツールの上に上がる。電球を手渡されるが、さっき渡り廊下を歩いた時に吹き込んできた雨のせいで手が濡れていた。ハンカチで念入りに水気を拭き取ってから、電球を受け取った。念のため、腰のあたりを梓月が支えてくれていた。古ぼけたスツールがぎしぎしと音を立てて鳴る。電球を見上げて、右手を伸ばす。電球、どっちに回すんだっけ。左だったか。右だったか。

手首を捻った時、電球がカッと光った。

「うわっ」

目の前が真っ白になった。手から替えの電球が滑り落ちる。ガラスの割れる音がした。倒れるかと思ったが、梓月がしっかりと体を支えてくれた。段々目の焦点が合ってきたところで、ゆっくりとスツールから下りる。足元に電球が割れていた。

「電球が切れていたわけじゃなくて、緩んでいたんだな」

広臣が言った。

僕は全身に冷や汗をかいていた。足元のガラスを片付けながら、フーッと長い息を吐く。

ようやく部屋に明かりが戻り、周囲の状況が分かるようになった。

玄関扉の真向かい、左側の窓の前に、死体は座っていた。書き物机の椅子を離れの玄関側に向けて座り、上体を後ろに大きくのけぞらせている。思わず顔をそらしてしまう。机の上には、梓月が読み上げた遺書らしき書き込みが遺《のこ》された手帳と、水の入った水色のグラスがあった。

ソファの革には全体的に皺が寄っている。誰かが横になったのは確かなようだ。ソファの右側にはサイドテーブルがあるが、その上にスマートフォンが載っていた。正のものだろう。

薬が並んだ戸棚には、昼間から変わったところはない。

「さて……やはり一番気になるのは、こいつだな」

健治朗は死体の傍にしゃがみこんだ。床に横倒しになっている銃を、薄いハンカチ越しに拾い上げる。銃身の長い散弾銃だ。この家に来た時、広臣が使っているのを見た。

「私のものだ。昨日の昼間、試し撃ちに使った後は、東館の方に戻しておいた」

広臣が顔をしかめながら言った。昨日の昼間、僕と三谷を出迎えた銃声のことを思い出す。東館（旧館）の方に戻しに行くシーンは、僕らもしっかり目撃していた。

健治朗は頷き、「銃身は冷えきっている。撃たれたのは随分前だろう」と言った。

「だが、銃声なんて聞こえなかった。一体いつぶっ放されたんだ？」

「多分、これのせいだろう」

健治朗がハンカチを少し開け、銃身を見せた。銃身の周りをくるむように、金属製の何かが取り付けられていた。広臣が首を振った。

「サイレンサー……」

「広臣さん、あんたどうしてこんなものを持っているんだ？　日本の法律では、散弾銃にサイレンサーをつけるのは禁じられているはずだ」

「分かっている！」広臣の声が高くなった。「それは……ただ……そう、コレクションのために買っただけだ。一度も使ったことはない」

健治朗は銃口を広臣に向け、胸を突いた。僕は思わず息を呑んだ。梓月は口笛の形に口を動かして、チラリと僕を見てきた。

「私に嘘は通じないぞ」健治朗の声音は険しい。

「危ないだろ義兄《にい》さん」広臣の声は震えていた。

広臣は健治朗の顔をじっと見つめた後、ゆっくりと息を吐いてから、言った。

「……一度だけ使ったことがある。一度だけだ」

健治朗は銃口を降ろして聞いた。

「性能は？」

「申し分ないが、散弾銃のサイレンサーにはおのずと限界がある。かき消したとしても、手のひらを打ち鳴らすくらいの音が鳴る」

パァン！　と激しい音がした。広臣がギャッと叫んだ。驚いて振り返ると、真面目くさった顔をした梓月がいた。

「……このくらい、ってことですね」

驚かせるためにやったに違いない。僕は梓月を睨みつける。

「結構な音だが」健治朗は首を振った。「聞こえなかったとしても、無理はないかもしれんな……。離れは古い木造家屋だが、西館は石造りだ」

しかも、雨風の音も強く、窓は段ボールで補強されていた……。これだけの条件が揃えば、音がかき消されることもあり得るだろう。

「銃声の件はそれでいいとしても、問題はこの正の……死体だ」

健治朗は唸り声を上げた。死体、と口にする時に、さすがの彼にもためらいの調子があった。

「自殺なのか……他殺なのか……」

改めてじっくりと死体を見る。

死体は後ろへ大きく背中を反り、天を仰ぐような姿勢で椅子に座っている。顔の凄惨《せいさん》な状況からは、思わず目をそらした。死体は左足に靴を履いていたが、右足は靴を脱いでいる。

「そりゃ健治朗さん、考えるまでもないさ。自殺に違いないですよ、そうでしょう?」広臣がぴしゃりと言った。「散弾銃の先を口にくわえ、足の指を散弾銃の引き金にかける。右足だけ靴を脱いでいるのは、靴を履いたままだと引き金に指をかけられなかったからでしょう。引き金を引くと、頭ごと吹っ飛ばされて、反動で体はのけぞる。そうするとほら、目の前にあるような、凄惨な死体の状況にぴたりと符合する。これが殺人だとすれば、結構困ったことになりますよ。ねえ先生、そうでしょう?」

梓月は話を振られ、曖昧《あいまい》に笑った。

「さあ。法医学は専門じゃありませんのでね、残念ながら」

予防線を張っている。兄が中学生の頃から、写真入りの法医学の本を愛読していたのを思い出したが、黙っておいた。

広臣の指摘は頷けるところだ。下顎《かがく》が比較的損傷が少ない状態で残っているので、銃口を口にくわえた状態で喉奥に発砲したのは間違いない。加えて、天井にまで血が飛び散っているので、銃口は斜め上を向いていたと考えられる。殺人だとすれば、被害者の下に潜

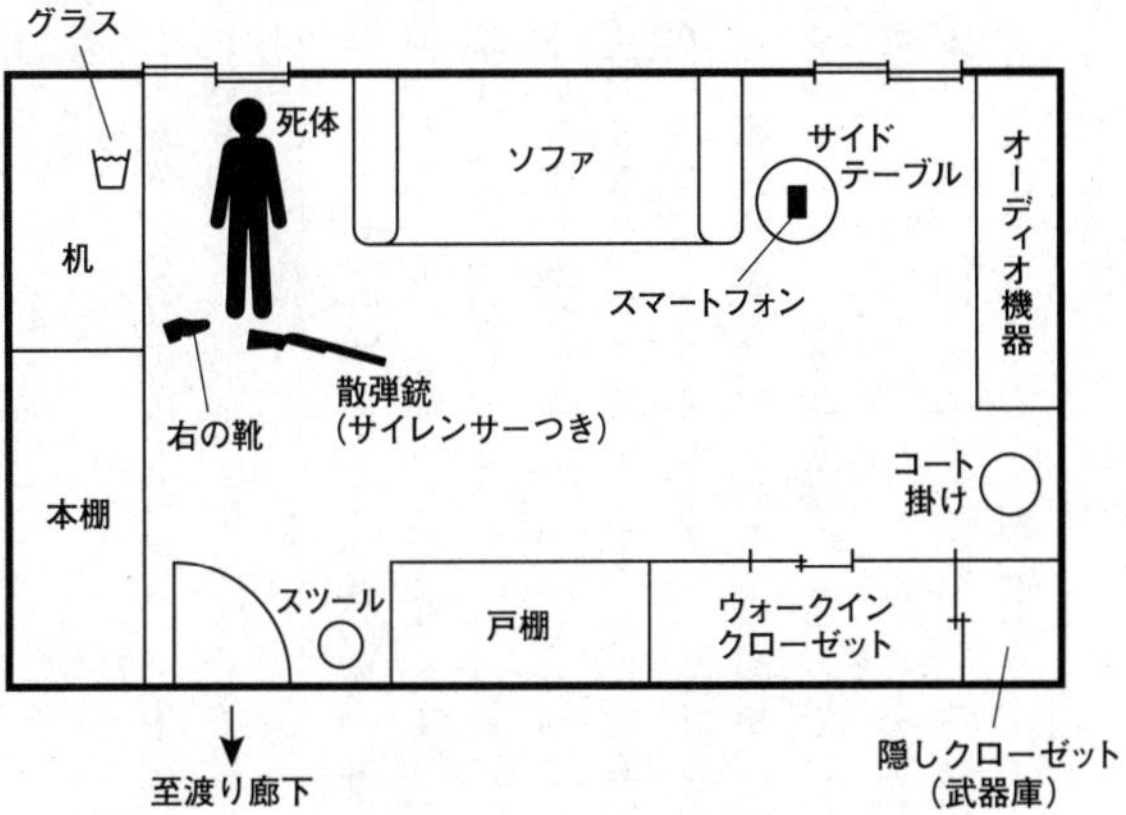
グラス
死体
ソファ
サイドテーブル
オーディオ機器
机
スマートフォン
右の靴
散弾銃
(サイレンサーつき)
コート掛け
本棚
スツール
戸棚
ウォークインクローゼット
至渡り廊下
隠しクローゼット
(武器庫)

離れ見取り図②

り込み、口に銃口をくわえさせなければならない。被害者がそんなことを許すはずもない。

「だが広臣さん、この位置……」

健治朗が死体の足元にしゃがみ、死体の前方のラグマットを指さした。

「ラグマットにも放射状に返り血が飛び散っている。そしてほら……ここと、ここ。繋がっているはずの血痕が不自然に途切れているだろう」

健治朗が指さした二点は、確かに、片方の血しぶきの尾を伸ばせば、綺麗に繋がる気がした。ラグマットの上に何かがあって、途切れてしまったようだ。

「まさにこの始点と終点の間に、誰かが立っていたのだ。そいつの靴か服に、返り血がついた。だから、ラグマットの血痕が途切れた。そう考えるべきじゃなかろうか」

「自殺だとしても矛盾は生じません。紙でも椅子でもなんでもいいから、その位置にあったものが、発砲の反動で吹っ飛んだと考えることも出来ますから、そうでしょう?」

健治朗と広臣は、それぞれの性格や職業のなせる業なのか、丁々発止のリズムで検討を重ねていた。身内の死のショックは、もうおくびにも出していない。

「極めつきは、あの遺書ですよ」

「あんなものは、偽造しようと思えばいくらでも出来るだろう」

健治朗が鼻を鳴らすと、手帳を手に取ってめくり始めた。

「見てみろ、この走り書きの位置を」

健治朗は遺書めいた書き込みのページを開いてから、前後のページをめくった。後ろのページにもびっしりと書き込みがあった。

「この走り書きのある位置は、手帳のちょうど真ん中のページだ。前にも後ろにも、日記とか仕事のメモとか、何かしらの書き込みがある。真ん中に突然書き込みをするなんてどう考えても不自然だ。つまり、この書き込みは、このページに元々あったものなんだよ。捜査の記録や、メモを正が書き留めたのかもしれない。犯人はそのページが遺書に使えると思ったから、こうして広げておいたんだ……」

「確かにその可能性もありますが」広臣が言った。「そのページを探すのは、いつどこでやったんですか？　殺した後、電気もつかない暗闇《くらやみ》の中で懐中電灯片手にやったとでも？　そんな風に考えるなら、正君があらかじめ、その言葉を遺書に使うつもりだったと考えた方がスマートってものです、そうでしょう？」

健治朗は唸り声を上げながら、机の引き出しや、戸棚の中を見る。引き出しの中は引っ掻き回されていて、戸棚に並んでいたCDも何枚か床に落ちている。

「だが、この部屋の中には、確かに何者かが物色した形跡がある……犯人は、この部屋で何かを探していたんだ。この部屋から何かを盗むのが目的だったのか……？」

「確かに、物色の痕跡は自殺説にそぐわないですが、それこそ、書き物をするためのペンを正君自身が探したと考えてもいい。健治朗さん、考えすぎですよ。こんな嵐の夜に殺人だなんて……」

二人のやり取りを、僕は異様な緊張感を持って聞いていた。全身が耳になったかのようだった。健治朗の説明は、手帳や物色の痕跡の検討を含めて、理屈も明瞭に聞こえるが、広臣の方はどうしても、自殺説に拘泥しているように聞こえる。自殺だと主張したい、何か積極的な理由があるのだろうか？

梓月は「なるほど」と言う。

「自殺か他殺か判断するためにも、死体の状況の判断はやはり必要でしょうね」

梓月は診察カバンから持ってきたのであろう、ビニール手袋を嵌《は》め、突然死体に触り始めた。

「ちょっと、先生――」

「警察の捜査に支障のない範囲内で、見せていただくだけですよ。それに――」

「こういうのは、『新鮮』なうちにやった方がいい」

梓月が続けようとしたはずの言葉を僕が奪い取ると、彼は表情のない顔で僕を振り返り、わざとらしいほどの笑みを浮かべた。

「――やあ、すみません。うちの弟は探偵小説を読むのが趣味なもので、こういう物騒なことを言いたがるのです。私はただ、銃声の鳴った時間が分からないなら、せめて参考になることだけでも調べた方がいいかと思いましてね」

「ああ、そういうことでしたら……」

広臣がそう言って、ちらっと僕を見た。梓月の発言のせいで、現実と小説の区別もつかない若者扱いされてしまった。瞬間的に頭が沸騰しそうになったが、兄弟喧嘩をするべき状況ではないと、飲み込んだ。

梓月はまず下顎の部分に触れた。次いで、脚と腕に触れた。

「警報が出たのが一時六分ですから、死体が見つかったのは十五分といったところでしょうか。今一時三十分になります。だとすると……死亡推定時刻は午後十一時半から午前零時半の間ですね」梓月は僕らを振り返る。「まず、下顎——顎関節に死後硬直がありますが、四肢にまでは硬直が進行していませんから、死後一時間から四時間は経過していると思われます。加えて、死体の足元の床やマットに付着した血痕は、一部が凝固しています。まだ、どろどろの液体のままのものもありますがね……。環境にもよるでしょうが、一時間から三時間で凝固すると思われますから、死後硬直の所見とも重なってきます。正さんは血友病などの所見もありませんでしたから、一般的な速度で血液が固まると考えていいでしょう」

離れの床には、左手の机の前から右手のオーディオ機器の前にかけて毛足の長いラグマットが敷かれている。ラグマットに付着した血はまだ固まりきっていないようだ。

梓月が立ち上がり、肩をすくめる。

「もちろん、大学で齧《かじ》った法医学の範囲内にすぎません。直腸温度や胃の内容物を見られれば、もっと細かいところまで分かると思います。あとのところは警察に任せるしかなさそうですね」

「いや、十分に参考になりますよ」

健治朗は重い声で言った。

「しかし……」広臣がかぶりを振った。「こんなものを見せられると……本当に正君なのかと疑ってしまうね」

「顔がないからか？」

健治朗が直截《ちょくせつ》に言ったので驚いた。広臣は深々と頷いてから、「やれやれ、こんなことまで疑うなんて、まるでミステリー小説だな。夏雄のことを笑う資格がない」

いわゆる〈顔のない死体〉だ。小説の中では、顔を潰した理由に議論が及ぶ傾向にあり、怨恨《えんこん》などの感情的な理由を除けば、身元を隠すためというのが大半だ。もしやこの場にいない黒田が身代わりになったのでは、と不埒《ふらち》な想像をするが、すぐに打ち消した。正の背は低く、黒田と十センチほど差がある。誤魔化しようがなかった。

「疑うのも仕方がないだろうな。服や靴なんぞ交換してしまえば済むことだ。いくら体格が似ているからと言って、目の前のこれが正とは限らない。……本当のところ、親として、未だに信じたくない気持ちもあるからな」

健治朗が言うと、僕らは思わず押し黙った。もし〈顔のない死体〉の定石通り入れ替わっていたとするなら、正は生きていることになるが、同時に犯人である可能性が濃い。自分の息子が死ぬことと、自分の息子が殺人犯であること。親としては、どちらが辛《つら》いのだろう。殺人犯であったとしても、生きていて欲しいと願うのだろうか。

「突き止める方法がありますよ」

梓月が出し抜けに言うと、広臣が目を見開いて、「どうやってですか？　こんなところで解剖でもするんですか？」と口早に言った。

「いや、もっと単純なやり方です」

梓月はソファのサイドテーブルに置かれていたスマートフォンを持ってきた。正のものだ。スマホカバーに見覚えがある。

梓月は死体の指を手に取り、親指をスマートフォンの下の部分にあてがった。ロック解除をするために、指で触れる部分だ。

ロックが解除される。僕ら三人の口から、口々に驚きの声が漏れた。

「死体の指でも開くんですか？」

広臣の問いに、またしても梓月は、あの感じのいい、どこか温かい笑みを浮かべた。

「スマートフォンのロック解除方法には、いくつかバリエーションがあります。結局は、指紋の凹凸をどう読み取るか、という違いなのですが。指と基板が触れ合った時の電子の反応で読む『静電容量方式』や、光を当てた時の反射のパターンで読み取る『光学方式』、超音波によるエコーで指紋のパターンを読み取る『超音波方式』などです。『静電容量方式』はｉＰｈｏｎｅなら8までのモデルが例で、ディスプレイの下にスイッチのように押す部分があります。他二つは基板部分を置く必要がないから、ディスプレイを広くとれるんですよ」

梓月が正のスマートフォンをこちらに見せるように持つ。

「ほら、ディスプレイが広いですよね。ボタンもない。だから、このスマートフォンは『超音波方式』か『光学方式』。簡単に開いたから『光学方式』じゃないかと。光学だと、指紋の画像だけでも開くらしいんです。まだ死体が新しいですし、今日は湿度も高いから、指の皮膚の収縮があまり進んでいない。もし『静電容量方式』だったら、感染症のリスクを負ってまで、死体の指を舐める必要がありましたが、救われましたね」

すらすらと語る梓月がどこか不気味だったが、健治朗と広臣は感嘆の声を漏らした。健治朗は「先生はなんでもお詳しいんですな」などとべた褒めである。梓月は理系の友人に教えられ、スマートフォンのロック認証について勉強したのだという。

ともあれ、指紋認証を突破出来たということは、やはりこの死体は正ということになる。正は犯人ではないが、やはり死んでしまったということだ。

「ふむ……あとやはり気になるのは……凶器の……」

広臣は俯いてぶつぶつ言いながら顎を撫でる。ゆっくりと部屋の奥のウォークインクローゼットの前に歩いた。クローゼット内の壁に手を当て、そのまま取っ手のようなものを引いた。扉を開けると、そこには――。

「な、なんですかこれは」

クローゼット内に、もう一つ秘密の空間があった。中には、リボルバーや日本刀、中世風の斧《おの》や木製のブーメラン、吹き矢筒など、様々な武器の類《たぐい》が並べられていた。ブーメランや吹き矢筒には特徴的な模様が刻まれていて、工芸品としても見栄えが良い。一目で、好事家のコレクションだと理解出来た。

「へえ、こりゃすごい。どれも本物なんですか？」

梓月はけろっとした顔で言った。

「本物ですよ……どれも、正しく使えば人を殺せる代物です」広臣はそう言って、ゆっくりと首を振った。「……義父の惣太郎には、ちょっと厄介な趣味があってね。まあ、猟銃を持っている私が言えた義理じゃないんだが……。義父は世界の各地に旅行に行くたびに、こうした武具を記念に買い集めていたんですよ。もちろん、内密に、ですけどね。あんまりたくさん買ってくるもんで、ノブ子さんが一度処分しようとしたんですが、もう大騒ぎで。義父がちょっと不便な離れを自分の部屋として使うようになったのは、こうしたコレクションを自由にしたいという気持ちもあったんじゃないかな」

「とんだ悪癖ですよ。私も困らされたものです。全く、性懲《しょうこ》りもなくまだ続けていたとはね」

健治朗が額を押さえて首を振った。

「へえ……しかし、そんなコレクションなら、どうして今まで残してあるんですか？　ノブ子さんが処分の話を言い出しそうなものです」

梓月が問うと、健治朗が深いため息をついた。

「父を亡くしてから、母の認知症が進行したのもありまして、前言を翻《ひるがえ》して、今では離れの品物を動かすことさえ許さなくてね。父が生きていた証を、少しでもここに留めておきたいんでしょう。今でも離れに一人で行っては――」

「義兄さん、その話は……」

広臣が力なく首を振るのを見て、健治朗は口を閉じた。続きが気になったが、家族の恥ずかしい部分を話されるのが嫌なのだろうか。

だが――それだけとも思えない。先ほどから、広臣の目はせわしなく、僕と梓月、そして健治朗の間を行き来している。まるで何かタイミングを窺うような仕草だ。

健治朗がリボルバーの上を指でなぞった。指には埃がたっぷり付いている。

「……どれも触られた形跡はないらしい」

「盗難を疑いましたか。確かに、惣太郎さんのコレクションは売りさばけば金になるでしょう。どれも由緒ある品ですから」

広臣は曖昧に頷いて、スマートフォンの画面を見た。目を見開き、「義兄さん、ちょっと」と言って健治朗を手招きした。彼らは離れの外に出た。扉はわずかに開いているが、雨風の音が強く、何を話しているかまでは聞き取れない。

さっきから広臣が様子を窺っていたのはこれだろうか？　僕が戸口に歩み寄ろうとした時、突然、兄に胸を突かれた。

「うわっ！」

僕はしたたかに尻餅《しりもち》をついた。尻をさすると、何か冷たい感触が手の甲に触れた。振り返ると、あの凄惨な顔なし死体が背後にあった。

悲鳴を上げ、驚いて飛びのく。兄はくすくすと小さな声で笑っていた。

「いや、探偵の助手なんてしているなら、死体にもすっかり慣れているのかと思ってね。ちょっとからかってみたくなっただけだよ」

「ふ、ふざけるな！　あんたと一緒にすんなよ！」

僕は横に手をついて立ち上がろうとしたが、腰が抜けてしまっていた。二人きりになった途端、さっきの僕の発言に仕返しをしてきやがったのだ！　ここに健治朗と広臣が帰ってきても、二人は僕が滑って転んだとでも思って、兄が突き飛ばしたなどとは、決して信じようとしないだろう！　小狡《こずる》いサディストめ！

その時、ふと、右手に目をやった。右手は死体の傍のラグマットに載っているが、マットはガサガサに毛羽立っている。しかし、その毛羽立った場所には、血痕は一つも残っていないのだった。

これは――どういうことだろう？　斜め下から撃ったとしても、返り血が偶然飛び散らなかった箇所は残るかもしれない。だが、この場所には血は一つもついていないのに、すっかり毛羽立ってしまっている。血以外の液体が、何か付着し、凝固したということだ。だが、僕は電球を取り付ける前に、念入りに手の水気を拭き取っている。僕の手から水がついたのではない。

更に、ラグマットの、ある箇所が土で汚れているのに気が付く。ソファの脚元にあたる部分だ。土の汚れはちょうど靴の形に残っている。死体の足元を見ると、靴底の縁《ふち》の部分に泥が付着していた。

ソファの革に皺が寄っていたことを思い出す。正は一度このソファで寝ている。靴を脱ぎ、ソファの脚元に綺麗にそろえて置いていたのは、土の汚れの形からも明らかだ。そして正は起き、靴を履いて――履いて？　すると、彼はいつ自殺を決意したのだろう？

自殺するつもりなら、靴を履く理由はない。靴を履いたら引き金が引けないのは明らかだからだ。とすると、最初は散弾銃を使う気はなかったということにならないか。ウォークインクローゼットの中のリボルバーのことを思い出す。そうだ。一思いに自殺するにしても、拳銃で自殺すれば済むことだ。あえて散弾銃などという使いにくい凶器を使う必要はない。あのリボルバーは使えなかったのではないか。だったら、あのクローゼットの中をもう一度調べてみて――。

離れの扉が開いて、健治朗と広臣が入ってきた。

「おや――どうしたんだい、田所君。滑って転んだのかな？」

健治朗が予想通りのことを言い、鼻白む思いだった。梓月が僕にしか見えないように、そっと意地の悪い笑みを浮かべてみせる。

「お二人とも、もうここからは離れましょう。食堂にみんなを集めていますから。これから、警察に連絡をします。それから大雨の方も――予断を許さぬ情勢のようです」

大雨……そうだ。

僕と葛城が夏に巻き込まれた事件の日は、山が大火事になっていた。今度は大雨。それに、あの時と同じく凄惨な死体が登場ときている。全く笑えない状況だった。

「警察が来るまで、死体を保存しておこう。離れの鍵を施錠する」

「その前に、死体にブルーシートをかけておきませんか。東館に予備があるはずだ。このままでは……その……あまりにいたたまれない」

広臣の提案を承諾し、広臣と梓月がブルーシートを取りに行く。ブルーシートを死体にかけると、養生テープで床に固定した。臭いは隠しきれないが、見た目の上ではマシになった。

四人で外に出、健治朗が鍵をかける。食堂に戻りがてら、健治朗が使用人控え室に入った。部屋を出てきた健治朗の手には、もう鍵はなく、所定の保管場所に戻したという。

この時僕の頭の中は自分の不運を拗《す》ねる思いと、ラグマットの不自然な痕跡のことでいっぱいだった。

健治朗と広臣が離れを出て、どんな言葉を交わしたか——そんな疑問は、もはや頭から抜けきっていた。

2　検討と仮説【館まで水位26・8メートル】

食堂には夏雄やノブ子、葛城、黒田、北里を除く全員が集合していた。

由美は広臣が帰ってくるのを見るなり、立ち上がって不安を訴えた。璃々江は対照的に、健治朗が隣に座るのを無表情に受け止めた。ミチルは椅子の上で膝を抱え、膝頭《ひざがしら》に顔を埋めている。坂口は唇を尖らせて、悲嘆に暮れる家族からは目をそらしている。彼も案外、ばつが悪いらしい。梓月は部屋に入るなり、璃々江や由美にそつなくお悔《く》やみの言葉をかけて、いかにも礼儀正しく振る舞っている。三谷は部屋の片隅で視線をきょろきょろさまよわせ、居心地悪そうにしていたが、僕の姿を認めるとまるで豹《ひょう》が獲物に飛びつくように飛んできた。

「お、おい田所、大丈夫だったのかよ。なんか突然現場に連れて行かれてよ……なかなか帰ってこないから、心配してたんだぜ」

三谷が真剣なのがおかしくて、気分がほぐれた。

「田所、俺こええよ」三谷が体を震わせた。「まさかこんなことになるなんて……あんなもん見たの、俺、初めてだぜ。寝たら夢に出そうだ。どのみち、眠れないけど……」

ノブ子は最前の洪水警報から先、感情が不安定になり騒いでいるらしい。だが、正の死のショックが大きく、由美やミチルでは応対する余力がなかった。そこで北里が相手を引き受けているという。

黒田はまだ戻ってきていないのだろうか。この嵐の中、一体どこへ……？

「輝義君は部屋ですか」

僕が問うと、ミチルが鼻で笑った。まだ触れれば折れてしまいそうなほどの儚《はかな》い表情で、態度だけが威勢を残していた。

「閉《と》じ籠《こも》ってるから、夏雄のお守り、させてるのよ」

乱暴に言い捨てるような調子だった。

ミチルが目をそらした。

「こんな時くらい……しっかりしなさいっての……」

ミチルは気丈にそう言って、下唇を噛むと黙り込んだ。

葛城正。葛城にとって、何より信頼していた兄の死は大きな喪失に違いない。十数時間前に会ったばかりの僕でさえ、彼には親しみを覚え始めていた。葛城だけではない――ミチルや、両親にとってどれだけの痛みだろうか。

食堂は重苦しい空気に沈んでいた。正の死がもたらした哀《かな》しみと困惑が、家族をすっかり覆っていた。

先ほどの言葉通り、健治朗は警察に連絡を取っていた。一応の状況を知るために現場に触れてしまったが、今は離れに施錠をし、死体もそのままにしてある。警察からはお咎《とが》めを受けるかもしれないが、そこは私が引き受けると、健治朗は力強い口調で請け合ってくれた。テキパキとしていて、一挙手一投足に安心感があった。彼も正の死にショックを受けてはいるのだろうが、おくびにも出さない。

「……はい、Y村の高台の……はい。そうです。よろしくお願いします」

健治朗が受話器を置いた。

「警察はなんですって？」と広臣が聞く。

「パトカーを差し向けてくれる。あの様子では必要がないから、救急車は呼ばなかった」

健治朗の言葉は残酷だったが、異を唱える者はいなかった。

「どれくらいかかると？」

「一番近くの駐在所は橋向こうの村にある。今はW村の方に人手が回されていて、こっちには来てくれないだろう。パトカーで来るとなると、近くの県警からだろうな。一時間で来ればいい方だろう。

それと、黒田さんの情報、外見の特徴を警察に伝えておいた。まだ戻ってこないからには、どこかで事故に巻き込まれているのかもしれないからね。道中見つけたら対応してくれるそうだ」

黒田も事実上の失踪《しっそう》状態で、未だに連絡がつかない。黒田の携帯電話に何度かけても繋がらないという。正の死体が見つかったタイミングで失踪とは、あまりにもタイミングが良すぎて、そのものずばり黒田が犯人ではないかと疑ってしまうほどだ。

本当に今夜は、どうかしている。

広臣は首を振った。

「それにしても……まさか正君があんな……自殺をするなんて……」

璃々江が目頭を押さえ、俯いた。

坂口が呆れたように首を振った。

「おいおい広臣さん、あんた、まさかあれを自殺だっていうのか？」

「殺しと考えるよりは現実的な解釈に思えますが。遺書があったことも自殺を裏付けているし、この大雨の中、強盗や夜盗が来たとも考えにくい。押し入られたような痕跡も室内にはなかった」

「さすが本職」と坂口が呟く。「刑事事件がお得意のようだ。だけど、自殺だとすれば、動機はなんだ。あいつにはそんな様子はなかった」

「……自殺する人間の心理なんて、最後には分からないものですよ」

広臣は木で鼻をくくったような調子で言った。

「投げやりだなあ。だが、俺にはあるぜ。正さんが自殺した動機の心当たりがな」

坂口の目が鈍い光を放ったような気がした。彼はその「心当たり」へと議論の流れを誘導したかったように見えた。健治朗が唸り声を立て、

「坂口さん。あなたの言葉に耳を傾ける時間はないのです」

「固いこと言いなさんなって。ま、つまりこういうことだ……」

坂口はためを作り、不敵に微笑んだ。

「正さんが惣太郎さんを殺した……。正さんはその自責の念に耐えかねて自殺した。どうだい？　これならすっかり辻褄《つじつま》が合うだろう」

「なんですって！」

僕は思わず声を漏らす。繋がった！　坂口が見せてきた、戸棚の前に立つ男の写真のこ

とを思い出す。坂口は男の正体にアタリをつけているのではと疑っていたが、その通りだった——彼は、葛城正に目をつけていたのだ！

だけど、正さんが人殺しを？　そんなことがあり得るだろうか？　この場に葛城がいないのが悔やまれた。

「くだらん！」

健治朗が吐き捨てるように言った。

「正が父を殺しただと⁉　とんだ言いがかりだ！　何か証拠でもあるのかね？」

「さあ？」坂口は首を傾げて、とぼけるような態度だ。「おたくの息子さんなら、証拠を残すような真似はしないだろうけどね」

「ふん、ないんじゃないか。事実無根の言いがかりだ」

健治朗が言うと、坂口は「おや、俺はないとは言っていませんぜ」と笑った。食堂にしんと沈黙が落ちる。やがて、広臣が「馬鹿馬鹿しい！」と大声で言う。

「坂口さん、あなたの主張は矛盾だらけだ。仮に正君がなんらかの犯罪に手を染めていたとしても、なぜ今日になって突然自殺を？　自信が揺らぐような大きな出来事が、何かありましたかね？」

「もちろん、昨日の食事会のことを忘れちゃいないだろう？　俺と夏雄君の厳しい追及を受けて、もはや逃れられないと思いつめたのさ」

「ハッ！」健治朗が鼻を鳴らした。「あの程度で『厳しい追及』ですか！　それなら、議会はさながら『地獄の責め苦』とでも称すべきでしょうな！」

「ええ、ええそうですよ。第一、夏雄の言うことは、そのう、子供の言うことですから……」

由美が微笑んで言った。昨日までは輝いて見えた笑顔も、この非常事態を前に翳《かげ》を帯びているように思えた。

ミチルがテーブルを叩いた。全員の視線が集まる。彼女は坂口を睨みつけた。

「兄いが自殺するわけない！　それよりさ、もっとあり得る考えがあると思うんだけど」

そう言って、坂口に指を突き付ける。

「あれは、あんたを狙って起きた殺人事件なんだ」

「俺を？」

坂口の眉が生き物のように動いた。

「な、なんですって？」三谷が声を上げた。「犯人は坂口さんと間違えて、正さんを殺したってことですか？　あり得ないですよそんなの。顔も体型も似てないのに……」

「私も最初はそう思った……でも三谷君、試しに犯人の立場になって考えてみてよ。犯人はなぜ離れに向かったの？　言うまでもなく、離れにいた人物を狙っていたに違いない。あの夜、離れにいた人物は坂口、あんただ……あんたと兄いが部屋を入れ替えることなんて、誰も予想出来なかった……」

「言われてみればその通りだ」広臣が続いた。「あの部屋の電球は緩んでいた。スイッチを入れても明かりが点かない。犯行は暗闇の中で行われた、そうでしょう？　大雨のせいで月明かり一つない、真っ暗闇の中だ。服装で見分けることも出来ない」

「あの部屋の中には」健治朗が言った。「物色されたような形跡が残っていた……犯人は何かを探していたんだ。暗闇の中、眠っている人物を絶対起こさないように物色していた。だが、眠っている人物が目を覚ましたら？　『何をやっているんだ！』と声を上げられたら？　犯行は一瞬だ。散弾銃を構えて、引き金を引く。暗闇の中で、正確に銃口を口に入れられる道理はない。頭が吹き飛んだのも、被害者が椅子に倒れ込んだのも偶然だ。あまりにも急いでことが行われ、犯人は標的の間違いに気付くことも出来なかった」

璃々江が小さく頷いた。由美が「そうかもしれない……」とぼそりと呟く。

確かに、客観的状況は全て揃っている。予測不能の部屋交換、暗闇の中での、性急な殺人……客観的に見て、ミチルが主張する間違い殺人が起こった可能性は十分にあると考えるべきだろう。そこまで読んで、ミチルはこの推測を提示したのだろうか。彼女と、それについていく家族の頭の回転の速さに舌を巻いた。

「今夜、死ぬべき人間は坂口、あんただった。あんたはうちの家族を散々引っ掻き回してきた。葛城家の金とスキャンダル目当てで、私に近付いた時もそう。それに気付いた私があんたと別れてからもしつこく付きまとってきた。おまけに、昨日はおじいちゃんが殺された、なんて言ってさ。パパだって言っていたけど、あんたが殺されてたって不思議に思わないくらいだった」

「おいおい随分な言われようだな。涙が出てくるぜ」

「黙って」ミチルがぴしゃりと言う。「ただでさえ、こんな時間に起きていなきゃいけなくて気分が悪いの。夜更かしは美容の大敵だから」

ミチルの挑発を受け、坂口は肩をすくめた。

「俺は殺されるべきだった。対して、正さんの方は誰からも敬われ、慕われ、殺される理由なんてない聖人だった……次はそんな言葉が続くのかね？」

彼の口調は皮肉めいていたが、正という人物への評価は、それに近いものだった。

誰があの人を殺そうとするだろう？

正が、一体誰のどんな恨みを買うというのだろう？

この事件が間違い殺人だと考えられる最も強い理由は、実はこれなのかもしれない。

殺されるはずのない人間が死に、殺されるべきだった人間が生きている。この不合理で、あべこべな状況を解消する理屈こそが、間違い殺人なのだ。

健治朗は不敵に微笑み、更に続けた。

「もしあれが殺人事件だとすれば、計画的殺人なのは明らかだ。扉のラッチにはテープが貼ってあった。扉を閉めてもロックされないようにだ。離れを客室として使うために北里が部屋を整えた時点では、テープはなかったそうだ。ここに坂口さんが来てから、誰かが貼ったことになる。昨日の昼のうちに、仕込みはすっかり終えていたんだろう」

健治朗の推測に遺漏はなかった。テープのことまでしっかり回収するとは、と舌を巻く。

坂口はニヤリと笑った。

「だが、あの死体は自殺に見せかけられたんだろ？　遺書を残して、死体の片方の靴を脱がせておいた。あとから人が見た時、靴脱いだ方の足で引き金を引いたって思わせるためにだ。だが、自殺に見せかける偽装に効果があるかね？　健治朗さん、俺が自殺なんかするタイプに見えるか？」

「さあ。自殺する人間の心理なんて、最後には分からないからね」

「けっ、こりゃ一本取られたぜ」

坂口が顔をしかめる。すっかり健治朗のペースだ。あの坂口が、すっかり呼吸を乱されている。

「ところで坂口さん……どうして突然、正と部屋を換わったんですかな？」

「そうだよ」とミチルが言った。「部屋さえそのままだったら、あんたが殺されて、兄いは生きていたはずなんだ！」

ミチルが鋭く睨む。唇の端を噛んで、何か言い出すのをこらえているような様子だった。

「やれやれ、随分な言い草だな。まあ、言ってみりゃ正さんの厚意さ。離れは窓が二つもあって、ガタガタうるさくてかなわなかったんだ。昨日は妙に眠かったんだが、そのせいで気が散ってな。寝る前に、ほら、応接間で茶を飲んでいてな。その時にぽろっとこぼしたら、正さんの方から換わると言ってくれたのさ。ありがたかったぜ、俺は繊細なタチだからな。騒音のするところじゃおちおち寝られない」

坂口はだらだらとした口調で、わざとらしく話をした。誰が聞いても嘘くさい。案の定、広臣が鼻で笑う。

「都合のよすぎる話ですな。あなたの方から、正君がそう言うように仕向けたのではないですか？ そうでしょう？」

坂口は曖昧な微笑みを浮かべて、「さあ、どうかな。本当に正さんっていい人だよな。ああ、だった、か」と口にした。

ミチルがガタッと音を立てて立ち上がる。

「あんたねえ……！」

「おいおい、怒りたいのはこっちの方なんだぜ！ お前らがよってたかって、殺されるべきは俺の方だったなんて言うんだからな。正さんが殺された、っていう方がシンプルだろ。何も、間違い殺人がどうだの、ややこしい屁理屈《へりくつ》を持ち出してくることたあねえ」

坂口は主導権のバトンを無理やり奪い取ろうとしているかのように、高圧的な口調で言った。

「兄いを殺したがってる人なんていないよ。さっきも言った通り、理由がないもん。あんたとは大違い。それを聖人と呼びたいならそれでも結構。大げさすぎることはないでしょう。誰にでも優しかったし、気遣いの出来る人だった。誰からも好かれていた……」

ミチルは目を細め、洟《はな》をすすりあげた。

「どうだかね。どこで恨みを買ってるかなんて、人間分からないもんだぜ」

「あんたが他人を踏みつけにして生きてるからだよ。日頃からそんなことをやっているから、感覚がマヒしてるんだ」

「あいつの本性は蛇だったかもしれない。狡猾《こうかつ》な蛇だ」

蛇と言うならあなたの方だ、という言葉が喉まで出かかる。あるいは……と梓月に目をやるが、彼は腕を組んで黙り込んでいた。落ち着いた態度に見えるが、何を思っているか気が知れない。

「坂口さん……」健治朗が立ち上がった。顔に青筋が浮かんでいる。「これ以上、私の息子への侮辱を続けるなら……」

「おお、怖い怖い。子供のために怒る親は迫力が違う。では、少し質問を変えてみるかねえ。由美さん、あなたから見て、甥御《おいご》さんはどんな人でした？」

坂口は矛先を由美に向けた。由美は目を瞬いて「私ですか」と呟いた。

「ええ、いつも別々に暮らしていますから、顔を合わせるのは年末年始とかお盆の、家族水入らずで集まる時だけでした。でも、とても感じが良くて……私と健治朗兄さんは年が十離れてますから、まだ中学生だった頃に、赤ん坊の正さんと会った時が、最初ですね。あの時から、本当に大きくなって、警察官としても立派に……」

由美は目を伏せて、そっと目尻を拭った。

「ふむ。いやあ残念。身内の方も、正さんが殺される理由に心当たりはないようだ」

「殺されただなんて」由美は拒絶反応を起こすように、わなわなと身を震わせた。「そんなこと、あり得ません」

そうですな、と健治朗が言った。

「うちの息子に殺される理由があったとは思われない。あるとすれば、坂口さんが最初に自殺説で主張した通り、息子が父の惣太郎を殺したから、でしょうね。ただ、それも——具合が悪い」

引っかかった。

今の表現に違和感があった。具合が悪い。具合が悪いとは、どういうことだ。

「皆さん、警察が来るまでの間に、一つ私の考えを話しておきたいんだ……」

健治朗の厳かな声に、全員の視線が集まった。

同時に、すごく嫌な予感がした。胃がきゅうっと締めつけられるのを感じた。なぜだろう。その原因を探して、広臣が首の後ろに手をやり、健治朗の顔から目をそらしているのに気が付く。眉根を寄せ、顔をしかめ、どこかばつの悪そうな表情に見えた。まるで止め絵のように、彼の表情だけが脳裏に焼き付いた。啓示めいた一瞬の果てに、僕はようやく思い出す。

健治朗と広臣は、離れから一時出たあの時、どんな言葉を交わしたのだろう。

「正を殺した犯人は誰か。私の意見は、こうだ」

健治朗は一拍置いて言った。

「殺人犯は田所君か三谷君のどちらか——私は、そう考えている」

3　葛城健治朗の推測【館まで水位26・0メートル】

心臓の止まる思いだった。自分の呼吸が浅くなって、まともにものを考えられなくなる。

まさか、健治朗と広臣はあの時、これを話し合っていたのか⁉　僕の挙動に怪しいところがあると、意見を共有し合っていたのか⁉

「田所か俺が犯人⁉　何言ってんだよ！」

三谷が身を乗り出している。目が見開かれ、肩が大きく上下していた。いつもおおらかに構えている彼も、さすがに動揺している様子だった。

「こんなの言いがかりだ。大体、なんの根拠があってそんなことを言い出すんだよ」

「根拠は二つ」

健治朗は重々しい手つきで指を二本立てた。動作の一つ一つにまで説得力が滲んでいるかのようだった。

「一つは、扉のラッチに貼ってあったテープのことだ。先ほども言った通り、北里が部屋を整えた時点ではテープは貼られていなかった。つまり、部屋割りが決まってから死体を発見するまでの時間帯に、犯人はテープの仕込みを終えたということになる。ところで、昨日の夕方、離れの坂口さんに会いに行っていた人間が二人いた。田所君と三谷君だよ」

喉の奥から呻き声が出る。坂口が目を丸くして僕らを見る。

「実は、君たちが渡り廊下に続く扉から戻ってくるのを、北里が目撃していたんだ。台風対策の準備のために、せわしなく動き回っている時だったから、足早にそこから立ち去ったらしくてね。君たち二人は気が付かなかっただろう」

夜に坂口に招かれた時だ。僕が黙っていると、三谷がしびれを切らしたように早口で言った。

「暴論だ。俺ら二人以外にも坂口さんを訪ねた人がいたかもしれないし……テープを貼れた人物なら、確実にもう一人——」

「坂口さんのことだろう」健治朗が三谷の言葉を先回りして言った。「部屋の交換をする前に、離れの鍵をかからなくしておいた。言うまでもなくあとで殺しに行くためだね。確かにその可能性はあるが、部屋を交換するなんていう、いかにも疑わしい状況を作るデメリットの方が大きい」

健治朗の理路整然とした反論に、なおさら頭が真っ白になる。僕も三谷も次の言葉が言い出せない。健治朗が「それに」と続けた。

「もう一つの根拠がある。凶器となった散弾銃だ」

頭が真っ白になって、全然先が読めない。

「散弾銃は広臣さんが狩猟に使用しているものだ。東館の倉庫にいつも保管している。今日の昼間も、法要・法事の日だというのに、銃を試し撃ちしていたんだったな」

広臣が肩をすぼませた。

「田所君と三谷君の二人はこの家に来た直後、試し撃ちの銃声を聞いた。そのことは、広臣さんも由美も証言している。そして、広臣さんが東館の方へ猟銃を持って歩いていくのも目撃している。どこに散弾銃があるかも、また、それが凶器として使用可能なことも、把握していたことは間違いない」

「それがどうしたって言うんですか。葛城の家の人たちはみんな、散弾銃のことを知ってましたよね。なんだって、俺と田所だけが犯人扱いされないといけないんだ!」

三谷が叫んだ。

「凶器にあえて散弾銃を使おうなんて人間は、君たちしかいないからだよ」

三谷はぴたりと動きを止め、健治朗を睨んでいる。意味を理解出来ていないのだろう。

それは僕も同じだった。

「田所君は私と広臣さんと共に現場に入ったから見ているだろう。離れには、生前、父の惣太郎が趣味で集めていた武器のコレクションがあった。覚えているかね?」

「え、ええ。リボルバーや日本刀、ブーメランや吹き矢筒とか、工芸品としても素晴らしいコレクションでしたね。それが……」

僕は言葉を止めた。健治朗の議論の進め方が分かったのだ。三谷が「どうしたんだよ」

と早口で聞く。

「惣太郎が武器をコレクションしているのは、我が家の中では公然の秘密だった」

「ええ」璃々江が頷いた。「お金もかかるし、外聞も悪いからやめて欲しかったのですが……義父はそんな忠告を聞き入れる人ではありませんでした」

「あの部屋には三つどころか四つ、いやもっとたくさんの凶器があったのだよ。しかるに、散弾銃は最も使い勝手が悪い凶器だ。おまけに、西館から離れまでは渡り廊下で繋がっているが、東館から西館、あるいは東館から離れへ向かうルートは、吹きさらしだ。この大雨の中で火薬が湿気《しけ》らないよう、重々気を付けて運ぶ必要がある。どうしてそのようなものを凶器に使う必要があったんだろうね？　つまり、こういう結論になるんだよ。犯人は散弾銃の存在しか知らなかったからだと」

あっ、とようやく三谷が声を漏らす。

「父のコレクションが家族内では公然の秘密だったことは話した通りだ。すなわち、葛城家の人間は全て容疑者候補から除外出来るのだ。使用人の北里まで含めてね。すると、容疑者は坂口さん、黒田さん、丹葉先生、田所君、三谷君の五人だけ。このうち、散弾銃を東館にしまうところを見ていたのは、田所君と三谷君の二人だけになる」

似ている。

葛城の推理の仕方によく似ている。証拠への目の向け方、事実の拾い上げ方——葛城が特別なのかと思っていたが、そうではない。この家族は恐らく全員、頭の回転が速いのだ。葛城の思考が優れているのは正の影響だけではない。こうした家族と常日頃から接しているから、葛城の思考は磨き抜かれていったのではないか。

その思考の刃が自分に向けられることが——こんなに恐ろしいことだったとは。

健治朗はまっすぐに僕と三谷を見据えている。その自信に満ちた態度に不自然さはない。広臣は肩でも凝《こ》っているのか、首筋に手をやり、訝しむような目つきでこちらを見ている。ミチルは腕を組み、不信を露わにして僕と三谷を見ている。璃々江はメガネを拭きながら、睨むような目つきをしていた。由美は視線をあてどなくさまよわせ、今は軽く俯いている。

突然、違和感を覚えた。

俯いている？　なぜだ？　なにか後ろめたいことがある？　気まずさがある？

「おい田所！」

三谷の怒声で我に返る。

「お前、今犯人扱いされてるんだぞ！　何、お行儀良く黙りこくってるんだよ！」

「え、あ、ああ……」

「緊迫感のないやつだな！」三谷に両肩を掴まれ、揺さぶられる。「お前さっきからおかしいぞ！　まるで、ここにいねえ、みたいな……」

彼の言葉にハッとさせられる。僕の様子がおかしいのは、とっくに見抜かれていたのか。

くそ。ここに葛城がいてくれたら。

僕は舌で唇を湿してから、息を吸い込む。動揺している場合ではない。このままでは、本当に犯人にされてしまう。

「……正さんと坂口さんが取り違えられた、というのが先ほどの議論でした。もし健治朗さんの言う通りなら、僕らは坂口さんを殺そうとしたことになりますよね。ですが、僕らには坂口さんを殺す動機がない。あるとすれば、惣太郎さんの殺人を暴かれようとしていたあなた方の方だ」

「さあ、動機までは私には分かりかねる。坂口さんの活動は手広いから、大方東京で私たちの与《あずか》り知らぬトラブルでもあったんだろう」

健治朗はゆったりと言った。僕の反論に全くペースを乱す様子がない。腹立たしかった。

広臣が身を乗り出して言った。

「遺書のことはどうなるのですか？　あれは自殺であると示す端的な証拠のはずです」

「たったの二行だ。それに、あの手帳は正が捜査の時に持ち歩いていたものだ。当然、関わった事件についてのメモがたくさん書いてある。そのうちの一つに、関係者の遺書の内容をメモしたページがあってもおかしくはない」

「犯人はそのページを、現場で見つけ、咄嗟《とっさ》に偽装工作に使った、と」

「その通りだ。手帳の真ん中が開かれていたことも注目に値する。手帳は後ろのページまでびっしり書き込まれていた。真ん中のページだけ空いていて、そこに突然遺書を書いたとは考えにくい。つまり、あの走り書きは元々あったものなんだよ」

ふと、なぜ広臣は健治朗に反対してくれたのだろうかと疑問が湧く。どうして僕らの味方をしてくれたのか？

「田所君――何か反論はあるかね？」

健治朗が僕を促した。何を言ったところでこの場の空気を変えられるとも思えず、顔を流れ落ちる冷や汗は止まらなかったが、とにかく苦し紛れでも何か言おうと捻り出す。

「……健治朗さんの推理だと、散弾銃しか知らないから止むを得ず使った、というように聞こえますが、そうではなく、散弾銃を使う積極的な理由があったとしたら……？」

「なるほど。だが、それだけでは想像に過ぎないね。例えば？」

「……顔を潰すため、とか」

バールストン先攻法《ギャンビット》、という言葉を思い浮かべる。犯人と被害者を入れ替えるトリックのことで、通常、首なし死体や顔のない死体と関連が深い。

由美がハッと息を呑んだ。「なんて――恐ろしい、ことを」と呻き声を漏らす。

「やれやれ。ミステリーなど読んでいるから、発想が物騒になるんだ。そうでしょう？」

と広臣が首を振った。

「ですが……」

「君の推測通りなら、正が犯人だな。父殺しの疑惑も含めれば二件目だね。君や坂口さんはどうしても、私の息子を犯人に仕立て上げたいらしい」

健治朗が両手を広げて首を振った。口に出して言われると、ありそうもないことに思えてくる。家族の反応を見て、どんどん自信がなくなっていった。

「第一」梓月が僕にだけ冷笑を向ける。「あの死体の身元が正さんであることは、指紋認証で確認をしています」

「それに、だ」健治朗が言った。「君は正が入れ替わりトリックを使ったという。だが、彼は自分と似た体格の男をどうやって用意したというんだい？　この大雨の中、匿《かくま》っておける場所もない。それに、正は、この中で最も身長が低かっただろう。百六十センチ程度だったか。警察官として体格に恵まれなかったことを悩んでいたのを、よく覚えているよ」

つまりだね、と彼は続けた。

「少なくともこの中に、正と入れ替われる人間はいない。犯人が外に逃げているというのも現実的じゃないね。この大雨の中、Y村のどこかに逃亡したとでも？」

まだある、と健治朗が言った。まだあるのか、と胃が痛んだ。

「もし犯人が顔を潰したかったのだとしても、その目的は惣太郎のコレクションで十分に達成出来る。何も散弾銃にこだわる必要はないんだ。例えば、ハンマーで顔を潰してもいい。ナイフで切り付けてもいい。触れるのがいやなら、リボルバーで何回か撃てば、ある程度の効果は得られるだろう。

だとすれば、散弾銃を使った理由はやはりただ一つだ——散弾銃の存在しか知らなかったから。ゆえに、犯人は君たち二人のどちらか、とね」

結局、と健治朗が最後に続けた。

「客人が客人を殺す目的で、私の家族を巻き込んだ……これはそんな事件だったということだ。殺すなら殺すで、間違えずに坂口さんを殺していれば良かったものを」

「そうしてくれれば、葛城家は無関係でいられたのに、ってことか？」

坂口が健治朗を睨みつけた。健治朗は眉一つ動かさない。

「気に入らねえな、本当に気に入らねえ。あんたたちは、結局自分の身が可愛いんだろ？　葛城の『家名』に傷がつくのが気に入らねえんだ」

その単語がひどく場違いに思えて、思考が固まった。

家名——家名と言ったのか？　僕は突然、自分が二つ前の元号の世界にでも迷い込んでしまったような気がした。横溝正史とか栗本薫『絃《いと》の聖域』の世界。宮殿。この館に来た時、最初に思ったことを思い出す。そして、その印象が家名という価値観にしっくり来るのを実感する。

まさか——まさか。

僕らは、家名を守るために、犯人に仕立て上げられようとしているのか？

あり得ないことではない。健治朗と広臣が離れの外でこの計画の算段を立てていたのだ。さっき、広臣は僕たちを守るために反論をしてくれたのではない。むしろ、健治朗の推理に反論を加えて、それに再反論させることで、健治朗の主張を補強する役割を担っていた。

健治朗と広臣は、手を組んでいる。

敵の強大さに眩暈がするようだった。葛城に、一刻も早くここに戻ってきて欲しかった。葛城ならこんな推測くらい、軽く跳ねのけてくれるはずだ。僕らをこの窮地から救ってくれる。今の彼は拒絶するかもしれないが、彼にはその力があるのだ。

何か、何か手を考えなくては。そう頭を捻っていた時、出し抜けに梓月が言った。

「サイレンサーはどうなりますか？」

「え？」

広臣がきょとんとした顔を梓月に向ける。梓月はゆったりとした足取りで僕の背後に立ち、張りのある声で言った。

「サイレンサーですよ。散弾銃に取り付けられていましたよね。日本では違法のもので、広臣さんが一度使ったきり仕舞い込んでいたと言っていたと記憶しています」

ああ、と広臣は頷いた。

「それを、今日初めてこの家に来た信哉が見つけたっていうのは、どうも偶然が過ぎると思いますね。私は小さい頃から信哉のことをよく知っていますが、人殺しをするやつには思えない」

「でも」由美が言った。「家族って、そんなものじゃないでしょうか。家族が人を殺したなんて、なかなか信じられないものですよ」

由美の反論に、梓月は微笑んで応えた。由美は顔を赤らめた。

「まあ、サイレンサーのことは、私も忘れていました。丹葉先生の指摘も頷けるところだ。さすがに、田所君と三谷君が犯人というのは、考えすぎでしたかな」

健治朗が僕ら二人に深々と頭を下げ、謝罪を口にした。三谷は後頭部を掻きながら、「いやいや、そんな頭下げないでくださいよ」と、明らかに緊張の緩んだ顔で言っていた。

だが、心の不安は晴れない。

忘れていた？　これほど頭の切れる人が、忘れていたわけはない。兄が指摘しなかったら、そのまま流すつもりだったに違いない。

兄が僕の肩に乗せた手にそっと力を込めて、身を屈め、耳元で囁いた。

「貸しイチだ」

梓月は身を起こし、ダメ押しのように僕の肩をポン、と叩いてから、自分の席に戻っていく。あれほど嫌っていた兄に助けられた……助けられて、しまった……悔しさと恥ずかしさがないまぜになって、なぜか怒りが次に来る。だが、頭が真っ白になっていたのも事実だ。ここは素直に感謝しておくべきなのだろう。

「それにしても」

健治朗は威厳に満ちた咳払いをしてから、ゆっくりと、坂口の方に向きを変えた。

肌が粟立った。

ターゲットを変えたのだ。

「家名、ですか。やれやれ、坂口さん、あなたの言いがかりも、ここまで来ると芸術的ですね。何せ——ありもしなかった事件をデッチ上げてまで、私たちに汚名を着せようとさえしているのですから」

「なんだって？」

坂口が目を瞬いた。ポカンと口を開いて、無防備な姿になった。

健治朗は不敵に微笑んだ。

「私はこう言っているんですよ。Y村と東京で二度にわたり君が襲撃されたというのは——君の狂言だ」

4　葛城健治朗の空論【館まで水位25・8メートル】

「冗談じゃない！」

坂口は立ち上がり、手を振り回した。彼の背後で、座っていた椅子が倒れる。

「とんだ言いがかりだ！　俺の話がまるっきり嘘だとでも⁉　こっちはケガまでさせられてるんだぜ！」

先ほどまでの余裕ある態度はどこへ行ったのか、坂口はすっかり焦っている様子だった。大きな声を出すばかりで、発言に中身がない。

「ですが、今の状況を合理的に分析すれば、利益を得ている人間はあなただけなのですよ」

「どこがだ⁉ こっちは命を狙われてるんだぞ！」

「まさにそれですよ」

健治朗が堂々とした態度で指をさす。坂口はたじろいだように見えた。

狐《きつね》につままれたような心地だった。健治朗の推理はまた飛躍し、意図する方向が摑めなくなった。彼は一体、何を言おうとしているのだろう。狙われることによって利益を得るというのは、どうも逆説的に聞こえる。

「落石、襲撃、そして間違い殺人。あなたは今、三度命を狙われた『被害者』というポジションを手にしている。本来なら、これはあり得ないことだ。君は四十九日の法事の場に乗り込んできた、完全なる部外者なんだからね。何か事件が起きれば、真っ先に怪しまれる。君は、二つの襲撃事件を偽装することで自分を被害者に仕立て、容疑圏外に逃れたんだよ」

「なんだって！」

僕は思わず声を上げた。アクロバティックで、しかし合理的な推論だった。自分が疑われていた絶体絶命の状況さえ忘れて、僕はすっかり健治朗の推論に夢中になっていた。

「君には元々、息子を殺す動機があった。しかし、そのまま殺しては自分が疑われる。ミチルへのストーカー行為も繰り返していましたし、父・惣太郎の身辺も嗅ぎ回っていた……。疑われる材料は十分です。そこであなたは、息子があなたと間違えて殺された――この構図を描き出すことで、自分を容疑圏外に置くことを思いついた。部屋の交換はあなたからお願いしたんでしょう。正が死んでしまえば、交換した理由などはいくらでも言い繕える。間違い殺人をもっともらしく見せるため、部屋の交換が必要だった」

「なるほど」梓月が面白そうに言う。「正さんが間違って殺されたと知った時は、これは犯人の犯したミス――『不必要な犯罪』だと思いました。ですが、そうではなかった。正さんは間違って殺されたのではない。これこそが、坂口さんにとって『必要な犯罪』だった、ということですね」

「でもさパパ、突然来たっていう時点で、だいぶ怪しいじゃない。もしそういう狙いなら、あんまり上手くいっていないと思うんだけど」

「そう。だからこそ、彼は自分がここに来た理由を自ら作ったんだ――それがあの、招待状だよ」

健治朗は笑みを浮かべた。会心の笑み、といっていいような、爽やかで朗《ほが》らかな笑みだ。

「ああ、あれね」ミチルが指を鳴らす。「四十九日のお知らせを書いた招待状。結局、我が家の誰が送ったか分かんなかったんだよね」

「招待状は坂口さんが自ら作成したのさ。だが、自分一人だけが持っていたら怪しまれる。そこで、黒田君や、丹葉先生にも同じものを送っておいたんだよ。三人の部外者の中に、自分を紛れ込ませたのさ。田所君と三谷君が突然訪れたのも、坂口さんにとっては僥倖《ぎょうこう》だったかもしれないな」

配達された三通の手紙。僕の脳裏に益体もない連想が浮かんだ。

「馬鹿な！」

坂口が声を荒らげた。彼は食堂のテーブルの上に、ポケットから取り出した封筒を叩きつけた。

「見ろ！　この封筒には、葛城家の住所と、Y村の消印がある！」

「消印など、Y村で投函すれば済むことだ。大した証拠にはならんよ」

「プリンターの件は⁉　招待状の文面に残ったインクの跡から、確かにこの家のプリンターで印字されたものだと、あんたたちも認めていたはずだ。俺と黒田の招待状に、そっくり同じ跡が残っていたんだからな」

「だが、いくらでもやりようはあるだろう？　君はよくうちに出入りしているからね。招待状はうちに来た時に打ち出して、三通保管しておいたんだろう。あとは頃合いを見計らって、Y村までやってきて投函すればいいだけだ」

牽強付会《けんきょうふかい》とも言えるが、確かに、消印とインクの跡という二つの証拠は、招待状の真実性を裏付けるには弱い。

「でも健治朗兄さん」由美が言った。「さっき、襲撃事件は存在しないって言っていたでしょう？　あれはどういう意味なの。坂口さんが本当に調査のためだけに来ていたと考えちゃいけないのかしら」

「その通り。ここに来た理由をもう一つ、彼は作り上げていたね。それが父・惣太郎の殺害疑惑だ。君は『とっておきのネタ』を用意していると」

「そうだ。まずは写真を――」

「見なくても分かっているよ。どうせ、薬の入った戸棚の前に、誰かが立っている写真――そうだろう？」

坂口が動きを止めた。

「実は、あれは私なんだよ。惣太郎の状態が心配だったから、セカンド・オピニオンを求めて、懇意にしている別の医者に相談してみたんだ。どんな薬を使っているか写真を送って欲しいと言われてね。君が見たのは、その光景だよ。昔から家族ぐるみで懇意にしている方だから、個人的に連絡を取っていたんだ」

「違う！　あれはあんたじゃなかった」

坂口が手を振り回して言った。

「大方、君はそのシーンを写真に収めて、殺人事件をデッチ上げようとしたんだろう」

「だ――だったら」

「夏雄にも聞いてみろ、かい？」

健治朗は先手を打って、坂口を牽制している。

「だが、君もあの場にいたなら分かるだろう？　あそこには夏雄が覗き見出来るようなスペースはどこにもなかったんだよ。窓の外も、渡り廊下もダメだ。君だって、腐っても記者だ。アングルの問題にはうるさいだろうし、そのあたりはしっかり見ていたはずだよ」

健治朗の言葉は、今や何かの魔術のようだった。見たこともないはずの写真の内容を言い当て、僕らの議論の内容まで完全に先取りしている。夏雄の立ち位置については、昨日の夕方に三谷、坂口と議論したところだ。

「君の写真は父の殺害疑惑を裏付けることは出来ない。君が襲われた事件も、惣太郎の死の疑惑も存在しない——むしろ、殺人を主張することで、自分が狙われ得る状況を作り上げたんでしょう」

よって、葛城家で事件は起きていない。

葛城家は、部外者により息子を殺された、ただの被害者に過ぎない。

健治朗は、声高にそう主張しているかのようだった。

坂口が体を震わせ、大声で叫んだ。

「好き勝手言わせておけば！」

僕を含め何人かの男性陣が、何かあれば取り押さえようと腰を浮かせた。

彼はサングラスをもぎ取り、目の上の傷を露わにした。右手の親指を立て、傷を示しながら、口から唾が飛ぶほどの勢いで喋り始めた。

「見ろ！　ここに来た時も言ったよなァ。俺は二度襲われて、目の上にこんな傷まで負わされたわけだ。お前らの中に、俺の口を封じたいやつがいるんだろ？　ああ？」

彼の言葉はもはや恫喝と化していた。

「確かに、傷のことは考えておくべきでしょうね、健治朗さん」

璃々江が突然口を開いた。クールな人だから、夫の推理にも興味がないのだろうと思っていたので、意外だった。

「襲撃を偽装するために傷をこしらえておくのは合理的ですが、自分で作るとしたら、目の傍は最も考えにくい。一歩間違えば失明の危険もあります。クレバーとは言えないやり口です。手や足、肩とか、いくらでもそれらしい傷を作れる場所はありますでしょ？」

璃々江の説明は理路整然としていて、正の死に対するショックなどもう忘れたかのようだった。それが不気味だった。

「坂口さんの目の傷は本物だよ。医師の縫合の跡もね。それは私が保証してもいい」

梓月が隣から補足した。

「ほら、ほら、ほら！　あんたらの主治医もそう言ってんだぜ！」

坂口ははしゃいだ声を上げて、笑顔に戻っている。見るからに気が緩んでいて、もう怖さはなかった。

「俺の言った通りだっただろうが！　俺は本当に襲われたんだよ！」

坂口の態度は受け入れがたいものだったが、これは有効な反証に思えた。これを崩すのは、健治朗といえど難しいだろう。

だが、健治朗は未だ堂々と座っていた。動揺する気配すらない。なぜだ？　璃々江の反論はかなりクリティカルで――。

その瞬間、自分の頭を殴りたくなった。

どうして僕はいつまで経っても学習しないのだろう！　同じだ！　さっき広臣が健治朗に反論した時と！　思い返してみれば全部そうじゃないか。招待状の話を引き出したのはミチル、写真が何を写していたのかを引き出したのは由美、そして今回は璃々江だ。

「それならば」

健治朗が厳かな声で言った。

「璃々江の好きな、合理的に考える、ってやつだよ。目の上の傷が非合理的な位置につけられているなら、こう考えてみればいい。その傷だけは本物だ。坂口さんが東京で殴られたのは本当のことだが、葛城家とは無関係に起きた事件だったんだよ」

「ああっ！」

隣の三谷が声を上げた。彼もまた、完全に健治朗のペースに呑まれている。

「東京で坂口さんを襲った人物は我々の中にはいない。坂口さんを恨んでいる別の誰かだよ。坂口さんは実際に新宿の高架下で殴られ、目の上に傷を負った。殴られた時は君でもショックだったかもしれない。だが、君はその傷を見て、『こいつは使える』と思ったんだろう。そして、自分が命を狙われているという筋書きをデッチ上げた」

「転んでもただでは起きない……うん。それってすごくこいつらしいよ」

ミチルが頷いて同意を示す。

「本物のケガだからこそ、真実味は増す。この場合、落石については本当に事故だったと考えてもいいし、嘘の申し立てと考えてもいい」

「ふざけるなよ……お前、どうしてそこまでして……」

「それなら、君は証明出来るかね？　証拠はどこにある」

「それは……」

坂口の目が泳いだ。

だが、あったはずだ。確実な証拠とまでは言いきれないが、葛城家の人間が犯人だと主張出来る手掛かりが。それを指摘すれば——。

僕が思いを巡らせていた時、坂口がハッと笑った。

「付き合いきれねえ——」

声が震えている。傍目《はため》から見ても虚勢を張っているのが丸分かりだった。

「健治朗さん、あんた一体なんなんだ。俺にこんな濡《ぬ》れ衣着《ぎぬ》せて、一体何をしてえんだよ」

敵は健治朗だけではない。広臣、由美、璃々江、ミチル。彼らは反論するように装って、健治朗の推測を更に強力なものにしていた。僕は彼ら家族にぴったりの言葉を、ようやく思いついた。
一、枚、岩。
体に震えが走った。最前から感じていた違和感の正体はこれだ。昨日の精進落としでは、ノブ子の介護のことや遺産、夏雄の発言を巡っても、家族の間にギスギスした雰囲気がもたらされていた。葛城家の中にも、足並みのそろっていない部分があったのだ。

だが、今は違う。彼らは完璧に呼吸を合わせ――あまつさえ、僕や三谷、坂口を犯人に仕立てようとしている。一体、この一夜の間に何があったというのか？　彼らの結束をここまで固くさせた、何が。その何かとは――坂口が言う通りの、「家名」を守りたいという、今ではちょっと信じられないような価値観なのだろうか。

体が震えてきた。僕たちはこの家族の手のひらの上で踊らされているのではないか？この家は獲物を捕らえるための罠《わな》で、ここを訪れたら最後、逃げられないのではないか――そんな不吉なイメージが頭の中に浮かんだ。

そして恐らく、葛城以外の全員が「真実」などどうでも良いと思っている。彼らの頭脳と話術で、いかようにでも出来るのだから。

「やってられるか」

坂口は首を激しく振り、テーブルを叩いて立ち上がった。

「俺は自分の車で帰らせてもらうぜ。バスと電車が止まったって言っても、車で行きゃあなんとかなるだろうが。このまま濡れ衣着せられるよりマシだ」

坂口は返事も聞かず食堂を飛び出していった。

「いいんですか、健治朗さん」

璃々江が食堂の扉に目もやらずに言った。

「本当に彼が犯人なら、取り逃がすべきではないんだろうね……だが、まあ良いだろう。今はこの台風を乗りきるのが最優先だし、坂口さんなら身元も割れている。第一、こちらにだって、確たる証拠はないわけだからね」

健治朗は事もなげに言ってのける。

「健治朗さんの言うことだから」梓月は言った。「どうも底意があるように聞こえますね。もしかして、坂口さんを追い返すために、あんな仮説を披露したのでは？」

梓月の言葉は礼を失しているように聞こえたが、健治朗たちは冗談と受け取ったらしい。「バレてしまいましたか」と応じる健治朗の声もどこかおどけて聞こえるし、広臣や由美も笑っている。

僕は食堂を飛び出した。「おい田所、どこ行くんだよ！」と三谷が追いかけてくる。

5　連続殺人？【館まで水位25・5メートル】

廊下で、カバンを肩に掛けた坂口に出くわした。二階の部屋に荷物を取りに行って、もう出ていくところなのだろう。玄関扉に手をかけていた。

「坂口さん！」

彼は顔だけで振り向いた。

「よう坊主ども、お前らも乗っていくか。さっきは助かったみたいだが、またいつ犯人扱いされるか分かんねえぞ」

一枚岩の家族。先ほどの感触を思い起こす。こんなところからは早く逃げてしまった方がいい。でも、兄を亡くして傷心中の葛城を放って、このまま帰ってしまっては、きっと後悔するだろう。

「僕は……ここに残ります。その……」

「お友達のことが心配か」坂口は舌打ちをした。「確かにあいつ、正さんが死んだと知って取り乱してたからな。やれやれ、ご立派な友情だ」

少しムッとするが、僕は三谷を振り返って言う。

「なあ三谷、僕はここに残るけど……」

「水臭《みずくせ》えな。あの、坂口さん、申し出はありがたいですが、俺もこいつに最後まで付き合います」

坂口が口笛を吹いた。

「せいぜい、後悔しないようにな」

坂口が玄関扉を開いた。雨風が一斉に吹き込んでくる。目を開けているのも難しいほどの雨。轟々《ごうごう》と風の鳴る音がする。

「待ってください！」風にかき消されないよう、大声で言う。「帰る前に一つだけ教えてください！　あなたの持っていた『とっておきのネタ』とはなんだったんですか⁉」

「あぁ⁉」

坂口が右目だけこちらに向けた。

「お前らにはもう見せただろ！　あの写真だよ！」

「それだけじゃないですよね！　あなたは、あの写真の人物が誰か、心当たりがあるんじゃないですか！」

彼の右目が細められる。

「孫だよ」

「え？」

「孫さ。惣太郎さんは、自分の可愛い可愛い孫に殺されたんだ。……おっと、坊主たちに教えられるのはここまでだな。俺は自分で記事にするまで諦めねえ」

坂口はそう言うと、激しい風雨の中を突き進んでいった。

孫？　どういうことだ？　惣太郎の孫といえば、正、ミチル、葛城、夏雄だ。だが、あの写真の人物は大人の男性だ。該当者は正のみで、もしかしたら葛城も該当するかもしれない。まさか、本当に正が殺人を？　だとすると、正が自殺したという説がもっともらしくなってくる。いや、こう考えればどうか。あの写真と、惣太郎殺しの犯人はなんの関係もないのだ。であれば、健治朗が「写真の人物は私だ」と主張しようと、坂口にとっては痛くもかゆくもない。ミチルが犯人かもしれないし、明らかな嘘をついている夏雄が犯人と考えてもいい……。

「おい田所！　何、ボーッとしてるんだよ！」

三谷に肩を揺さぶられて我に返る。吹き込んでくる雨で顔がすっかり濡れていた。三谷にはよっぽど、呆れたやつと思われているに違いない。

「あ、ああ……」

三谷は、はあっと深いため息をついて、僕に言った。

「なあ田所……さっきはつい坂口さんの前で、最後まで付き合うなんて見栄張っちまったけどよー……この家、なんかおかしいって。さっきのことだってよー、家族みんなで結託して俺たちをハメようとしてるっていう……薄ら寒い感じだったじゃねえか。なんつーか、この家が巨大な蜘蛛の巣で、俺たちはそこに飛び込んだ蝿《はえ》って感じっつーか……なんか俺、気味が悪いよ……」

三谷が自分の不安を訴える間、僕は坂口の動きから目を離せないでいた。玄関を出て、石段を下りる坂口の後ろ姿から……どうした？　僕は一体どうしてしまったんだ？　一体何が気になる？　どうしてこんなにも心がザワつくんだ？

「なあ、本当についていかなくていいのかよ。この家の人間、なんかおかしいぜ。もしかしたら葛城家の人間、全員で殺しちまったんじゃないか？」

それじゃまるで有名なミステリー作品だ。僕は三谷の言葉にツッコミを入れることさえままならず、坂口を見つめ続けていた……。

玄関から見ると左手に駐車場がある。坂口は素早く足を進め、赤い車に向かっているようだ。車。頭の奥で声がする。車？　なぜか車のことが気になった。坂口の車の何がそん

なお、僕は坂口の車から目を離すことが出来ない。

三谷が背後でしびれを切らしたように言う。それでもなお、僕は坂口の車から目を離すことが出来ない。

坂口が車に乗り込み、車のヘッドライトが点いた。暗闇の中に赤い乗用車の姿が浮かび上がる。ヘッドライトの光の中で、無数の銀糸のように雨が踊っていた。

車は右側、運転席を玄関の方に向けていた。ハンドルを握った姿が、影絵のように闇夜《やみよ》に浮かび上がっている。大雨で視界がけぶる中でここまではっきり見えると、まるで舞台装置のような光景に思えた。

エンジンが動く音がした。だが、車は動き出す気配がない。ヘッドライトを点け、ハンドルも握っているのに、坂口は動こうともしない。

いや。

微動だにしない。

まるで、何かを待っているみたいだ。

後ろから誰かの足音がした。

「君たち、どうしたんだい。そこじゃ濡れるから、早く中へ……」

声で広臣と分かった。僕はそれでもなお、視線をそらすことが出来ずにいた。

「あ、広臣さん。いやあ、こいつがボヤッとしてるもんだから……」

三谷の声がどこか遠く、夢の中で聞こえるような気がしてくる。現実感がまるでない。どうして坂口の車のことがこんなに気になるのか分からない。

プルルルル。

携帯電話の鳴る音が、雨の向こう側から微《かす》かにした。この雨の中で聞こえるはずもない音が、まるで何かの啓示のように届いた。

「ん？　なんだ今の音」

「離れてください」

僕はわけも分からないまま口にした。

「え？」

「広臣さんも早く離れて——何か——何かヤバい！」

その瞬間だった。暗闇をオレンジ色の光が引き裂いた。顔を手で覆い、目を閉じる。背後の三谷と広臣に飛び掛かって、二人の体を玄関の床に押し倒す。

——ドォオォオン！

背後で轟音が上がる。次いで、熱風が肌を撫でた。床にぶつけた膝と腹が強烈に痛んだ。ゆっくり体を起こして振り返ると、坂口の車は炎に包まれていた。火柱から煙がもうもうと上がり、何かの燃える音、何かの爆《は》ぜる音が断続的に雨の音をかき消した。

「お、おい……なんだよこれ……」

三谷が尻餅をついたまま、震える声で言った。心なしか顔も青ざめて見える。

車の両の扉は吹っ飛び、ガラス部分は見る影もない。さっき車の姿を見ていなかったら、廃材置き場に捨てられたただの粗大ゴミに見えただろう。ガソリンに引火したのか、車を取り巻く炎は、音を立ててますます強まっていく。

玄関床の上に置いた手に、何か固いものが当たった。

手の中を見ると、赤黒いものがあった。直径二センチほどの小さな筒のようなもの。周りはぶよぶよしていて、固いのは中心を通る芯《しん》か何かのようだ。その時、手に固いエナメル質が触れた。目で見て、はっきりと分かった。

爪《つめ》だ。

この肉塊は、人間の指だ。

「ヒッ……!」

思わず喉が鳴って、指を取り落とす。あの車からここまで、十メートル近く離れている。それほどに強い爆風だったのか? 列車事故でも、体の一部が近所の電線にまで飛び散っていることがあるそうだ。強すぎる衝撃は、全てを吹き飛ばして、粉みじんにしてしまう。

三谷と広臣も、大口を開けて燃える車を見ていた。

僕は痛む頭を押さえながら、ふらつく足取りでようやく立ち上がり、車に向かって歩いていった。背後で三谷の呼ぶ声がした。

熱気が肌を撫でて、額に汗が滲む。呼吸が難しくなった。泥の中に飛び散った衣服片、もはや原形をとどめていない肉片を見つけるたびに、吐き気が込み上げる。車に近付くにつれて、熱せられた金属と塗料の臭いが強まって、最後に、肉と油が臭い立った。激しく咳《せ》き込《こ》んだ。足元に固いものがぶつかる。砕《くだ》けたカメラのレンズ。あの写真は失われた。彼が抱えていた秘密も。

「爆弾だ……」

どうしていつもこうなのだろう。あの燃え盛る館で、少女は吊り天井に潰されて死んだ。この激しい雨が降る夜に、正は顔を吹き飛ばされて死んだ。そして。今も坂口が、爆発で原形もとどめずに死んだ。僕がこうして関わる事件は、どうしてこうも酸鼻を極めているのだろう。僕が殺したのだ。激しく痛む頭の中で声がする。みんな、僕が殺したのだ。そう、一人だけじゃない。みんな僕のせいだ――。

「一体何があった⁉」

振り返ると、玄関のところに健治朗が出てきていた。広臣が健治朗に話しているのが見えた。説明は彼に任せた方が早そうだった。

足元に小さなガラス片が落ちていた。綺麗に残っている外縁の部分から考えると、全体の三分の一ほどと考えられる。だが、そうだとしたら、随分小さなレンズだ。坂口の一眼レフカメラのレンズと比べると五分の一ほどのサイズしかない。これはなんのレンズだろう。

何かの手掛かりになるだろうか？　放置していれば、このまま雨に流されてしまう。僕は少しためらった後、ガラス片をハンカチに包んでポケットに入れた。

さっきのは——一体、何だったのだろう。坂口の動きから目を離すことが出来なかった。何か注目する点があったのか、虫の知らせがあったのか。

ミステリー好きの僕の頭は、すぐに益体もない想像に飛んだ。

あの死体は……本当に坂口のものなのだろうか？

あそこまでバラバラになり、炭化してしまえば、誰の死体か判別することは難しい。焼死体のDNA鑑定の判明率は五パーセントを下回るという。もし、坂口が「顔のない死体」のトリックを目論《もくろ》んでいたとすればどうか？　黒田の姿が見えないのは、坂口が身代わりとして車の中に眠らせておいたからではないか？　あの二人なら、体形的にも入れ替われる。

坂口は、あらかじめ僕の気を惹いておく……自分の動きから目を離せないようにだ……車に乗り込んだら、あらかじめ後部座席に乗せておいた黒田を運転席に座らせる……車は右半面をこちらに向けていた……助手席側のドアから、黒い外套でも着て降りれば、闇夜に紛れ込める……十分に離れたところでスイッチを押せば、「顔のない死体」の出来上がりだ……。

僕は目撃者に仕立て上げられたのだろうか？

だが、そう上手くいくだろうか。駐車場は広く、坂口の車から門扉までも五メートルほどの距離がある。爆発から安全に逃れるためには、門扉の外まで逃げておきたいのが心情だろう。だけど、この広大な駐車場に、そんな人影はあっただろうか？　もし助手席側のドアが開いていたら、そのドアの端ぐらい、こちらから見えそうなものだ。「顔のない死体」はレッドへリングに過ぎないのか？　犯人の目的は一体なんだ？

それに、もし坂口がこのトリックで生存したとしても……水害が進行中の村から、どうやって逃げ出せるのだろうか？　思考がまとまらない。僕には到底見通せない。僕らは何者かの巨大な悪意の只中《ただなか》にいるのだ。ここから抜け出すためには、救われるためには――。

「葛城……」

何かの呪文であるかのように、その名を口にした。

玄関先に戻ると、健治朗と広臣が話し込んでいた。僕の姿を認めると、やや険しい顔つきになる。

「あんなに近付いたら危ないじゃないか」

「すみません、どうしても気になって……」

「さっきからずっと火を見てたけど」広臣が言った。「この大雨のおかげで、火の勢いはどんどん弱まっているみたいだ。あのまま放っておけば、いずれ消し止められる」

「さっき連絡した警察もまだ来ないくらいだから、消防もすぐには来られないだろうな。この雨に、今度ばかりは助けられた、ということか……」

健治朗は空を見上げて言った。

「それにしても……まさか一晩の間に二人も……どうかしているとしか思えないな」

炎上する車を見つめる健治朗の顔は、心なしか少し青ざめて見えた。

食堂の扉が開いて、璃々江が顔を出した。

「あなた」璃々江が低い声を出すが、僕らの異様な気配を見てか、「何かあったんですか？」と言った。

「坂口さんが殺された。車に仕掛けられた爆弾のせいだ」

璃々江の背後から、ミチルが出てきた。

「冗談でしょ⁉　あいつが……あいつが死んだなんて……？」

到底信じられないとでもいうように、首を振りながら外へ出ようとし、健治朗に肩を摑まれ、止められた。

「駄目だ……車が燃えている。近付くのは危険だ」

ミチルはその場に崩れ落ち、静かに首を振っていた。僕は読みを誤っていたのかもしれないと、その時は思った。どれだけ憎まれ口を叩き、対立しようとも、一度は付き合っていた時の情のようなものが残っているのかもしれない、と。

健治朗はミチルの肩に手を置きながら、顔だけ璃々江に振り向いた。

「それより、そっちにも何かあったんだろう」

「ああ、そうなの」璃々江が言う。「警察の方から電話が……」

「なんだって」健治朗の太い眉が動いた。「今行く」

健治朗がミチルに、「行こう」と声をかけた。ミチルは未練がましく外を見ていたが、やがて諦めたように健治朗についていった。どこか寂しい背中に見えた。

広臣も健治朗に続いて食堂に急いだ。三谷が「なあ、俺らも行こうぜ」と言った時、上の方から声がした。

「ねえ、今の音……何かあったの」

一階から二階に続くホールの大階段。その踊り場に、葛城が立っていた。青白い顔をして、目元だけが赤く腫れあがっている。

瞬間、様々な思いが頭を駆け巡った。疑いをかけられたピンチにいなかったことへの怒り。惨劇がまた起きたことへの恐怖。先ほどまで「子守り」をしていたのに、もう大丈夫なのかという心配。

だが、一番大きかったのは、彼にすがりつきたいという衝動だった。

「葛城！」

僕は痛む体を押して、階段を駆け上がった。葛城が後ずさるのを、腕を掴んで引き留める。

僕は息が上がってしまって、葛城の腕を掴んだまま肩で息をした。

「葛城、夏雄君は？　一緒にいたんじゃないのか」

「凄い音がしたから、夏雄は北里さんとノブ子おばあちゃんのところに預けてきたんだよ。状況が分かったら北里さんにも伝えようと思って……ねえ、ところで田所君、腕を放して欲しいんだけど――」

　僕はようやく口にした。

「助けてくれ。正さんの次は、坂口さんが殺された」

「え――？」

「車に爆弾を仕掛けられたんだよ。彼が出ていこうとしてエンジンをふかしたら、車が爆発して――」

「ちょっと待ってくれ、田所君。言ってることがメチャクチャだよ。どうして彼はここから出ていこうとしたんだ。こんな大雨の中、一人で出ていくなんて危険すぎる」

　僕はさっきの食堂でのいきさつを、早口で葛城に語った。散弾銃の手掛かりから僕と三谷が犯人にされかけたが、梓月のおかげで事なきを得たこと。その後、襲撃事件は狂言であり、坂口が犯人だと推理されたこと。健治朗を中心に、葛城家の人間は一枚岩になって家名を守ろうとしているように見えること――。

　語り終えた瞬間、葛城の目が光ったように思えた。なんの迷いもなく謎を解いていた頃の、目の輝きに見えた。

「あり得ない！　田所君や三谷君が、犯人であるもんか！」

「葛城がそう言ってくれるだけで救われるよ。お前の家族のことを悪く言いたくはないけど、さっきから、ちょっとおかしいんだ。このままじゃ、またいつ犯人扱いされるかと思うと……」

「別に構わないさ」

葛城はややためらいを見せてから、首を振った。

「死んだ人には何も出来ない……僕は坂口さんが殺されるのも止められなかった。だけど、僕の父親が君たちにしていることは、また話が別だと思う。君たちが犯人にされそうだったなら、そりゃ、怒りたくもなるさ」

葛城が額に手をやった。

「……だけど、父さんのその反応は、ちょっと過敏すぎるな。母さんや広臣叔父さんまで協力しているっていうのも解《げ》せない。何か、裏にありそうな気が……」

ぶつぶつと呟く葛城の姿からは、かつての輝きを感じ取れた。急に視界が晴れた気がした。ああ、遂《つい》に僕たちは助かるのだ！　ここまで長かったけれど、後は葛城がなんとかしてくれる――。他人任せな態度かもしれないが、そう信じさせてくれるだけの力強さが、輝きが、希望が、探偵をする葛城にはある。そう、まるで――。

まるで？

今、探している言葉のしっぽに、手が触れたような気がした。

「君たち、一度食堂に集まりなさい」

健治朗が階段の下に立っていた。有無を言わせぬ調子だったが、心なしか血の気が引いた顔に見えた。

とてつもなく嫌な予感がした。

さっき、健治朗は警察からの電話を取るために食堂に戻ったのではなかったか。まさか――。

「健治朗さん。警察の人はなんて言っていたんですか。もうすぐ来るって？」

三谷が能天気な声で聞いた。

「来られない」

「え？」

健治朗は僕らを見上げ、厳かな声で言った。

「Y村に至る道路が土砂崩れで寸断されているそうだ」

6　道路寸断【館まで水位24・9メートル】

食堂には、健治朗、璃々江、ミチル、葛城、広臣、由美、梓月、そして三谷と僕が集まった。ミチルは素早くスマートフォンを操作している。災害情報を集めるよう、健治朗の指示で動いているようだ。幸いにして、インターネットは繋がっているらしい。

坂口の死のことを報告すると、一同にさざめきのように驚きが広がった。凄惨な有り様については説明を省いたが、由美は口元を押さえて、顔色も悪くなっていたので、想像させてしまったかもしれない。

「健治朗さんのした推測は、無駄になってしまいましたね。こうして、本当に殺されてしまったんですから」

璃々江の言葉はいたくドライに聞こえた。ミチルも今ばかりは俯いて、「……私、調べ物続けるね」と言い、自分に与えられた仕事に精を出していた。広臣は目を閉じてゆっくりと首を振り、健治朗と視線を見交《みか》わして、沈痛そうな顔で頷き合った。

「台風は日本列島を直撃――ここも完全に暴風域に入っているね」

ミチルが呟いた一言で、全員の意識が台風に引き戻された。

「ミチル、曲川流域の定点カメラの画像を出してもらえるか？」

「さっきのサイトね、オッケー」

三谷も同じタイミングでスマートフォンをいじり、「あったあった、これだな」と画面を差し出す。僕と梓月は三谷の画面を覗き込んだ。

「これは……」

健治朗の唸り声が聞こえた。

定点カメラが撮影しているのは一分前の川の状況だ。Y村近くの下流域にカメラはあった。

今は午前二時を回ったところ。当然、外は真っ暗である。カメラ近くの街路灯だけが、川の様子を辛《かろ》うじて照らしていた。

川の水が黒々としているのが、不気味だった。

「なんかこれ……よく分かんねーな。田所、お前、どう思う？」

「暗いし、普段の川の様子が分からないからな……」

「これを見てみなさい」

健治朗から声をかけられる。手に持った写真立てを渡された。食堂の隅に置かれた机に飾られていたものだ。

写真には葛城家の人々が写っている。今は亡き正の姿もある。正が魚を手に持って笑っているので、渓流釣りの写真と分かった。葛城はあまり面白くなさそうな顔をしていた。

「これは曲川の河原で撮影したものだ」

「え」

写真では、彼らの背後に階段が見える。葛城や正の身長から推測すると、五メートルはありそうだ。写真の左手に見える橋脚――この館に来る途中、渡った橋だ――も、この推測を裏付けている。

しかし……。

「ま、待ってください。これが普段の川の状況なら……今は！」

三谷の顔から血の気が引いていた。

健治朗が神妙な面持ちで頷く。

「ああ。暗くて分かりづらいが、河原は水没し、橋脚も水面の上に見えるのはわずかばかりだ。もはや氾濫まで一刻の猶予もない」

言葉にされた途端、事態の恐ろしさが身に沁《し》みてきた。

ミチルがブンブンと首を振る。

「――他の地域の状況とか、SNSとかも調べてみる。Y村にも若い人はいるし、もっと近くで見て書き込んでいる人がいるかも」

「頼む」

その時、甲高いベルの音が鳴り響いた。

キンコンカンコンキーン。キンコンカンコンキーン。

びっくりして体が跳ねるくらいの音量だった。しかも、部屋のそこかしこから聞こえてくる。ミチルのスマートフォンが落ちた。ガコッ、と、スマートフォンが床にぶつかる鈍い音が響いた。

「なんだ⁉」

「一体なんの音⁉」

「いや待て、この音、さっきも聞かなかったか⁉」

「み、皆さん、これ！」

由美がスマートフォンの画面を掲げた。

その行動を見て、ようやく混乱から抜け出せた。この音は、緊急速報の音だ！　今夜、僕たちを起こした原因。

スマートフォンを取り出し、画面を見る。

時刻は午前二時二十六分だった。

『氾濫危険情報発表
下記のエリアは避難が必要とされる警戒レベル4に相当します。自治体からの避難情報に注意してください。

曲川流域（××県Y村、R村）……』

「4だと⁉　馬鹿な」健治朗が怒鳴った。「ほんの一時間前に警戒レベル3になったばかりだぞ。早すぎる」

「あなた、レベル4ってどれくらい凄いの？」

「一般住民の避難が推奨されるレベルだ。曲川が氾濫する可能性がかなり高くなってきたから、自治体が発令したんだろう……」

「そんな……」

「じゃあパパ、私たちも避難した方がいいの？」

健治朗は腕を組み、しばらく考え込むような表情を浮かべていたが、やがて首を振った。

「……いや、ここから一番近い避難所はW村の小学校だが、Y村からは川を渡る必要がある。恐らく小学校の方が標高は高いが、今から行くにはリスクが高い」

「ここだって高台にあるのですから、ある程度までは大丈夫でしょう」

梓月がけろりとした顔で言う。

「ある程度までは……な。ここの標高は七十メートル、Y村のあたりで四十五メートル、曲川の河底が四十メートルだ。Y村は氾濫域だ。曲川が決壊すれば水害に遭う。そこからどこまで上がってくるかが問題だ」

健治朗の顔は深刻そうだった。

ゾクリとする。緊急速報にもビビったが、何より、目の前にいる健治朗がこれほど深刻に考えている事実が、事態の重大さを表している。災害のことを学んできた政治家が、声を荒らげるほどのスピードなのだ。

とても、梓月のように楽観することは出来ない。

食堂の扉が出し抜けに開いた。夏雄が肩を上下させながら言った。

「ねえ！　父さんでも母さんでもいいから早く来てよ！　おばあちゃんが泣いちゃって、うるさいったらありゃしないんだ！　北里さんだけじゃ、もう抑えられないんだよ！」

「この音で目を覚ましちゃったか。なだめてくるよ」と広臣が立ち上がった。「輝義君、君もついてきなさい」

「僕が――？」

葛城が訝しげに眉をひそめる。ミチルがスマートフォンの画面から顔も上げずに、「家族のことなんだからみんなの問題でしょ。あんた、おばあちゃんのこと心配じゃないの」と冷たい声で言うと、渋々といった体《てい》で葛城が立ち上がった。

「じゃあ、広臣さん、輝義、夏雄の三人は、すまないが、母さんの面倒を見てくれ。代わりに北里に降りるよう言ってきてくれないか」

三人の姿が食堂から消える。

「一度、情報をここに集約して、役割分担をしよう。全員が食堂に集まるように伝えてくれ」

「役割分担をしっかり行えば」梓月が冷静な口調で言った。「二人一組で動くことも可能ですね。事件が続発してる状況です。安全対策をしておくのに越したことはないでしょう」

健治朗は真顔のまま、「そうですね」と言った。彼は正の死を表立って事件にしたくない様子だったが、坂口のこともある。危険の存在を否定出来ないのだろう。

「とにかく今いる者は、ここで待機しているように――。広臣さんたちが降りてきたら、役割分担の会議をしますので」

その時、健治朗と三谷がぴたりと動きを止めた。

「……ねえ、何か声がしませんか？」

三谷が言う。僕らは一斉に耳を澄ませる。確かに、雨風の音に交じって、誰かの声がしていた。男性の声だ。

「様子を見に行こう。私が行ってくるから、みんなはここにいるように」

健治朗が言った。一番食堂の入り口に近かった僕が、「二人一組」のルールを守るために同行することになった。

玄関まで行くと、風雨の音に交じって、ガン、ガンと、金属が打ち鳴らされるような音が聞こえる。

「門の柵の方だ」

健治朗が言い、僕は頷く。

玄関扉を開けると、びゅうっと風と雨が吹き込んできた。金属の柵が叩かれる音と、「誰かいませんか」と呼びかける声が風に乗って耳に届く。

十五メートルほどの距離を駆けると、門の柵の向こうに三人の男がいた。三人とも、全身ずぶ濡れで、寒さのせいか震えている。一人はお年寄り、もう二人は若い男性だった。レインコートを着て、顔にまで泥汚れがついている。お年寄りは門の柵の前の地面の上で、膝から崩れ落ちている。

健治朗はすぐに門扉を開け、うずくまっているお年寄りの足元にひざまずいた。ズボンが泥で汚れるのを厭う仕草さえ見せなかった。

「大丈夫ですか。どうしましたか」

若者が希望に縋るような目をして、健治朗に言った。

「お願いします、ここに避難させてください。僕たち、Y村から逃げてきたんです」

若い男のうち片方が言った。

「どうか……どうか。あの家に残っていては、水に飲まれてしまう」

若者は首を振った。

お年寄りが震えながら言った。

「母さん、早く逃げるんだよう、みんな死んじゃうんだよう、お願いだよ、早く行こうよ」

しわがれた声で、子供のように何度も何度も繰り返す。

もう片方の若者が首を振った。

「さっきからこの調子なんです。六十年前の水害でご両親を亡くしているから、きっとその時のフラッシュバックだと思います。僕らは、軒先で結構です。どうか、おじいちゃんだけでも……」

三人の必死さが伝わってくる、痛切な声だった。

だが、家に上げるとなれば、家族の意思も聞く必要があるし、第一、一度こういう人を受け入れてしまえば、どんどん人が来るだろう。そうなってしまえばもう、歯止めは利かない。三人には悪いが、確かに軒先というのは現実的な線かもしれない。

健治朗は言った。

「上がってください。今、食堂を開放します。まずはストーブをつけて、温まれるようにしますから」

「えっ」

健治朗は、僕の思惑など笑い飛ばすかのようにあっさりと、救いの手を差し伸べた。

若者は健治朗の顔を見上げ、大きく目を見開いていた。

「い、いいんですか……？」

彼も僕と同じことを思っていたのだろう。話が早く進みすぎて、彼自身、呆気《あっけ》に取られているように見えた。

「困った時はお互い様ですよ。遠慮なさらないでください。さ、早く、体が冷えますから……」

やがて、その目が潤《うる》んだ。「ありがとうございます、ありがとうございます」と何度も頭を下げる。

「田所君、悪いが、柵を全開にしておきたい。手を貸してくれ」

意外に思ったが、言われた通りにした。

西館に戻り、三人を中央階段の左横、低めのカウチがあるスペースに連れて行く。準備が出来たら食堂に移ってもらう旨を健治朗が告げ、応接間から持ってきたストーブをつけて暖を取ってもらった。

「今、毛布を持ってきますが、その前に一つ教えてもらいたい。今、村はどうなっていますか」

ひざまずいて目を合わせ、健治朗が問う。若者のまだ青い唇が震えた。

「雨が降って、三日月池の水位が上がっています。池の周囲の家は、もう床上浸水が始まりました。車を持っている家族や、早めに動き出した家は、W村の小学校やよそへの避難を済ませているみたいです」

ですが、と彼は続ける。

「橋が――橋が流されてしまいました！」

しん、と沈黙が降りた。

「じゃあ、この館から逃れる方法は――もうないってことですか？」僕は恐ろしくなって、たまらず言った。「この館の裏手は？　逃げる場所はないんですか？」

「館の裏手は曲川の上流が流れている」健治朗が淡々と言った。「あとは鬱蒼とした山と切り立った崖だ。このあたり一帯では、この館が一番高い。ここが終わったら、誰も助かりはせんよ。三人とも、ご家族なんですか？」

「ああいえ」もう片方の若者が低く、暗い声で言った。「僕は近所の者です」

「僕がおじいちゃんを助け出そうとしているのを見て、手を貸してくれたんですよ。駄菓子屋のところの倅《せがれ》だそうです」

「祖母はW村の小学校に避難させたんですが、貴重品を整理しているうちに自分が逃げ遅れました。家の中に入れてくださり、感謝します」

若者は礼儀正しくお辞儀をした。

食堂に戻る。何があったのかと興味津々の面々に、健治朗はすぐには答えず、ノブ子の部屋から食堂に降りていた北里に毅然《きぜん》とした声で告げる。

「北里、我が家の一階の食堂とホールを避難所として開放する。受け入れと物資の準備を進めろ。Y村の人口は二百名程度。今は国も縁故避難や水平避難を進めているから、親戚のところに逃げたり、川向こうのW村の小学校まで早く辿り着いたものもいるだろう……とすれば、逃げ遅れた住民は、大体四、五十人ってところか」

一瞬、食堂に沈黙が降りた。当たり前だ。三人組の話もせずに、いきなり結論だけ叩きつけたのだし、さっきの成り行きを見ていた僕ですら、まさかそこまでするとはと驚愕しているのだから。

「ご主人様――本気ですか⁉」

北里が大きな声で言う。彼があんなに驚くのが珍しかった。璃々江も早口で続いた。

「そうですよあなた！　それではすぐに物資も涸れてしまいます。第一、食堂とホールだけでは到底五十人は入れません」

「場合によっては、東館も避難所にしよう。東館は古いから、あまり使いたくはないがね」

「だからって――」

「では、この私に住民を見捨てろというのか⁉」

ぐっ、璃々江の喉が鳴った。

「私はこの村から、この村の人々から限りない恩を受けている。今こそそれを返すべきだ。これは未曾有《みぞう》の災害なのだぞ。助け合うのは当然のことだ」

「……ご立派ですこと。滅私奉公の精神だとかなんとかいって、結局は災害時に何をやっていたか問われるのを心配しているんでしょう？　近頃の政治家バッシングは厳しいものね」

「そう思ってもらっても構わない。ともかく、私は一人でも多くの人を助けたいのだ」

璃々江の皮肉にもかかわらず、健治朗はさらりと言ってのけた。璃々江は何かを飲み込むように顎を引いた後、健治朗をキッと見据えた。

事実、避難者の受け入れは困難を極めるだろう。僕ら十数名だけで回すのは相当厳しいはずだ。普段ならいる使用人たちも、間が悪く誰もいない。

それに、一階のホールだけを開放するといっても、二階・三階への出入りはどう制限するのか。不特定多数の人間を家に上げるからには、状況を整備する必要があるはずだ。

璃々江は合理的な人間である。初対面の時の冷たい印象から、坂口犯人説で見せた反論の時にも、何度もそれを実感させられた。恐らく、頭の中ではそんな計算が高速で駆け巡っているのではないか。

「そうだよパパ」ミチルの顔が曇っていた。「家に見ず知らずの人をあげるなんてあり得ないよ。泥棒だったらどうするの？　ただでさえ、食器とか小物がなくなったりしてるらしいじゃん？」

ミチルの言は一理あった。いくら非常事態とはいえ、僕なら自分の家に他人をあげたりしないだろう。

「責任は私が取る。家族は私が守る。必ずだ」

健治朗は璃々江とミチルをじっと見つめた。

「……勝手にしてください」

先に根負けしたのは璃々江だった。プイと顔を背ける。

「やれやれ、女王のご機嫌を損《そこ》ねてしまったようだ」

健治朗は冗談めかして言った後、すぐに真剣な顔つきになった。

正直、少しシビれていた。最初は陽気で豪放磊落な父親。次に容疑者として扱われた時には、実は腹黒い一面が見えて、手段は選ばない男——敵に回せば、一番怖い相手だと思った。

しかし、今健治朗の新たな一面を見た。人を助けることに情熱を傾ける男の、力強さを。

助ける。

健治朗は家名を守ろうとしているのではないかと、坂口は言った。だが、本当にそれだけだろうか。違和感が、はっきりとした形を取る。

彼は、家族の誰かを庇っているのではないか。

興奮は戦慄《せんりつ》に変わった。

やはり、この家の中にいるのだ。

葛城惣太郎と、葛城正、そして、坂口——三人もの人間を殺した人物が。

そして、健治朗はその正体を摑んでいる。

家族の関心は、一気に水害対策へと向いていた。

水害対策の情報を集め、避難所開設に向けた準備も進めている時、突然、ミチルが悲鳴を上げ、スマートフォンを取り落とした。

「どうした、ミチル？」

健治朗が聞く。ミチルが青ざめた顔を振った。

「い、いや、まだ分かんないから……SNSにアップされた動画の中に気になるものがあって……でも、こういうのってデマもあるし、分からないうちは──」

健治朗はミチルに手を差し伸べた。

「一人で悩まなくていい。デマかどうかも一緒に判断した方が早い。とにかく、見せてみろ」

ミチルは震える手でスマートフォンを拾い、健治朗に渡した。

一分間、健治朗は画面を見続けていた。

その顔が、次第に曇っていく。

「……皆さん、URLを送る。少しつらい映像だが、見てもらってもいいだろうか」

僕らは災害対策用のSNSグループを作っていた。地震の時にも稼働していたサービスなので、万が一の時の連絡にも安心だと、IDを交換し合ってグループを作成したのだ。

そのグループメッセージに、件《くだん》の動画のリンクが貼られた。

僕たちは各々、動画を開いた。日頃の呟きを投稿するSNSに、午前一時三十七分にアップロードされた一分ほどの動画である。川の近くから撮った映像だ。夜中に撮影しているから見づらいが、橋の付近から曲川を映していた。

「すげー水の量だな」「土手を越えそう」と声がする。二人組の若い男のようだ。「おい、おい見ろよあれ！」カメラがグッと右に向く。懐中電灯の光が川の上流の方をぼうっと照らす。「おいやべーよ、やべーって」その光の中に、巨大な倒木が現れた。幹の直径は五十センチぐらいあるだろうか。増水した川の勢いに乗って橋に近付いていく。「おい、あれ車じゃないか⁉」「え⁉」カメラは上流を向く。黒い塊《かたまり》のようなものが流されてくる。近付くにつれて、次第に車の輪郭《りんかく》が見えてくる。白の軽自動車だ。バンパーはひしゃげているし、塗装はところどころ剝げているように見える。扉は開ききっていた。金具のところが、馬鹿になっているのかもしれない。「誰か乗っているかもしれないぞ……助けに行かないと」「馬鹿、あんなところ行ったら俺たちだって」その間にも、倒木と車は橋に迫っている。「いつまでも撮ってるなよ！　早く逃げるぞ！」「でも──ああっ！」倒木と白の軽自動車が橋にぶつかる。ギギギッ、と金属が軋《きし》む不快な音が鳴る。車体が更にひしゃげた。倒木は破城槌《はじょうつい》のように、何度も何度も橋桁《はしげた》を叩いた。「やべーよ、橋が壊れる……」「おい、土手越えてきたぞ！　逃げるぞ！」カメラが真っ暗になる。しびれを切らした同行者がカメラを手で押さえたのかもしれない。

動画の再生が止まった。

「ねえ、この車……この動画の車、黒田さんのじゃない？」

ミチルが声を震わせた。璃々江が思案顔で答える。

「確かに、黒田さんは白の軽自動車に乗っていた。でも、こういう動画にはデマの可能性もあると聞きます。他の河川の氾濫映像を持ってきたり、曲川でも、以前の映像を面白半分で出してきた可能性だってあるんじゃないですか」

「璃々江の言う通りだ。だが、今回の動画には信憑性《しんぴょうせい》があると思う」

健治朗が額を押さえていた。「根拠は？」と璃々江がすかさず問う。

健治朗は画面を操作してから、こちらに見せた。動画の冒頭三秒ほどの位置にスライダーが合っている。川辺に立つ掲示板が映っていた。

「掲示板の右上の端に、ちょうど先月作られたばかりの消費者詐欺《さぎ》被害の注意喚起ビラが映っている。確かにうちの村が作ったものだ、見覚えがある。そして、これほどの大雨はこの一ヵ月なかった。この映像は間違いなく、最近撮られたものだ」

「なるほど。納得しました。アングルからすると、Y村の真向かいの、W村から撮影したもののようですね」

璃々江が言うが、食堂には重い空気が垂れこめていた。

「さっきの車、扉、開いてた……」

ミチルがぽつりと言う。

「黒田さんは、川の状況を視察しに出かけたんですよね……増水した川に近付きすぎて、流されたんでしょうか……」

「恐らく、な。映像の投稿時間は午前一時三十七分。黒田君が館を出たのは前日の午後六時半だから、恐らく、土砂が緩んでいるところに滑り落ちたか、事故に遭って気を失っていて、車ごと流されていたんだろう……一度も私の携帯に連絡を入れたり、助けを呼ばなかったということは、気を失ったまま、流されたと考えられる」

健治朗は理路整然と口にしたが、苦虫を嚙み潰したような表情は崩さなかった。

「じゃあ……今頃は……」

「溺死《できし》している可能性が高い」

置かれている状況の苛烈《かれつ》さを思い知る。水害には人間の理屈は通じない。自然はその力で僕たちを圧倒するだけだ。

三谷は口元を押さえている。顔色も悪い。

「念のため、警察に映像を提供してみようか。ナンバー照会で確実なことが分かるかもしれない……」

健治朗が険しい顔で言った。それに応えるものはいなかった。

正が死に、坂口が死に、今、黒田の死までほとんど確実に思われてきた。惣太郎だって、やはり殺されたのかもしれない。

だが、今は連続殺人よりも、動画という形で間接的に突き付けられた、自然の脅威におののいていた。あんなに頑丈そうな橋ですら、叩き折ってしまうほどの激烈な勢いだ。あんなものが、家に押し寄せたらどうなるのだろう。考えただけでも、体が震えてくる。

食堂の扉が開いて、葛城と広臣が入ってきた。葛城は暗い顔で俯き気味にしている。さっき坂口の死について話した時に戻っていたあの目の光がなかった。

「ノブ子さんが落ち着いたので、夏雄に任せてきました。人手が足りないからと、何とか言い聞かせて……あれ、なんか皆さん、ピリピリしていますね。どうしたんですか」

由美が避難所開設を話すと、広臣は「……義兄さんらしいな」と呟き、動画を確認すると呻き声を上げげた。

葛城が「僕、少しトイレに――」と言って食堂を出ようとしたので、「二人一組で動くんでしたよね」と言って僕は急いで立ち上がり、葛城についていった。三谷が後ろからついてきて、「俺もトイレ！」と早口で言う。

中央階段の左翼側のカウチに先ほどの三人組が座っていたので、死角となる食堂側の廊下奥に葛城と三谷を連れ込み、ひそひそ声で話す。

「葛城、思いついたことがあるんだ。健治朗さんなんだけど――」

「は？　なんだよお前ら、連れションしに来たんじゃないのかよ」

「え？」

「だってそうだろ。一人がトイレに入って、残り二人が待ってる。こう考えねえと、二人組が崩れちまう」

ああ、と思いつつ、今はそんな場合じゃないんだと三谷に怒鳴りたくなった。なんでこんな時まで自然体でいられるんだ。

「田所君」

葛城の声が無機質に響いた。なぜだろう。名前の呼び方に、思いやりがない。ただの記号として発せられたような、冷たい声だ。仰向けになった胸に重い岩でも載せているような気分だった。

「もう、こんなことはやめよう」

「は……？」

頭を殴られたようなショックだった。自分の耳が信じられなかった。

「今はみんな、この台風をしのぐので精一杯だ。もちろん、兄さんのことや、坂口さんのことは残念だよ。だけどそれよりも、僕らの今のことを考えなくちゃ」

「嘘だよな、葛城……」

葛城に向かって歩く。

足がもつれて、葛城にぶつかるような形になった。

葛城は微動だにせず、目の前にひざまずいた僕を見下ろしていた。

「僕が君に、嘘なんてついたことがあったかい？」

「嘘だ」僕は激しく首を振った。「信じない」

さっき萌《きざ》したと思った希望の光は、もう見えなくなっていた。絶望は真夜中のように暗い色をして、僕の足元でその口を開いていた。嘘だ、と抵抗する自分の心の裏で、これは罰なのだ、という声が聞こえる。

「あの時だって、お前は真実にこだわり続けたじゃないか。それが今は――どうして」

「田所君、あの時の僕は考え足らずだった」

「そんなことを聞いているんじゃない！　相手が家族だからか⁉　家族だから気後れしているのか⁉　お前も――もしかして犯人が誰か、もう分かっているんじゃないか？」

葛城は能面のような表情のまま、眉一つ動かさない。

「おい、やめろよ田所」

三谷が僕の肩を摑む。強い力だった。ああ、そうだ。僕がおかしいのは分かっている。葛城は家族を――それも一番大切な兄を亡くしたばかりだ。僕がこんな風に食ってかかることだって、大きな負担になっているはずだ。僕が身を引くべきなのは分かっている。だが、胸の中でどろどろに煮えたぎった溶鉱炉が、悔しさと絶え間なく湧き続ける疑問で爆発しそうだった。

「田所君、諦めてくれ。事件のことは警察に任せよう。来られるのは台風が過ぎ去って、道が復旧してからになるだろうけどね……」

「一刻も早い解決をみた方が、家族の皆も安心するんじゃないのか」

自分の声がかすれていた。

「田所」

これで心底嫌われただろうなと心のどこかで思う。それくらいに今の僕は常軌を逸《いっ》している。口から皮肉と非難が湧き出るのを抑えきれずにいる。

突然、葛城が広臣に連れて行かれた光景が脳裏に閃いた。ノブ子が泣いていると夏雄が呼びに来て——あの時、広臣が葛城のことを呼んだのだ。だがよくよく考えれば、人選がおかしい——。

「広臣さんに何を言われたんだ」

葛城は表情を変えなかったが、わずかに肩がびくりと震えた。嘘を見抜く時、人一倍他人の反応を観察している彼のことだ。自分の反応にも恐らく気付いているだろう。

「図星みたいだな。さっき広臣さんに何か聞かされたんじゃないか？　それで、自分の気持ちに素直になれずにいるんだ。なあ、そうだろう？　本当は、自ら兄の仇《かたき》を取りたくて仕方がないはずだ」

「……さい」

「違うっていうのか？　お前のことなんか分かっているんだぞ。今だって、思考すること、推理することはやめられないはずだ。それを必死に押さえ込んでいる。一体何を気に病んでいるんだ？　真実のためなら手段を問わない、一直線の正義——お前は結局そういう男じゃないか」

「うるさい、うるさい、うるさいッ！」

葛城は髪を振り乱した。僕をキッと睨みつけると、血走った赤い目で言った。

「君の書く小説のような言葉で僕を語るな、僕を物語にするな！」

息が詰まった。手足が冷たくなる。次に何を言おうとしていたのか、分からなくなった。

葛城は大きく肩を上下させていたが、やがて僕から目をそらすと、僕らの横を足早に通り過ぎて食堂に入っていった。三谷が「お、おい、葛城」と声をかけたが、返事はないままだった。

「どうかしたんですか？」

壁の端から、さっきの避難者の若者の一人が、そっと顔を覗かせていた。「ごめんなさい、なんでもないんです。この台風のせいで、ちょっと気が立っていて」と三谷が苦笑いを浮かべながら答える。若者は目をすがめた。

微かに聞こえる雨の音を聞きながら、ゆっくりと呼吸を整える。先ほどの若者とお年寄りは、野次馬めいた視線でチラチラとこちらを見ている。もう一人の若者はトイレにでも行っているらしい。

「……少しは落ち着いたかよ」

ようやく振り向いて目にした三谷の顔は、険しい仏頂面だった。

「葛城の言葉には、一つだけ正しいことがある。俺らは今のことを考えなきゃいけない。台風の対策に協力して、この一夜をしのぎきるんだ。こんなところまで水が来るとは思えねえが、いざ来てみた時に、対策してなかったらおじゃんだ。命があってこそだろ。生きて帰れれば――」

三谷はそこで少しだけ微笑み、僕の背中をバシンと叩いた。

「仲直りだって出来る」

前向きな言葉だ。背中をじんじんと刺激する痛みが、ようやく少しだけ、僕を正気に引き戻してくれた。

彼は何を隠しているのだろう。だけど、葛城の態度に覚えた不審感は拭えずにいる。

裏切られたような気分になる。そう思うと、自分の不誠実さにもかかわらず、手ひどく僕は本当に浅ましい人間だ。自己嫌悪の津波が襲ってきて、激しい頭痛に視界が煙った。

7 対策と対話【館まで水位24・2メートル】

雨風が、轟々と鳴り響いていた。

夏雄とノブ子を除く全員を食堂に集め、対策のための話し合いが始まった。

璃々江は健治朗とペアになって(この状況下で一人での行動は危険だからだ)、一度二階のトイレに行き、また食堂に降りてきた。

ミチルが「ママ、早く準備して」と慌《あわ》ただしく言った。メガネをかけた璃々江は、ふらついて、壁にぶつかる。

少し心労が出てきているのかもしれない。当然だ、自分の息子を亡くしたのだから。

「何やってるのよ」とミチルが母親の体を支える。「ごめんなさいね」と璃々江は額を押さえ、次いで、メガネを外した。ポケットから赤いメガネケースを取り出し、ゆったりとした手つきでメガネをしまった。ミチルは母親の体を支えながら、ケースを凝視している。なぜだろう。

「……ねえ、ママ、少し休んできたら？」

「みんな頑張ってるのに、私だけ休んでいるわけにいきませんもの」

璃々江は食堂の一番奥の座席から全員の顔を眺めわたすと、「目が疲れているので、メガネを外してお話しします」と断った。未だ青い顔をしているが、堂々としている。気丈な人だと思った。

「水道、電気、ガスは現在も繋がっています。備蓄品は乾パンや缶詰、アルファ米などの食料品類、二リットルのミネラルウォーターが九ケースで一〇八本。食料は、今の人数なら七日は持つでしょうね」

「十分だ」

健治朗が頷いた。

「備蓄がかなり充実していますね。ありがたいことではありますが」

梓月は顎に手をやって、首を傾げていた。

「そんなに不思議そうな顔をなさらないでください。夫の防災意識が高いことと、あと、使用人が泊まり込んだ時を想定してのことです。

水が使える今のうちに出来ることはやっておくべきでしょう。本当に水がやってきた時に備えて、水の逆流防止、浸水のリスク回避を進めます。行う作業は二つです。

一つは、浸水に備えた土のうの設置。倉庫にある土のうを家の周囲に配置して、万が一の時に備えます。ぐるりと取り囲むには土のうだけでは足りませんから、適宜水のうも作っていきます」

「あの、水のうってなんですか？」

僕が聞くと、北里が白いゴミ袋の束を持ち上げて答えた。

「二重にしたゴミ袋に水を入れて、口を閉じたものでございます。作り方は簡単ですから、あとで私と一緒に作ってみましょう」

「お願いします」

「では、二つ目。これも水のうを作って行うものです。氾濫が起きると、排水口から汚水の逆流が起きることがあります。そこで、排水口に水のうを置き、逆流を防ぐんです。一階のキッチン、各階の洗面所あたりね」

「あとは、トイレですな」

北里は黒いゴミ袋を持って言う。

「トイレには水のうを置いた上で、簡易トイレを作ります」

便座に白いゴミ袋を被せ、上から黒いゴミ袋を被せる。実際にトイレとして使うのは、この黒い袋になる。もちろん白二枚でも作れるが、最後に捨てる際、中身が見えないように黒を選んだ方が良いのだという。トイレを使った後は、上に被せた黒いゴミ袋だけの口を縛って処理し、また新しい黒のゴミ袋を被せて使う。捨てる際には、市販の処理剤を混ぜておくと臭いも抑えられるそうだ。この家の準備の良さには驚くばかりだ。我が家にはここまでの備えはあるのだろうか。深く聞いてみたことも、話し合ったこともないことに気が付く。

「あとは外作業ですね。東館にある土のうや、水のうの設置、外の雨どいや側溝の掃除などが課題になりましょう」

北里が言うと、健治朗が頷いた。

「外の作業は、中の作業が済み次第、男たちで進めていきましょう。力仕事になりますからね」

「方針は定まりましたね――あなた、一度、部屋に戻って頭痛薬を飲みたいから、またついてきてくださる。頭が痛くてたまらないの。気圧のせいね」

気圧で頭痛がするのは僕にもよく分かった。僕も元々偏頭痛持ちだし、M山の落日館での事件以来、不眠症も発症していた。メンタルクリニックで睡眠薬まで処方してもらっている。表向きには受験ノイローゼということになっていた。

健治朗が立ち上がり、二人で戻ってくるまでみんなで待機していた。それほど、健治朗と璃々江の夫婦は僕らにとっての精神的支柱になってきていた。

事件も続発しているので、ペアで動く作戦は遵守《じゅんしゅ》することになった。メンバー分けは以下の通りだ。

①テーブルなどの搬出、避難所用のビニールシートを東館まで取りに行く。必ず二人一組で動く。

食堂　夏雄・ノブ子を除く全員

健治朗・三谷、広臣・田所、梓月・輝義、璃々江・ミチル、由美・北里のペアで動く。

三階　夏雄・ノブ子（部屋で待機）

←（①終了後、分担作業へ）

②水のうによる逆流防止措置、避難所受け入れのための準備。

応接間　司令塔・指示役　健治朗・三谷

一階　梓月・輝義

二階　由美・北里

三階　広臣・田所、夏雄・ノブ子（部屋で待機）

キッチン（避難者用の葛湯《くずゆ》など）璃々江・ミチル

←（②終了後、外作業へ）

③館周辺への水のう、土のうの設置、側溝掃除等。

応接間　司令塔・指示役　璃々江・ミチル・由美

三階　夏雄・ノブ子（部屋で待機）
外　　健治朗・三谷、広臣・田所、北里・梓月・輝義

かなり慌ただしいチーム分けだが、二人一組を崩さず、身の安全を確保するにはこれがギリギリの線だった。


健治朗の発案による避難所運営まで始まり、葛城家は上を下への大騒ぎだった。

食堂内のテーブルを全て搬出し、東館へと運んだ。椅子は座ってもらえるように端に寄せつつ、床にも座れるように、レジャーなどで使っていたビニールシートを区画代わりに置き、来た人から順に一区画ずつあてがっていく。応接間はひとまず、葛城家の人間と客人が話し合いをするためのスペースとして残してあるが、場合によってはここや一階のホールも使っていくと健治朗から指示があった。毛布やペットボトルの水、乾パンなど、最低限の物資も配付された。雨さえ止めば、ヘリやドローンでの物資の空輸も期待出来る。健治朗が電話で連絡を取り、空輸の手配は済ませているようだ。

健治朗は頼れる大人だった。

広臣と僕は一通り作業を終えると、避難者の様子を見ることにした。

寒さと恐怖で震えていたお年寄りも、璃々江とミチルが作った葛湯を飲んで、少しずつ落ち着いてきた様子だ。頬にも赤みがさしてきている。

「……六十年前の水害は、それは恐ろしいものだった」

先ほどの幼児返りした口調とは打って変わり、ゆっくり染み入るような口調だった。

「雨は三日三晩降り続いた。曲川が決壊して、Y村は水の底に沈んだ。家も商店も全部が流された」彼は首を振った。「私はW村の方へ逃げた。そちらの方が高台だったからだ。両親ももう逃げていると思っていた……だが、両親は家に戻っていた。家財を運び出そうとして、そのまま流れ込む水に巻き込まれた。母さんの死体は家の瓦礫の下にあったが、ぶよぶよに膨れて、衣服片がなければ、母さんとも分からないような有り様だった。だが、それでも見つかっただけ幸運だった。父親の死体は、結局見つからずじまいだ」

あの戦争を潜《くぐ》り抜《ぬ》けてなお、あんなことが起こるなんてな、と彼は首を静かに振った。

「水はどこまで来たんですか？ W村の方へも行きましたか？」

広臣は真剣な調子で聞いた。今回の水害の被害の大きさを推定するのに重要な情報だ。

僕も身を乗り出して聞いた。

「W村も半分以上水に沈んだ」

「……この場所は？ Y村の、この高台はどうでしたか？」

彼の体がぶるりと震えた。

「沈んだ」

急速な喉の渇きを覚えた。

「昔、この家には別の家族が住んでおったのを、葛城の惣太郎さんが五十年くらい前にやってきたんだったな」

「又聞きですが、そう聞いたことがあります」

彼は神妙な面持ちで頷いた。

「五十年前、今、あなた方が離れを建てている位置には、建家がなかったはずだ。あれはなぜか分かるか」

僕はハッとした。

「流されたから……？」

「そんなバカな」広臣が言った。「何かの理由で取り壊されただけかもしれないじゃないか。老朽化とか……」

「今いるこの館は、建て直されたものだから新しいが、さっきちらっと見えた、もう一つの建家は古かったな。あそこは五十年前からそのままかい？」

「ええ」広臣が答えた。「惣太郎が趣があって気に入ったと言って――」

ああ……と広臣が言った。大きく口を開けて、虚脱するような声だった。

「なんてこった。東館のあの染みは、ああ、嘘だ」

「ひ、広臣さん、一体どうしたんですか？」

「……田所君は、東館を明るいうちに見たことがあったかな。あの建家は木造だけど、ある部分までは黒ずんでいて、そこより上は木目を残していただろう」

「ええ、それが何――」

恐るべきイメージが浮かんだ。建家が水に浸《つ》かっている光景。三日三晩降り続いた雨も、いつか引いていくが、長いこと水に浸かっていた部分には黒々と腐食の痕が残る。まるで、喫水線のように、くっきりと——。

「広臣さん」僕は首を振った。「あの、あの黒い痕は、どのくらいの高さに」

「……正確に計測をしたことはないが」広臣の顔は青ざめていた。「建家の一階部分くらいは、あったと思う」

くらっときた。もちろん、「三日三晩降り続いた」という大雨の事例と、今回のことを同列に論じることは出来ないし、少なくとも予報では台風はあと数時間で抜けるはずだ。降雨時間だけで言えば、今回の方が短いが、降雨量はたった一晩で六十年前の量を上回るかもしれない。

だが、行く末は誰にも分からない。

ここから生きて帰れるのかどうか、不安の波が押し寄せてきた。父と母の顔が浮かんだ。家に帰りたいと、これほど強く思ったのは、あの夏以来だった。

お年寄りは僕らの態度の激変にも構わず、葛湯を飲んでほうと一息ついていた。

「ここは歴史の古い家での。六十年前の水害の前から、以前の当主が住んでいた。戦争の時には、私は前の当主に奉公していてな、この家の防空壕《ぼうくうごう》から、坂下の家まで逃げたもんだ」

彼の昔話はいつ終わるとも知れず続きそうだった。話を聞かせてくれた礼を手早く言って、二人で食堂を辞した。

広臣は食堂の外に出ると、激しく舌打ちした。

「避難所開設なんて勇み足だ。さっきの話を義兄さんに伝えに行こう」と一歩踏み出しかけて立ち止まった。「ああ、クソ。分かってなかったはずがない。あの義兄さんのことだ。危険は承知の上で、人助けに乗り出したのか」

「なんか、あまり乗り気じゃないみたいですね。弁護士だって、人助けをする仕事かと思っていましたが」

広臣は目を丸くして、「若いなあ」と言った。

「そりゃま、確かにそういう一面もあるけどね。ともあれ、ああいうのは仕事だと思うからやれるんだよ。ここは仕事場じゃなくて家じゃないか。仕事で人助けするのと、家に見ず知らずの人をあげて人助けするのじゃ、全然違うよ。そうだろう?」

困惑していると、広臣は眉を少し下げ、口元を歪めた。

「ま、君相手に愚痴っても仕方がないな……さ、食堂の設営は終わったから、次は三階で水のう作りだ。早く行くよ」

＊　三階

小さい水のうを作って、トイレの逆流を防ぐ。便座を上げ、白いゴミ袋を便器全体に被せる。便座を下げ、黒いゴミ袋をその上から被せる。トイレの近くに処理剤のパックを置き、黒いゴミ袋の予備をセットする。これでいいはずだ。

「なかなか筋が良いな」

僕を見ていた広臣が、感心したように頷く。少しでも相手から目を離すのが怖いので、交代交代で作業に当たることにしたのだ。風呂、洗面台の排水口にも、順に水のうをセットする。

作業全体としては十分もかからなかった。もっと複雑な作業でも、今の僕なら喜んでこなしただろう。家中のトイレに同じ作業をしてもいい。ただ、堂々巡りの思考を追い出すための何かが欲しかった。

「これで全部か。案外簡単ですね。下に行きますか?」

「あ、待ってくれ。そろそろお風呂の水を止めてくるから」

トイレと風呂、そして夏雄の部屋は西館の左翼の廊下に並んでいる。

「水を?」

「排水口を水のうで塞いで逆流を防いでから、浴槽に水をためておいたんだよ。風呂場を出る直前に蛇口を捻ったから、田所君に言ってなかったかもしれないね」

「そうか。断水するかもしれないですもんね」

断水、と口に出してみて、ますます事態の重さを思い知る。家に帰れるのは、一体いつになるのだろうか。

「田所君？」

ハッとして顔を上げる。広臣が僕の肩にそっと手を添えて、顔を覗き込んでいた。広臣が風呂の水を止めて戻ってくるまで、ボーッとしていたらしい。

「大丈夫かい？　夏雄とノブ子さんのところに行って、少し、休ませてもらうか？　あそこなら落ち着いて過ごせるだろうし。ね、どうだろう？」

「い、いえ。大丈夫です。他の階のみんなの様子を見に行きましょう。手が足りていないところがあるかもしれませんし」

「……そうかい？」

広臣は首を傾げた。

車いすトイレでの作業を終えた時、出し抜けにノブ子の部屋の扉が開いた。夏雄が顔を覗かせ、「どうかしたの、なっちゃん」と部屋の中からノブ子の声がする。

「ジョシュの兄ちゃん、分かってるだろ？」

「夏雄――一体どうしたっていうんだ」

広臣が言うのも構わず、夏雄は続ける。

「ばあちゃんは犯人じゃない。父さんでもない。そんなの分かりきったことじゃないか。怪しいのは先生だ。絶対にそうなんだ。こういうドラマなら絶対にそうだ。家族じゃない人がいるなら、絶対意味があるんだ」

「夏雄！」

夏雄は広臣に一瞥をくれると、ふん、と鼻を鳴らした。音を立てて部屋の扉を閉めたのが、当てつけのように聞こえた。夏雄が事件のことを口に出すたびに、彼ら親子の溝は深まるように見える。

だが、夏雄の言葉は気にかかる。父さん、つまり広臣じゃないというのは何度も繰り返している言葉だが、どうしてそこで「ばあちゃん」――ノブ子が出てくるのだろうか。惣太郎を殺したのはノブ子なのか？ そんなことは想像したこともなかった。坂口の写真に写っていたのは「男」だし、ノブ子と惣太郎の夫婦仲の話は聞いたことが――浮気妄想？黒田の顔を見て、「また女のところ？」と顔を紅潮させていたノブ子のことを思い出す。僕は今まで目にしていたものから違う構図が見えてきて、密かな高揚《こうよう》感を覚える。

夏雄は「ばあちゃんは犯人じゃない」と言ったのに、その言葉が口に出された瞬間、逆にもっともらしく聞こえてくる。頭の中で上手く繋がってしまうとなおさらだ。坂口の写真の一件で、夏雄が嘘つきなのは分かっているのに。だから「先生」というのも嘘なのに――どうしても考えてしまう。「先生」というのは？ まず思い浮かんだのは医者だ。兄の梓月。そうだ、あいつならやりそうだ……だが、もう一人該当する人物がいるのを思い出す。黒田。家庭教師は夏雄にとっては立派な「先生」だ。黒田……今まで全く疑ったことがなかった。ただの家庭教師に、一体どんな動機があるというのだ？

広臣はさっきの夏雄のことがよほど腹に据えかねているのか、階段を下りる間、一言も口を利かなかった。ぶすっとした顔をして、機嫌悪そうに腰に手をやっている。

＊　二階

「あら、お二人さん」

二階に降りると、由美と北里がいた。二人は二階の担当だった。北里は僕らの姿を認めると、そっと会釈をし、一歩退いた。

「お疲れ様」広臣が声をかけた。さっきまでの不機嫌な様子はもうない。

「二階の作業はもう大丈夫ですか？」と僕は聞く。

「ふふ。心配してくれてありがとう、きっといい男になるわね」

由美は楽しげな口調で言った。

「はあ」

反応に困って頭を掻く。頭の中では、さっきまでの考えがぐるぐると回っていた。

由美が不思議そうな目をして僕を見る。柔らかい微笑みを浮かべて、下から僕の目を覗き込んだ。

「――心配よね」

「え？」

「こんな怖いこと、そうそうないもの。でも大丈夫よ、安心して。兄さんは頼りになるから。きっとみんなのこと、助けてくれるわ」

由美の口調には一切の翳りがなかった。無邪気な子供のように、ここから救われることを疑っていないように見えた。

「全く、由美の楽天ぶりには呆れるな」広臣が首を振った。「なあ北里」

北里は曖昧に微笑みを浮かべ、自分の意見を言うことはしなかった。

「……あなたは」

僕が言葉を探している間も、由美は優しく待ってくれている。

「どうして、そんなにも自分の未来を明るく信じられるのですか?」

発した言葉が、自分の気持ちにしっくりくるのを感じた。

由美はくすくすと笑った。

「それじゃあ、あなたのためにほんの少しだけ昔話をしましょうか。もちろん、みんな忙しいから少しだけよ?」

冗談めかして言う彼女は、少女のようにも見えた。

「私は、全ての物事には意味があると思うの」

そのフレーズは、前にも聞いたことがある。

「広臣さんと私との馴れ初め《なそ》、話したことがあるでしょ?」

「おいおい、またあの話か?」広臣が鼻を掻いた。

「確か、第一志望の大学には落ちて、第二志望の大学に受かって、それで広臣さんと出会った、と……」

「実は、あの話にはちょっとした裏話があるの。実は、第一志望の大学を受けた時、私、ペンケースを忘れていったのよ」

「え」

自分にも受験が迫っているだけに、生々しく感じられる。受験の時に見舞われたくないトラブルの中でも上位だ。

「呆れるだろう？　何度聞いてもびっくりするよ」

「私だって自分で自分に呆れたわ。すぐにお母さんに連絡して、家にあるかどうか確かめてもらったもの。しかもね、一年間浪人して、たくさん勉強して、気合を入れて臨んだ試験だったの。それはもう、ショックなんて言葉ではとても言い尽くせないくらい」

辛いことを語っているはずなのに、彼女の口調はあっけらかんとしていた。

「自分なんておしまいだ、もうこのまま死んでやるってくらい、試験会場では思いつめてたわ。近くの売店で間にあわせの筆記具を買って、なんとかその日の答案は書いたけど、どれもこれも自分の手に馴染《なじ》んでこなかった――」

「……それは」

僕がよほど暗い顔をしていたのだろう。由美はくすくすと笑った。

「あなたが落ち込むことないでしょう？　もう二十年以上前の話よ」

「でも」

「あなたは優しいのね。とても素敵なことよ。それはもう、帰宅した後は大荒れだったわ。母親にも少し辛く当たっちゃった。大学受験って嫌よね。その結果一つで、自分の人生が全部決まるような気がしてくる」

彼女の言葉がスッと心に入り込んできた。

「でも、そんなことないのよ。第一志望はトラブルでだめになったけど、第二志望の大学に受かった。進学するか、もう一年浪人するか悩んだけど、結局進学した。それで私、広臣さんに出会ったの」

ほらね、と彼女は笑った。

「全ての物事には、必ず意味があるの。兄さんなんかは『禍福は糾《あざな》える縄の如《ごと》し』なんて言うわ。難しい言葉なんて使わなくてもいいのにね」

彼女はまるであどけない少女のように、唇を尖らせる。

「雨が降るのは新しいブーツを使うため。テレビが壊れたのは新しい素敵なテレビに出会うため。電車が止まるのはその街の素敵なカフェを見つけるため——」

第一志望の受験日にペンケースを忘れたのは、自分の夫に出会うため。

だから彼女の目はあんなにもまっすぐなのだ。この世界が全て自分のためにしつらえられていると心の底から信じられるなら、この世界はどんなにか眩《まぶ》しく感じられるだろう。

「ほんと、聞いて呆れるだろう？　だけど、彼女のこういう考え方は、心が弱っている時に聞くと、案外慰められるんだ。そうだろう？」

広臣は口元に笑みを浮かべて、どこかうっとりとした目つきで由美を見た。この夫婦のおノロケには苦笑するが、確かに面白い考え方だと思う。

一方で、僕の心の倦んだ部分は抵抗する。それは、この人に余裕があるから選べる生き方だ、と。毎日勉強しながら、バイトにも行って、小説も書いて、どうにかかじりついてお金と時間を捻出《ねんしゅつ》している。だから、雨が降るのは嫌だし、テレビが壊れたら余計な出費のことが気にかかるし、電車が止まれば舌打ちをする。とてもではないが、由美のような心の余裕は持てない。

だけど、今は信じてみたい、とも思う。彼女のように考えられるのなら、今葛城と仲違《なかたが》いしていることにだって、きっと何かの意味がある。世界は最後には帳尻が合うように出来ている。信じることは難しいが、確かに、心の底に希望が湧いてくるような考え方だ。

「だからきっと、この試練にも何か意味があるのよ」

「……僕、実は小説を書いてるんです」

こんな打ち明け話をしていることに、自分でも驚いた。自然と心を開いてしまう何かが、この人にはある。

由美はにっこりと笑った。

「じゃあ、その小説がもっと面白くなるように、あなたは試練に巻き込まれているんだわ」

この人に言われると、確かにそうだと信じられる気がした。

その時、出し抜けに階段の下から声が聞こえてきた。中央階段の下、一階のトイレの方だ。

「やめてください、梓月さん。僕はもう……」

葛城の声だった。突き放すような、必死の声だった。一階の担当は梓月と葛城だったはずだ。梓月に何かを迫られているのだろうか。

「あの、僕――」

「うん、そうだな。輝義君のところに行ってあげた方がいいかもな。輝義君も同年代の君が傍にいる方がいいだろう。私たちは北里と三人で行動出来るし、君が輝義君と丹葉先生と行動すれば三人組だ」

僕は頷いて、一階に降りていった。

＊　一階

一階のトイレの扉の前に、梓月と葛城がいた。梓月の顔には笑いが浮かび、葛城は首を振っていた。

僕が近付いていくと、ようやく梓月の言葉が聞き取れた。

「……いいじゃないか。作業が延びたとでも言い訳をしておけばいい。君は自分の兄貴を、あのままにしておくつもりなのかい？」

「警察の捜査もまだなんです。それに、家族の許可なしに開けるわけには」

梓月は人差し指に鍵束をぶら下げていた。

梓月の言葉の意味が分かった。事件現場を調べようとしているんだ。なんて強引なんだろう。僕は二人に早足で歩み寄った。

「なんの話をしてるんだ、兄さん？」

梓月が振り返って、ニヤッと笑った。おどけるように両手を広げて、

「ああ、弟よ！　ちょうどいい時に来た」

梓月が肩を組んでくる。僕はなんとか抵抗したが、兄の方が背が低いのに、力は結構強い。

「どうしたんだよ兄さん。葛城相手には随分と自然体で喋ってるんだな？　いつもの気味悪い仮面はいいのかよ？」

「ああ、一緒に作業をしていたら、どうも、輝義君から警戒されていてね。どうもとっくにバレていたみたいだ。さすが、嘘を見抜く探偵さん。だから、腹を割って話すことにしただけだよ」

僕は鼻で笑った。

「鍵はどうしたんだ。離れには鍵をかけて、正さんの死体を保管する、そういう話になっていたはずだ」

「ああ」

梓月は事もなげに返事して、一階の応接間の隣の扉を開けた。

「ここだよ。使用人控え室。北里さんがいる部屋だけど、彼もこの大雨の中では忙しく動き回っていて、フリーパスだ。キーボックスが分かりづらい位置にあるから、初見だと見つけにくいかもしれないけど、私みたいに何度も来ていれば、北里さんが鍵を取るのを見たことがあるからね」

梓月は控え室に入って奥の壁に手を這わせた。すると壁の一部がくりぬかれ、外開きの扉になっていて、中にフックにかけられた鍵類が並んでいた。一見したところただの壁に見える。

「つまり、勝手に取ったってことじゃないか」

「すぐ戻しておけばバレないさ。北里さんも作業が続くだろうからね。それまでに手早く済ませられる」

控え室の扉を音もなく閉め、梓月は邪悪そうな笑みを浮かべる。

「信哉だって、またいつ犯人に仕立て上げられるか分からないじゃないか。私は無事だったけど、信哉に三谷君、それに坂口さんと、彼らの推測には見境がない。自分を防衛するための武器くらいは、用意しておかないとね」

「兄さんの身には危険が及んでいないんだから、いいじゃないか」

「あんな目に遭って、まだ懲《こ》りていないのか。信哉だって、坂口さんを殺した疑惑が降りかかるかもしれない」

「なんでだよ。僕は爆弾なんて扱えないぞ」

「そんなのどうとでもなるよ。それに、根拠がある」

僕は兄の態度に不審を覚えながら、「なんだよ」と聞いた。

「坂口さんから、車に同乗して逃げようと誘われた時、断ったのは信哉らしいじゃないか。三谷君はこの家の人が不気味だから、ほんのちょっぴり乗せてもらった方が良かったんじゃないかと思っていたそうだよ」

「……それが？」

「分からないか？　何も知らない人から見たら、まるで、爆弾のことを知っていたから乗るのを断ったように聞こえるだろうね」

「うっ……」

「まだあるよ。信哉は爆発が起こる直前、広臣さんと三谷君を『離れて』と言って背後に押し倒したそうだね。広臣さんから聞いたよ。こんなの、爆発のことを事前に知っていた、そのものずばりの証拠じゃないか」

「ち、違うんだよ。僕はあの時、葛城のことで必死だっただけで――」

「え、なんで僕？」

葛城がゆっくりと目を上げ、眉をひそめた。面倒くさそうな顔だ。

「信哉がどう思っていようと、傍から見れば一番怪しいのは信哉だよ。さ、分かったら身の証を立てるための準備をしようじゃないか」

僕は梓月の大げさな態度に鼻白んだ。彼にも何か魂胆があるはずだ。事件のことを調べたいからか？　離れは、元々惣太郎の部屋だったというから用事はそちらかもしれない。

葛城が梓月から目を背けた。梓月は眉を動かし、口元に笑みを浮かべた。狙いを僕から葛城に変えたのが分かった。梓月は葛城の肩に手をかけ、親切めいた口調で言った。

「いいのかい？　大切な兄を殺されて、君はみすみす放っておくのかな？」

「……どうしてみんな、僕に絡むんだ」

葛城が唇を噛んだ。目が危なげに揺らめいていた。矢も楯《たて》もたまらず、梓月の腕を掴んだ。

「兄さんやめろ。そんなやり口は許さないぞ」

「おー怖い怖い」梓月が葛城から身を離し、手をひらひらさせた。「……さあ、早く決断してくれ。璃々江さんに怪しまれずに現場を見られるのは、今だけだぞ」

僕は葛城と目を見合わせた。葛城の顔色は優れなかったが、最後にはゆっくり首を振った。長いため息に、諦めが滲んでいた。口をゆっくりと開き、「行きます」と頷いた。

「そうこなくちゃ。信哉、お前はどうする？」

僕は梓月を睨みつけた。

「ついていくよ。兄さんが妙なことしないように、見張ってないとね」

「信頼ないなぁ。兄ちゃんは悲しいぞ」

梓月はからからと笑った。

8　捜査【館まで水位23・7メートル】

時刻は午前四時を回っていた。

僕と葛城、梓月は、一階廊下奥の裏口の扉へ、人の目を気にしながら向かう。僕らは外作業に向かわなければいけないはずなので、全体の効率の意味でもみんなを裏切っていることになる。後ろめたい気持ちだった。

離れの明かりは煌々《こうこう》と灯《とも》っていた。机の上に置かれた水色のグラスがきらりと光る。僕が電球を嵌め直したんだったな、とぼうっとした頭で考えた。

「さっき午前一時半頃来た時には、まだ凝固していない血液も流れていたのに、もうすっかり乾ききっている。あれから二時間半経っているからな……」

梓月は死体を覆うブルーシートを外し、けろりとした顔をして言う。

「兄さんと健治朗さん、広臣さんと見に来た時には、兄さんに簡単に死体現象を見てもらったよね。確か、死後硬直の経過から、昨日の午後十一時半から今日の午前零時半の間が、死亡推定時刻ということだった」

「手際の良い要約で助かるよ」

「それで、一つ気になることがあるんだ。ソファの脚元には、靴の泥汚れがくっきり残っている。正さんは一度靴をそこで脱いで、寝たんじゃないかと思うんだよね。それで

「……」

「ははん、分かったぞ。死体に移動された痕跡がないか調べたいんだな」

梓月に先回りされて、少しムッとする。

梓月は無言で死体の足元にしゃがみこむと、死体の靴と靴下を脱がせた。右は、銃の引き金を引くために靴を脱いでいたから靴下だけ、左は靴と靴下の両方を脱がせた形になる。

「見ろ。足に死斑《しはん》がある」

梓月が左足を持ち上げて示した。左足の裏には、痣《あざ》のような青白い模様と、無数の切り傷があった。梓月が青白い模様を指で押すと、模様は褪色《たいしょく》し、一瞬、白い皮膚になった。

「死斑が固定化していないから、指で押すとこうなる。死斑の固定化は死後五時間か六時間で起きるから、午前四時の今だと、こんなものだ。動かされた可能性は、正直否定しようがないな」

「ふうん……」

梓月は続けてシャツをめくりあげて背中を見、ズボンをややズリ下げて臀部《でんぶ》などを観察した。死体が座っていたとみて、腰部と臀部の痕跡に矛盾はないという。

「本当は脱がせて解剖台に乗せた方が確実だが、有意な痕跡はないな」

「今はこれだけでいいよ。とにかく服を元に戻そう」

僕ら三人は手分けして死体の衣服を整えた。

ふと気付くと、葛城が右の靴を手にして、茫然と立ち尽くしていた。

「おい葛城、右の靴は履かせなくていいんだ。右足は元から脱いでたんだからな」

葛城は僕の言葉を聞いていたのか聞いていないのか、ゆっくりと死体の足元にしゃがみこむ。彼は左足の靴を拾い、両の靴を両手に持ちながら、まじまじと見ていた。目は大きく見開かれていて、呼吸は浅くなっている。

「……葛城？」

葛城はハッと息を吸い込み、寝起きのような眼で僕を見た。え、と気の抜けた声を漏らして、ああ、と息を吐きながら、また靴に視線を戻した。

「……うん。ごめん、ボーッとしてた……」

葛城はそう言いつつ、手に持った靴をなかなか床に置かなかった。

じれったくなって、葛城の手から靴を奪い取る。あっ、と葛城が小さく息を漏らした。

――これの何がそんなに気になるのか。

右足の靴を見る。死体が履いていなかった方。靴紐を結ぶタイプのスニーカーだ。撃った時に死体の足元にも血が飛び散ったのだろう、スニーカーに点々と血痕が付いている。右足の靴は脱げていたので、中敷きの部分にまで血が入り込んでいるのが陰惨だった。右足の靴の中敷きに触れると、血で汚れていない部分もじっとりと湿っている。

死体の靴下に触れてみると、底はじっとりと湿っているが、足首の周りは乾ききっている。

左足の靴——死体の履いていた方を見た。こちらも血が飛び散っているが、死体が履いていたから、中にまで血は飛んでいない。代わりに、中敷きに触れると、じっとりした湿り気を感じた。刃物でつけたような小さな傷もたくさん残っている。右足の靴には残っていない痕跡だ。

気になるところはあるが、葛城が何をそこまで気にしているのかが分からない。

左足の靴を正面にして、もう一度眺める。それにしても、ひどい血の量だ。靴紐を通す穴の部分、その内側にまで血が付着している。途端に気分が悪くなって、靴を床に置いた。

ふと、左足の靴の中敷きにあった、小さな傷の痕を思い出す。あれと似たものが、死体の左足裏にもあった。しゃがみこんで確認すると、やはり、小さな傷の痕がいくつもある。傷の痕は、靴の中敷きについた傷と一致するようだ。

犯人が何かの理由で、靴と足裏に傷をつけたのだろうか。いや、それではあまりに不合理だ——。

「……こういう傷は見たことがある」梓月が言った。「ガラスを踏んだ時の傷だ」

「ガラス?」

頭が痛む。割れた電球のことが頭をよぎった。最初にこの部屋で調査をした時、新しい替えの電球を落としてしまった。だが、あの時、死体は靴を履いていた。ガラスの破片が入る余地はないはずだ……。この部屋で、ガラスが割れた時が他にあっただろうか……。

「あ」

僕は声を上げ、二人が素早く振り向いたのに気が付いた。「心当たりがあるのか」と梓月が鋭く聞く。僕は高鳴る心臓の音を聞かれるような気がして、急いで薬の戸棚の前に行った。

「……減っていない。これでもないか」

戸棚のアンプルの数は、昨日の昼間、坂口に誘われてみた時から変わっていなかった。アンプルが割れた可能性もない。

正が殺されたのは、やはりこの部屋——惣太郎の部屋にいたからなのだろうか。坂口との間違い殺人という以外に、何か可能性はないか。僕は梓月に探りを入れることにした。

「惣太郎さんが危篤になった日……つまり、死ぬ前日だけど、兄さんはアメリカ出張帰りに、訪問に来た。そうだよね」

「ああ。昼にはここに着いた。惣太郎さんに会って、せめて夕食だけでも一緒にと、由美さんに誘われた。それで夕食を食べて帰ろうとした時に、メイドが血相を変えてやってきたんだ。惣太郎さんはもう、危険な状態だった。そのまま翌日に亡くなった」

具合が悪くなったタイミングから見ればアリバイはなさそうだった。誰が犯人でもあり得る。

「坂口っていう人は、結局何を摑んでいたんだろうね。ただ、私たちを疑惑で掻きまわしたかっただけとは思えない。やはり、何かの確信があったとしか……」

梓月がぶつぶつ言って「そう思うだろ?」と葛城を見るが、葛城は曖昧に頷くだけだった。坂口からあの写真の話を聞いたのは、僕と三谷だけだ。

「実は……」

僕は写真のことを話した。葛城は無表情のまま聞いていたが、梓月はいかにも愉快そうにニヤニヤと笑って、何度も頷いていた。

「なるほど、なるほど。そういうことか。坂口さんも食えない男だな。そんな写真を撮る暇があったら、惣太郎さんの命も救えただろうに」

だけど、と梓月は言った。

「それなら、毒殺はやはりあり得ないな」

梓月がぼそりと言った。僕はそれを聞き咎めて、「なんでそう言えるんだ」と聞いた。

「ん。だって、そうだろう。坂口さんの写真は、決定的瞬間と言いつつ曖昧なものだし、健治朗さんが言った通り、薬の写真を医者に送っていたと考えてもいい。坂口さんの写真の意味は、むしろもう一つの方——夏雄君がここにいた可能性を、完璧に消し去っていることだよ」

梓月の「あり得ない」という口ぶりが不思議だったのでツッコんでみたが、そこまでは僕も考えていたことだ。兄のことだから鋭い考察でもしているのかと思っていたが、そんなこともなかったようだ。

「ところで……正さんが殺された件だけど、誰も彼も、『正さんには殺される理由がない』って言っているよね。でも、本当にそうなのか？」

葛城がバッとこちらを向いた。

「田所君まで……田所君までそんなことを言うのか？　兄さんはそんな人間じゃない！」

激しくかぶりを振り、悲鳴のような声で言った。異常な反応だった。

「あくまで可能性の話だ」取り繕いながら、葛城の肩を摑む。「さっきから様子がおかしいぞ。やっぱり、あの靴か？　あれを見てから、ますます様子が変になった」

葛城の瞳が揺れた。僕から顔を背けて、浅い呼吸を整えていた。

「……あの靴、僕がプレゼントしたものなんだ……一年前の誕生日に」

僕は唾を飲み込んだ。

「自分で選んだものだから、よく覚えているよ……仕事に履いていく革靴は綺麗に整えて、いくつも持っているのに、普段履くスニーカーはボロボロの物しか持っていなかったから……自分は歩きすぎて、すぐに靴をダメにするから、履き古しでいいんだって。だから、靴を……」

葛城はそう言って、また靴に目を落とした。だから、靴を見てあれほどまでにショックを受けたのだ。その靴が、彼と兄の絆《きずな》だったのだと思い至り、ようやく僕は葛城の気持ちに追いつけた気がした。鈍感な僕が気付かぬ間に、どれほどの想いが彼の心の中を駆け巡っていたのだろう。

「だけど、正さんに殺される理由がなかったか、っていう点は、じっくり調べておくべきだね」

「兄さん、もうその話は……」

「元はと言えば、お前が言い出した話じゃないか」

梓月が意地悪そうに口元を歪めた。

「今この部屋には、理由を探るのにうってつけのものがある。プライベートな情報がてんこ盛り、普通なら人に隅々までチェックされるなんて疑ってすらいない代物さ」

梓月は謎めかして言ったが、彼の視線の動きですぐに分かった。

「まさか――スマートフォンか？」

ソファの横のサイドテーブルに置かれたスマートフォン。先ほど、正の指を使ってロックを解除したものだ。あの時は死体の身元確認のために使っただけで、中身までは覗こうとしなかった。

「でも、同じ手がもう一度使えるのか？　死体の指は乾燥するはずだろ」

「同じ『手』……なるほど、指を使うだけに、ってわけか。なかなか上手いこと言うね」

「茶化《ちゃか》すな」

「もちろん信哉の言う通りだ。乾燥した皮膚では指紋が違ってくるからね。縮んでしまう分、模様のパターンが変わる。だからその点は抜かりない」

梓月はスマートフォンを取り上げ、電源を入れた。ロック画面は表示されず、ディスプレイが明るく光った。ホーム画面が開いている。

「……まさか、さっき」

「そのまさか。死体の指で解除した後、設定画面でロックの設定を変更したんだ。あとで調べやすいようにね」

梓月はクックッと笑った。死体を見た直後の現場検証で、そこまで考えて動いていたとは。やはり油断がならない。

正のスマートフォンの中身は、実に綺麗に整理されていた。初期設定で付与されている基本的なアプリや、健康管理や読書用のアプリを除けば、ゲームやSNSの類は一つもない。ホーム画面もシンプルだ。

むしろ見るべきは、メールやSMS（ショートメッセージサービス）の類だ。仕事仲間とのメッセージや、恋人とのメールを覗くのは気が引けたが、見れば見るほど、正が信頼される人間だったのが分かる。やや理不尽な要求や、恋人のワガママにも、一つ一つ丁寧に答えていた。

「殺される理由なんて一つも出てこないな」

梓月がいかにもつまらなそうな顔をしていたので、僕は少し愉快な気持ちになった。

SMSの履歴で唯一注目されたのは、黒田とのやり取りだ。

黒田と正は東京で仲良く過ごしていて、一緒に飲みに行ったり、近況などを報告し合ったり、日頃から親しくしているようだった。その中に一つ、気になる記述があった。

『葛城の家に行く、坂の途中に、古い家が一軒あるだろ。あそこの家族が引っ越して、新しい人が入居したらしい。村の噂じゃ、あそこの一人息子が事業の失敗で引きこもりになって、家族の方がいたたまれなくなって引っ越しを決意したとか。買い物行くたびにひそひそ噂されて勘繰られるんだ、そりゃ嫌にもなる。にしても、引きこもってるのに引っ越しはOKって笑えるよな。

新しい家族も、なんかうさんくさい感じだぜ。気を付けろよ』

メッセージの送信は一ヵ月ほど前。ユウトたち一家は、その時期に引っ越してきたらしい。正はこのメッセージに返信せず、一週間後に飲みの誘いのメッセージを入れていた。

「黒田さんって、こんな人だったのか」

「こりゃあひどいね」梓月の口ぶりは全く「ひどい」と思っていなそうだった。「人の不幸を笑ってる。ログを漁《あさ》れば、葛城家への悪口も出てくるかもな」

「正さんも、こんなの送られて嫌だったんだろ。だからこの日は返信してない」

「正さんは」梓月が首を振る。「とてもじゃないが、こういう下卑た冗談を『笑える』タイプじゃない。それは事実だろうな」

僕と梓月が顔を突き合わせて画面を覗いていると、隣に葛城がスッと寄ってきた。僕はスマートフォンを手渡し、件のメッセージを見せる。葛城はじっとメッセージを見た後、画面をスクロールし続けていた。

「ない……」

彼はぼそっと呟いて、またかぶりを振った。目をぎゅっと閉じ、辛そうな表情に見えた。一つ一つのメッセージからは、生前の正の生活、思いが感じ取れる。そう思うと、葛城の表情は、込み上げる何かをこらえているような反応に思われた。

「ああ。正さんが殺されたと窺わせる証拠、理由はどこにもない」

僕は葛城に言った。

「分かったのは、黒田さんのことくらいか」

「私はあまり付き合いがなかったが、黒田さんの本性が見えてきた気がするよ」と梓月が言った。「こういうメッセージを正さんのような人間に送れるのは、自分のことしか考えていない独善的な人間だね。送られた相手がどう思うかなんて、考えていない」

梓月が吐き捨てると、葛城がスマートフォンに顔を寄せた。

「……このスマートフォン、何か変な匂いしない？」

「そうか？」

梓月は葛城からスマートフォンを受け取ると、手で扇《あお》いで鼻をくんくんと動かした。

「柑橘《かんきつ》の匂いだね。でも、どうして」

「あれじゃないか」

僕が指さしたのは、机の上の消毒スプレーだ。グレープフルーツの香り、とラベルに大きく書かれている。

「正さんがスマートフォンを拭く時によく使っていたみたいだな。ほら、雑菌だらけで、便座ぐらい汚いって言うじゃないか」

「兄さん、そういう話を楽しそうにするのやめた方がいいよ」

便座だとか言われたら、顔につけて通話するのも嫌になる。医者だからか、そのあたりの生々しい話を、明け透けにしてしまえるのだ。

僕はスマートフォンを見ていた直後、「あ」と声を上げる。

スマホカバーのフレームの縁との内側の部分に、わずかに赤黒いものが付着している。

血だ。

梓月が隣で息を呑んだ。

「この血、僕らの手からついたものじゃないよな」

「もうこのあたりの血痕は乾ききっている。触る前に手もよく見たよ。信哉がどうだったかは知らないけどね」

「つまり、犯人が殺害直後、このスマートフォンに触れた」

カバーを外す。カバーの表側や裏側に、他に血が付いているところはない。グレープフルーツの香りがカバーの裏側からも漂ってきた。

「犯人は血のついた手でスマートフォンに触れた。その時に、ティッシュやハンカチに水気を含ませるためにこのスプレーを使って、それで血痕や指紋を拭き取ったから、こんなに柑橘の匂いが強いんだ」

「スマートフォンは手袋をした指では扱えないからね。素手で触れ、後から、指紋を拭き取るのも頷ける」

──だが、犯人は何を探していた？

ともかく、犯人がスマートフォンに触れたのは間違いない。

僕たちが見たものを、犯人も目にしたのかもしれない……そう思うと、ゾクゾクしてくるようだった。

ふと、ソファの下に目をやった。ゴミのようなものが落ちている。

拾ってみると、ひやっとしたのでびっくりした。恐る恐る手の上に載せる。

「トカゲのしっぽ……？」

梓月が首を捻りながら言う。

「変なところに落ちていたものだね。まあ、山奥だからトカゲくらい入り込んでても不思議はないか」

「確か、坂口さんが苦手だったよね、爬虫類《はちゅうるい》」

僕の部屋でカポーティの『カメレオンのための音楽』の表紙を見た時の彼の反応を思い出す。

「そうなのか？」梓月が首を傾げた。「聞いたこともなかった。でも、だからなんだっていうんだよ」

「いや……坂口さんと正さんが部屋を換わった理由がなんなのか、ずっと気になっていたんだ。正さんは坂口さんと間違えて殺された……その構図には賛成だけど、それにしても、部屋換えのタイミングが坂口さんにとって都合が良すぎる」

梓月が顎を撫でる。

「続けてみろ」

「確か、坂口さん自身が言ってただろ。風の鳴る音がうるさいって漏らしていたら、正さんの方から交換を申し出てくれた、と。確かに、そうすると正さんの行動が怪しくなってくるが……実際のところはそうじゃない。部屋を換わって欲しいと言ったのは坂口さんの方だったんだよ」

僕は手のひらの上の証拠を示した。

「その理由を示すのが、トカゲのしっぽだ。坂口さんはトカゲが大の苦手だった。離れに通されて、僕と三谷との話し合いも終えた後、部屋の中にトカゲを見つけて、パニックになったんだろう。だけど、それを正直に打ち明けるのは、彼自身恥ずかしかったんじゃないかな」

梓月が笑った。

「なるほど。大の大人がトカゲ一匹に大騒ぎ、それも、葛城家の前では嫌味な脅迫者として啖呵《たんか》切ってるんだ。みすみす弱味を曝《さら》け出《だ》すわけにもいかないしな」

そう言われてみると、坂口にも人間らしい一面があったのだと思えてくる。

「そこで、正さんに部屋の交換を切り出したんじゃないかな。トカゲのことは伝えたか分からないけど、恐らく、伝えなかっただろう。正さんは人が好いから承諾した」

「それが悲劇に繋がった……ってことか」

梓月の言葉に頷く。

「坂口としては部屋交換の理由を誤魔化したいから、『正さんの方から交換を申し出てくれた』と嘘をついたんだな」

「そうなるね」

坂口と正の部屋交換についても、これで謎は解けたようだ。つまり、部屋交換はトカゲの出現による偶発的なものに過ぎず、やはり正殺しは「間違い殺人」だったと考えられる。スマートフォンからも動機は発見出来なかった。それどころか、直後に坂口自身が殺されたではないか。手掛かりがぴったりと収まると、いよいよ「間違い殺人」という構図が盤石のものに思われた。

「さて……今さら現場に戻ってきても、大した手掛かりは得られなかったか。やっぱり、この屋敷で起こっていることを知るには、当事者に聞くのが一番だね。

それじゃあ、そろそろ『尋問』に移ろうか」

梓月の声音が変わった。「だからなんだ？」と僕に言い放った時の酷薄な声。

「輝義君。私が君をここに連れ込んだのは、実はもう一つ目的があるんだよ」

「……な、なんですか」

葛城は身を硬くして、入り口の方へスリ足で一歩動いた。

その動きを遮るように、梓月は入り口の扉前に立ち、腕組みをして言った。

「葛城家の人々は、全員で誰かを庇っている。それが誰か聞かせてもらおうと思ってね」

9　追及　【館まで水位23・1メートル】

「な——何を言って」

葛城は口では受け流そうとしたが、目が泳ぎ、声が尖った。

「言い逃れようとしてもダメさ。私にはもうすっかり見当がついている」

梓月がニヤリと笑った。

「最初からおかしいと思ったのさ。健治朗さんと広臣さんが『家名』を守ろうとしているなんて考えは、私には到底信じられなかった。彼らは確かに名家の出だけど、そこまで時代錯誤した考え方をする人間じゃない」

確かにそうだ。本当に家族だけが大事、という人間なら、避難所を作るなどという発想にはならない。

「だが、健治朗さんたちの結束はあまりに固い。信哉と三谷君を犯人とする推理も、坂口さんを犯人とする推理も、驚くほどスピーディーに組み上げられ——しかも、広臣さんも璃々江さんも、ミチルさんも由美さんも、全員が反論をする振りをして、健治朗さんの推理の強度を高めた。素晴らしい手際だよ。とてもじゃないが、なんの打ち合わせや申し合わせなしに、あんなことが出来るとは思えない。輝義君はそういうのが得意らしいが、彼らはそれが専門ってわけじゃないんだからね」

梓月の演説は長ったらしく、癇《かん》に障《さわ》った。だが、確かに僕もあの時、葛城家の人間たちが全員「一枚岩」になっているような——そんな薄ら寒い感覚を得たのだった。

「私と信哉、そして健治朗さんと広臣さん。この四人が離れで死体を調べている間に、残りの家族の間で何かの話し合いがあったのは間違いない。そうでなきゃ、あそこまで呼吸を揃えるのは無理だ」

「言われてみれば——」

僕が口を開くと、梓月が笑って僕を振り向いた。

「離れで死体を調べていた時、広臣さんが健治朗さんを呼び出して、離れの外で二人だけで会話していた。あの時——」

「そう。健治朗さんは僕らとずっと一緒にいた。だから、話し合いの内容が健治朗さんに伝わったのはあの時だ」

梓月と二人で話していると、悔しいことに自分の思考と記憶がどんどんクリアになってくる。

「でも、その話し合いの内容、っていうのは……?」

「鍵は二つだよ。一つは、『あのタイミングで、広臣さんが内容を伝えたこと』。もう一つは、君の方が分かっているはずだけどね、信哉」

梓月が葛城を問い詰めていることを考えれば、梓月の指し示す方向は明らかだった。

「葛城の心変わり……」

葛城の瞳が揺れた。

梓月はニヤリと笑って、僕の返答が正しいことを示していた。

「その通り、あんなに大きな声で怒鳴っていたら、聞きたくなくても聞いてしまうよ」

彼は悪びれる様子もなく言った。

「葛城……坂口さんの爆殺事件が起こった後、僕は葛城を捕まえて状況を伝えたよな。その時、葛城はこう言った。『あり得ない！　田所君や三谷君が、犯人であるもんか！』。そして、葛城もまた、健治朗さんたちの態度に不審を覚えた様子だった。あの時、お前は謎を追いかけ始めていた。それが――」

再度葛城を捕まえて話を聞いた時には、真逆だった。

「正さん殺しの犯人を追いかけるのを諦めた――それどころか、追いかけようとする僕を制止しようとした」

おまけに、拒絶。そう取っていいほどの冷たい態度だった。

葛城の心変わりはどう考えてもおかしい。事実、葛城はばつが悪そうに視線をそらし、手も所在なげに組み替えている。

「そうだ信哉。お前も辿り着いているじゃないか。そこまで考えを進めたら、あと一歩だよ。家族の間で『何か』が共有されたタイミングは、その二回。輝義君が部屋に籠っていたおかげで、二回目が生まれたのが大きかった。おかげで、私はその『何か』に辿り着くことが出来た……」

何か……？　僕は梓月の言葉の意味を追いかけた。

「葛城はあの時……」

そうだ。あの時、何をしていた？　水害の危険があって、皆が集まっていて……それで。まず、夏雄が来た。ノブ子が泣いていると言って。そして、広臣が上に上がることになって……。

「あああっ……！」

僕は思わず声を上げた。

「そうだ。あの時疑問に思った。なぜ、広臣さんはノブ子さんのところに、葛城を連れて行ったんだろうって。思えば、あれはサインだったんだ。広臣さんが、健治朗さんに送ったサイン……示し合わせるべき事実を、葛城とも共有するという、サインだったんだ」

「その通り。そして、そこまで考えたら第一のタイミングのことに立ち返ればいい。あの時、死体を発見する前、私たちはそもそも安否確認のために動いていた。私たちが離れに向かったのは、坂口さんがいると思っていたからだが、広臣さんはあの時、どこへ向かっていたっけ？」

「三階。ノブ子さんのところ……」

「では、二つのタイミングに共通する要素は？」

僕は唾を飲み込んだ。

「ノブ子さんだ……」

そう言った瞬間、葛城が目を伏せた。葛城はここまで分かりやすい人間だったろうか。

「だから、私はこう思うんだよ」

梓月が葛城を見据えて言った。

「葛城家の人間は、全員でノブ子さんを庇っている。だからこそ、あれだけ結束した動きを取れているのではないか、とね」

ぐっ、と葛城が顎を引いた。青い顔をして、梓月に何も言い返せずにいる。

葛城の弱い姿を見るのは心が痛んだが、梓月の考えには一本筋が通っていた。『家名』を守るだなんて理由よりも、『家族』の誰かを守っていると考えた方が、よっぽどしっくり来る。

この考えを基に、健治朗たちの動きを整理してみると、こうだ。

正の死体が見つかる直前、広臣は再度三階に上がり、ノブ子の様子を確認する。この時、広臣はノブ子の身辺に、何か証拠を見つける。

次に、広臣は一階に降り、ノブ子の状況を璃々江、由美、北里に伝える。ただ、健治朗は黒田の様子と雨の状況を見に、外に出ており、ミチルと葛城も正の部屋（と思われていた坂口の部屋）に向かっていたので、情報を伝えられなかった。

そして、正の死体が発見される。この時、広臣はノブ子が犯人であるとなんらかの理由で確信し、離れを調べる先遣隊に名乗りを上げる。一度健治朗を連れ出し、ノブ子のことを伝えた。ミチルには、僕らが離れにいる間に璃々江や由美から伝えられる。これで、健治朗、広臣、璃々江、由美、ミチル、北里の間で、事実の共有を済ませることが出来た。北里は使用人だが、四十年来も勤めている、家族も同然の存在だ。家族と気持ちを同じくして、手を貸していたのだろう。

情報の共有がされなかったのは、早々に部屋にこもっていた葛城と夏雄だけだった。離れを調べ終え、食堂に集まった時、健治朗は既に僕と三谷や坂口を犯人とする推理を組み上げてきた。これは、正の事件を調べたり、過去の事件を掘り起こそうとする僕らに対する牽制だったのだろう。健治朗の人柄や、すぐに警察を呼んだことを考え合わせても、本気で僕らを犯人に仕立てようとしたというより、「牽制」と考えた方がしっくりくるのだ。

そして、坂口が死んだタイミングで、葛城が一階に降りてくる。彼は夏雄と共にずっと部屋に籠っていたので、話し合いの内容、ノブ子のことをまるで知らない。だからこそ、僕らが疑われている状況に憤ってくれたわけだが、広臣はそのことを予想していた。ちなみにこの時、夏雄はノブ子の部屋に北里と共にいたから、状況が伝えられたに違いない。

広臣は葛城を連れ出すと、ノブ子の様子を見せ、話し合いの内容を共有した。これで、葛城もまた、ノブ子を守るために嘘をつかなければならなくなった……。それゆえ、葛城は僕を突き放すような態度を取ったのだ。

「さあ、どうだい輝義君。もう隠す必要もないだろう」

葛城が唇を震わせながら、「僕は……」と呻くように言った。

「三階に上がった時、そこで——君は一体、何を見たんだい？」

葛城は押し黙ったまま目を伏せていた。雨の音がいやに大きく聞こえた。世界にこの三人だけで取り残されてしまったような、心細い感じがした。

「僕は……」

葛城は顔を上げないまま、ようやく、ぽつり、ぽつりと、話を始めた。

＊　葛城輝義

広臣は僕の右腕を力強く摑んでいた。三階へ続くエレベーターまで大股で歩き、苛立ったように何度も呼び出しボタンを押した。

「広臣叔父さん、痛いよ……！」

僕は腕を振りほどく。広臣は僕の方を振り返りもせずに、「すまん……」と絞り出すように言った。

僕は右腕をさすりながら、未だ見たことのない叔父の異様な雰囲気に呑まれていた。

三階に着くと、彼はまるで何かに追いかけられてでもいるように、性急な足取りでノブ子の部屋に向かった。

ノックすると、部屋の中から、北里と夏雄が出てきた。北里が夏雄の手を引き、「では広臣さま、私たちは夏雄さまの部屋に一度入っておりますので……」とお辞儀をした。夏雄はぶすっとした顔をしながら、僕のことをひと睨みした。

「ノブ子さまはずっと部屋の中にいらっしゃいました。状況に変化はありません」

「ご苦労……準備が出来たら、一度夏雄の部屋に呼びに行く」

北里は礼をして、夏雄と共に廊下の向こうに消えた。

広臣がドアを開いた。

「輝義君、入れ。おばあちゃんは大丈夫だ」と首の後ろを押さえながら、低い声で言う。

僕は途端に、ひどく嫌な予感がした。「大丈夫」というのは嘘だ。広臣は嘘をつく時、無意識に首の後ろに手をやる癖がある。嘘を見抜く方法を教えてもらっていた時、最初に正が教えてくれたことだ。どうして、そんな嘘をつく必要があるのか。僕の頭はいやな蠢《うごめ》き方をしていた。

この部屋に入ったら、もう後戻りは出来ない。運命という黒い手に、肩を摑まれているような……。広臣の巻き込まれた何かに、僕も否応《いやおう》なしに巻き込まれようとしている……。

広臣がまた右腕を摑み、部屋の中に引き入れた。あっ、と思う間もなく、背後で扉の閉まる音がした。

ノブ子の部屋には何度か入ったことがある。ベッドとクローゼットが一つきり。以前は惣太郎と同じ寝室で、ベッドが二つあったが、惣太郎が死んで一つ処分された。足腰の悪いノブ子が転ばないように、家具は極力減らし、壁やベッドから立ち上がる位置に、手すりが設置されている。ノブ子が昔趣味で集めたバッグ類も、クローゼットの中や、壁のフックに全て収納出来るようになっている。奥のベッドでは、ノブ子が静かに寝息を立てていた。

今、その空間の真ん中に、見たことのない異様な何かがあった。

青いビニールシートの上に、丸められた衣服が数着。女性のパジャマの上と下、そして、ベッドのシーツだろうか？　ノブ子のパジャマは、脱ぎ着がしやすいようにボタンで留めるパジャマで、少しだけサイズの大きなものになっている。

そのパジャマを見た時、頭に電撃が走った。

「えっ……⁉」

パジャマの上の前身頃に、赤いものがべったりと付着している。事件現場で何度も見ているもの――血だ。パジャマのズボンには、茶色の汚れ――泥の汚れが大量に付着している。シーツもだ。赤と茶の汚れが付いている。おまけに、触ってみて分かったが、どれもぐっしょりと濡れていた。

「恐らく、パジャマが汚れていることに気付かず、ベッドに入ったんだろう」

広臣が腕組みをしながら僕を見下ろしていた。その顔だけで理解出来た。僕の感じている驚きなど、広臣はとうに乗り越えたのだ。現実を飲み込んで、決意をした大人の目。そのまっすぐな目に押されて、僕は唾を飲み込んだ。

「レベル3の緊急速報の後、様子を見に来た私が発見した。部屋には強い暖房が入っていて、中に入ってすぐ、異臭がしたんだ……おむつに便でもしたと思ってシーツをまくってみたら、この有り様だよ……血の臭い……むせかえるような血の臭いだった……」

広臣が額を押さえた。

「見つけた時はチンプンカンプンだったが、正君の死体が見つかったと聞いて、すぐに意味を理解したよ。状況を確認すると言って、田所君、丹葉先生、健治朗さんと一緒に離れに入り、その間に璃々江さんとミチルちゃん、由美の三人に、ノブ子さんの着替えと、シーツ替えを済ませてもらったんだ」

後ろめたいことを話しているはずなのに、広臣の目は些《いささ》かも僕からそらされない。

「私たちが最後に、この衣服類を処分する。二人で東館にこの衣類を持ち出して、燃やす」

「ば――」

馬鹿な、という言葉は喉でつっかえてしまった。

「輝義君。これは不幸な事故なんだ。そう考えるしかない」

広臣はしゃがみこんで、僕の両肩に手を置いた。

「は……？」

「離れは惣太郎さんの自室だった。だから、惣太郎さんの死後も、ノブ子さんがよく出入りしていたのは君も知っての通りだ。足腰が悪くてすぐ転倒するから、危ないことはやめるように、由美や私もよくよく見てるんだけどね。その悪い発作が、今日出たんだよ」

「ま……まさか叔父さんは……叔父さんたちは……ノブ子おばあちゃんが、正兄さんを殺したと思っているんですか?」

「限りなく疑わしい状況なのは確かだよ。この血痕。それに、泥汚れは、離れに至るまでの渡り廊下で転んだ時のものだろう。散弾銃という凶器は不思議だけど、東館から持ち出してきたのが正君だと考えれば、一応の説明はつく。ほら、皿泥棒だよ。なんらかの理由で、正君は今夜、泥棒がやってくるという確信があったんじゃないかな。それで武器を持っていた。でも、そこにやってきたのがノブ子さんだった。部屋に物色された形跡があったよね。ノブ子さんは認知症になってから、あの部屋で何かを探す行動が見られる。そうやって部屋を探っている時に、正君が目を覚まして、二人は勘違いからもみ合いになり、ノブ子さんが発砲してしまった」

「そんな馬鹿な話が……偶然が過ぎます。ノブ子おばあちゃんが正兄さんの死体を抱えて、椅子に乗せられるとは思えない。だから、撃たれた時の反動で偶然椅子に座ったと考えるしかないですよ。出来すぎています」

僕はかぶりを振った。

「じゃあ、君は目の前の現実を否定出来るのかい?」

僕はハッと顔を上げた。広臣は険しい顔をしていた。僕が言うようなことは、百回も千回も考えたとでも言いたげな顔で、僕を厳しく睨みつけていた。

「……これは誤導です。血の付いた衣服は決定的証拠にならないはずだ。血痕は、少なくとも血が乾くまでの間に、ノブ子おばあちゃんがあの部屋に入ったことしか意味しない！第一、科学鑑定も出来ないこの状況では、この血が正兄さんのものだと証明することすら出来ませんよ！　動物の血をつけておくことだって出来るんですからね！」

「じゃあ、どうして犯人は、よりにもよってノブ子さんを相手にそんな偽装を施す必要があるんだ！」

広臣の口から唾が飛んだ。その言葉の速度と圧力に、一瞬体が押されるような錯覚を覚えた。僕が言葉を失っていると、広臣はぎゅっと目を細め、拳をわななかせて言った。

「ノブ子さんのような人を嵌めて何になる？　私だって、未だに信じられないんだ……警察だって、すぐには信じないだろう……」

「だったら、放っておけばいいじゃないですか。広臣叔父さん、言っていることが矛盾していますよ」

僕は次の言葉を言う前に、一瞬躊躇《ちゅうちょ》した。

「……そんなの、らしくないですよ」

広臣は自嘲《じちょう》気味に笑った。

「確かにそうだ。だが、一度湧いた疑惑はなかなか消えてくれない……確かめる方法だってない。ノブ子さん自身、事件のことは忘れてしまっているだろうからな。璃々江さんも君のように、最後まで抵抗した。警察に判断を委《ゆだ》ねるべきだと。だけど……だけど、私と由美には出来なかったんだ。ノブ子さんを警察に差し出すことなど……そう言ったら、最後には璃々江さんも折れてくれたよ。ミチルちゃんは、ずっと青い顔をして腕を組んでいたけど、やることが決まったら、手際よくノブ子さんの着替えを手伝ってくれた」

本当はさ、と広臣は目を伏せた。

「私だって、君くらい信じられたらいいと思うよ。自分の頭の働き、ってやつをね……。だけど、私たちはもう、踏み出してしまったんだ。健治朗さんもそうだよ」

「父さんも……？」

「ああ。真相を追いかけようとしている田所君や坂口さん……家族以外の人たちを牽制するため、彼らを犯人とする偽の推理をしてもらった」

「そういうことだったんですか……」

坂口が死んだ直後、田所君に聞かされた話を思い出した。父の行動にしては変だと思っていたが、アレにはそういう意味があったのか――。

「輝義君……君はどうする？」

僕は顔を上げた。広臣の目が、無表情に僕を見つめていた。

「どう、って……」

選択肢なんて与えてくれていないじゃないか、という言葉は飲み込んだ。

手の下の青いビニールシートをぎゅっと握った。遠いあの日、ミチルが死なせてしまった一匹の金魚のことが、脳裏に蘇ってきた。僕は真相を見抜いて、ミチルを問いただすことしか出来なかった。

答えが付いていない問題集を解いて、正答を確かめようとせがむように。あの時、推理は僕の中でパズルでしかなかった。背景のないただの問題。紙の上に書かれた文字の羅列。正の持ってくる話を解くことが出来たのも、結局はそういうことだ。僕はその人たちに一度も会ったことはないから。名前はただの記号。方程式のための代数でしかない。そんな態度でミチルを問い詰めたから、衝突した。

勝手に踏み込んでこないでよ——。

あの時の言葉は今も脳に焼き付いている。踏み込む時には覚悟を持とうと自分なりに努力してきたつもりだった。その努力も意味がなかったと、あの燃え盛る館で思い知らされたのだ。

僕は目の前の衣服を見た。

今の僕に、何が出来る？　僕が今ここで一人踏みとどまって、真相を探り出したとしてどうなる？　一番怪しかった坂口は死んだ。ノブ子が犯人でなかったとしても、家族の誰かが犯人である可能性がかなり高い。健治朗たちが手を組んだ過程にだって、どこか嘘くささはある。誰が言い出したか、誰が議論を誘導したか。それをじっくりと観察していれば、もっと見えたものがあったはずだ。だが、僕は逃げていたのだ。兄の死という絶望から目を背けて。それに、そんなものを追及したところでどうなる。探り当てたくもないものを探り当てるかもしれない。その時、僕は背負えるのか？　その真実の重みを……。

僕は目をつむって、ゆっくりと息を吸って吐いた。

「やる……やるよ……！」

僕は自分の口調が恨みがましくなっているのに気が付いたが、止めることは出来なかった。

「やればいいんだろう……！　畜生ッ……！」


部屋から持ち出すために、大きなバッグが必要になった。クローゼットの中のリュックがちょうど良さそうだったが、触ってみると中身がぎっしり詰まっている様子だったので、使えそうにない。大学生が使っているようなシンプルなデザインのもので、ブランドものばかりの空間の中でかなり異質だった。

「ああ、そのリュックは、ノブ子さんが集めてきたものを仕舞い込んでいるらしい。生ものがあると腐ってたりもするし、開かない方がいいよ」

僕はそう言われ、リュックから手を離した。少なくともリュックから腐臭はせず、何か固いものが入っている様子だった。気になったが、今は使えるものを探す。

結局、古いカバンを二つほど借り、一つに衣服の上下と畳んだブルーシート、もう一つにシーツを入れた。

シーツはもう替えてあるというが、ブルーシートの上にはベッドのシーツしかなく、枕《まくら》カバーがなかった。念のため忘れているといけないと思い、ノブ子の頭のすぐ脇に手を置いてみたが、枕は湿っていなかった。処分の必要はないと判断して、放っておいた。夏雄の部屋に声をかけ、北里と夏雄がノブ子の部屋に戻った。監視役を継続するらしい。二人一組で動かなければならないことを考えても、それが妥当だろう。

僕たちは雨に打たれながら東館に向かった。

東館の浴室の一つに、軍手が二組と着火器具、裁ちバサミが二つ用意されていた。なみなみと水をためたバケツが二つ中央に置かれていた。広臣が操作パネルをいじると、換気扇が轟々と音を立てて動き始めた。

「衣服をなるべく細かく切って、少しずつ燃やせ。灰はバケツの中だ。火事になりそうになっても、ここならシャワーですぐに消火出来る」

理屈は納得が出来たが、手間のかかるやり方だった。本当は庭先で燃やせればいいのだろうが、この雨と強風の中では、屋外で火を使うこと自体不可能だし危険だ。

物の燃える臭いが、肺の中まで入り込んでいた。布を一枚燃やすたびに、目に涙が滲んだ。灰が目に入ったせいだ。ただ、それだけだ。だけど、涙はあとからあとからこぼれて、自分でもわけが分からなかった。

この臭いは自分から一生離れないのだろうと、僕は予感した。

＊

葛城が長い告白を終えた。

僕は何も言えずにいた。葛城が抱えていたこと。悩んでいたこと。それを知りもせずに、彼に助けを求めたこと。僕はどうしたら――本当にどうしたら。僕は、取り返しのつかないことを――。

「ふうん。そうか」

ところが、梓月の態度は冷淡だった。葛城に同情を寄せた様子などもちろんなく、テキパキとした口調で続けた。

「話を聞いて正解だったな。おかげで確信した。これ以上真相を探ろうとしなければ、私たちの身に危険は及ばない」

「は……？」

僕は梓月の言っている意味が分からず、冷たい声を出した。

「健治朗さんの行いが『牽制』に過ぎないと確認出来たからね。本気で犯人に仕立て上げられそうなら、私たちだって抵抗してしかるべきだけど、そういう話じゃないんだ。私たちだって、ノブ子さんが犯人だなんて到底信じられないし、こちらから更に押す理由もない」

梓月はパン、と手を鳴らした。

「これで手打ち。事件の解決は警察に任せるべきだ。全員で水害に立ち向かう方が優先だよ」

「それは……」

梓月がさっき葛城に詰め寄った時の筋運びは、まるで探偵のようなそれだった。だが、梓月の興味は謎を解くことにはない。ただ、自分の不利益になる事象が目の前にあるのが不快なのだ。それを叩き潰すためならいくらでも頭を使うが、自分に危険がないと知った瞬間、どうでもよくなる。まるで殺した虫の死骸《しがい》を、窓の外に放り捨てでもするように。

「目的は果たした。さ、早くみんなのところに戻ろう。一階の作業組は戻りが遅いって、そろそろ怪しまれそうだ」

離れの扉に手をかけた梓月が、突然、クックッと肩を震わせて笑った。

「しかし――さっきの話はなかなか興味深かったね。ねえ、探偵って言うのは真実を追い求めるものだろう。だったら、ノブ子さんの衣服を燃やした行為はさながら――」

梓月は顔だけ振り返って、ニヤリと笑みを浮かべた。

「探偵しっ――」

「兄さん！」

僕は腹の底から声を出して怒鳴った。梓月に詰め寄り、襟を摑んだ。

「その先を口にしたら、許さないぞ……。絶対に、その先だけは……」

梓月はとぼけるように肩をすくめる。

「おいおい熱くなるなよ。まあ……私が言わなくても、彼が一番よく分かっているみたいだけどね」

「え——？」

振り返ると、葛城は何かをこらえるように背中を丸めていた。突然、その体がすごく小さく見えた。まるで子供のように、頼りなく、脆《もろ》く見えた。

扉の閉まる音がして、梓月は姿を消していた。

「……葛城、行こう。みんなが心配する」

葛城は無言で頷いた。

探偵、失格。

そう烙印《らくいん》を押された彼に、今、僕は、何が出来る。

10　夜明け　【館まで水位22・2メートル】

離れを出た後も、葛城は一言も口を利かなかった。

外作業への参加が遅れたことを詫《わ》びながら、水のう・土のう並べの作業に参加する。僕らが遅かったのでチーム分けが変わり、健治朗・三谷のペアと、広臣・北里のペアで動いていたという。僕ら三人はそのままトリオを継続し、玄関先の水をせき止めるための水のうの設置を担当した。東館周辺と門扉のあたりの対策は、先に来ていたペア二組が済ませていた。

やっとの思いで作業を終えて応接間に戻ると、全員が顔を揃えていた。璃々江の話では、あの後、断続的に屋敷に人が訪れ、避難者は七名に増えたという。

「大変でしたよ」璃々江がため息をついた。「おばあさんを連れてきた息子が、あれはないのかこれはないのかと要求されるので」

「君に苦労をかけたのはすまなかった。だが、避難所を開設すると決めた時から、その程度は織り込み済みだ。非常時にはどうしてもストレスが溜まる。二階と三階は家族のみの立ち入りスペースにしておくから、身の安全を取りたいなら、これからは降りてこない方がいい」

「なるほど」広臣が微笑んだ。「それなら、お言葉に甘えさせていただきますよ。外の作業でくたくただ。行こう、由美」

「ええ。葛湯や軽食の仕込みも終わりましたし、少しだけ休ませてもらうわね、あなた、健治朗兄さん」

健治朗は頷いた。

二人がいなくなると、さて、と健治朗は続ける。

「時刻は午前五時半。あと十五分もしないうちに日の出だ。

北里。車を出すぞ。一番大きな車だ。避難者を乗せられるように」

「ご主人様、まさか――」

「村の見回りに行く」

北里はグッと顎を引いた。

「……それがご判断とあらば」

「私が動く。あとは村の見回りのために、若い人手が欲しい」健治朗が僕らを見た。「輝義、それに田所君。お願い出来るかな。本当は、君たちの身も危険に晒したくないがね。とにかく人手が足りない」

「……分かりました」

葛城はぽつりと言った。諦めたような声音だった。

「葛城と田所が行くなら、俺だって行きますよ」

三谷が立ち上がった。

健治朗はじっと三谷を見据える。厳しい目線がフッと和らいで、口元に柔らかい笑みが浮かぶ。

「よし、分かった。四人で行こう」

「ご主人様」北里が鋭く言った。「車体の半分まで浸かれば、車のドアは水圧で開かなくなります。あまり水辺には近付きませんよう」

「心掛けよう」

先行きは不安だ。避難所開設も、車での外出も、上手く運ぶかは分からない。

だが、僕は同時に確信していた。

健治朗の目はまっすぐだった。その目の光は本物だ。

確かに、そこには家名や自分の名誉を守る計算が働いているのかもしれない。しかし、一度守ると決めたこの男は、きっと強い。

それよりも。

僕は隣の葛城に目をやる。

正の死体を見つけてから先、兄の死にショックを受け、家族を守るための偽装工作に加担させられ、梓月から探偵失格とまで詰《なじ》られた。現場を調べた時も、様子がおかしかった。彼の心理状態の方が、よほど不安だった。

夜明け前が一番暗い――正の言った言葉が、唐突に頭に蘇る。

Y村へ向かうために、玄関先で車の用意を待った。雨の降りこめる暗闇に、地平線の向こうからぼんやりと、赤みを帯びた薄明が浮かび上がる。大げさなほど明るくはならない。暗闇を少しずつ溶かすように、少しだけ白が差す。大雨の中でも、太陽がその向こうにあるというだけで、こんなにも世界が明るく見えることを知る。

明けない夜はない。正の力強い言葉が再び蘇る。あの言葉が、今もう一度、僕のか細い希望になる。今は絶望の淵にいるような気がする僕と葛城も、ただの「夜明け前」なのかもしれない。これが絶望のどん底ではないかもしれない。これから先、もっと沈むことがあるかもしれない。それでも、いつか夜は明ける。
僕は、そう信じてみることにした。
時間は待ってくれない。
時刻は、午前五時四十六分。沈みゆく村に、先遣隊が四名。

夜が明ける。

第三部　沈みゆく村へ

世界は今や、広大な一枚の水の膜の下に失われていた。

——ドロシー・L・セイヤーズ『ナイン・テイラーズ』（浅羽莢子・訳）

1　出立　【館まで水位22・0メートル】

「健治朗さん、あなた本当に行くんですか？」

広臣は玄関まで見送りに来ると、うんざりしたような声で言った。

「この村の人たちを見捨てられない」

「だからって自分の身を危険に晒しちゃ意味がない……いや、自分からあえて前線に飛んでいくから、あなたは周りから信頼されてるんでしたね」

彼はそこまで言うと大げさにため息をついた。

「車を複数出した方が効率が良くないですか？　私も車を持っているし」

「いや、広臣さんには私がいない間、避難者の受け入れを任せたい」

「面倒ごとばかり押し付けて！」

広臣が呆れたような声を出した。だが、首を二度大きく振ると、健治朗の目を見据えた。

「まあ、構いませんよ。留守は任せてください。その代わり、必ず生きて帰ってきてくださいよ。私の寝覚めが悪いですから」

健治朗は肩をすくめる。広臣に軽く敬礼すると、車に乗り込んできた。

「さて、三人とも準備は出来ているか？」

ワンボックスカーには、僕、葛城、三谷の三人が既に乗っていた。三人ともレインコートを着て、健治朗から渡されたトランシーバーを持っている。

「村の中にまで水が入り込んでいるだろう。危険なところまでは踏み込まない。水がどこまでやってきているか確認したら、その時点で即座に引き返す。今回の目的は、あくまでも視察と見つけた避難者の保護だ」

三谷がぶるっと震えた。

「で、でも、黒田さんみたいに不慮の事故に巻き込まれたら……」

川の氾濫の動画を思い出す。流される倒木と車、そして壊される橋。まだ映像の生々しい恐怖から逃れられずにいた。降りられるのなら、今からでも降りたい気分だった。

「黒田さんのこともあるから、璃々江とミチルに、携帯のＧＰＳでの追跡を頼んである。何かあった時に助けてもらえるようにだ。道も利用されている道路と舗装路以外は走らないことにする。深追いは一切なしだ。君たちの身は危険に晒さない。君たちを危険な目には遭わせない。約束する」

力強い口調だった。恐怖や不安も和らぐほどに。彼の演説はいつもこうなのだろう。彼を支持する人たちの心理が、少しだけ分かった気がした。

「……分かりました」

三谷は小さく頷いた。

「ありがとう。輝義も君たちも、危険だと判断したら、遠慮せずに指摘してくれ」

僕ら三人は顔を見合わせて頷き、これからの冒険への決意を固めた。

「道中、避難者への呼びかけをこのメガホンでやってもらいたい。『ここは危険です。高台の葛城家にどうぞ避難してください』などと繰り返してくれ」

「俺やりますよ」

「三谷の声はよく通るしぴったりだな」

三谷がメガホンを受け取り、後部座席の窓を少し開ける。雨が吹き込んでくるが、気にしている場合ではない。

「さ、行くぞ」

車が発進する。

雨が激しくフロントガラスに打ち付ける。

……本当に僕たち、助かるんだろうか。

高台は大丈夫だろうと油断する思いと、しかしかっての大水害ではあの家も水に呑まれたではないかと恐怖する思い。二つの思いの天秤《てんびん》が揺れるごとに、精神状態も乱れていく。

車はY村への坂道の中ほどまで来ていた。標高にして五十五メートル、と健治朗が言った。

『ここは危険です。高台の葛城家にどうぞ避難してください』

三谷がメガホン越しに言った。耳がキーンとする。

「おい、早すぎるだろ。村までまだ遠い」

「それもそうだな。こんなところに人がいるわけ――」

三谷がぴたりと動きを止めた。

「おい、見ろよ田所。あの子だ」

「あの子？」

三谷の視線の方――自分の背後を振り返ると、窓の向こうを少年が一人過ぎ去った。

昨日、この館に来る途中に会った男の子、ユウトだ。

「健治朗さん、車止めて！」

車が急ブレーキで停止した。僕はすぐさま後部座席の扉を開き、雨の中を飛び出した。

三谷がすぐに後から続く。

「田所君、私は車をバックさせて玄関前につける！」

「お願いします！」

豪雨に打たれながら、怒鳴るように言葉を交わす。

男の子は傘を差して玄関先に立っていた。

「あ、お兄ちゃんたち、知ってる！」

「うん、昨日ぶりだね。こんにちは」

僕は安心させようとして、なんとか笑みを浮かべる。

「こんにちはー、ユウト君だったよね」

三谷が言うと、ユウトはこくんと頷いた。ユウトは手持ち無沙汰に傘をぐるりと回した。滴が飛び散る。

「ユウト君、お父さんとお母さんは？」

「パパとママ……」ユウトは少し俯いた。「昨日のよるからね、いないの。町で買い物するって、言ってね。僕だって、デパートでおもちゃ、買って欲しかったのに」

息が詰まった。昨日から、いない……？　こんな大雨の日に？　小さな子供一人残して？　この子は、こんな大雨の中、たった一人でずっと家にいたのか。さぞ心細かっただろう。

「三谷君、田所君、どうかしたのか？」

葛城と健治朗もやってきていた。

葛城は怪訝《けげん》そうな表情を浮かべて、庭の一隅に目をやっている。庭に穴がある。泥水が溜まっているのはこの雨のせいだろう。穴の脇には大きな築山があり、昨日見た作りかけの池らしい。築山の向こうには小さな建物が見えた。倉庫だろうか。家の裏手に、小さな車が停《と》まっているのも見えた。

何がそんなに気になるのだろう。

「ともかく、君も一緒に来なさい。ここは危ないんだ」

健治朗はユウトと目線を合わせた。

「あ！　おじさん、あの綺麗なお家の人だ！　僕、知ってるよ！」

「そうか」

健治朗が好々爺《こうこうや》のような笑みを浮かべる。

ユウトの目が突然曇った。

「でも、パパとママは？」

「パパとママも無事だよ。大丈夫だ」

「でも……」

「ここは危ないんだ。たくさん雨が降っているよね？　一人でいると、ユウト君が怖い目に遭うかもしれない。大丈夫、パパとママも、高台の家に来るよ。ね？」

ユウトは健治朗の目を見つめ、それでも警戒している様子だった。しばらく見つめ合った後、ようやく、小さく頷いた。

「よし、じゃあ行こうか」

「待って」ユウトがイヤイヤするように首を振った。「靴、替えるの」

「靴？」

「雨の日は長靴はくの」

彼は汚れたスニーカーを、踵《かかと》の部分を潰して履いていた。三谷の呼びかけを聞いて急いで飛び出してきたのだろう。

「うん、分かった。じゃあ、靴を履いておいで」

ユウトはこくりと頷いて、家の中まで走っていった。

「出てきて良かった」健治朗が言った。「あんなに小さい子を一人にするなんて、親は何をやっているんだ」

「本当ですね」

母親の顔は一度だけ見ている。夏雄のことを「坂の上の子」と呼んだ、頭ごなしにユウトを叱っていた、あの気性の荒そうな母親だ。とはいえ、自分だけ避難して、息子を残していくとは考えにくい。川向こうに買い物に行っている間に、橋が流されて戻れなくなったのだろうか？

「あの子と昨日話をしたんですよ。変なところに縁があるもんですね」

葛城は押し黙ったままだった。口元に手をやって、何やら考え込むような表情だ。

「葛城？」

そう声をかけても反応がない。彼は家の中までユウトを無言で追いかけていく。僕は慌てついていった。「あ、おい、田所――」三谷と健治朗が背後から追いかけてくるのを感じた。

「靴、見つかったかい？」

葛城が声をかける。ユウトは上《あ》がり框《がまち》に座って長靴を履こうとしているところだった。

「靴が違うの」

「え？」

「ママの靴がね、違うの」

ユウトの言葉は葛城の質問への答えになっていない。

だが、葛城の体は震えていた。あどけないユウトの顔を、妙に据わった目で見つめていた。

様子がおかしい。

「どう違うの？」

「輝義」健治朗が言った。「今は避難が最優先だ。靴がどうしたと――」

「ママの靴が、どう違うの？」

「この、綺麗なのがあるの。はいてかなかったのかな」

ユウトがピンクのパンプスを手にした。年季が入っているが、よく手入れされているのが分かる。

「輝義」健治朗が葛城の肩を摑んだ。「いい加減にしなさい。靴一足がなんだというんだ。探偵趣味も大概にしろ、今は――」

「人の命が懸かっているんですよ！」

突然、葛城が父親に向けて怒鳴った。

ユウトがビクッと体を震わせた。突然大声を上げた葛城を、おずおずと見上げながら、泣きそうな目をしている。

葛城を制しようとして、その目を見た。

思わず息を呑んだ。

あの日の輝きが――戻ってきている。

「……ああ、人の命が懸かっている。その通りだ。私たち全員の命と、家族全員の命と、村民全員の命を懸けて、私たちは動いている。輝義、お前はその行為を邪魔しようとしているんだ」

「違います。僕はこの子の父親と母親の命が懸かっていると言ったんです」

健治朗が怪訝そうに眉根を寄せた。

「本当に町に行っているなら、むしろ市街地の方が安全だ」

「行っていません。家の裏手に車が停まっている。ここから町に行くのに、車に乗らないなんてあり得ませんよ」

「そうかもしれないが、バスで行ったのかもしれない。今すぐ確かめられることでは――」

「今すぐ確かめられない。だからあなたはこの子に気休めを言ったのか」

「輝義、お前――」

「断言します。この子の父親と母親はまだ村内にいる。だが、連絡を取れない状況に置かれているんです」

葛城は健治朗に向き直った。

「そして僕は、彼らの居場所を見つけることが出来ます」

彼は澄んだ瞳で父親を見つめた。思わず息を呑んだ。梓月に問い詰められた時の、あの打ちのめされた表情はない。ただまっすぐに前を見つめている。

その瞳に、迷いはない。

「父さん、迷っている時間はありません。今なら間に合う。今なら、彼らの命を助けられるんだ」

葛城が幾度となく口にしていた言葉を思い出す。僕は死んだ人には何も出来ない。起きてしまった事件に、もうしてやれることはない。

だけど、今は違うのだ。

今なら、葛城に出来ることがある――少なくとも、彼はそう信じている。

「捜索を開始します。僕はこれから別行動を取ります」

「危険だ。許可出来るわけがない」

「父さん、ここだけでいい。ここ一度きりでいい。僕を信じてください。こうしている間にも、両親の命は危険に晒されています。手遅れになってからでは遅いんだ！」

葛城はもう一度大声を上げた。健治朗は喉仏を上下させ、わずかにたじろぐように後ずさった。

「……捜索範囲は？　Y村全体か？」

「この家の周辺です。僕には確信があります。時間はかけません」

健治朗は身じろぎもせず、葛城を見つめていたが、やがて小さく頷き、目をつむった。ふう、と長い息を吐く。

「……三十分だ。Y村を車で巡回して呼びかけ、ここに戻ってくるまでの時間。それまでに見つからなかったら、ユウト君だけを保護し、両親のことは一旦《いったん》諦めてもらう。お前の身の安全も考慮してのことだ」

「ありがとうございます」

健治朗がフッと微笑んで、背中を見せた。

「田所君はお前のお目付け役として置いていくが、三谷君は借りていくよ。メガホンで呼びかける係が必要だからね」

「え、あ、はい！」

三谷は親子のやり取りに引き込まれていたのか、突然夢から覚めたように言った。僕の肩に手を回して、ひそひそ声で聞く。

「おい、もしかして葛城っていつもこうなのか？」

「たまに……」

へえ、と三谷は感心するような声を出した。

「お前苦労してんのな……まあ、なんかすげーやつなのは分かったわ。でも三十分以内で見つけるって本気なのか？」

「……分からん」

「おい、分からんってお前」

「でも、一つだけ分かることがある。この二日間で——今が一番葛城『らしい』」

三谷が目を丸くして、次いでニヤッと笑った。「そうか」僕の肩をポンと叩いて、身を離す。「お前がそう言うなら、大丈夫だな」

車の扉を閉める直前、健治朗はややためらってから、僕の顔を真正面から見据えた。

「田所君……あいつを、頼む」

健治朗が言った。葛城は家の中に消えていた。

「はい……でも、本当に二人も抜けていいんですか？」

「なあに、構わない。避難者を乗せるスペースも増えるしね」

健治朗は冗談めかして言った後、微笑みを浮かべた。どこか遠いところを見るような目つきだ。しみじみとした声音で言った。

「息子に怒鳴られたのは、初めてだよ」

後部座席に座る三谷は、「あー」と声を漏らす。

「輝義君は、あんまりそういうタイプじゃありませんしねー」

「輝義には反抗期さえなかった気がするよ。随分心配したのを覚えている」

でも不思議だ、と彼は続けた。

「ショックはショックだが、今とても高揚している。あの目の中に見た——私と同じものを見たんだ」

まっすぐ前を見据えた葛城の目を思い出す。自分の信じるもののために、決して揺るがないその目。

「輝義は真実を追い求める。だが、真実は人を幸せにしない」

健治朗は出し抜けに言った。

「だから私は、あいつをどう扱っていいか分からなかった。どう導けばいいか途方に暮れていたんだ。やめさせた方がいいのか、それとも、そうすることで開ける道があるのか……」

「だから、ノブ子さんが疑わしいことを、全員で隠そうとしたんですね」

僕としてはかなり踏み込んだつもりだったが、健治朗は少し笑っただけだった。

「もう気が付いているのか。食堂で君を犯人と言ってみてから四、五時間ほど。やはり長くは持たなかったな」

健治朗があまりに堂々としているので、こちらが悪いことをした気分になってきた。

「隠す？　ノブ子さん？　それってなんの話だ？」

三谷が怪訝そうに聞く。そういえば、彼はそのことを知らないんだった。「時間がないから、後で説明するよ」とことわった。

「あの、僕ら、無理に真相を見つけようとはしませんから。そうやって……この前、失敗して、しまったので……」

「やはり、そうか」健治朗はフッと息を吐いた。「あの時の話だろう。M山の落日館。輝義は、あの時の話を私にはあまり聞かせてくれなくてね。正にはしたようだが、正も、口が堅かった。『いつか、輝義が自分から話す時に聞いてくれ』ってね……」

健治朗は額を押さえた。

「私には、あれが最善に思えた。嘘をつき通してでも、母を庇うことが。家族を――母を守りたかった。だが、君と三谷君にしたことは謝りたい。本当に、すまなかった」

健治朗は深々と頭を下げた。やめてください、と僕は言う。

「……田所君を見込んで、一つ聞いておきたい」

健治朗は顔を上げた。

「あいつは、本当に見つけられると思うか？　あの子の、両親を」

僕は間髪いれずに答えた。

「輝義君は、やると言ったらやるんですよ。そして僕はそれに付き合わされる」

健治朗は笑った。肩を震わせて笑った。

「輝義は、良い友人を持ったな！　君にとっては災難かもしれないが」

僕は思わず苦笑した。

彼らは「じゃあ、三十分後に会おう」と言い残して、Y村へ走っていった。

葛城健治朗。彼もまた、父親として悩んでいるのだろうか。ノブ子を守ろうとした気持ちも、家族のためと思えば理解出来た。たとえそのやり方が無茶苦茶でも。

父親に出来ないことでも、友人になら出来ることがある。

その考え方は胸にしっくり馴染んだ。

僕は踵《きびす》を返し、ユウトの家に戻った。

2　捜索【館まで水位21・8メートル】

玄関に戻ると、ユウトが僕に駆け寄ってきた。

「タドコロ！」

右足にしっかとしがみついて放さない。僕の足の間から顔を覗かせて、警戒心たっぷりに葛城を睨みつけていた。

葛城は手を上下させ、僕とユウトの間で視線を行ったり来たりさせていた。すっかりまごついている様子だ。

「葛城……お前、僕のいない間、この子に何してたんだ？」

「ち、違うんだよ」彼はブンブンと両手を振る。「さっき怒鳴ったから怖がられてるみたいなんだ。僕が質問しても、何も答えてくれないんだよ。助けてくれ……田所君！」

呆れ果てて、思わず笑いだしてしまう。

昨日まで思い悩んでいたのが馬鹿みたいだった。

水害も、殺人事件も、あの館での忌《い》まわしい記憶も、「名探偵とは何か」なんていう大上段の問いも、今は関係ない。

ここには僕と葛城とユウトがいて、それ以外には謎が一つだけ。

三人で、その謎に取り組むだけ。

その先には助けるべき人がいる。

これのどこに、悩む要素がある？

僕はユウトの頭を撫でて、にこりと微笑んだ。

「さあ、一緒にパパとママを探すよ」

「まずは靴のことを教えてくれないかな」

質問を僕が担当し、葛城は後ろから聞いていることになった。ユウトの警戒がようやく解けると、ぽつりぽつりと話し始めてくれた。

「あんね、この綺麗なの、いつも町行く時にはいてくの。『おしゃれ』なんだって」

「お母さんは町に行くって言ってたのに、この靴が残っていた。お母さんは違う靴を履いていったんだ。だから、ユウト君は変だと思ったんだね」

ユウトがこくんと頷いた。

「じゃあ、代わりにお母さんがどの靴を履いていったか分かる？　いつも見てるけど、ここにない靴は何かな？」

うーん、とユウトが唸った。下駄《げた》箱の中身や玄関のたたきに残った靴を眺めて、首を傾げている。

「えっとね、黒いやつ」

「黒い靴か。どんな靴だったか覚えてる？」

「僕とおそろいなんだよ。紐があるの」

彼はさっきまで履いていたスニーカーを指さした。靴紐で結ぶタイプのものだ。母親が使っているのも、一般的なタイプのスニーカーとみていい。

「母親はスニーカーを履いて出ていった……」

葛城がぽつりと呟くと、ユウトが警戒しいしい葛城を見やった。

「他に何か聞くことはあるか？」

「職業を聞いてみてくれ」

まるで伝言ゲームだ。

「ユウト君、お父さんとお母さん、お仕事は何してるの？　聞いたことあるかな？」

「お仕事？」

「うーん、そうだな……例えば、車掌さんとか、ケーキ屋さんとか、幼稚園の先生とかね」

ユウトは目を瞬いた。「分かんない。ケーキ屋さんじゃないよ」

「そっか。じゃあ、お昼は何をしてる？　お家にいる？」

「家にいるよ」

「お父さんもお母さんも？」

「うん。寝てるよ。僕よりお寝坊さんなの。だから朝ご飯、いつも一人で食べるの。おいしいんだよ、ロールパン」

ユウトは同年代と比べ少し痩せているだろうか。朝起きられないから、パンを買い置きして、朝は勝手に食べるように言いつけているのだろう。ロールパンというのも、恐らく五個か六個入りで一パックの、安価なもののはずだ。僕は彼の家庭環境が心配になってきた。

「たまにね、すごくおいしいご飯、かってきてくれるの。ギョーザとか、ハンバーグとか。それが楽しみなんだ」

収入が不定期なのだろうか。ユウトに辛抱強く聞いてみると、豪華な食事が出たのは、二日前、一週間前、二週間前のようだ。確かここに越してきたのは一ヵ月前だったはずなので、二週間前から一週間に一度のペースで出ていることになる。一週間に一度、大きな収入が入るタイミングがあるのだろうか？

「それでね、たまに二人で出かけたり、いなくなっちゃうの」

「それは嫌だね」

「うん。やだ」

「ユウト君はいつも夜は何時に寝るの？」

「んーとね、八時とか、九時」

「そうなんだ。早く寝て偉いね」

「えへん」

ユウトは胸を張った。

「昼間に庭にいることはないか？」

葛城がずいと顔を出して聞く。ユウトはタタッと走ってきて、また僕の右足にしがみついた。

「葛城……」

「……ごめんね、ユウト君」

葛城は沈んだ声音で言った。しゅんとしている。

葛城の質問の意図は分かる。さっき気になっていた庭の池のことだろう。僕は質問を咀《そ》嚼《しゃく》して、ユウトに尋ねる。

「ユウト君、庭に大きな池があるよね。あれはいつからあるの？」

「いけ？」ユウトは目をぱちくりさせた。「あ、お池。うん、おっきなやつだよね。あれね、僕たちがここに来た時にはなかったの。パパとママが作ったんだって。昨日も、がんばってほってたんだって」

「ユウト君はパパとママがお池を作っているところ、見たことある？」

「ううん。ないの。いつも僕が寝てからやってるんだって」

夜な夜な穴を掘る二人……なおさら怪しくなってくる。

「やはりそうだったか！」

葛城がまたしても大声を出した。ユウトがビクッと震える。呆れ返りつつも、そろそろ我らが探偵にご登板いただくことにする。

「……で？　葛城、何か分かったのか？」

「ああ。池を掘る作業が両親の中では済んだことで、ユウト君に聞かせたように昨日もやっていたなんてあり得ないことは、玄関に入った時から明らかだった」

「どうして？」

ユウトは興味を惹かれたのか、僕の足の間から顔を出して聞いた。それに気付いてか、葛城の口調も小さい子供に呼びかけるものになっていた。

「いいかい。玄関入り口のところにある、この二つの汚れを見てごらん」

葛城はしゃがみこんで、両方の手で指さす。左手の方には泥汚れ。泥汚れは入り口からユウトのスニーカーまで点々と続いている。

右手の方には、細かい砂の汚れ。

「こっちは泥で、まだ湿っているよね。これは誰が持ってきたものかな？」

「僕だよ。スニーカーにくっつけてきたの」

「じゃあ、こっちの砂はどうかな」

ユウトはブンブン首を振る。

「僕じゃない」

「うん。泥が乾くと、砂になるんだ。こっちの汚れは」葛城は砂汚れを指でつまみ、さらさらと指の間から落とした。「すっかり乾いているだろ?」

ユウトは首を傾げる。

「お母さんが洗濯物乾かすの、見たことあるかい?」

「うん。お日様に当てて……あ! 分かった! じゃあじゃあ、そっちの砂は、ずっと前のなんだ!」

葛城が微笑んだ。

「そういうことだ。でも、雨は昨日から降っていて、お母さんとお父さんがいないのは昨日からだ。この湿気だと、昨日持ち込まれた泥がすぐに砂になるとは思えない」

「……うーん、よく分かんないや」

ユウトの反応に笑いながら、僕は言う。

「葛城の言いたいのは、池の底の土ってことだろう。掘り返した土は湿っている。お父さんかお母さんの靴に池を掘った時の土がついていて、それが玄関に持ち込まれた」

「正解だ。その推測はこのシャベルが裏付けている」

玄関に立てかけられた大きなシャベルに、乾いた砂がついていた。

「あ！　こっちも乾いてる！」

ユウトがシャベルに飛びついた。

「そう、両親は最近、シャベルも使っていない。だから、昨日池を作っていたって話はあり得ないんだ」

謎めいた結論だった。つまり、あの池は、あんな中途半端な状態で「完成」しているということか？

「さて、次は外に出て池を見よう」

ユウトが「家からなら、ぬれないで行けるよ」と言う。彼の案内についていくと、立派な縁側《えんがわ》があった。建家自体は良い日本家屋らしい。縁側から三人で池を観察する。

「まず注目したいのは、あの穴の掘り方の乱雑さだ。本当に池を作ろうと思っているのなら、縁も不揃いだし、ここまで凸凹に穴は掘らない」

「この大雨で形が崩れたんじゃないか？」

「その可能性はあるが、池を作るなら、少なくとも縁は石で固めるべきだし、元々この乱雑さなんだと思う。一ヵ月もかけて作業をして、しかも最近は触ってすらいないのに、この状態ではいただけないよ」

「つまり、この穴は池作りを目的に掘られたものではない……？」

葛城が頷く。彼はレインコートのまま外に飛び出し、腕を泥水の中に突っ込む。

「ほら、手首から少し上まで入るくらいだ。三十センチもない。そして、それにしてはこの築山の土の量は――」

「多すぎる……」

築山は僕の腰の高さまで積み上がっている。池の大きさと合わない。

「だが、夜な夜な穴を掘っていたのは事実だ。ユウト君の証言と玄関に残っていた砂汚れが裏付けている」

「しかし、この土の量は池を掘っただけでは出てこない」

「そう、ユウト君の両親は全く別のものを掘っていた。その時の土をここに遺棄していた。だが、土だけが積まれていては怪しまれる。そこで、築山の近くに簡単な池を掘ったんだよ。カモフラージュのためにね」

だからここに来て早々、あんなに庭を見つめていたのか。葛城はあの時既に、池の偽装を見抜いていたことになる。相変わらず頭の回転が速いというか、目の付け所が変というか。

「それで? 掘っていた『全く別のもの』ってなんだよ」

「掘っていたポイントは築山に近いはずだ。土を運んでくるのは大変だからね。そして、築山の近くには、おあつらえ向きに建物がある」

葛城が指し示したのは木造の小さな建物だ。倉庫に見える。

葛城が扉を開け放つ。

思わず息を呑んだ。

倉庫に床はなく、そのまま地面が露出している。壁面と天井だけ木材で作ってある。

今、その地面に。

深い深い穴の入り口が、穿《うが》たれていた。

「さあ、田所君、ここからは冒険だよ」

葛城の顔から少し血の気が引いていた。

「これは長い長いトンネルだ。ユウト君の両親が掘り進めていた、ね。僕の予想では恐らく、葛城家の真下に続いている」


僕らはレインコートを脱ぎ、トランシーバーの電波状況を確認した。もしもの時、助けを呼べるように。

ユウトには一度家に戻り、自分のガラケーを取りに行ってもらっている。両親の携帯番号が登録されているはずだからだ。スマートフォンは持たされていないが、通話や非常時の連絡のため持たされているそうだ。

「ユウト君のいないうちに話をしておこう。まだ推測だが、ユウト君の両親は泥棒だ。トンネルを掘り進めて、葛城家に侵入、盗みを働いていた。狙いは食器類や小物類。バレないように少しずつ盗んでは換金していたんだ」

「あ、皿泥棒……その話、聞いたことあるぞ。由美さんが言っていた。皿がなくなっているって。昨日の精進落としを作った時も、一枚減っていたと……」

「そして、『すごくおいしい』料理が出たのも二日前だ。皿は一週間に一回の頻度でなくなって、両親に金が入った時期も一週間に一回。時期的には符合するだろ？」

「じゃあ、彼らが昨日から姿を消したのは、どういうわけなんだ？　葛城家にも現れなかっただろう」

「トンネルの中で落盤事故に遭った。もしくは酸素不足で気絶した。とにかく、連絡の取れない事態になった」

　唾を飲み込んだ。

「でも、どうしてわざわざ大雨の日に動き出したんだ」

「台風が来るからだよ。今までは気付かれないように少しずつ盗んでいたが、何度か成功して味を占めたんだろう。大口の盗みをやって、台風の混乱に乗じてズラかる……。だからこそ、このタイミングでなければならなかった」

「なるほど……」

　僕は頷いた。

「それにしても、お前の推理が正しいとすれば、今から助けに行こうとしているのは泥棒……ってことになるよな。なあ、葛城……正直、ここから先は危険だと思う。そこまでして助ける意味があるのか？」

「そんなの関係ない。目の前で危険に晒されてるんだ。そして、助けられるのは僕たちだけ。間に合うのは今だけだ。助けない理由がどこにある？」

葛城の口調がまた熱を帯びた。思わずため息をつく。言い出したら聞かないやつなのは分かっているが。

「お兄ちゃん、これ」

ユウトがガラケーを持ってやってくる。両親の携帯電話の番号を見て、スマートフォンでダイヤルする。

穴の奥から微かに着信音がした。初期設定の着信音だ。

「ビンゴ」

葛城が立ち上がる。ヘルメットをかぶり、火のついたランプを手から吊り下げている。どちらも倉庫にあったものだ。

「これらの道具の存在も、彼らが侵入の常習犯だったことを裏付けているね」と葛城は言う。「このランプの火が消えたら、酸素が薄いというサインだ。急いで引き返すことにする。どのみち、その場合は二人も――」

葛城はその先の言葉を飲み込んだ。

僕はユウトに目線を合わせ、頭を撫でた。

「大丈夫、ちょっと見てくるだけだから。ユウト君はここにいて。いいね？」

「……お兄ちゃんたちも、いなくなっちゃうの？」

ユウトはそう呟くと、急に大粒の涙をこぼした。言葉にした途端、不安が襲い掛かってきたようだった。ずぶ濡れのシャツの裾《すそ》で目尻を拭う。昨日からずっと、この暴風雨の中を一人ぼっちだったのだ。どんなにか心細かったろう。ここで僕らまでいなくなったら、彼はどうするのだろう。

その時、僕の懊悩を断ち切るように、

「必ず帰ってくる」

葛城がそう言い放った。

ユウトが顔を上げる。「本当？」と涙声で聞く。葛城が笑った。「本当さ。僕は嘘をつかない」と彼は言う。その言葉の持つ重みが伝わったのか、ユウトはゆっくり、しっかりと頷いた。

身を屈めて歩かなければいけないので、ひどく閉塞感《へいそく》があった。空気が冷え冷えとしていて、一呼吸ごとに苦しくなってくる。前を歩く葛城の手元を見れば、まだランプの火は煌々と光っていた。大丈夫、まだ酸素はある。

「もう三分は歩いてるぞ。このトンネル、結構長くないか？　ユウト君の両親が掘ったんだろう？」

「これだけのトンネルを一から掘ったとは考えづらい。第一、築山の土の量が全然足りないよ。元からあったトンネルや竪穴《たてあな》……例えば防空壕なんかを利用して作ったんじゃないかな」

「そういえば、避難してきたおじいちゃんが、葛城家の前の当主の館から、防空壕を通って坂下の家に逃げたって言ってたぞ。坂下の家とはつまり、ユウト君の家だったんだな」

「そうだろうね」

「手間のかかることを……じゃあ、このトンネルはどこに繋がっているんだ？　本宅の下？　それとも、庭のどこかか？」

「どこに繋がっているかも、もう見当はついているんだけどね」

不思議な発言だった。「どういうことだ」と聞こうとした直後、あっ、と葛城が声を上げた。

「見たまえ、田所君！」

ランプの光の向こうに、土の壁が見えた。まだ葛城の家の下まで来ているとは到底思えない。

落盤の痕だ。

通路の奥に二人が横たわっていた。

女の側頭部から血が流れている。近くに落ちている岩が頭にぶつかったらしい。気絶したように、ピクリとも動かない。

男の方は更にひどい。落ちてきた岩に右足を潰されている。血と泥の臭いに、思わず顔をしかめた。男は額からも血を流し、顔が真っ赤に染まっていた。

「ううっ……」

男の方が目を開けた。

「なんだ……誰だ？　助けか？　助けが来たのか？」

「そうです。大丈夫ですか、息は出来ますか？」

「頼む、助けてくれ、助けてくれよぅ、俺たちもう悪いことなんかしねぇよ、ほんの出来心、ほんの出来心だったんだ。食器一つくすねてきたら金になってよ、働くのがあほらしくなったんだ。心入れ替えるよ、だから頼む、助けてくれよぅ」

会話にならない。聞いていないことまでべらべら喋って、これでは自白だ。葛城は諦めたように首を振って、ペットボトルの蓋《ふた》を開けた。

「飲めますか？」

ペットボトルを右手に持たせると、男はハッと現実に戻ってきた。「ありがてぇ」と言ってがぶがぶと水を飲む。そのまま水を自分の顔にもかぶり、顔についた血を流した。目がハッキリと開くようになる。

僕は女性の方にかがみこんで、口元に耳を近付けた。すーはー。規則的な呼吸音。良かった、まだ生きている。

「おい、マコは、マコは無事なのかよう」

男が必死な声で言った。マコというのは隣の女性で間違いないだろう。

「気を失っているだけのようです。呼吸はしっかり出来ています」

僕は女性の体を揺らした。ううん、と唸り声を上げて、女性が薄く目を開ける。「あれ

「……？」とあたりを見回す彼女は、まだ現実を認識出来ていない様子だった。ゆっくりと身を起こす。「イタッ」側頭部の傷を押さえて、顔をしかめる。

「大丈夫ですか？　傷口にはあまり触らない方がいいです。まずは水を飲んで」

女性は僕の顔をまじまじと見て、「あなたは……？」と呟く。次いで、ハッとした顔で「あの人は――」と言う。

「ねえ、あんたたち誰なの。あの人をどうしたの！　何よこれ、なんなのよッ！」

彼女は初対面の時のような気性の荒さを露わにして叫んだ。パニックに陥っていた。

「マコ！　俺はここだ」

彼女は男の声を聞いてハッとしたような表情を浮かべ、男の顔を見た。ホッとしたように息を吐いて、目尻に涙を浮かべた。

「安心してください、僕らは助けに来たんです。立てますか。僕とこいつとで、ご主人の足を押さえている岩をずらそうと思います。何かあってはいけないので、少し離れていてください」

彼女はすぐに立ち上がったが、なおも戸惑いが拭いきれない様子だった。

「あの……あなた方は、一体？　どうして、ここまでしてくださるのですか？」

「僕たちは……」

僕は言いよどんだ。確かにそうだ。僕らはなんなのだろう。高校生で、近所に住んでいる邸宅の子息と、その友人。僕なんて「ご近所さん」でもない。完全に赤の他人だ。この行動を説明するには十分でない。名探偵だから？　そんな言葉が浮かぶ。田所君はこの探偵にどうなって欲しいのかな。だが、そんな言葉では十分ではない。自分の答え見つけて、一言で言いきってみればいいんじゃねえの。どうして僕らはここにいるのか。

それを説明する「一言」を、僕はまだ探していた。

「葛城家の健治朗氏の命令で、村の人たちを避難させているんです。あなた方が行方知れずと聞いたので、探していたんですよ」

「そう、だったんですか。ありがとうございます……本当は私たち、助けていただける義理もないのに……だって――」

「大丈夫。全て分かっていますから」

葛城は微笑んだ。度量の大きさを窺わせるような、大人びた微笑みだった。

女性は自分の額を押さえた。「感謝します」と小さな声が漏れた。

女性が離れると、僕と葛城は洞窟《どうくつ》の中に落ちていたシャベルを岩の下に差し入れ、てこの原理で持ち上げた。わずかに持ち上がった隙間から、男が足を抜く。

「ありがとう、助かった……」

「礼は後です。ここは危険だ。とにかく今はここを離れましょう」

僕が男をおんぶして、葛城が女性に肩を貸した。

帰り道は行きよりも時間がかかった。十分ほど歩いただろうか。ようやく外に辿り着くと、倉庫の床に倒れ込んだ。

やり遂げたのだ。

僕らはやり遂げた。

「間に合った……」

葛城が、ぽつりと呟いた。

「ママ……パパ！」

ユウトが父親と母親に駆け寄る。父親は這って近付き、母親が二人を抱き留めた。ユウトが声を上げて、堰《せき》を切ったように泣き始める。安堵の泣き声だ。さっき僕らの前で見せた涙とは全然違っていた。胸の中にじんわりと温かいものが込み上げる。

僕と葛城は倉庫の壁にもたれかかって、ようやく息を吐く。心地よい疲労が体を包んでいた。顔を見合わせて笑う。元の関係に戻れないかもしれないと、悩んでいたことが馬鹿みたいだった。梓月が葛城を追い詰め、打ちのめされていた姿を見て、葛城はもう立ち直れないかもしれないと思ったことも嘘みたいだった。夢中になって体と頭を動かしているうちに、僕らは元《もと》の鞘《さや》に収まっていた。

「すごいね、お兄ちゃんたち！」

感動の対面を終えたユウトが、今度は葛城に駆け寄った。目がらんらんと輝いている。

「お兄ちゃん、ちょっと見ただけでパパとママのこと、分かっちゃったんでしょ？」

葛城が頷く。

「すごいや！　僕のパパとママのこと、助けてくれたんだ！」

「助けたなんて、そんな大げさなことじゃないよ」

「ううん、助けてくれたんだよ！　まるでお兄ちゃんたち――」

そうして、

「――みたい！」

彼が答えをくれた。

たった一言。僕が見失ったもの。あまりにも素朴で単純で、馬鹿馬鹿しい言葉だから、忘れていたもの。

僕と葛城は驚いて目を見合わせた。そうして、同じタイミングで吹き出した。

「お兄ちゃんたち、何がおかしいのー？」

「いや、なんでもないんだ。なんでも」

ユウトは顔を膨らませてぶうたれて、顔をプイと背けた。機嫌を損ねてしまったようだ。

「輝義……田所君……」

倉庫の入り口に健治朗と三谷が立っていた。

雨は弱まっていた。さっきまでの激しさが、まるで嘘のように。

「おい……おいおい、マジかよ！　ハハッ、すげえ！　すげえよお前ら！　本当にやりやがった！」

三谷が興奮した口調で何度も叫び、僕と葛城の背中をバンバン叩く。「痛い、痛い」と二人して抵抗した。

「今、三十五分経ったところだ。輝義、少しとはいえ遅刻だぞ。見切りをつけて離れようかと思っていたところだ」

「何言ってんすか！　健治朗さんが一番心配してたじゃないっすか！」

健治朗はそれには答えず、葛城に声をかけた。

「輝義、車の中に五名ほど避難者を乗せている。いずれもケガ人と高齢者……自分では坂道を登れないであろう人たちだ。今、館まで送り届けたらすぐに引き返してくる。往復十分とかからない。待っていてくれるな？」

「ええ。親子の感動の対面にも、もう少し時間がいるでしょうしね」

葛城が肩をすくめた。

額にじっとりと汗をかいて、しかし、どこか吹っ切れたようないい表情をしている。

「俺も残ります。健治朗さん、早く行ってきて」

三谷の言葉に健治朗は頷き、車で去っていった。

倉庫では、ユウトと両親が感動の再会の場面を続けている。

僕と葛城、三谷は家の縁側に座って、作りかけの池を見ていた。まさか、あの池からこんなところに連れてこられるとは。足を休めながら、感慨にふける。

葛城が出し抜けに言った。

「僕の中に、ちゃんと、あるんだ」

「え？」

葛城の表情が和らいでいる。何か憑《つ》き物《もの》でも落ちたような顔をしていた。

「兄がくれた力は、僕の中にちゃんと残っている……証拠を冷静に見つめることも、自分の目で確かめるのを厭わない姿勢も、全部正兄さんに教わったんだ……」

僕は息を吞んだ。葛城は、ユウトの両親の命を救っただけではない。兄を失ってなお、自分の中に確かに兄が生きていることを、身をもって確かめたのだ。

葛城は今、不全感も、そして兄の死の痛みも、自らの血肉としたのだ。

だから、彼の表情はこんなにも和らいで——まるで、一切を解脱したような清廉さに満ちているのだ。見ているだけで、こちらまで爽やかな気持ちになった。

「……田所君、僕が間違っていたよ。僕は逃げていた」

そう話す口調にも、暗さはなかった。

「自分の家族の中に犯人がいることが恐ろしくて、逃げ続けていたんだ。ノブ子おばあちゃんを庇った時も、広臣叔父さんの圧と、家族みんなが結託している事実に押し潰されて、自分のしていることは正しいことだと、思い込もうとしたんだ。悔やんでも悔やみきれない。証拠を燃やした時、僕は一度、今までの僕とは決定的に違ったものになってしまったんだよ」

「……それは」

「田所君は違うと言ってくれるかもしれない。君は優しいからね。だけど、そうじゃないんだ。僕は自分を許せないところまで行ってしまった。真実が分かっていながら、目を背けていたんだから」

「えっ？」

もう、彼は辿り着いているというのか。

「お前、マジかよ」三谷が大きな声を上げた。「分かってるって……」

「さっき田所君は、なぜユウト君の両親がこのタイミングで盗みに入ろうとしたのか尋ねただろう。台風が来るからこそ、それに合わせて決行を早めた……。そう、葛城家で起きている殺人事件も、構図は全く同じなんだよ。葛城惣太郎という金と権力のもとに、様々な思惑が集まり、殺人の計画もずっと前から組み立てられていた。その計画の数々が、大雨という偶然によって、時計の針を進まされたに過ぎない。だから、見た目以上に複雑な様相を呈《てい》している。だが、この事件では偶然はたった一つ。大雨だけだ」

フッと葛城が笑った。

「いや、その表現すら正確ではない。実はもう一つ、犯人にとっても予定外の偶然が起きた。しかしそれすらも、犯人は自分の計画の中に取り込んでしまったんだ。それは大雨さえも例外でない。大雨がもたらす状況をも、犯人は自分の計画下に置こうとしている。まるで、時計仕掛けの精密機械のようにね。それこそが、この犯人の芸術性なんだよ」

葛城の言っていることはチンプンカンプンだったが、どうやらかなりの精度で事件の構図を読んでいるらしい。しかし、言い出すことが出来なかった。

「おいおい待てよ。偶然は大雨と、予定外の事態が一つだけ？　ちゃんちゃらおかしいだろ。それなら、俺たちがたまたまここに来たのも犯人の手の内だってのか？」

三谷の問いに、葛城は一つ頷いただけだった。答えるつもりがないのが分かったのか、三谷はチッと大きく舌打ちして言った。

「……じゃあお前、分かっていて黙ってたのかよ。ひでえやつだな。俺も田所も疑われてたんだぜ」

「本当にごめん。……僕の家族がそれぞれ隠し事をしているのは分かっていた。それを指摘すれば情報は手に入るはずだけど、その隠し事を暴いていいものか、判断がつかなかったんだ。それを考え続けているうちに、何をすればいいのか分からなくなっていた」

「今は、どうなんだ？」

「ああ──」

葛城が未だ雨の降りしきる灰色の空を見上げた。

「彼のくれた言葉が、僕のすべきことを教えてくれた。暴いていいか、解いていいか、じゃないんだ。今までも、解いてはいけない謎なんて一つもなかった。ただ、解いた後のことを考えなければいけなかっただけだ。

やることは単純だ。解いて、助ける。だって──」

葛城はその言葉を発しようとしてか、口を開きかけた。やや逡巡《しゅんじゅん》するように口を一度閉じた後、ニヤッと笑って、ハッキリとした声で言う。

「名探偵は、ヒーローなんだから」

なんて馬鹿馬鹿しく、青臭い言葉だろう。

だけど、それはたった一言で名探偵の存在意義を語る言葉。ユウトが葛城に与えた称賛の言葉だった。本物のヒーローになんかなれないと知りながら、それでも葛城はその言葉を選んだ。

たった一言。僕が掴もうとしていたたった一言が、ようやく目の前に現れた。今なら、あの小説も完成させられる。本当に、この道の先に全てがあった。葛城が謎を解くことと、僕が小説を書くこと、決して交わるはずのない二つの線が、一瞬だけ、奇蹟《きせき》のように交わる。

しかし、三谷は耳まで赤くなっていた。

「か、葛城、お前、結構恥ずかしいやつだな」

「どういうことだよ」

「いやだってお前、高校生にもなって真顔で『ヒーロー』だとかなんだとか。しかもそれ、自分のことだろ？　いや、なんつーかお前がそういうやつだとは思わなかったというか。ああでも気にしないでくれ、そういうやつだったとしても、ずっと友達でいてやるからな——」

三谷の言葉に、今度は葛城の顔がみるみる赤くなる。

さっきまで、夢中だったのだろう。ヒーローなんて言葉を、よりにもよって同級生の前で発したことに、ようやく気付いたらしかった。

「い、いいだろ別に。ユウト君はいいんだよ、まだ小さいんだから。ユウト君が僕にくれた言葉なんだから」

僕は思わず笑いだした。縁側の床の上にひっくり返って、アハハハハと大きな声で笑った。風の音にも負けないぐらい大声で。三谷が僕に続いて、のけぞって縁側に寝転ぶ。

「田所君まで、そんなに笑うことないだろ――」

葛城はほとんど涙目になっていた。

だが、彼も横になりたくなったのだろう、僕と三谷の後に続いて、縁側に寝転んだ。穏やかな時間だった。

僕は途端に、目の前の光景に強烈な疎外感を覚えた。


ああ、そうだ。


忘れるところだった。

元の鞘に収まった。僕はさっきそう思った。

だけど、そうはならない。そうなることは出来ない。

体をゆっくり起こす。

三谷の顔を見ていると、次第に不安が和らいでくる。大丈夫だ。葛城なら大丈夫。今葛城は、自分の存在意義を、立つべき足場を、きちんと見つけることが出来た。深い絶望を与えた兄の死をも、乗り越えることが出来た。三谷ではまだワトソンには力不足かもしれないが、いずれはきっと立派な相棒になってくれるだろう。

そうだ。名探偵・葛城輝義は復活した。

だが、僕は彼の隣から姿を消さねばならない。

彼の描く未来の中に、僕がいてはならないのだ。

なぜなら。

葛城家で起きた正殺しを引き起こしたのは——。

僕だからだ。

第四部　一夜の出来事

見かけ通りの人間は誰もいない……

　　――デイヴィッド・ピース『TOKYO YEAR ZERO』(酒井武志《たけし》・訳)

時は昨日の夜に遡る。

先ほど訪れた夜明けの前へ。

意識をも塗り潰す深い暗闇の只中へ。


昨晩の午後八時三十分。

僕はすっかり、葛城家の雰囲気に呑まれていた。煌びやかな世界の中で、本音をひた隠して意地を張り合う大人の姿。祖父の殺害疑惑、坂口の襲撃事件、葛城の挫折《ざせつ》……。そういった出来事の数々が、少しずつ僕を追い詰めていた。

葛城は探偵であろうとすることから逃げていた。落日館の事件では、探偵が謎を解く行為が絶対的に正しいものではなくなっていた。葛城は自分のなすべきことを見失ったのだ。探偵に強いこだわりを持つことが異常な事態だったとするなら、むしろ、憑き物が落ちたと言ってもいいかもしれない。

そういう意味では、僕はまだとり憑《つ》かれていた。

どうすれば、葛城は元に戻るのだろう。

そればかり、ずっと考えていた。

僕は検算するような思いで、自分の考えを反芻していた……。

そうして眠れない夜が訪れる。暴風雨が窓に叩きつけ、ガッタンガッタンと館を揺らす。風が意識の窓枠を揺らす。雨だれの音が鳴りやまない。雨が意識の窓枠を叩く。気圧による偏頭痛で頭が熱くなり、割れるように痛い。痛みが意識の窓枠を開く。その日の記憶が噴出する。

探偵がいくら魅力的だって、事件が起こらなきゃ意味がないだろ。

これは誰の言葉だ？

誰の言葉か思い出すことが出来ない。誰の言葉であろうとどうでもいい。明けない夜はない。これも誰の言葉だったか思い出すことが出来ない。いつか夜は明けるが、夜は暗闇で人を押し潰そうとする。人に出来るのは、夜が終わるまで目をつむってやり過ごすことだけだ。それなのに今、僕は傲慢にも、時計を動かそうとしていた。

だが、心の奥底で僕が叫んだ。その通りだ。葛城を取り戻す方法はそれだ。事件が起きればいい。謎に満ちた事件さえ起きれば、葛城は夢中になるだろう。祖父が殺されたかもしれない、そんな流言ではだめなのだ。坂口が襲われた件だって、彼が嘘をついているに過ぎないかもしれない。そんなものではだめなのだ。

事件は彼の目の前で起きなければならない。

だが、大した事件でなくてもいい。

殺人なんてもってのほかだ。この頃には、少しばかり覚醒《かくせい》した僕の意識が理性的な判断を加えていた。葛城の目の前で起きさえすれば、事件は軽犯罪でいい。例えば、盗難。そうだ、誰かの背中を少し押して、その人物に何かを盗ませる。なかなかいいアイデアに思えた。そして、ターゲットはすぐに見つかった。

坂口だ。

そして、そのカメラ。

ミチルに、坂口のカメラを盗ませる。

一見、確率の低い試みに見えるかもしれない。だが、ミチルにはれっきとした動機がある。

なぜなら、東京で坂口を襲ったのは、ミチルだからだ。

このくらいの結論は、葛城でなくても難なく導き出せる。カメラの手掛かりを考えれば明らかだ。

犯人は新宿の高架下で坂口を襲った。鉄パイプで殴り、坂口は目の上に傷を負った。犯人はカメラを出させた。以後、坂口と犯人の行動は次のように推移する。

①坂口はダミーのデジタルカメラを取り出す。犯人は「そのカメラじゃない」と口にする。

このことから、犯人は坂口が普段使っている一眼レフカメラの存在を知っている。だが、坂口の仕事ぶりや仕事道具をある程度知っていれば一眼レフの存在にはすぐに気付く。犯人の特定には役に立たない。

②犯人は坂口からカバンを奪い、ＨＤＤを盗む。

犯人は坂口が写真の保存にＨＤＤを使っていることを知っていた人物だ。クラウドサービスを使っていないことも知っている。だが、旧式の保存方法を取っていることは、ごく親しい間柄の人物にしか話していない。

したがって、犯人は同業者か、坂口と親しい間柄の人物——つまり恋人や家族に絞られる。

③坂口は当日持っていた会社備品の一眼レフカメラを差し出す。犯人はカメラをひっくり返し、ＳＤカードだけを抜き取って立ち去る。

犯人はこのカメラを受け取った。つまり、犯人はカメラの細かい特徴までは知らなかったのである。会社備品のカメラと、坂口のカメラとは、底部のテープの有無によって簡単に見分けることが可能だ。テープには、「Shukan Higure」のロゴが印字されている。

犯人はＳＤカードを抜き取る時、カメラをひっくり返し、底部を必ず目にする。テープの位置はカード差込口の脇だ。しかし、犯人は「これは違うカメラだ」と指摘せず、ＳＤ

カードを持ち去った。そのロゴは、同業者なら絶対に見慣れているはずの、坂口の会社の代表誌の名前だ。したがって、犯人は同業者ではあり得ない。

残るのは坂口の恋人や家族。最も蓋然性《がいぜんせい》が高いのはミチルだ。

坂口は惣太郎が死んだ前日に「あるもの」を写真に収めたと言っていたが、ミチルは恐らく、惣太郎殺しにまでは関与していないだろう。盗もうとしたのは付き合っていた頃に掴まれた何かのネタ……そんなところだろう。

しかし、坂口が会社備品のカメラを生贄《いけにえ》に差し出したために、ミチルの計画は道半ばで終わった。

ミチルの背中を押せば、彼女は再度、坂口のカメラを盗もうとするだろう。

僕は短絡的にそう思い決めた。ミチルに坂口のカメラを盗ませる。軽犯罪で、半ば身内なら大きな問題にもなるまい。そうして、背中を押すために何が必要か考えた。坂口の部屋が離れになったのは好都合だった。渡り廊下には屋根があり、人に見とがめられる心配が少ないのも安心材料だった。

盗みに入りやすい環境を作ってやればいい。

泥棒が恐れるものは三つある。人、時、光だ。

泥棒はターゲットや周辺住民の監視の目を嫌い、侵入に時間を要することを嫌い、明かりのある場所で仕事をするのを嫌う。

なら、その三つを取り除いてやればいい。

人。坂口を眠りにつかせること。
時。離れの鍵を使えなくしておくこと。
光。離れの明かりを点かないようにしておくこと。

眠りにつかせるのは造作もない。夕食後の午後七時に、差し入れと称してブラックコーヒーを淹《い》れて離れに向かった。睡眠薬は落日館の事件の後、不眠症の気が出てきて、メンタルクリニックで処方されたものだ。坂口は特に怪しがる素振りも見せず、「あの写真のことでもう少し話したいことが」と言った僕のことを快く迎え入れてくれた。あの部屋には水道がないから、コーヒーを淹れたのをむしろありがたがられたくらいだ。

鍵を壊すのも簡単だった。鍵をかからなくするためには、ラッチが作動しないようにすればいい。テープを貼ってラッチが飛び出ないようにする。扉枠は白いので白の養生テープの色も気付かれにくい。ドライバーでラッチごと取り外してもよかったが、あまりに露骨だし時間もかかるのでやめておいた。養生テープは、窓に段ボールを貼る作業をしていた時に、余分にくすねておいたものだ。

最後、明かりを点かないようにすること……。

停電はあまりに大げさだ。停電。僕の記憶が疼《うず》き出した。第一、明かりを落としたいのはピンポイントで離れだけなのだ。落日館でのあの夜のこと。切れた電球が手元にあれば付け替えるのだが、そう都合よく手元にあるはずもない。頭痛がする、頭の中で声がする。

電球だ。電球を少しだけ捻ってしまえばいい。あの部屋には引き紐もないし、スマートフォンから電気を操作出来るような最新の便利装置もない。入り口近くのスイッチを押さなければ、どうあがいても電気はつかないのだ。電気さえつかなければ、もし眠っている坂口が起きたとしても、暗闇に乗じて逃げることが出来る。泥棒が侵入するには、これ以上ないほどの安心材料だ。下から見ればソケットに収まっているように見えるが、端子に接していない。それくらいに緩めておけば、スイッチを押しても電気はつかない。それが最も確実な方法だ。幸い僕は身長が高い。あの天井にも、難なく手が届くだろう。

ただ、この作業ばかりは、午後七時のタイミングでは行うことが出来なかった。坂口の前で、スツールに立ち、電球を捻るわけにはいかない。

だから……僕は今も、機会を窺っていた。

二階の左翼側の廊下に出て、北側の窓を見る。ここから離れの様子が少しだけ見えるのだ。段ボールを貼られているが、左下の隅を少しだけ剝がしておいた。よく見ないと気付かれない程度だ。もちろん、目的を終えたら貼り直せるよう、養生テープは確保してある。

離れと西館の間には屋根が設置されているので、この斜めの角度から見ても、離れの人の出入りは確認出来ない。ただ、離れの北側の二つの窓から洩《も》れる光を、離れの向こうにうっすらと視認することは出来た。

九時二十分。まだ、明かりはついている。時間をおいて効く薬だが、まだ効いていないのか？　坂口が電気を消し忘れてどこかに出ているのかもしれないが、確信が持てない以上動けない。さっきからこの繰り返しだ。十分ごとに出てきて、明かりの様子を確認し、電気が消えたら、動く。離れの電球には橙色《だいだいいろ》の常夜灯すらない。坂口が眠れば、確実に電気は消えるはずなのだ……。

そして、九時三十分。

明かりが消えていた。

僕の心臓は高鳴り始めた。今すぐに行くべきだと動かした足を押しとどめる。まだ、眠りが浅いかもしれない。十分……いや、二十分後だ。もう一度明かりの様子を確認して、消えていたら、動く。

九時五十分。

明かりは消えたままだった。

僕は中央階段を足音を立てないように下り、渡り廊下から離れに向かったのだった。坂口は頭まで毛布をかけてソファで眠っていた。

離れの中で作業をしている間、僕の頭は興奮と恐怖のあまり破裂しそうになっていた。あの時までに言われたことが、頭の中で嵐のように飛び交う。

僕は扉の前で立ち竦んでいた。田所君はこの探偵にどうなって欲しいのかな。ドアノブに手を添えた。それが見えない。軋む音が応えた。あの話を言い出したのはどちらからでしたか？　青の布地が一部破れて木目を晒したスツール。探偵がいくら魅力的だって。青いスツールに手をかけた。事件が起こらなきゃ意味がないだろ。机の上に水が入った青色のグラスがあった。田所君はいつもテルに寄り添ってくれていたんだね。水に指を浸すと心地よかった。どんなにか心強かったかと思うよ。電球のバルブを握っていた。じゃあ、田所君は何を求めてここに来たんだい。バルブが指を焼いていた。僕にどうなって欲しくて、ここに来たんだい。手を捻ると明かりが消えた。風が意識の窓枠を揺らす。暗闇の中に僕は立っていた。雨が意識の窓枠を叩く。打ち捨てられたスツールの上の暗闇に立っていた。痛みが意識の窓枠を開く。意識をも塗り潰す深い暗闇の只中に立っていた。

火傷《やけど》した指を冷やそうと、もう一度グラスに指を突っ込む。その拍子にグラスを倒してしまい、床でグラスが砕け散る。水とガラスの破片があたりに飛び散った。処分しなくてはと思う。このガラスが自分の心に似ていると思う。僕はしゃがみこんで破片を集め、代わりのグラスを給湯室に探しに行く。見つけた水色のグラスを机の上に置き、水を注ぎ直しておく。坂口はここにグラスがあると思っている。侵入した形跡を残すわけにはいかない。グラスの色が違うのは問題だったが、どちらも波線があしらわれていて、青色と水色だったので、注意して見なければ気付かれることはないだろう。

僕は道を間違えている。田所君はこの探偵にどうなって欲しいのかな。僕の中の理性的な部分がそう抗議している。それが見えない。だがしてしまったことは今さらどうにも出来ない。あの話を言い出したのはどちらからでしたか？　少しだけ眠りにつくことが出来た。探偵がいくら魅力的だって。緊急速報が鳴り響いて目が覚める。事件が起こらなきゃ

ていたんだね。ミチルの不安げな顔を見て事件が起きたことを確信する。どんなにか心強かったかと思うよ。離れで人が死んでいる、殺人まで起こすつもりはなかったのに。じゃあ、田所君は何を求めてここに来たんだい。坂口が西館から現れて心の底から驚く。僕にどうなって欲しくて、ここに来たんだい。正が起きてこない。風が意識の窓枠を揺らす。嫌な予感が湧いてくる。雨が意識の窓枠を叩く。嫌な予感は膨らんでいく。痛みが意識の窓枠を開く。嫌な予感は的中する。

正がその部屋の中で死んでいる。

葛城の兄がその部屋の中で死んでいる。

人――部屋の入れ換えを知る坂口は深い眠りについており、

時――その部屋の扉は開いたままで犯人の侵入を容易にし、

光――明かりはなく被害者に気付かれず襲うことが出来る。

泥棒の三原則は、殺人をも容易にした。

そう仕向けたのは僕だ。

事態を招いたのは僕だ。

僕は道を間違えた。

僕は道を間違えた。

僕は道を間違えた。

僕がやった。

僕が殺した。

そうして僕の間違いは続いた。

僕は葛城の前で嘘をついたのだ。

正の死について知っていることは何もないという振りをした。自分は何も関係ないという振りをした。

だから、健治朗の推理が自分を指し示した時、心底体が震えた。実際にテープを仕込んだタイミングは夜だが、夕方に離れに行った時に仕込んだという考え方には説得力があった。三谷はあの時、必死になって反論しようとしてくれていたが、僕は半分心当たりがあるのもあって、動揺で動けなくなっていた。

危ない橋は何度も渡っていた。

僕は電球のバルブで人差し指と中指に火傷をし、絆創膏を巻いていた。死体発見直前、三谷が目ざとく指摘してきたので、動揺してしまった。

死体発見時に離れに入った時、三谷が足元のスツールに足を引っかけて転んだ時、「どうしてこんなところに」と口走った。あれは、スツールをあんな位置に戻した覚えがなかったからだ。

部屋の中を調べる時、健治朗たちに、電球を取り替えてくれと言われた時にも焦った。

身長の条件から、僕しか電球に触れられないことに気付いたのだ。だから、電球が緩んでいたのがバレるとまずいと思った。電球を替えるという口実でスツールの上に上がり、電球を取り外さねばならない。そうすれば、自分の犯行を隠せると思った。

だが、極度の緊張の中、電球を外すには、右に回せばいいのか、左に回せばいいのか分からなくなった。

そして、二択を外した。

緩んでいた電球を元に戻してしまい、電気がついてしまった。

それでもまだ、僕のミスは続く。葛城と梓月と、二度目に現場に立ち入った時、正の足にガラスを踏んだ傷があると聞いた。僕には心当たりがあった。言うまでもなく、火傷した指を冷やすために手を入れた青色のグラス――机から落とし、割ってしまったあのグラスだ。梓月が鋭く、「心当たりがあるのか」と指摘してきたが、その時はどうにかアンプルの話にそらすことに成功した。だが、あの程度の嘘、葛城には見抜かれてしまったかもしれない。

ああそうだ、葛城は嘘を見抜く天才なのだ。僕の嘘などとうにバレている。だから、葛城は何も言えずにいるのだ。そのことに思い至って、絶望的な気分になった。葛城は正が死んで苦しみ、ノブ子を守るための偽装工作に加担させられて苦しみ、そして僕のことに気付いて苦しんでいるのだ。彼の苦しみの大半は、僕のしたことのせいだった。僕が葛城を苦しめていたのだ。僕に生きる価値はない。少なくとも、もう彼の隣にいる価値はないのだ。

　正殺しの犯人は分かっていた。ミチルだ。

　ミチルは僕の計画に乗って、坂口の部屋に侵入――しかし、そこは正の部屋に換わっていた。正は睡眠薬を飲んでいない。侵入した時の物音で目を覚まし、乱闘になった。暗闇の中、互いに互いのことも分かっていなかっただろう。乱闘の末、ミチルは正を殺してしまった。

　この推測の利点は、善人である正を殺した動機を説明出来ることだ。あくまでも暗闇の中の人違いで、正自身にはやはり殺される理由はなかった、と。全ては不幸な事故に過ぎなかった、と。

　もちろん、この推測には穴もある。

　なぜミチルは泥棒を企むにあたり、散弾銃を持ち込んだのか。武器としてはあまりに大げさだし、正があらかじめ持ち込んでいたとも考えづらい。

　それに、暗闇の中とは言え、互いの声を聞けば相手のことに気付けたはずだ。なぜ、勘違いに気付く暇もなく殺人が行われてしまったのか。

　だが――これらの穴を認識していてなお、僕の自責の念は拭いようもなかった。

　そして、何よりも僕を打ちのめしている事実があった。

　ユウトの両親を助けたことで、葛城が立ち直ったことだ。

　もし僕のしたことが許されない過ちであり、正の死が取り返しのつかない大罪だとしても、それによって葛城が探偵として復活したのなら——僕はどんな罰をも甘んじて受け入れただろう。正の死によって葛城が復活する。代償と言うにはあまりに重すぎる。それでも、なんらかの意味を持つことは出来たではないか。

だが、僕のしたことは全て無駄だった。

結局、彼を救ったのは作られた謎でも家族の死でもなかった。

本物の謎と誰かを救う体験。

がむしゃらに人を助けること。

探偵には何も出来ないという不全感を打ち消す本物の経験。

必要なのはそれだけだった。

もちろん、庭と玄関を一目見ただけで真相を見抜いたのは非凡だが、事件とその結論自体は取り立てて複雑なものでもない。

しかし、それで良かったのだ。少年の感謝が、その言葉が彼を暗闇から救い出した。

僕には、何一つ成し得なかった。

僕は思い上がっていた。思い上がりたかったのだ。葛城を救えるのは自分しかいないと。

乾いた笑いが込み上げてくる。

僕は道を間違えた。

全て、間違った。

そうして今、僕は葛城と三谷と肩を並べ、縁側のひんやりとした床の上に寝転んでいる。この場所はいい。心地がいい。僕のような罪人に、ふさわしい場所ではない。ここは僕の居場所ではない。

このまま消えてしまえたらどんなにいいだろう。

だが、ここから逃げることは出来ない。

逃げることは許されない。

何が始まって、何が終わるのか。

それこそが僕の探求するものだ。葛城を追いかけるモチベーションだ。探偵の推理は行動の過程を、物事の因果《いんが》を解き明かす。物事の始まりと因果の終わり。その全てを見届けさせてくれる。

何が始まって、何が終わるのか。

その言葉は、僕自身の身に降りかかっている。

自分で招いたことの結果を、見届けなければならない。

ここは最後の防衛線だ。僕はそれを見届けてこそ、本当の意味で名探偵・葛城と訣別《けつべつ》することが出来る。彼にかけてしまったひどい言葉、自分の満足のためにここにやってきた身勝手、正を死なせてしまった許されざる罪――その全てに、ケジメをつけられる。

確信がある。

葛城の物語はこれからも続くが、これが「僕ら」の最後の事件になる。

そんな思いを知ってか知らでか、隣の葛城が突然言った。

「さあ、館に戻ったら忙しくなるよ。全てを解き明かす時が来たんだ。全部だ、全部解き明かす。全部、僕が救い出してやる！」

葛城は大空に向かってクラッカーを爆発させるような、威勢のいい声と表情で言った。

それだけで、地の底から遠い光を見つけたような、救われた心地になった。たとえ、僕がこの地の底から、永久に這い出せないとしても。

「そうだな」僕は笑顔を作れたか不安になった。「分かっていないことが多すぎる」

「ああ。まずは質問から始めよう。そして――」

葛城は不敵に微笑んで言った。

「手始めに、僕の姉、ミチルの無実から明らかにすることにしよう！」

「え――？」

僕は顔を上げた。葛城は自信満々の笑みを崩さない。

自分の周囲の景色が、急に明るくなった気がした。世界がクリアに見え、数週間付きまとわれ続けた頭痛が、その一瞬、フッと和らいだ。

長い夜が明け、朝が訪れた。

葛城の目には、僕の考えとは異なる、真実の形が映っている。

第五部　対話

「夜明けまえがいちばん暗いものさ。そのうちに、どの暗い雲も、ふちから銀色にあかるんでくる。新しい事実は山ほどある。山ほどもだぜ。そのうちから、必要なものをえらべばよい。ボー、選択と配列、そして総合だ。なにもかもそろっている。ぼくにはそれが感じられる。きみは？」

——エラリー・クイーン『ドラゴンの歯』（宇野利泰《としやす》・訳）

1　緊急事態　【館まで水位16・0メートル】

その時。

ピンポンパンピーン、ピンポンパンポンピーン。

甲高いベルの音が、そこら中から鳴り響いた。ぎゅうっと胃が締めつけられ、跳ね起きた。いやが上にも焦燥感を駆り立て、心臓を跳ねさせるこの音は——。

「またか！」

三谷が叫んで、スマートフォンを取り出した。

『特別警報発表

下記のエリアは避難が必要とされる警戒レベル5に相当します。今すぐに命を守るための行動を取ってください。

曲川流域（××県Y村、R村）……』

眩暈がした。

今すぐに命を守るための行動を取ってください。

スマートフォンに浮かび上がった言葉が、頭の中を高速で巡る。さっきまで、警報が出るたびに、健治朗に警戒レベルの意味を確認していた。だが、今回ばかりはその必要がまるでない。警戒レベルは五段階。レベル5の意味は、すぐに分かる。

一刻を争う非常事態。

「兄ちゃんたち！」

倉庫からユウトが飛び出してくる。その顔が青ざめていた。

「今の……今の音、何⁉　パパとママが、すぐにみんなを呼んできてくれ、って……」

「輝義ーッ！」

玄関先からがなる声が聞こえた。クラクションが二度、三度と鳴る。走っていくと、ワンボックスカーのウィンドウを全開にして、健治朗が半身を乗り出していた。

「輝義！　田所君、三谷君！　今すぐみんなを連れて乗り込め！　今すぐにだ！」

「何があったんですか⁉」

「説明は後だ！　早く！」

健治朗の怒鳴り声に急かされ、ユウトの両親がいる倉庫に走る。僕と三谷が足をケガしている父親の体を支えた。母親は少し休んで回復したのか、自分で歩いて車に乗り込んだ。

父親を乗せた後、坂の下を見て、思わず息を呑んだ。

「そんな……」

水がY村の奥深くまで入り込んできている。そして、標高五十五メートルのこの坂の途中の家——そのすぐ目の前まで、水が迫ってきていた。高さにして、もう一メートルもない。

肌が粟立った。

死んでいた。

あの警報がなければ、僕たちはあそこで死んでいた。

まるで世界全体が薄膜に覆われているかのようだった。家も、商店も、バス停も、全てが茶色く濁った水の下に沈んでいる。轟々と激しい音を立てて、曲川の堤防を乗り越えた水がY村を襲っていた。昨日歩いてきた村が、たった一日にして姿を消した。茶色く濁った水は絶え間なくうねり、ぷかぷかと浮かんだ車を村中引きまわしている。水に浮いている木材は、かつて家だったものだろうか。水から電柱の先端が突き出ているのが見えた。くらっとした。一体、何メートルの高さまで水が来ているのだろう。

水の下には、人間の居場所がある。水の下には、人間の生活がある。今、自然は無慈悲にも、それを全て埋め尽くし、刈り取ろうとしている。

口元を押さえた。吐き気をこらえるのに必死だった。

クラクションの音で現実に引き戻される。

「早くしろ！　死にたいのか⁉」

僕が車に乗り込んで扉を閉めた瞬間、健治朗はアクセルを踏んだ。体が背後に吹っ飛ぶ。シートに深く沈み込んだ。健治朗は、すさまじいスピードで車を走らせ始めていた。

「Y村は完全に水没した。堤防の決壊から先、ペースが全く落ちない！」

「まさかこんな速度で……おかしいじゃないか父さん。雨は少しずつ弱まっていて……」

「雨が降る時間から河川の水量が増えるまでには、時間差がある。八百ミリ前後の大雨が降って、上流に溜まりに溜まった水が、今下流に押し寄せてきてるんだ」

おまけに、と健治朗が続けた。

「最悪だ。上流の方でダムが一つ、決壊した」

「え⁉」

僕たちは全員絶句し、健治朗を見た。

ゴオオオオオオオ、と地鳴りのような音が聞こえる。音は背後から迫ってくる。

振り返った。

背後の水面が突然盛り上がったように見えた。

「うおおおおッ！」

「さあ、全速力で逃げるぞ！　全員しっかり摑まっていろ！」

健治朗はアクセルを強く踏んだ。

体が背後に引っ張られる。シートに体を押し付けながら、背後の坂下を見やる。村を飲み込んでいた茶色い水に、途端に意思が宿ったかのようだった。水は膨らみ、盛り上がり、坂をじりじりと上ってきた。触手を伸ばすように。水の塊を飲み込み、成長していく触手は、速度を上げる車体のタイヤに追い付くかに見えた。

肌が粟立った。車体の半分まで浸かれば、水圧でドアは開かなくなる——北里が出発前に言っていた言葉を思い出した。終わった。体温が下がり、体が震え始めた。

だが、車の速度が水に勝り、次第に水を引き離していく。

緊張が緩み、体が弛緩する。それでも、一度下がった体温は戻ってこなかった。恐怖で体が冷えきっている。M山で山火事に巻き込まれた時とは、まるで別種の恐怖——。一気に燃え上がるのではなく、激烈な力で、少しずつ追い詰められる、というような。

「これはキツイ……」緊張のせいか、葛城が息を切らしながら言った。「落日館での時は、まだ一筋、希望があった。隠し通路を見つけること……それさえ出来れば、脱出出来るという確信だ。いわば攻め……あの時はこっちも持ち札があった」

　だが、逆だ、と彼は続けた。

「今回は徹頭徹尾、防衛戦……！　敗走戦と言い換えてもいい。逃げる、防衛する以外の選択肢が見えない……相手の攻撃が止むまで、耐えるしかない」

「ああ……輝義の分析は正しい」健治朗がフーッと長い息を吐いた。「広臣さんから聞いたが、最初に避難してきたあのご老体……彼は六十年前の水害に巻き込まれた生き残りだという。彼の言っていたことを、いよいよ重く受け止めねばならんな」

「……六十年前、葛城家のある高台まで、水が襲ってきた」

　僕が呟くと、健治朗は前方を向きながら言った。

「ダムの決壊は予想外だった。この速度では、館まで水が回るのも時間の問題だろう……」

「そんな……」

　三谷が青ざめた顔で言う。

「幸い、Y村で逃げ遅れた住民は、全員の避難を完了させた。ユウト君たち一家で、コンプリートだ」

　健治朗の言葉を聞き、ホッと胸を撫で下ろす。

「さっき車で運んだ高齢者や足の不自由な方が五名。避難呼びかけに応じて、自分の足で葛城家を目指してくれた人が二十数名。元から避難していた人を含めて、四十人ほどが来ている計算だ」

「そんなに」葛城が目を丸くした。「食堂とホールだけで足りているんですか?」

「実は、もう廊下も東館も開放している。住民の中には避難の必要性に疑問を向ける者もいたが、最後には納得してついてきてくれたよ」

正の死体は離れに保管してある。また、坂口の車も、午前五時の時点で火が完全に消し止められたのを確認したため、ブルーシートをかけ、金具で固定し、ひとまず人目に触れないようにしてあるらしい。あまり想像したくはないが、バラバラになった肉片のほとんどは雨に流されてしまったようだ。

葛城が嘆息した。

「Y村の人たちも、逃げて正解でしたね。Y村の人口は二百人ですから、二十パーセントが避難してきている形になりますね」

「ああ。八十パーセントは自主的に避難したことになる。報道で何度も今回の台風の危険を呼びかけたのが効いたんだろうな。警戒レベル3の時点なら、W村の小学校への避難も可能だった」

「おかげで」三谷がため息をついた。「残ったのは、報道も警報も信じないで避難しなかった頑固者揃いだったのさ。呼びかけをする俺も、苦労させられたよ」

そう言いながらも、三谷の口調には達成感が滲んでいた。

「皆さん……本当にすごいですね」

ユウトの母親が目を丸くして言う。ユウトは両親が見つかり、助けも来て安心したのか、母親の腕の中で静かに寝息を立てていた。

「いえ、僕など大したことは」葛城が謙遜《けんそん》する。「すごいのはうちの父です」

「お前だって、ここにいる三人を救い出した。それはお前にしか出来なかったことだ」

健治朗のどこか優しい口調に、鼻の奥がツンとする。

葛城は、遂に父親に認められたのだ。

「本当に、拾っていただいて感謝しています」ユウトの父親が目を伏せながら言った。

「あの、実は……俺たち、あなたの家から、食器を──」

「困った時はお互い様です。みなまで言わないでください」

大きく見開かれた男の目が、次第に潤んでくる。「はい」と彼は上擦った声で答えた。

「このご恩は、一生忘れません」

「まずはその足を診てもらいましょう。大丈夫です。私の家に、折よく医者が来ています」

兄さん、外科は専門外だと思うけどな。そう思ったが、口には出さないでおく。

ユウトの両親は助かったことに安心しきったのか、小さく寝息を立て始めた。五分もしないで葛城家には着くが、たった五分のまどろみでも心身が安らげば良いなと思った。

車で葛城家に辿り着くと、僕らはユウトの父親を梓月のもとへ運び、応急処置をしてもらうことになった。梓月は「外科は専門外ですが、やれることはやってみましょう」と好青年的受け答えをした。内心では渋面を作っていそうだが、ひとまず任せておこう。

食堂には、全体の半分の二十名ほどがシートを敷いて座り込んでいた。横になり、タオルをアイマスク代わりに眠っていたり、黙々と本を読んでいる人もいる。そうしていないと、落ち着かないのかもしれない。ユウトと母親は、毛布にくるまり、頬に赤みが戻ってきた。食堂の一角に座り、一息ついている。

葛城はその姿を自分の目に刻み付けるように、じっと見つめていた。

2　帰還～二つの調査　【館まで水位13・9メートル】

葛城は健治朗に「少しだけ話をさせてください」と声をかけ、僕と三谷の同席を求めた。

四人で二階の葛城の部屋に行く。椅子が足りないので、僕と三谷の部屋からそれぞれ一つずつ持ってきた。

座った葛城が居ずまいを正して、健治朗に向き直った。

「……父さん、僕の頭の中には、ある計画があります」

「なんだね」

「家の皆は、今、苦しんでいます。僕にはそれが分かる。言おうとしても言えない思いを抱えて、すれ違って、皆が苦しんでいるのが分かる。その苦しみが嘘という形を取って、僕の目に見えているのです。おばあちゃんを守るっていうのは、あくまで第一段階。家族の皆は、それぞれに隠し事を抱えています。それを隠すのに都合がいいから、ノブ子おばあちゃん犯人説という大きな嘘に全員で乗っかったんです。そういう意味で、全員の利害が一致した——いや、父さん、あなたが一致させたんですよ」

「はっ……？」

葛城の言葉があまりに予想外で、僕は思わず声を上げた。

健治朗は家族の隠し事に気付いていながら、それを見逃したということか。それでもなお、僕と三谷、坂口を追い詰めた時のような、一枚岩の強みを発揮出来たことになる。老獪《ろうかい》——そんな言葉が浮かんだ。彼は家族全員の勘所すら押さえて、あの場を切りまわしていたのか。

「あの時はそれが最善だと思った。全員の利害が一致するポイントだ。お前も分かってくれると思った」

「ええ。僕も飲みました。一度は、ね……。だけど、今は違います。だって——ノブ子おばあちゃんを犯人に仕立て上げて、家族を結束させるところまでもが、真犯人の描いたシナリオなんですから」

「何？」

健治朗が目を瞬く。やがて、何度か小刻みに頷いて言った。

「……確かに、絶好の隠《かく》れ蓑《みの》だ。結託して一枚岩になった家族の中に、隠れる……獅子身《ししん》中の虫《ちゅうむし》……トロイの木馬……絶妙だ。私までもが、真犯人に踊らされていたわけか」

健治朗はクックッと笑った。僕は彼の長口上を怪しく思った。真犯人が自分を守る防衛線を固めるというなら——議論を主導していた、健治朗こそがふさわしいのではないか。

「それで、この事件、お前が考えている通りとして——お前はどうする」

「一人一人と話をします。真正面から」

葛城が椅子から身を乗り出した。

「僕がするのは、厳密には謎解きではありません。手元にある材料を使って、みんなから話を引き出す。つまり、最後の解答へ向けた情報集めです」

「歯に衣着せず言えば、『尋問』だな」

無機質な言葉にされると、思わず緊張する。

「違います」

葛城は間を開けずに答えた。

「『対話』です」

葛城は一度目を伏せた。

「僕はもう、ミチル姉さんの金魚のような間違いはしない。決めたんです。自分の推理を一方的に突き付けることは、本当の解決じゃないんだ。だから『対話』なんです。僕の目には、家族の皆が、隠し事を抱えて、まるで鎖でがんじがらめになっているように見える。それこそが真犯人の狙いなんですよ。だから、この家族を縛っている鎖を、僕が一つ一つ断ち切っていきます。みんなを解放するために。僕が、全員を救ってみせる」

だって、僕はヒーローだから。

彼がそう嘯《うそぶ》くのが聞こえた気がした。

葛城の知力は、何も彼に特有のものではない。簡単な推理や反論なら僕にだって思いつくし、事前の示し合わせはある程度あったにしても、限られた時間の中であれだけの偽推理を組み上げた健治朗もまた優れた頭脳を持っている。梓月だって同じだ。健治朗の偽推理に反論し、葛城の心変わりのことにも敏感に気が付いた。何物をも見通す頭脳だけで、名探偵であるということは出来ない。

それだけではダメなのだ。

ヒーローだってそうだ。力があればいいわけではない。人を助けたいという気持ちだけがあってもダメだ。

名探偵も、ヒーローも、生き様なのだ。

健治朗は鼻で笑った。

「分かった。避難所のことも、災害の対策も、私が引き受けてやる。お前は全てを解き明かすことに集中しろ。田所君と三谷君も、助けてやってくれ」

「……いいんですか？」

「たかだか高校生三人分だ。いなくたってどうにでもなる」

それに、と彼は続けた。

「実を言うと、私は少し不安だったんだ。またミチルの時のように暴走したり、一方的に押し付けるだけなのではないか、とね。だから、事件をお前の手に委ねればいいと、そんな風には思えなかった。それについては、謝ろう」

健治朗の指が二度、肘かけを叩いた。

「……実は一つ、聞かせるかどうか迷っている話があった」

「なんです?」

「W村の駐在所の巡査長から、一ヵ月くらい前に聞き取った話だ。話すかどうか迷ったが、記録も残っていることだし、知った以上は見過ごせなかった、とね」

それから健治朗は、今年の四月、間田巡査が体験したという嵐の夜の出来事を語った。大雨の中、サンダル履きの惣太郎が、服に派手な泥汚れを作ってまで必死に逃げてきたこと。何かに怯えている様子だったこと。右手に無数の切り傷があり、虐待が疑われたこと。「ころされる」という言葉……三階の書斎の薬瓶が全て割られたのが、惣太郎の仕業だと仕立てられたこと……そして——。

「蜘蛛……」

三谷が呟いた。

「じゃあ、薬瓶を壊したのも、右手に傷をつけたのも、その『誰か』——蜘蛛の仕業だってんですか?」

「進んで他人に話すようなことではないが、父は死ぬ直前、アルツハイマー型認知症になっていた。典型的症状に、幻覚や妄想があって、中でもポピュラーなのが『天井裏に泥棒がいる』という妄想だ。自分が物忘れをして、家の中で色んなものをなくすのを、天井裏に住む、悪意ある泥棒のせいだということにして、責任転嫁するんだ。それがいつしか妄想から自分の中の真実にすり替わって、天井を棒で叩いて威嚇し始めたりする」

「でも、それって……本当に屋根裏に泥棒がいたらどうなるんですか？　誰にも、真面目に取り合ってもらえなくて……信じてもらえないってことですよね？」

「そうだ」

健治朗は苦虫を嚙み潰したような顔で頷いた。

「まさしく現実の『オオカミ少年』だよ。頭から嘘と決めつけられて、誰も信じてくれない。だからこの話を聞いた時、私も迷ったのさ。確かにこの家の誰かが薬瓶を割ったのかもしれない。だが、それでどんな得がある……？　そうやって薬瓶の保管場所を変えさせることでどんなメリットが生じる？　保管場所を離れに決めたのは広臣さんだった。広臣さんが自分の都合の良いように話を進めたのか？　それとも、広臣さんの行動さえ、犯人の計画のうちなのか？　分からなかった。確証を摑むことが出来なかったんだ」

健治朗の顔の影が深くなった。彼の苦悩のほどが顔に滲み出ているかのようだった。

「離れに移すことで、薬瓶への監視の目が減る……でも、離れに移したことで、坂口さんが戸棚の前に立つ男の姿を撮影してしまった。三階の書斎は窓がなくて密閉されている。あの場所でなら、坂口さんが運よく見つける事態も起こらなかったかも」

「でも、それっておかしくないですか。それだと、書斎が保管場所のままの方が誰にも見とがめられなかった、ってことになりそうじゃないすか。矛盾してる」

三谷の反論はもっともだった。

「でもっすよ、もし惣太郎さんの薬瓶の一件が犯人の工作なら、これって、ノブ子さんを正さん殺しの犯人に仕立てようとした犯人のやり口に似てますよ。一貫性があります」

「言われてみれば。ノブ子さんの服に付いていた血は、多分動物の血か何かだ。泥汚れだって簡単に付着させられる。ノブ子さんには、僕の財布を自分のものと思って奪ったり、黒田さんを惣太郎さんと見間違えて激昂《げっこう》するような認知症状もある。信頼されない人を罠に嵌める、陰湿で狡猾なやり口だ」

不意に、黙り込んでいる葛城が気になった。口元に手をやって、真剣な表情で俯いていた。

「なあ、葛城、お前の見立てはどうだ」

「え？」

葛城は顔を上げ、目を丸くした。

「うん……そうだね。蜘蛛、だなんて、言い得て妙さ。この事件の犯人はこの館中に糸を張り巡らせている。透明で、悪意の見えない糸。それがいつの間にか体にまとわりついて、身動きが取れなくなっている……さすがおじいちゃんだよ。本質を摑まえている」

「じゃあ、薬瓶の話っていうのも……」

「ああ、九十パーセントまでは、犯人――『蜘蛛』の仕業で間違いないと思う」

「残りの十パーセントは？」

「……まだ、見えていないものがある。僕の仮説さえも妄想だった場合だ」

では、葛城でさえ、自分に完全な自信があるわけではないのだ。暗中模索するようなこの摑みどころのない事件を、彼は解き明かすことが出来るのだろうか。そして、許されざる罪を犯した僕はどうなるのか。

同時に、気付く。残りの十パーセントとは、僕のことではないだろうか？

僕は自分の思いつきで電球などのトラップを考案して、離れに仕掛けをしてしまった。『蜘蛛』がノブ子や惣太郎を罠に陥れ、家族を操っていたのだとしても、家族ではない初対面の僕まで操ることは出来ないだろう。僕が『蜘蛛』とは無関係にやってしまったことのせいで、葛城の判断に、不確定要素が混じってしまったのではないか。

僕は自分の罪を告白しそうになったが、いざとなると勇気が出なかった。僕はそんなヘタレだった。

「それにしても、父さん」

葛城が自分の父に向き直った。

「どうして、今になってこの話を聞かせてくれたんです？」

「お前に任せてみてもいいと思ったからだ」

「どうして、急に任せてみる気になったんです？」

そう言われると、健治朗はニヤッと笑った。

「お前のことを、少しは信じてみる気になっただけだよ」

＊

葛城と三谷と共に外へ出る。駐車場を見やると、坂口の車は大きなビニールシートで覆われていた。

葛城がそれを眺めて言った。

「僕は今から、家族と順番に話をする。秘密を暴きながら、ね。だけどその前に、二つばかり集めておきたい情報がある」

「情報……？」

「そうだ。一つは、坂口さんの死に関する状況だ。まだ詳しく聞いていなかったからね……」

彼はその場にしゃがみこんで、足元の黒い何かを見つめた。僕は思わず顔をしかめる。恐らく、バラバラになって燃えた体の一部……大きさからみて、手か足の指だろう。

「これほど炭化していては、身元の特定は出来ないだろうな……ＤＮＡ鑑定が出来れば目もあるが、それだって、わずかな可能性に過ぎない。残っている体の部位が多ければ多いほどいいが……」

「この大雨の後では、望みが薄いだろう。証拠はほとんど流されてしまう」

「もしかして、それが犯人の狙いだったりしてな。万が一ここまで水が入ってくれれば、いよいよ万全じゃねーか。水害のおかげで大半の証拠が消えちまう」

三谷が言い、僕と葛城が二人同時に彼の顔を見た。三谷は人差し指で頬を掻いて、

「……いや、不謹慎だったと思うよ、ごめんな」と言った。

「証拠……」

そういえば、とポケットの中に手を入れる。ハンカチの中にくるんだ小さなガラスを差し出した。

「葛城……そういえばこれ、爆発のすぐ後、坂口さんの車の近くで拾ったんだけど……」

「これは──何かのガラスか？　坂口さんの持っていたカメラとは随分大きさが違うみたいだな……」

葛城はハンカチ越しにガラスを持ち、眉根を寄せて睨んでいた。

「田所君……自分の体験した順番通り、その時思っていたことも全て……」

僕は順番通りに話した。玄関で坂口を呼び止めたこと。坂口が僕らを車で逃げるかと誘ってくれたが、断ったこと。坂口が「惣太郎を殺したのは孫」と口にしたこと。坂口の車がなぜか気になり、車を見つめていたこと。すると携帯の着信音が聞こえてきて──直後、爆発が起こったこと。

「今の順序」

「え？」

出し抜けに葛城が言ったので、反応出来なかった。

「順序。間違いないんだね？」

「何が？」

「車が気になって見ていたら、着信音がした。この順序だよ。着信音がしたから、車を見た。この順番ではないんだね？」

「あ……」

言われてみれば、そうだ。着信音が先にしたというのが、どう考えても自然の流れ。でないと、車を見るという行為の、キッカケがなかったことになる。

僕は自分の記憶の正しさに不安を持ったが、どうしても、その順番は覆らなかった。それを伝えると、葛城は何やら意味ありげに、「ふうん……」と呟いた。

「まあ、それはひとまず置いておこう。今の話で、爆殺の手口はおおむね分かった。このレンズの正体もね」

三谷が目を丸くする。葛城はニヤリと笑って、手に持ったレンズを掲げた。

「このレンズ、口径が小さいだろ。直径にして一センチってところ。隠しカメラのレンズか何かかと思ったが、今の話を聞いて分かった。このレンズは日頃見慣れているもの……携帯電話のカメラのレンズだ」

「言われてみれば……」

三谷は納得がいったように頷いた。

「狙い澄ましたような爆殺も、タネが割れてみれば、案外簡単な話だよ。恐らく、犯人……『蜘蛛』は早い段階から、坂口さんの車に爆弾を設置し終えていたんだろう。そして、爆破ユニットに接続しておいたのは、使い捨ての携帯電話だ。そこに犯人の携帯から電話をかけると、起爆……。こういう仕掛けだ。センサーやカメラ、もしくは何かの合図があれば、車に乗ったタイミングも簡単に確認出来る。シンプルに館から視認してもいい」

「それが、あの着信音の正体……だけど、携帯電話をいじるなんて、目立つんじゃないのか？」

「いや、そうでもないぜ田所」三谷が首を振った。「あの状況下にいたなら分かるだろう。地震や火災ならともかく、水害では電波やインターネットは生きている。情報収集もほとんどがネットで済む。事実、ミチルさんがそうじゃないか。情報を集めるため、あるいは、仕事仲間や友人、僕ら訪問者なら家族、そういう人たちに連絡を取っている振りをしたっていいんだ……」

「そうだ。誰であれ、この状況下で携帯電話を操作するのは、不自然じゃない……」

葛城の考えは筋が通っていた。それなら、あの館の中に、素知らぬ顔をして爆弾のスイッチを押した人物がいる、ということか……？　背筋がゾッとした。その光景は誰かに見られていたかもしれない。だが、誰もその意味には気が付けない……。

「結局のとこ、この手口じゃ犯人は絞れねえってことか」

三谷が鼻白んだように言った。

「なあ、葛城の考えだけど、それだとおかしくないか？」

僕が言うと、葛城は我が意を得たりとばかりに大きく頷き、ニヤリと笑った。僕はそれに励まされて先を続けた。

「さっき、葛城は爆弾は『早い段階から』仕掛けられていたと言った。でも、それじゃ変だろ。だって――」

「あっ」三谷がパンと手を鳴らした。「そっか！　まず、正さんが坂口さんの代わりに殺されて、それに気付いた犯人が、本来のターゲットを殺した、って順番だもんな。坂口さんが生きていると分かったのは、正さんの死体発見の午前一時十五分頃。それ以降、葛城家の人たちはノブ子さんを庇う工作で大忙し、調査を終えた健治朗さんたちも食堂に集合していた。そして話し合いをして、坂口さんが退出、その直後に爆発……」

「その通り。夏雄君や葛城、ノブ子さんや北里さんはずっと部屋だったけど、他は二人組で動いていた。僕や三谷も一人でいた時間はない。唯一可能性があるのは黒田さんくらいだけど、彼も車に乗って事故に遭ったとみられている……。つまり、全員に一人でいた時間がないんだ。アリバイがあるんだよ」

爆発の後だってそうだ。犯人の追撃を恐れ、必ず二人一組、三人一組での行動だった。行動の自由度は低かったのだ。

ならさ、と葛城が突然言った。

「前提が間違っているんじゃないの」

葛城はちょっとニヒルな笑みを浮かべて、挑戦するような口調で言った。

「はあ……？」

「つまり、爆弾が仕掛けられたのはもっと前なんじゃないか」

「もっと前って……正さんの死体が見つかる前ってことか？」僕は首を振った。「あり得ない！　だって、それじゃあ順序が逆じゃないか！　正さん殺しの間違いを正すために、坂口さんが……」

「だから──間違い殺人ではなかったんだよ」

「何？」

葛城の言葉があまりに意味不明で、僕は動きを止めた。

「すると……犯人は初めから正さんも坂口さんも殺すつもりでいて……だから、あらかじめ坂口さんの車には爆弾が仕掛けられていた、と……？」

「そうだ」

「馬鹿な！」僕は思わず声を荒らげた。「だったら、犯人は正さんを殺す予定だったことになる！　理屈に合わない！　それなら、犯人はどうやって正さんと坂口さんの部屋交換のことを知ったんだ？　あれはトカゲが室内に入ったことによるアクシデント、予測は出来なかったんだぞ！」

「それだよ」葛城が言った。「それこそが、僕が知りたいもう一つの情報だ」

葛城はそう言い置いて、館の中に入っていった。

僕と三谷はほとんど狐につままれたようになって、呆《ほう》けた顔を向け合い、しばらく放心していた。

＊

応接間には健治朗、璃々江、ミチルなど「司令塔」組のメンバーがいたが、葛城は無視して奥の給湯室に入った。健治朗たちは声をかける暇もなく、ポカンとした顔を向けている。僕と三谷も電光石火で横切ると、給湯室に入って扉を閉めた。

「葛城、お前一体何を……」

「三人の飲み物」

「え？」

「父さん、母さん、姉さんの飲み物を見たかい？　みんなペットボトルのミネラルウォーターを少しずつ飲んでいる。深夜に目が覚めてからは、みんなあの状態だよね。温かい飲み物を入れたり、コップを使って何かを飲んだりなんて余裕はない。避難者には葛湯が振る舞われているけど、あれの容器は使い捨てのプラスチックのものだ。勝手が違う」

「なあ」僕は思わず焦れて言った。「確かに全部お前の言う通りだけど、それが一体――」

彼はハンカチを使って、流しのカゴに入っている三つのティーカップと三枚のソーサーを、順に取り出した。三つのティーカップの内側には、それぞれ茶渋《ちゃしぶ》の線がぐるりと残り、底にベージュ色の滓《かす》が残っていた。カゴの中には、これら三組のティーセットの他には、銀製の曇ったティースプーンが一本。葛城は戸棚の引き出しを開ける。中には、スプーンやフォーク、ティースプーンが十分な数残っていた。

葛城は満足したように頷くと、今度は足元のゴミ箱を開けた。ゴミ箱には、開封済みのミルクポーションが三つと、使用済みとみられるティーバッグがそれぞれ三つ。

こんな場面を、エラリー・クイーンの長編で読んだことがある気がする。

葛城はいよいよ満足そうに頷き、電気ポットの蓋を開いた。中にはなんの跡も残っていない。葛城はポットの中に水を少し入れ、電源を入れた。

「お湯が沸く前に、ちょっと北里を捕まえて話を聞いてくる。田所君は、お湯が沸いたら、ゴミ箱の中のティーバッグ三つを新しいカップ三つにそれぞれ入れて、お湯をかけといてくれ」

その行動になんの意味が、と問いかける前に、葛城はもう給湯室の外に出ていた。三谷と顔を見合わせた後、仕方なく指示に従った。

僕は睡眠薬入りのコーヒーを仕込む時、この部屋の器具を使ったが、それらは全て綺麗に洗って、水気も切り、元の場所に戻してある。ブラックコーヒーで、瓶詰めの顆粒《かりゅう》から入れたので、ポーション類やパックなどの余分なゴミは一切出ていない。葛城がこの部屋に来たのは僕の行動を確かめるためかと疑ったが、葛城の関心は、明らかにこの三組のティーセットにある。これは僕とは無関係だ。

二分とかからずお湯が沸き、言われた通りカップに使用済みのティーバッグを入れたところで、葛城が戻ってきた。

「北里によれば、応接間と給湯室の清掃に入ったのは昨日の六時半。その後は一切手を触れていないそうだ。つまり、このティーバッグは、昨日の六時半以降……夕食の後の時間に出たゴミだ」

僕が睡眠薬入りのコーヒーを仕込んだのは午後七時、話を終えて、食器類を洗って戻したのが七時半頃だったはずだ。僕だけが知りえる情報だが、これらのティーセットは七時半以降に使われたことになる。

葛城は使用済みティーバッグを入れたカップを覗き込んだ。三つとも、ほとんど色が出ておらず、お湯のままだ。葛城は新しいティースプーンで、それぞれのティーバッグをぐいぐいと押した。

「押しても色は出ない。間違いなく、使用済みのものみたいだね」

そんな実験のためにお湯を沸かしていたのか……。僕はいよいよ我慢の限界が来て、葛城を問いただした。

「なあ、葛城、これって一体――」

「君だって坂口さんから聞いているだろう。正兄さんと坂口さんが部屋を換えると話したのは、応接間だ。夜に応接間でお茶をしながら話していた」

「それはそうだが」

「おかしいと思わないのか？　なぜ、ティーセットが三つある？」

「あ……」

言われてみれば、単純なことだった。

「ゴミ箱の中にも、使用済みのティーバッグとミルクポーションが三つずつ。夜に三人の人物がミルクティーを飲んだことは明らかだ」

「ま、待ってくれ。確かにここにはティーセットが三つある。だけど、三人が同時に飲んでいたとは限らないじゃないか。順序は分からないが、正さんと坂口さんのペアが飲んで、後から、全然関係ない人物が一人、ティーセットを使っただけかもしれないじゃないか」

「ところが、その可能性も否定される」

葛城はバッサリ言った。

「根拠はこのティースプーンだ。使用済みのものは一本しかない。つまり、三杯のミルクティーは、一本のスプーンを使い回して作ったことになる」

「なるほど……」三谷が頷いた。「確かに、引き出しの中には、まだティースプーンがたくさんあった。もし、後からやってきた別の人が自分用の紅茶を淹れたなら、使用済みのものなんて使う必要がない。心理的にも嫌だ。だから、新しいものを使ったはず……」

「そう。だから矛盾を解消する鍵は一つ。三杯のミルクティーが同時に作られ、三人分をまとめて入れた人物が一本のスプーンを使い回した。本来なら、ティーセット一つにポーションとスプーンをつけて、飲む人が混ぜるのが基本だが、先に注文を取っておいたんだろう。だから、三杯同時に作って、混ぜるのも一度に済ませてしまった」

「混ぜっ返すようだけど……」僕はなんとなく承服しかねて言った。「ストレートティーならスプーンを使う必要はないだろ。ポーションは三つだけど、一人の人物が二つ、三つ使ったという考え方もあるはずだ」

「ティーカップの底」

葛城はそれだけ言って、使用済みのティーセットを示した。ティーカップの底には、ベージュ色の滓が残っている……。

「確かに……三杯とも、ミルクティーだったみたいだな」

「田所君も納得してくれたみたいだね。つまり、僕の結論はこうだ——その時、応接間には第三の人物がいた。その人物は、正児さんと坂口さんの部屋交換の事実を、あらかじめ知っていたんだ。もちろん、坂口さんにはその人物が知っていたという認識はあっただろうけど、『間違い殺人』という構図の印象が強すぎて、その人物のことを疑えなかったんだろう。だから、言い出すこともなかった……」

「第三の人物……」

三谷が呟いた。

僕はやはり、まだ納得出来ない思いでいた。

「葛城……ティーセットに関してのお前の検討は、すっかり筋が通っている。だけど……だけど、なんとなく据わりの悪さを感じるんだ」

「うん。どんなところに？」

「なんかこう……葛城の部屋で話していた、犯人の人物像と合わない気がするんだよ。この事件の真犯人っていうのは、惣太郎さんの薬瓶のことや、ノブ子さんの濡れ衣も仕込んで、家族のことも操って……悪知恵に長けた、相当頭のキレるやつだろう？『蜘蛛』っていう印象は、その狡猾さから来るものだ。

そんなやつが、こんな、いかにもっていうか……あからさまに自分の足跡になるような証拠を残すか？　それが気持ち悪くて……どうも、この証拠を追いかけること自体、真犯人の手のひらの上で踊らされているような気がしてな」

僕は自分のことを賢い犯罪者だとは思わないが、そんな僕でも、睡眠薬入りのコーヒーを淹れたカップは入念に洗って戻しておいたのだ。『蜘蛛』が、その程度の手間すら惜しむズボラだったり、ティーセットから自分の存在が明らかになってしまうのを気付けない間抜けだとは、到底思えない。

だが、葛城はニヤリと笑った。

「田所君、君の考察は鋭い。だけど、これで正しいのさ。応接間には第三の人物がいた。そして、『蜘蛛』が僕が考えているような人物であればあるほど――このティーセットは、ここに残っていてしかるべきなんだよ」

「ええ……？」

僕は葛城の言葉の意味がいよいよ分からず、遂に匙《さじ》を投げてしまった。彼の頭の回転に全くついていけない。

だが、坂口の死と、応接間の第三の人物……この二つの情報を、葛城は首尾よくゲットしたわけである。準備は整った。

いよいよ、葛城が動く――。

*

応接間に戻ると、健治朗はシャツをまくって自分の腹部を晒し、そこに注射をしていた。

「えっ、健治朗さん、何を」

彼はその質問には答えないまま、淡々と注射を済ませ、使用済みの注射針を空のペットボトルに入れた。シリンジの側面に打たれた赤い目盛りが、室内灯を受けて鈍く光っていた。

「インシュリンの注射だよ。ちょうど時間だったんだ……糖尿病で四年前から使っている。君たちが給湯室から出てこないから、今なら誰にも見られないかと思ったんだが……

間が悪かったね」

室内に璃々江とミチルの姿はなかった。

「母さんと姉さんは？」と葛城が聞く。

「……食堂の方で何かトラブルがあったようでな。私が行くと言ったんだが、『今まで任せきりだったから、今回は私が』と璃々江が聞かなくてね……」

トラブル……。非常事態の中、慣れない環境への避難だ。先行きへの不安もある。見知らぬ者同士が寄り集まっている状況もまた、ストレスになるだろう。健治朗の口ぶりからすると、そうしたトラブルへの対処を彼らはずっと引き受けてくれていたようだ。そんな状況下で、ただひたすら真相だけを追いかけようとしている自分たちが無力に思えた。

いや、違う。そんなことに悩んで足を止めている場合じゃない。事実、葛城は止まっていない……。

「二人の様子を見てきますよ」

葛城が言うと、健治朗が顔を上げた。

「……最初の『対話』相手は、あの二人なのか？」

応接間のドアノブに手をかけた姿勢で、葛城の動きが止まった。彼は顔だけ振り返って、健治朗に頷いてみせた。

「そうか……まあ、やりすぎないようにな」

健治朗はそれ以上何も聞かず、押し黙っていた。

僕はふと、この健治朗もまた、何か隠し事を胸に秘めているのだろうかと思った。葛城の言葉通りなら、隠し事をしているのは葛城家の全員……。それならば、必然、健治朗も何かを隠していることになる……。

だが、何を？

しかし、考える暇もなく、葛城はもう廊下に出ていた。

璃々江とミチルは食堂の入り口あたりに立ち、そこで一人の男と対峙《たいじ》していた。璃々江の背後では、母親らしき中年の女性に、小さな女の子がしがみついていた。涙目で、小さな体がぷるぷると震えている。周囲の避難者が、固唾を呑んで見守っている。部屋にいる全員が緊張にピリついていた。

「それで？　一体何があったのですか？」

璃々江が母親の方を向いて尋ねる。男は自分を無視されたことに腹が立ったのか、鋭く大きな声で言った。

「このガキが俺の服を泥の付いた靴で踏みやがったんだよ。こんなに狭いところでちょろちょろ遊んでやがるからだ」

「あの、本当にすみません。よく言って聞かせますから……」

僕は葛城、三谷と顔を見合わせて頷き合い、男性に背後から歩み寄った。何かあった時、すぐに飛び出せるように。

男が声を荒らげた。

「てめえが謝ったって仕方ねえんだよ！　ガキが謝らなきゃ意味がねえだろうが！」

「やめなさいよ」

ミチルが母娘と男の間に立ちふさがった。

「あ？」

「やめなさいって言ってんの。困ってんのはみんな同じ。追い詰められてんのもみんな同じ。叫びだしたいのもみんな同じだよ。でも、必死にこらえてやってんの。まして、こんな小さな子供に怒鳴り散らして、あんた、恥ずかしくないわけ？」

ミチルの言葉は気持ちがいいくらいの正論だった。正論であるがゆえに、ひやりとさせられる。

「――んだと！　テメェ！」

男はミチルに殴りかかった。あっ、と僕は叫ぶ。母親が女の子を抱き、女の子を守るように覆いかぶさった。

バシッ、と拳の鳴る音が響く。

「え――？」

僕は目の前の光景に驚いていた。

男の拳を受けたのは、璃々江だった。璃々江のメガネは吹き飛び、唇の端に血が滲んでいる。彼女はギロリとした目を男に向け、微動だにしなかった。彼女の姿が実際よりも大きく見えた。

男は脂汗をかき、先に目をそらした。

璃々江は男に向けていた能面のような表情を振り向きざまに崩し、背後にいた女の子に向けてにっこりと笑った。

「ねえあなた、ここことは違う場所に行きましょうか。きっと落ち着けると思いますよ」

女の子は「うん」と頷いた。女性が立ち上がってお辞儀をすると、璃々江は何事か耳元で囁いた。女性は目を見開く。

「ミチル、お連れして。部屋の中の荷物はあなたの部屋に移してちょうだい」

呆気に取られていたミチルが「え、あ、うん」とやっとの様子で返事をした。璃々江はミチルの耳元でも何事か囁いた。

女性は何度も頭を下げ、ミチルに連れて行かれた。

璃々江は男に向き直る。

「あなたは少し、外の風に当たった方がよさそうですね。東館なら、今は少し落ち着いています。頭を冷やすにも、ちょうどよいかと」

「俺に場所を移れってか」

周囲の避難者が、成り行きを見守っていた。その視線に根負けしてか、男は舌打ちしながら「分かったよ」と言って荷物をまとめて食堂を出た。

男がいなくなると、避難所はやんややんやの喝采《かっさい》に包まれた。「かっこよかったぞ姉ちゃん」「私、何も出来なくてごめんなさい」「胸がすかっとしました」そんな言葉が飛び交った。

「さっきのお二人には、二階の私と夫の部屋にいてもらうことにしました。そこでなら女の子も動き回れるでしょうし、何よりお母さんの顔色が悪かったですから」

璃々江は頭を下げた。

「皆様にはまだご不便をおかけしますが……」

「いーよいーよ。あの子たちが少しでも楽に過ごせるなら、俺たちの苦労くらい、安いもんだ」

気の良さそうな男が言うと、「お前いいこと言うな！」とまた温かい言葉が広がる。

さすがだ。僕はすっかり感嘆していた。トラブルを鎮めて、全員味方につけてしまった。母と娘にもしっかりフォローを入れている。

間違いなくやり手だ。あの健治朗の妻だけある。

「ママ、二人とも言われた通りの部屋に案内したよ」

ミチルが戻ってきて、璃々江の背後に立った。

「ああ、ありがとう、ミチ――」

璃々江が一歩歩こうとして、ビニールシートの端に足を引っかけた。ミチルがそれを横から支える。

「ちょっと！　無理しないでくれる」

ミチルは璃々江を立たせると、手にしていたメガネを手渡した。男に殴られた時、床に吹っ飛ばされたものだ。

「これがないと、前も見えないくせに」

「ごめんなさい」

璃々江がメガネをかけた。

「謝らないでよね。第一、なんで助けてくれたのよ?」

「顔が傷ついたら……あなた困るでしょ」

ミチルが目を見開き、「なんで」と小さく呟いた。その当惑とも驚愕ともつかぬ反応の理由を、僕は知っている気がした。正が璃々江の前でぽろっと口走ったではないか。「ミチルが璃々江に対して引け目を感じている」と。何か、母娘の間に溝があることを感じさせる言葉だった。

あれは勘違いだったのかもしれない。確かに、璃々江の冷たい態度のおかげで、誤解してしまった可能性はある。正も、ミチル自身も。

「ミチル姉さん、そして、母さん」

僕のような感傷とは無縁なのか、葛城が声をかけた。ミチルと璃々江は、同時に振り向いた。璃々江はメガネを押し上げ、ミチルは眉根に力を入れ、少し険しい顔になった。

「少しお話があります。今からついてきてもらえませんか。多分、今のお二人に必要な話になると思いますよ」

3　葛城ミチルと葛城璃々江【館まで水位12・0メートル】

璃々江とミチルは、少しだけやることがあるというので、一旦別れた。十五分後に、葛城の部屋に集合することにした。

僕や三谷の部屋から持ってきた椅子二脚と、元から葛城の部屋にあったテーブルと椅子一脚で、部屋のレイアウトを変えた。部屋の中央にテーブルを置き、上座に椅子二脚、下座に椅子一脚を置いて、下座に葛城が座った。さながら、即席の「取調室」である。

僕と三谷は、隅に寄せたベッドの端に腰かけることにした。

「それにしても、葛城。さっき、家族と『対話』するって言ったけど、これから具体的に何をする予定なんだ」

「そーだぜ葛城。俺と田所はお前に振り回されっぱなしで、まだろくに説明も受けてないんだぜ」

三谷が不満げに鼻を鳴らして言った。

「そうだな……一つには、家族の隠し事を暴くことだ。僕の手持ちの材料をぶつけて反応を見、秘密を引き出す。情報を集めることが大きな目的になる」

「なるほど。今までの推測をぶつけると共に、推理のための材料集めも兼ねてるんだな」

「ああ。そして、もう一つの意味がある……『検算』だ」

「え？」

三谷が素《す》っ頓狂《とんきょう》な声を上げる。

「僕には、これからの展開が全て……九分九厘、予想がついている。これから君たちに見せるのは、謎解きでも、尋問でもない——あえて潤色たっぷりに言ってみるなら、『五組のホームドラマ』だ」

「なんだって？」

「家族の間で起きていたすれ違い、勘違い……体に毒のように回っていたそれらを払拭《ふっしょく》して、元の形に戻す……家族だからって、いつも腹を割って本音を打ち明け合っているわけじゃない。むしろ、距離が近すぎて、言えなかった言葉だってある……そんな言葉をぶつけ合って、すれ違いが解消された時、家族としての絆がより強まる——これはそういう『ホームドラマ』だ」

どういうことだ？　頭の中で疑問符が躍った。家族の間のすれ違いを正すという行為には、ある種のヒロイズムさえ感じるのに、葛城の口調はどこまでも醒めている。醒めていなければ、自分の家族に対して、『ホームドラマ』などという、どこか突き放した単語は出てこない。

「田所君……三谷君……君たちに、頼みがある」

「なんだよ、葛城」

「これから見せる『ホームドラマ』は、『蜘蛛』が僕たちに見せようとしたもの……見られても構わないと思っていたものだ。だから、決して信じないで欲しい。もし万が一心を動かされたりしても、どこかに嘘がないか、冷徹な目で、眺めていて欲しい……」

葛城は両目を押さえた。

「僕には、自信がない。自分の家族のことだ。情に流されて、判断が鈍ることもあるだろう。だから……君たち二人だけは、冷静に状況を見定めて、おかしいと感じたところがあったら、僕に言って欲しいんだ」

「おう……」

三谷は明らかに話についていけていない様子だった。僕も、葛城の指示の意味が分からずに、困惑していた。謎解きで、材料集めで、そして、信頼出来ないホームドラマ――？ だが、これから目にすることを、批判的に見定めなければいけない、そのことだけは、理解出来た。

これから目にする、五組の『対話』。

その中に、嘘が隠されている。

五組？ これから二人ずつ呼ぶと仮定すると、家族の人数が足りないことに気が付く。一体どういうことなのか、葛城に問おうとした時に、扉がノックされた。

璃々江とミチルがやってきた。

『ホームドラマ』その一が、考える暇もなく開演する。

＊

「あんたから話なんて珍しいじゃない。一体何よ？」

ミチルは上座側の椅子に座り、足を組んでふんぞり返っていた。

「私たちに必要な話、と言っていましたね。さて、なんの心当たりもありませんし、またくだらない話でなければいいですが」

璃々江はミチルの隣に座っていた。メガネを外し、メガネ拭きで丁寧に磨いていた。

「始まるんだな、いよいよ」

三谷は僕に耳打ちする。その声はやけに弾んでいた。

「二人とも忙しいだろうから、単刀直入に言うよ。――姉さんは、ある隠し事をしている。それが真実への道を妨げているんだ」

ミチルは端整な顔を歪めた。深いため息をついてから、

「また探偵の真似事ってわけ？」

「姉さん、僕は子供の頃とは違う」

「どうだか。人の心に土足で踏み入って、後のことは何も考えない。三つ子の魂百までって言うじゃない。そう簡単に、あんたが変われると思わないけど？」

「変わったんだよ」

ミチルの眉がピクリと動いた。

「口答えなんて生意気。なら、御託はいいから証明してみなさいよ」

葛城が突然、真ん中に置かれたテーブルの上に何かを投げ出した。

ガタッ、と音が鳴る。

長細い赤の箱だ。

ミチルと璃々江に目をやると、両者ともその箱に釘付けになっている。

「あなた、それをどこで――」

璃々江はそう言ってから、ハッと目を開いた。

「母さん、これはあなたの『見た』ものじゃありませんよ。僕が持っている万年筆のケースです」

「テル、あんた……私たちに嘘ついたわけ？」

ミチルがわななき、吐き捨てるように言った。

「姉さんと母さんが勘違いしただけだけどね……うん、そうだ。これも嘘の一種……」

葛城はあっさりと認めた。ミチルも半ば唖然《あぜん》とするように口を小さく開けている。

「あんた……嘘はつけないんじゃなかったっけ？」

「つけないんじゃない。つかなかったんですよ。自分の信念にもとる、と思って……」

だけど、と葛城は言った。

「姉さんたちは口が堅そうだから、こんな奇襲でもしないと、ほら、なかなか本当のことを言わないでしょ……？　まあ、これは意趣返しってとこだよ。嘘をもって嘘を制す。僕は、自分の信念を変えることにしたんだ……誰の命も心も救えない信念には、なんの価値もない」

ミチルと璃々江は、鬼気迫るような双眸《そうぼう》で葛城を見ていた。

「それでは、僕自身さえ救うことが出来ない」

「お題目はもういい」ミチルがバッサリと言い捨てた。「結局あんたは何を言いたいわけ？　私が一体、何を隠してるって——」

「ミチル姉さん、安心してよ」

ミチルが動きを止めた。

「ミチル姉さんは、昨日、実際に離れに向かうノブ子おばあちゃんを目撃した。だから家族の中で一人だけ、ノブ子おばあちゃんが犯人だと、本気で信じ込んでいるんだ」

ミチルの顔が青ざめ、半開きの唇が震えた。

「そして、母さんはミチル姉さんを疑っている。だけど、それも完璧な間違いなんだ」

璃々江が立ち上がり、「どうしてそんなこと——」と声を高くした。冷静な彼女が今まで見せたことのない過剰な反応だった。

葛城の言葉が真実を突いたのは、明らかだった。

葛城は身を乗り出して、真剣な表情で言った。

「さあ、腹を割って話しましょうよ。真実を」

「馬鹿なこと言わないで――」

　ミチルが顔を紅潮させて立ち上がった。僕の胃がキュッと締めつけられる。何かあれば、すぐ動き出せるよう身構えた。璃々江は放心状態の体で、椅子に座り直していた。

「私がママに疑われている？　言うに事欠いて、そんな言いがかりをつけるなんてね。あんたの言う通り変わったみたいね。真実を見抜く名探偵サマから、くだらない言いがかりをつけるお粗末《そまつ》男に――」

　ミチルが腕を組んで、プイと顔を背けた。

「姉さんが坂口さんを襲った犯人なのは分かってるよ」

「……え？」とミチルが葛城を振り向き、動きを止めた。

「でも、姉さんが正兄さんを殺してないのも知ってる」

　葛城はじっと動かず、ミチルのことを見据えた。

「そうなの、ミチル？」

　璃々江は縋りつくような声音で聞いた。

「……私が何を言っても信じないくせに」ミチルがかぶりを振った。「だってそうでしょ？　ママはいつだって私の生き方を否定してきた。今だってそう。疑ってるって何？　そんな風に思われてたなんて、少しも気付かなかった。がっかりだよ。どうしてママは自分の娘も信じられないわけ？」

「そんな……」璃々江が首を振った。「私は、そんなつもりは」

毅然とした態度で推論を展開した時の、あの璃々江は見る影もなかった。

「母さん、姉さん、そう興奮しないでください。順を追って話していきます。そうすれば、お互いにお互いのことを誤解していたと、分かるはずです」

そう言って葛城は立ち上がり、咳払いを一つした。璃々江は気まずそうに視線をさまよわせている。ミチルはまたプイと顔を背けていた。

葛城はまず、坂口襲撃事件の謎解きを始めた。

デジタルカメラが坂口が使っているものでないとすぐ気付いたこと。HDDを盗んだこと。会社備品の一眼レフカメラのSDカードを誤って盗んだこと。この三つの事実から、犯人は坂口と近しい人物だが同業者ではないと結論付けられ、恋人だったミチルが最も疑わしい。彼の展開した推論は、僕が頭の中で組み上げていたものと同一だった。しかし、事実を一つ一つ積み重ねて、追い込んでいく話しぶりにケレン味がある。僕ではこうはいかない。

ミチルは最初こそ顔を背けたままだったが、葛城を振り向き、顔をしかめ、頭を抱え……反応がコロコロ変わり、忙しかった。

「分かった、分かった！　そうよ、坂口を殴ったのは私。目のあたりを傷つけたのはさすがにやりすぎだったけど、私も必死だった。恋人だった時に撮られたネタを回収するためだったの」

「そのネタとは？」

ミチルは顎を引いて、何度か口を開きかける。長いため息をし、ようやく言った。

「……麻薬」

「マジかよ」と三谷が呟く。

「ミチル、あなた――」

「違うのママ」ミチルがかぶりを振る。「一度だけ、たった一度だけなの。モデルの世界に入って、ライバルや仕事仲間の悪意に晒されることも多くて……それで、モデルの友達に誘われて……薬をやって少しは気が晴れるならって、誘いに乗って……でも、すぐに怖くなってやめた……」

「しかし、その一度を坂口は逃さなかった」

葛城が言うと、ミチルはゆっくり頷いた。今や世界に名だたるトップモデルとなった女性の、過去の麻薬使用。その写真一枚で、疑惑は過去から今へと飛び火するだろう。まさしく時限爆弾だ。坂口は最も効果的に使えるタイミングを狙って隠し持っていた。

葛城は目を細めて、先を続けるのをためらうように静かに息を吸って吐いた。

「……さて、事件の話に戻りましょう。

僕が見抜いたのと同じ思考を辿り、母さんもミチルが襲撃事件の犯人であると気付いた。だからこそ、坂口さんのいた離れ――実際には正兄さんの部屋になっていた――に姉さんが忍び込み、カメラを盗む可能性が高いと考えたんですね。そして、あの部屋の引き出しには、あるモノがあった。それこそが」

「葛城が今取り出した赤い箱――それに似た何か」

僕が言い、葛城が「その通りだ」と笑う。

「避難者を受け入れた後、母さんと姉さんは面白い動きをしていたよね。みんなで集まってチーム分けをした時の食堂での出来事です。母さんが赤いメガネケースを取り出し、ゆっくりとメガネを外してしまう。その動作は、まるで誰かに見せつけているかのようでした。ですが、母さんはメガネなしでは目の前もぼやけるくらい目が悪いはずなのに、メガネを外してからも梓月さんや食堂の面々の表情を正確に見分けることが出来た。反対に、メガネをかけた状態で壁にぶつかりました」

確かに、璃々江は先ほど、ビニールシートに足を引っかけて転びかけていた。あの一件でも、メガネなしでは相当見えないのが分かる。

だが――。

「それはおかしいぞ葛城。まるであべこべだ。メガネをかけていると見えず、外したら見えるようになった……」

口に出した瞬間、答えが頭にフッと浮かんだ。

「コ、コ、コンタクトレンズ！」

「その通り！　あの時母さんはコンタクトレンズを着けていた。その上からメガネをかけていたんだ。だから、メガネをかけている時は二重レンズの『見えすぎ』で壁にぶつかり、外した時はコンタクトレンズで通常通り見えていた」

あの時、璃々江はトイレと言って健治朗とのペアで一度中座し、頭痛薬を飲むと言って再度席を外した。一度目がコンタクトレンズの装着、二度目が外した時だ。

「でも、なぜそんなことを」

「メガネケースを取り出した時の反応を『誰か』に見せるため。そして、その『誰か』の反応を観察するためだ。『誰か』は母さんの目の悪さを知っているから、見られていないと思って油断する」

「だから、メガネケースからメガネを取り出す動作じゃダメなんだな。『誰か』の側も見られていると警戒して、自分の反応を隠そうとするかもしれない」

「……隠しておけないものですね」

璃々江は首を振って、長いため息をついた。

「ええ、輝義の言う通りです。私は事件現場でこれに似たケースを見た。死体発見後には消えていた。犯人が持ち去ったと考えた私は、カメラの一件で最も怪しいミチルが犯人だと思ったの。だから――」

「ひどい。ママはそんな風に思ってたのね……」

璃々江は口を開きかけたが、結局何も言わずに唇を噛んだ。違う、と言いきれないもどかしさが、その体の震えから感じられた。

「ですが、ミチル姉さんは犯人じゃない。むしろ、あの事件については目撃者といっていい。しかし、赤いケースの意味を知っていたから反応をあらわしてしまい、母さんに疑われたんですよ。

ミチル姉さんは、ノブ子おばあちゃんを目撃した……それはいつ、どこでだったんですか？」

「……午後十一時十五分、離れに続く裏口のところだった」

僕が電球を緩めに向かったのが午後九時五十分。どんなに作業時間を長く見積もっても、離れを出たのは午後十時頃だ。バッティングはしなかったらしい。

「水が飲みたくなって、ミネラルウォーターがなくなったから、食堂に取りに行ったの……そしたら裏口から物音がしてね。離れの方からだから、あいつかと思ったけど、見たらおばあちゃんがいて……」

ミチルはゆっくりとした声のテンポで答えた。渋々といった感じだ。

「その時、ノブ子おばあちゃんの様子は？」

「……ズボンにひどい泥汚れがあって、息は上がっていた。ケースは右手に大事そうに抱えて、『届けなくちゃ』って何度も呟いていた。体中びちょびちょで、髪が濡れて乱れきっていて……必死そうな表情で」

ミチルの喉が上下した。

「初めは……離れにどんな用があったのか、全然分からなかった。とにかく、ズボンに泥汚れがあるから、転んだんだと思って……だから、とにかく部屋に連れ戻さなきゃって。

手すりを摑んで欲しいから、右手のケースみたいなのは手放して欲しかったんだけど、凄い力で握っていて、全然引きはがせなかった……」

「じゃあ、ケースの中身は見ていないんだね？」

ミチルは縦に首を振った。

「ケースの特徴は？」

「赤いプラスチックケースで、真ん中に銀色の縁取りがあって……あとは、素《そ》っ気《け》ない入れ物だった」

「部屋に戻った後は？」

「おばあちゃんを部屋に戻してから、とにかく、体を拭かなくちゃ、と思って、三階の風呂場の方へ……夏雄の部屋の隣だから起こさないようにして、慎重に動いたの。バスタオルを持って部屋に戻ってきたら、おばあちゃんが立ち上がって、クローゼットの中で何かごそごそやってたの。出てきた時にはケースが手になかったから、多分しまったんだと思う。

それで、バスタオルでとにかく体を拭いてあげて……髪の毛は入念に拭いて、パジャマも軽くはたいて、泥のところは水をつけながら汚れを落とすようにしてみた。だけど、『もう寝たい』って駄々をこね始めたから、途端にこんなことしてる自分が馬鹿馬鹿しくなって……体はあらかた拭いたし、暖房を強めに設定しておけば、風邪もひかないかなって簡単に考えて、その場を離れたの……」

広臣がノブ子の状況に気付いた時、部屋には暖房が強くつき、血の臭いが強烈に部屋に籠っていたという。あれをやったのがミチルだったのか。

「ミチルさんの証言通りなら」僕は言う。「ノブ子さんには泥汚れ以外はついていなかったってことですよね。それが、広臣さんが見つけた時には……」

そう、とミチルが後を引き取った。

「パジャマの上に血がべったり……状況が一変してたの。だから、おばあちゃんがあの後、もう一回外に出て離れに向かったか、あるいは……」

「何者かが、ノブ子さんの服に血を付けた」

ミチルが頷いた。

「もちろん、血は正さんの血だったのかもしれないし、動物の血か何かを使ったのかもしれない……」

僕が言うと、葛城が頷いて、

「科学鑑定にかければ、そのあたりも詳しく分かっただろう……僕が、そう出来なくしてしまったわけだけどね」

葛城は組み合わせた両手の甲が白くなるほど、強い力で握った。その瞬間、葛城はこの事件を解くことで、自分の罪滅ぼしをしようとしているのだと理解した。僕は……僕は……何が出来るのか。

ミチルの手を、璃々江がそっと握った。

「ミチル……このこと、どうして今まで黙っていたの?」

「怖かったの」

ミチルが子供のように弱々しい声で言った。身長に恵まれたミチルの体が、今だけはひどく小さく、儚げに見えた。

「パパまで、おばあちゃんを庇うためにみんなで協力しようなんて言って……ああ、みんなおばあちゃんが犯人だって、考えてるんだって……そう思ったの。だから、あのタイミングで『離れの近くで姿を見た』なんて言ったら、おばあちゃん、本当に犯人にされちゃうと思って……」

ミチルが首を振った。

「そんなの……かわいそうすぎるもん……」

「ミチル……」

葛城が息を吐いて、一言一言ゆっくりと言った。

「姉さん、母さん、本当のことを話してくれてありがとう。これで一歩近付けたよ」

「テル……一つだけ聞かせて。私がノブ子おばあちゃんのこと見たって、どうして気付いたの?」

それは僕も気になっていた。葛城は肩をすくめて言う。

「大したことじゃないんだ……キッカケは、おばあちゃんの枕カバーに触れたこと……。枕は濡れてなかった……少なくとも、触って気になるような湿り気はなかった。暖房を使っても、服やシーツの湿り気は取れなかったのに、これは大きな違いだ。だから、ノブ子おばあちゃんは、確かに髪の毛だけは拭いたんだよ。それに、処分する衣類の中には、タオルがなかった。頭を拭いたなら、タオルもあるはず。おばあちゃんが一人で外に出て帰ってきて、髪の毛だけ拭いて、タオルは処分するなり風呂場の洗濯カゴに入れるなりして、服のことは忘れて寝る……というのじゃ、あまりにちぐはぐだよ。だから、誰かが髪を拭いて、タオルは片付けてあげたんじゃないかと思ったんだ。服を放っておいたのは、一人で着替えさせるのが手間で、だから、介護の時に服の着脱に慣れているはずの、北里さんや由美叔母さんじゃない……」

「はあ……そう聞くと、結構弱い気もするな」

「まあ、そういうこと。だから半分はカマかけたみたいなものなんだ。母さんのコンタクトレンズや、ケースを見た時の姉さんの怪しい動きには気付いていたから、姉さんがその髪を拭いてあげた誰かと考えれば、ぴたりと符合するってね……」

「ケース……なるほどね。あーあ、そんな小さなことで気付かれるなんて……」

ミチルは肩をすくめた。

「私が手からケースを取ろうとした時、おばあちゃんの手の力は凄かった。だから、よほど大事なものなんだと思って、印象に残ってたの。ママがそれに似たメガネケースを持っている時に驚いちゃったんだ」

「そうだったの……」

ミチルと璃々江はしばらく、二人で見つめ合っていた。さっきまで母親に怒っていたミチルも、誤解が解けたおかげか、落ち着いてきたらしい。

「……でも、ショックだったな。そうか。それで私、犯人だと思われてたんだ。ママにだけは、信じて欲しかった」

「ミチル……」

「違うよ、姉さん。母さんは姉さんを守りたくて必死だったんだ」

「だって、疑っていたじゃない」

「同じことだよ。信じたいから疑うんだ」

ミチルが目を瞬いた。璃々江を見つめ、「でもどうして？」と聞く。

「どうして、私のためにそこまで？　私、ママの反対を押し切ってモデルになったのに。そんな浮ついた仕事絶対認めないって言ってたじゃない。だから私、ママにはもう、見限られてるって――」

「そんなわけないでしょう！」

璃々江の低い声が、部屋に響いた。ミチルの体がビクッと跳ねた。

「そんなわけ……ないでしょう……あなたは、私の娘です。守りたいと思うのはおかしいですか。新しい世界に飛び込むあなたの身を案じておかしいですか。でも、見限ることなんて絶対にあり得ません。そんなことだけは、絶対に……」

――顔が傷ついたら……あなた困るでしょ。

先ほどの璃々江の言葉を思い出した。璃々江の口元の傷跡は、娘を守った母親の勲章なのだ。ミチルは璃々江の唇の傷跡を愛おしそうな手つきでなぞった。「ありがとう、ママ」とミチルが言うと、璃々江が肩を震わせて何度も頷いた。

ボタンの掛け違いだ。

二人とも、悪気があったわけではない。真相を隠そうという強い悪意があったわけでもない。二人とも、腹を割って話せる機会がなく、すれ違っていただけだった。

その機会を、葛城が創《つく》り上げた。

ミチルが顔を上げた。

「テル、あんた確かに変わったよ」

「ちなみに、どんなところが？」

「あんたは子供の頃、私を泣かせた」ミチルはニヤッと笑う。「今はママを泣かせてる」

＊

「葛城、お前本当にすごいやつだったんだな」

三谷が感心しきりといった感じで何度も頷いている。

葛城の部屋からミチルと璃々江が出ていき、三人だけになっていた。

「母さんと姉さんが嘘をついているのは分かっていた。あとは、どんな嘘をついていて、なんでそれを言い出せないかを探るだけだ」

「本当に分かるもんなんだな。でもさ、お前が嘘を見抜けるなら、一人一人に『あなたは正さんを殺しましたか？』って聞いて回ればいいんじゃないのか？」

三谷の言葉は身も蓋もないが、それだけに真理を突いている。

口を開きかけた時、葛城が手で制した。

「その通り。僕の能力がそれくらい便利なら、その質問一つで簡単に謎が解けるんだけどね」

「違うのか？」

「ああ。人は嘘をつく時、強い心理的な負荷を感じる。そうすると、発汗したり、目が泳いだり、人によって様々な反応が生じるんだ。つまり、癖だよ。僕はそれを見抜いている。ただ観察しているだけだ。何も特殊な力じゃない。だけど、分かるのは『嘘をついている＝心理的に負荷を感じている』という事実までで、どんな嘘をついているかは推理しないと見えてこないんだ。そして、ここからが大事なことなんだが……『あなたが殺しましたか？』という質問に対しては、誰もが心理的負荷を感じるし、殺人犯でなくても強い反応を示すことがあり得るんだ」

「どういうことだ？」

「母さんを例にとってみるよ。母さんは『ミチルが犯人であると疑っていた』そして『守ろうとしていた』。この前提を基に、『あなたは正を殺しましたか？』と母さんに聞くとどうなる？」

三谷は指を鳴らした。

「そうか、緊張するわ。『知らない』って答えたとしても、自分の娘が犯人だと思ってるから、嘘をついたことにはなる。負荷もかかる。でも、璃々江さんは犯人じゃない」

「同時に、母さんが疑っている『誰か』がミチル姉さんだと特定しても、それは『母さんがそう思っている』と証明するに過ぎない。本当にミチル姉さんが犯人かは分からない」

「なんだ。お前の嘘を見抜く力っての、超部分的にしか役に立たねえじゃんかよ」

三谷があっけらかんとした声音で言うので、僕と葛城は顔を見合わせて吹き出した。こうしていると、まるで高校の教室で四方山話《よもやまばなし》をしているみたいだ。

「ま、そういうことだな。葛城にとっては、『殺しましたか？』って質問はあまり有益じゃないし、むしろ相手の警戒心を強めて、ろくな回答を得られなくなるかもしれない。もちろん、聞かれた時の反応だって判断材料にはなり得るけど、あまり切りたくないカードなんだ」

三谷は納得した様子で頷いた。

「OK。疑問も解消出来たところで、次呼んでくるか？　今度はおばあちゃんを呼んでこないといけないんだろ」

「うん。それともう一人だ」

葛城が三谷の耳元で誰かの名前を囁いた。三谷は何か意外そうな表情で、「了解」と言って部屋を出る。

「……葛城の言っていた意味が分かったよ。これは、確かに『ホームドラマ』だ」

葛城は頷いた。

「そういうことさ。僕は、この家族の病巣を一つずつ取り除いていく。その先にしか真実はない。これから先、さっきの姉さんと母さんみたいな場面が多くなるだろう。正直言って、僕も冷静でいられる自信がない、今だって、揺らぎそうになった」

「葛城……」

葛城は自嘲めいた笑いを浮かべた。

「信じたいから疑う……さっきミチル姉さんに言ったのは、実は僕の気持ちなんだ。僕だって本当は信じたい……ここにいるのは家族だったり……友人だったり……先生だったり……大切な人たちなんだから……」

だからこそ、と彼は続ける。

「君だけは冷静に見ていてくれ。彼らの言葉に惑わされず、事実と証拠を、彼らの言動を、注意深く。なぜなら——殺人犯は必ずこの中にいるからだ」

唾を飲み込んだ。

「だが、ミチルさんの無実はこれで証明されたんじゃないのか？　璃々江さんだって、自分以外の誰かが犯人と疑っていたんだから……自分は犯人じゃない、と知っているってことじゃないか。これで二人容疑から消える」

「さあ、それはどうかな？」葛城は意地の悪そうな笑みを浮かべる。「ミチル姉さんの目撃証言はよく出来た作り話かもしれないし、母さんのあれだって全部芝居かもしれない。田所君、君に頼みたいのは、こういうひねくれた見方なんだぜ」

「そんな……。お前、自分の身内に対してまでそんなことを思っているのか？」

葛城が首を振った。

「思っていない。というか、思えないんだよ。だから、君に頼んでいる」

なんて食えない男だ。彼と動いていると、随分と重荷を背負わされる。うんざりだ。だけど、葛城にいつもの調子が戻ってきたことは嬉しい。

いずれ、彼の手は僕の行いの上にも伸びる。

その事実を、忘れたつもりはないが——今だけは、彼の隣に居たかった。

「それに、誰かを疑っているなら、自分が犯人でないと知っている、というのはどうかな？」

葛城はなおも、疑《うたぐ》り深《ぶか》そうに続けた。

「殺したことさえ忘れていることだって、あり得るよ」

その言葉にピンと来て、僕は思わず呟いた。

「……なあ葛城、一つ気になっていることがあるんだ。ノブ子さんのことなんだけど」

葛城が目を見開いた。「驚いたよ」と言って、口の端に笑みを浮かべた。それで自信が湧いてきて、言葉を続ける。

「ノブ子さんは一見、かなり疑わしいように見える。実際、葛城家の人たちは結託して守ろうとしていたわけだから……そして……本当にその通りだったとしたら？」

「どうやっておばあちゃんに筋の通った犯行が出来るんだ？　どこかに出来ない部分が出てくるはずだ」

僕は次の言葉を発する時、さすがに緊張した。

「ノブ子さんは、認知症の振りをしているんじゃないか。本当は自分のしたことは全部覚えているし、普段の態度はちょっととぼけてみせているだけなんだ」

「ほう」

「不自然に思ったのは、食堂での昼食の時だ。あの時、夏雄君が惣太郎さんの殺害疑惑を持ち出して、それに広臣さんと由美さんが怒っていただろ。まさしく一触即発の雰囲気だった。その時、ノブ子さんは『由美、顔が怖い』と言って場を収めたんだよ。短期記憶が失われているから周りの状況が分かっていないように見せて、実は周囲の状況をよく把握していたんだ。自分一人道化を演じることで、周囲を操っているんだよ」

「君ってさ……本当、結構変なこと考え付くよな」

葛城が目をすがめて僕を見ている。感心なのか呆れなのか分からない。僕はめげずに自分の推測を続けた。

「ノブ子さんの症状が演技なら、証拠を隠そうとしたことにも説明がつく。惣太郎さん殺害の犯人はノブ子さんで、夏雄君や坂口さんが疑惑を表明したことを受けて、再捜査が始まったらまずいと思って現場に足を踏み入れたんだよ。そして、自分の犯行の証拠となるケースを持ち出したんだ。そこをミチルさんに見つかったから、またも認知症の振りをして難を逃れた」

　葛城が指を一本立てた。

「一つ。もしノブ子おばあちゃんの認知症が詐病だったとして、ケースの処分を昨夜思い至ったのはなぜだ？　彼女はずっと家にいるんだ。いくら足腰が弱っていたとしても、証拠を処分するチャンスはもっと前にあったはずだ」

「うっ……」

　葛城の反論は的確で、僕はすっかり言葉に詰まってしまった。すると葛城は肩を震わせて笑い、「ごめんごめん」と言った。

「ちょっとからかっただけなんだ。君の推理が的を外しているのは分かっているからね。ノブ子おばあちゃんのアルツハイマー型認知症は、医師の診断でも明確に判定されているる。検査もしたし、脳の画像を撮影するＭＲＩ検査でも、脳の萎縮が明瞭に認められているんだ。もし僕の話で信頼出来ないなら、他の家族にも聞いてみようか」

「いや、重々分かった。失礼な疑惑をぶつけて、悪かった」

　僕は頭を下げた。認知症のことを何も分かっていないのに、勝手なことを言った。それに、もし僕の推理が本当だったとしても、常日頃から認知症の振りをしているなど、仕込みの部分に時間がかかりすぎるし、精神的な労力もかなり伴うだろう。非現実的な推理なのは確かだった。

「だが、田所君の反応はある意味で、この事件の本質とも言えるんだ」

葛城がしかつめらしい顔で頷いた。

「潔白なものでさえ、限りなく疑わしく見えてくる……真犯人はまさしくそれを狙ったんだよ。家族が互いに互いを疑うように仕向け、真犯人はその後ろに隠れたわけさ」

葛城がゆっくりと息を吸い込んでから、言った。

「僕はその疑惑を一つ一つほどいて――みんなを救う」

葛城の力強い声音は、深い決意に満ちていた。

「だけど……結局あのケースの中身はなんなんだよ。ノブ子さんがこのタイミングで持ってきたってことは、やっぱり重要な品物なのか？」

「ああ、僕の予想では、事件の様相をひっくり返す品のはずだ。だけど、まずはケースを手に入れないといけない……」

ノックの音がした。

葛城が僕に微笑みかけた。

「さ、田所君。次の役者の到着だよ」

4　葛城ノブ子と堂坂由美　【館まで水位11・4メートル】

「新しいヘルパーさんですか？」

車いすに乗ったノブ子は、口をもごもご言わせながら、不思議そうな目で僕たち高校生三人組を見ていた。

部屋の中には、ノブ子の他にもう一人――堂坂由美の姿があった。

ノブ子を椅子に移乗させるのは危険なので、「取調室」は早くもパターン変えをして、テーブルを脇にどけ、手前に車いすに座ったノブ子と椅子に座った由美、奥の椅子に葛城が座った。車いすを手前に置いてあるのは、出入りがしやすいようにだ。

「由美、私言ったじゃないの。女のヘルパーさんがいいって」

「お母さん、違うのよ。この人たちはね、輝義君のお友達」

「てるよし？」

ノブ子は首を傾げる。孫の顔も分からなくなっているのだ。だが、葛城には特段傷ついた様子は見られなかった。もう慣れっこなのだろう。

「ねえ、輝義君。どうして急に、お母さんと私のことを？」

由美は優しげな口調で言う。ノブ子にチラチラと目をやり、突然動き出したりしないか気を揉《も》んでいるように見えた。

「ええ、単刀直入に行きましょうか。今から、僕はおばあちゃんにある『モノ』を出してもらわないといけません。殺人事件の真相に直結する重要な証拠品なんです。だけどそのためには、由美叔母さんにもお付き合いいただかないといけない」

「輝義君」

由美が明るい声で――しかし、有無を言わせぬ調子で、一言一言ハッキリと言った。

「あなた、まだそんなことを言っていたのね？　ダメよ、今すぐやめましょう。今は一致団結して、みんなで乗り越えないといけないの。もちろん、正さんのことはとっても残念だけど――」

まるで教師が不良を諭《さと》すような口調だった。

「由美叔母さんは、失礼ながら、面白い性格をしていますよね」

「え？」

「物事をなんでも自分の良い方に捉える。仲良くしていたお隣さんが引っ越したなら、もっと良い人が来るためだと考える。ボールペンが壊れてしまった時には、買い替える機会を与えてくれたんだと思うようにする。雨が降れば、新しい傘を使う機会が出来て良かったと考える。対象は人だけじゃなく、無生物にも天気にも及ぶ。あなたの高い理想に見合った世界が存在しないからこそ、世界を良い方向で捉えようとする。それがあなたの処世術です。ごく前向きな考え方ですが、全てが自分のためにしつらえられたと思い込むのは、ある種――傲慢の表れですよね」

由美は怒るでもなく、笑うでもなく、ただ首を捻って、不思議そうに葛城を見ていた。

「輝義君……えっと、ごめんね。あなたは結局、何が言いたいの？」

「昔話を一つしたいと思いましてね。あなたがその性格と世界認識を得るようになった出来事です。僕の推理では、十八……いえ、十九歳の冬の日だったと思うのですが」

その瞬間、由美が眉根を寄せた。

「あなた、どうしてそれを――」

由美は口を押さえたが、時既に遅し。僕は葛城の魔法のような手口に高揚した。

「少し想像も入っていましたが、ぴたりと言い当てられたようですね。ノブ子おばあちゃんは、事件の証拠品を一つ隠し持っているんですよ。その行動の謎を解くカギは、あなたの過去に隠されているのです」

葛城が力強く頷いた。

「さあ、腹を割って話しましょうよ。真実を」

「まず、ノブ子おばあちゃんが持ち出した証拠品とは、赤い細長いケースであると伝えておきます。メガネケースや万年筆入れを想像してください。あのくらいのサイズです」

「見たことないわね……本当に離れにあったものなの？」

葛城が深く頷いた。

「ええ。裏は取れています。ケースが事件直前まで部屋にあったことは母さんが確認しているし、ノブ子おばあちゃんが持っているのをミチル姉さんが見ていた。問題はその中身が何か？　そして、なぜノブ子おばあちゃんがそれを持ち出したか、です」

「まさか、お母さんが犯人だとでも言いたいの？」由美の頬にサッと赤みがさした。「そんなこと、あり得ないわ。車いすに乗っていなきゃ転んじゃうくらい足腰が弱っているの。散弾銃なんて扱えるわけがないわ」

「そう思っていながら、叔母さんも庇うために手を貸した……」

葛城が出し抜けにそう言った時、由美が「あっ」と声を上げて、僕と三谷の顔を見た。僕らは首を振って、もうそのことは知っていると伝えた。由美は「そう」と呟いて目を伏せ、弱々しく首を振りながら、「……ごめんなさい」と言った。

やはり、僕には由美が悪い人間には見えなかった。

「その話は、実はもう済んでいるんですよ、叔母さん。そして、僕も気持ちは同じです。おばあちゃんは犯人じゃない。ですから、おばあちゃんは事件とは全く無関係に、ケースを持ち出したと考えるしかないんですよ。典型的なのは、何かと見間違えた。メガネケースや万年筆ケース……これらから連想されるサイズのもの。色々ありますが、例えば、小さな工具箱、ポーチ、あるいは……プラスチック製のペンケースとか」

「あ」

由美の体が跳ねた。またしても、葛城の言葉が図星を指したのが分かる。

「どうして、そんなことまで」

「僕は詳しい話までは聞いたことがありませんが、由美叔母さんが高三の時に受験に失敗し、一年の浪人生活の後、第二志望の大学に入学し、広臣叔父さんと出会ったと聞かされたことがあります。馴れ初めのエピソードですね」

「……由美さんが打ち明けてくれたお話ですよね」僕はおずおずと横から言った。「第一志望校の受験の日、ペンケースを忘れて行った」

ある種恐ろしい話だった。今まで勉強してきた成果を発揮するべき大事な舞台で、筆記用具もなく試験が始まる。使い慣れた道具が手元にない。その心細さはどれだけだろう。僕も高二の十月を迎えて、いよいよプレッシャーをかけられ始めている。由美とは二十以上年が離れているが、急に彼女の苦悩が親近感を持って感じられた。

「前日から東京入りしていたけど、事態に気付いたのは受験当日の朝だった。近くの売店で買った間にあわせの筆記具で乗りきったけど、動揺もあったのね。全然実力を発揮出来なくて、箸《はし》にも棒にもかからずに落ちたわ」

「その時からだったんですね。あなたが自分の人生観を作ったのは」

葛城と由美の声が重なった。

「あの日ペンケースを忘れて第一志望に落ちたのは、今の大学に入学するためだ」

由美は微笑んだ。寂しげな微笑みに見えて、僕も胸が締めつけられる。

「本当に分かっちゃうのね。怖いくらい。そうよ、ペンケースも、赤色だった。ワインレッドでね、おしゃれだからって、お小遣いで買ったの」

葛城もまた、寂しそうに微笑んだ。「その先のことも、なんとなくですが分かります。あなたはきっと、自分の母親のノブ子おばあちゃんに」

由美が頷いた。

「辛く当たっちゃった。ペンケースを入れ忘れてないか、実家を出る前に確認してくれれば良かったのにって。その日、ペンケースは自室のテーブルに置かれていたの。リュックの中に毛布を入れたくて、一度中身を全部出したせいだと、後から分かったけれど、その時の私にはそんな冷静さがなかったわ。自分一人で受け止めるのに耐えられなくて、全て母さんのせいにした……」

やはり、そうだったのか……。由美に初めてその話を聞いた時、なんとなく、細かな点を誤魔化しているという印象を受けた。特に、母親への態度の部分。帰ってきた日は『大荒れだった』という言葉と、『母親にも少し辛く当たっちゃった』という言葉は不整合だ。そこに誤魔化しが臭い立っていた。自分の恥ずべき行いを隠す心理に、遅まきながら気が付く。

「そりゃ、ショックですよ。人に当たりたくなるのも分かるっていうか……」

三谷が頭を掻きながら言った。

「ありがとう。そう言ってもらえると、ちょっとだけ救われるわ」

由美が朗らかに笑った。

「ですが、その事件はあなたにだけ影響を与えたわけではなかった」

葛城が言った。

「実は、母親のノブ子おばあちゃんの側にも大きな影響を与えていたんです。それを今から実験します。ノブ子おばあちゃんに少しの間、歩いてもらわないといけないんですけど

「……」

「そんな危険なこと……必要なの？」

「田所君と三谷君が脇にしっかりとついて支えます。絶対にケガはさせません」

葛城が力強い目でじっと見つめると、やがて由美は根負けしたように「分かった」と頷いた。

葛城は脇にどけた椅子の上に自分の万年筆ケースを載せた。ちょうど、ノブ子の腰の高さだ。

「あぁっ」

ノブ子が突然立ち上がった。僕と三谷は慌てて隣につく。「新しいヘルパーさんですか？　由美、私女の人が……」と繰り返す。「ごめんね、おばあちゃん。今日だけだから」と三谷が微笑んで言うと、「そう……？　じゃあ、今日だけね」と頷いた。

ノブ子はふらふらと椅子に近付き、万年筆ケースを手に取ると、「届けなくちゃ」と呟いて、部屋の外に出た。

僕たち三人が先を行き、後ろから葛城と由美がついてくる。

葛城は、ノブ子の足取りに合わせてか、ゆったりとした足取りで少し長い話を始めた。

「認知症は全てを忘れる病気ではありません。あくまでも忘れるのは短期記憶。最近の出来事やさっきまでの会話などです。認知症は配偶者の死後に急速に進行するとされていますが、これは最近の出来事を話して、反復する相手がいなくなるからなんです。自分の中だけで完結するうちに、いつしか記憶は定着せずに消えていく。裏返せば、昔の体験はよく覚えているということです。伝統工芸の職人が認知症になった後も変わらず仕事を続けていける話なんかを聞いたことがありますが、あれは昔何度も反復して経験した知識や技法が、きちんと脳に定着しているからなんですよ」

「私もお母さんのことがあってから、認知症のことは少しは勉強したけど……それで？」

「ポイントは、昔の行動様式は残る、という部分です。それに関連する面白い話があります。ネットか本で読んだ話なのですが、洗濯物を何度も叩いて騒音を出すおばあちゃんがいた。ですが、それには本人さえ気付いていない理由があったんです。彼女の娘がまだ小さかった頃、取り込んだ洗濯物についていたスズメバチに刺されて大泣きしたことがあった。その日以来、彼女は洗濯物を取り込む前に手でバンバンと払うのが習慣になっていたんです」

　由美が息を呑む音がした。

「その習慣だけが残って、騒音を出すようになった……。そういえば、昔の作品だけど、『恍惚《こうこつ》の人』っていう映画にもそんなシーンがあった気がするわ」

「ノブ子おばあちゃんも同じだったんですよ。彼女もまた、あなたの受験に責任を感じていた。ペンケースを見ると必ず思い出すほどにね」

　葛城はノブ子の背中を見ながら、その思いを代弁するように呟いた。

「このペンケースを、カバンに入れてあげなくちゃ。早くしないと、娘が家を出てしまう

「……大事なペンケースを忘れて、受験に出かけてしまう……」

葛城は一呼吸おいていった。

「届けなくちゃ……！」

「……そんな……」

由美は目をぎゅっとつむり、首を振った。

財布を奪われかけた時に聞いた言葉だった。僕の財布もワインレッドだった。あの色と形が、ノブ子の記憶を刺激していたのだ。

ノブ子は弱った足腰を懸命に動かして階段を上っていた。彼女の脳裏には、高校生の頃の由美が映っているのだろうか。

「彼女は、あなたの人生を歪めてしまった責任を取りたいのかもしれない。もしあの日、自分がペンケースを入れていたら、もっと幸せな人生を送れたかもしれない。そう思う人が、すべきことはなんでしょうか？」

ノブ子は自分の部屋に辿り着いた。ノブ子はクローゼットに一直線に向かい、リュックサックを取り出した。

彼女はリュックのチャックを開いた。

中には大量の赤い箱——お菓子の箱や化粧ポーチ、あるいは商品の空箱などが入っていた。その一番上に一つ——真ん中に銀色の縁取りがある、赤のケースがあった。

「あれは！」

探していたものが見つかり、思わず大声を上げる。

「彼女の中では、あれはあなたのリュックサックなんですよ。十九歳のあなたのね。認知症の高齢者にみられる『収集癖』です。そういう行動も、理由を追ってみれば案外過去に何かがある」

「そんな……母さん、どうして……」

由美は髪を振り乱した。

「今はとにかく、あのリュックの中身を調べないと！　赤いケースの中には何が……！」

そう言って、僕はリュックを持ち上げようとした。その瞬間、ノブ子がリュックに飛びついた。「ダメ！」と彼女はしわがれた声で叫ぶ。「これは娘のものなの、あなた、一体誰なの？」彼女の声は大きく、激しかった。

「でもおばあちゃん、このリュックの中身を調べさせてくれないと……」

「ダメよ！　これは私が……！」

リュックを奪われる。ベッドの上に倒れ込むように寝転がったノブ子は、それでもリュックを抱えたまま離さなかった。「お母さん！」と由美が叫んだ。ベッドの上に倒れ込んだのは幸いだが、高齢者はちょっとした衝撃で骨折するという。しばし気を揉んだが、ノブ子が痛そうにしていないのでホッとした。

一体、どうすればいいのか。いくら間違っていても、それがノブ子の想いなのだ。真正面からではダメなんだ。一体、どうすれば——。

その時、葛城が前に進み出た。

しゃがみこんでノブ子に目を合わせ、にっこりと微笑んでいる。

「こんにちは！」

葛城の言葉に、ノブ子は目を見て、「ええ、こんにちは」と微笑む。不思議そうな表情をして、「どちら様？」と聞く。

「僕は配達の仕事をしてるんだ。おばあちゃん、その荷物、重そうだね。どうしたの？」

驚きで息が詰まった。

あの葛城が、演技をしている。いや、ここまで突拍子もない話だと、もはや「嘘」の一種ではないか。

「これ？」ノブ子は抱きしめたリュックに目をやり、その存在に初めて気が付いたとでもいうように目を見開いた。「そうなの。これはね、娘の荷物なの。届けてあげなくちゃいけないのよ。あの子、今東京にいるの。忘れていったから。大事なもの、忘れていったのよ」

「何を忘れていっちゃったの？」

ノブ子は目を瞬いた。「届けなくちゃ」

会話が成立していない。強い思いと行動様式だけがノブ子を動かしていることが分かる。ノブ子は目の前にいるのが自分の孫であることすら分かっていない。あまりに絶望的な『対話』。まるで、何光年も離れた星々から、回線の合わない無線で会話でもしているよう。その絶望的な差は、どうすれば埋めることが出来るのか、分からなかった。

「そうなんだ。忘れていったんだね。でも、とても重そうだよ」

葛城はそれでも諦めず、手を差し伸べ、優しく微笑んだ。

「僕は配達屋さんだから、娘さんに届けてあげようか？」

それでようやく分かった。

葛城は二十年の時を超えようとしているのだ。

ノブ子と由美を隔《へだ》てた溝を、嘘で越えようとしている。

「本当？」

ノブ子は怪訝そうな目をしていた。

「うん。絶対に届けるよ。だから安心して僕に任せて」

ノブ子はしばらくためらいを見せてから、おずおずと、「お願いします」とリュックを葛城に渡した。葛城は微笑んで、「任せて！　絶対に届けてあげるからね！」と力強く言った。その瞬間、ノブ子が笑ったように見えた。皺が深いせいで、見間違えたのかもしれない。だけど、安心した顔つきで、笑ったように見えた。

リュックを両手に抱えた葛城は、由美の前で立ち止まった。

「あなたにお届けする荷物です。一度手渡した方がいいですか？」

なおも演技を続ける葛城に、由美は首を振った。

「リュックの中身を調べるのね？　いいわ。三人で早く行って。母さんと二人きりにして

ください な」

部屋を出る時、後ろから由美が言った。由美はノブ子の細い肩に手を回して抱きしめ、そっと目をつむった。

「届け物なら、もう十分受け取ったもの」

＊

「僕は今日——生まれて初めて、自分の家族と話をした気がする」

そう話す葛城の顔は達成感に満ちていた。

僕と三谷を含めた三人で再び葛城の部屋に帰ってきていた。

「お前、今まで家族と会話してなかったのかよ」

三谷があまりに馬鹿正直に言うので、葛城は吹き出した。

「違う違う、そういうことじゃないよ。こんなに明け透けに色んなことを話して、本音で語ったことはなかったな……ってことだ。だから、そうだな。『家族と向き合った』が正しいかもしれない」

「ちぇっ、そうかよ」

笑われたのを拗ねたのか、三谷が口を尖らせた。

「さあ、葛城。早くリュックの中身を見てみようぜ」

僕が言うと、葛城はリュックの中から赤いケースを取り出した。二十個余りも入っているだろうか。メガネケースとか、筆入れとか、種々雑多なものの中に、目的のケースがあった。

「それにしても、電気もつかない暗い部屋の中で、よくノブ子さんはケースを見つけられたよな」

「『蜘蛛』が見つけるように仕向けたんだよ」

葛城は事もなげに言った。

「どういうことだ？」

「死体発見時に三谷君が入室した時、入り口の近くにスツールがあって足を引っかけたんだろう？」

「それがなんだって……そういうことか」

三谷と同じタイミングで、僕にも分かった。

入り口近くのスツールの上に、赤いケースを置いておいたのだ。スツールは青色だから、上に置いた赤（ワインレッド）は目立つ。ノブ子は腰が曲がっていて僕らよりも視線が低く、扉を開けた段階でスツールの上のケースが目に入るはずだ。そうなれば、ケースを見つけたノブ子は自分の部屋のクローゼットに戻る。ノブ子は離れの中に立ち入ることさえせず、目的を達することが出来るのだ。

「じゃあ、もしかしたらその時点で、正さんは殺されていたかもしれないのか？　ノブ子さんは、離れの中に入っていないわけだから……おっかねえな、おい」

葛城はそれには答えず、ケースを手に取り、開けた。

中には、一回り小さい、黒のプラスチックケースが入っていた。

「箱の中に、箱……？」

「これも予想通りだよ。ペンケースも長財布もデザインのためにワインレッドなんて色もあるだろうけど、僕の見つけたかったケースは機能性重視の、そんな代物のはず。第一、赤なんて色は『危険』信号でもあるんだからね。そういうのは、あの業界では一番嫌われるはずだ」

葛城の言葉は何かの判じ物のようだった。

「だけど、犯人はノブ子おばあちゃんのスイッチを刺激したかった。だから、ケースは二重にするしかないんだ。大切な黒のケースの上に、赤のケースを被せてね」

葛城は黒いプラスチックケースを掲げ、僕に向けて笑った。

「さあ田所君。このケースの中からは何が出てくると思う？」

「え……？」

うーん、と唸った。

「そうだなあ。やっぱり正さん殺しの証拠品か……？　正さんは散弾銃で殺されたから」

「あっ、弾丸のケースなんじゃないか⁉　中に弾が入ってるとか……」

「弾じゃないけど、ある意味爆弾ではあるだろうね。今までの事件の見え方をひっくり返す証拠品だから」

「は……？」

葛城は僕をじっと見た。

「田所君。今度は君の番だ。君にも、自分の家族と向き合ってもらうよ」

「なんだって……？」

あまりにも突拍子もない言葉に、僕は動揺した。同時に、さっき頭をよぎった疑問を思い出す。葛城の家族だけでは、『五組』に届かない――。

「そう。今度、尋問者の椅子に座るのは君だ。僕じゃダメだ。僕では、十分な反応を引き出せないからね……」

「ば――」

僕は激しく首を振った。

「馬鹿言え！　いきなりお前のポジションにつけって言われて、上手くいくかよ……！」

「だが、これは君でなければダメなのさ」

ようやく分かった。赤を嫌う業界、という言葉の意味。

人の命を扱う現場――医療機関。

葛城は出し抜けにケースを開いた。

中に入っていたのは、注射器のシリンジだった。

5　田所信哉と丹葉梓月【館まで水位10・2メートル】

どうしてこんなことに……。

両手が汗でひどいことになっていた。未だに緊張を拭い去ることが出来ない。僕に葛城の役が務《つと》まるわけがない……。

まして——相手が、この男では。

「なんだか楽しそうなことをやっているなあ、とは思っていたんだよ！」

梓月は入室するなり、勧められた椅子にも腰かけず、立ったまま話をし始めた。芝居がかった身振りをつけ、全く落ち着く様子がない。

「梓月さん、いいんですか。僕と田所君にはともかく、あなたはまだ三谷君には自分の本性を見せていないでしょう」

三谷は梓月の豹変に目を白黒させていた。

「ああ、いいのさ。三谷君とは今回限りなんだし、どのみちこの部屋の三人のうち二人にバレてるんだ。肩肘張る方が疲れるよ。

いやあ、それにしても『対話』か。楽しそうだ。輝義君たちが順番にこの部屋に人を呼んでいただろう？　きっと捜査をしているに違いないと思っていたのさ。この非常事態の中、飽きもせずね。でも私は悔しいよ。そんな楽しいことなら交ぜてくれればいいのに」

「一緒に離れに行った時のように、ですか」と葛城が言った。

「そうそう、その通りだよ。私は君たちに積極的に協力を――」

我慢の限界だった。

僕はテーブルの上にケースを投げた。

梓月がピクリと眉を動かす。顔から笑顔が消え、僕のことをジッと見据え、口の端に歪んだ笑みを浮かべた。兄弟喧嘩を始める前、梓月はいつもこういう顔をする。僕を見定めながら、それでも完全に侮り、自分が負けるとは欠片も思っていない表情。

頭に血が上った。今日は違う。

今日は勝つ。

口火を切ったのは梓月の方だった。顎でくいとケースを示しながら、

「これをどこで？」

「聞きたきゃ座れよ兄さん。勘違いしないでくれよな。今この場の主導権を握ってるのはあんたじゃない。僕たちなんだぜ」

三谷が葛城を小突きながら何か耳打ちしているのが聞こえる。大方、「なんか田所、いつもと雰囲気違わない？」とか、「ああして凄んでるとヤのつく職業に見えるな」とか言っているんだろう。三対七で後者に賭《か》ける。

僕は身を乗り出して、梓月兄さんに向けて笑った。

「さあ、兄弟同士腹を割って話そうよ。真実を」

梓月がようやく椅子に座り、僕たちは対峙した。

梓月は長い脚を組んで椅子に深く沈み込んでおり、あくまでも余裕を崩していない。

「さっき兄さんは、僕たちに協力をした、って言っていたよね。だけど冗談はやめて欲しい。あれには兄さんなりの狙いがあったんだよ」

「へえ、どんな？」

「兄さんは離れが元々惣太郎氏の使っていた物置だったのを知っている。兄さんは僕たちに協力するフリをして、離れに入る口実にしただけだ」

「部屋に入って何を？」

「今兄さんの目の前にあるケースだよ。こいつを探していた」

「へえ。どうして私がそんなことをしなくちゃならないんだ？」

「これだよ」

僕はケースを開いた。中には注射器のシリンジが入っている。

シリンジというのは、注射の薬液が入っている、筒の部分だ。このシリンジの先端に針を取り付けて、薬液を注入する。注射器には赤い目盛りが入っており、三ミリリットルの薬液が入っているのが分かる。

「この薬はなんの薬だい？」

「惣太郎さんが処方されていた薬だよ」

「おいおい、冗談はよせよ信哉。惣太郎さんの薬はアンプル入りのもので、アンプルの中の薬液を注射器で吸い上げて使うものだ。こういう風に……」

梓月はケースを手にして、まじまじとシリンジを見た。

「中にもう薬液が封入されている、簡単な代物じゃないんだ。種類が全然違う」

「そう。だから、この薬は、惣太郎さんが新しく使う薬だったんだよ。アンプル式のものから、このシリンジ式のものに薬を切り替える予定だった。そうだろう兄さん？」

梓月はなんの反応も示さなかった。

「恐らく、兄さんはこのケース入りの薬を複数個、惣太郎さんのために用意……そして処方したんだ。だが、直後に惣太郎さんが死亡。さすがの兄さんも青ざめただろうね。兄さんは、なんとしてもこの薬を回収したかった。何かヤバい薬なのかな。もしかしたら、開発中の新薬とかかもしれないね。

だから事件の直後に動いて、自分でケースを処分したはずだ。だけど、一個だけどうしても見つからない……勘定が合わないんだ。その一個を探す機会を、ずっと窺っていたんだろう。平常時に離れに入ろうとしたら怪しまれるから、今回の機会をここぞとばかり利用した。惣太郎さんの死後も、ノブ子さんの意向で離れの家具がそのまま残っていたのは、兄さんにとっても幸運だったね……」

「やあ」梓月が両手を挙げた。「さすが推理小説ばっかり読んで、おまけに書いているだけのことはあるね。想像力が逞《たくま》しい。信哉の語る私は、まるで悪徳医師だ」

まだ余裕の態度を崩さないか。ならばと、僕は語気を強めた。

「違わないだろう？　患者を人体実験の道具としか思っていない兄さんのことだ。新薬を投与して、惣太郎氏でその効果を確かめようと思ったんだろうね。兄さんの口八丁手八丁なら騙すのも簡単なことだよ。でも、惣太郎氏は新薬の投与直後に死んでしまった。副作用だよ。つまり、惣太郎さんの死は病死でも殺人でもなかったんだ。兄さんの医療過誤だった」

そこまで一息で言いきると、梓月が肩をぶるぶる震わせているのに気付いた。

「何がおかしい！」

「いや」

梓月が首を振った。顔を上げた彼は、喜色満面といっていい笑みを浮かべていた。兄弟喧嘩のたびに目にしていた笑みだ。こっちをやり込めるための材料を見つけた時の笑み。

「信哉の言うことがあんまり面白いもんだから。想像力もここまでくるとケッサクだよ。はっは、医療過誤ねえ。そりゃ大変だ。医師免許も剝奪《はくだつ》されちゃうよ」

「少しは真面目に話せよ」僕は声を荒らげた。「今すぐ、葛城家のみんなにこの話を触れ回ってもいいいんだぜ」

「誰か信じる人がいるかなあ？」

梓月はいよいよ露悪的になり、小指を耳に突っ込んだ。

「私は結構信頼されているからね。信哉が恥をかくだけだと思うよ」

「うるさい！　反論があるなら言ってみろよ！　僕を納得させる根拠を話せ！」僕は梓月の持っているケースを指さした。「これはお前が持ち込んだ新薬なんだろう!?」

「私は無関係だよ。こんなシリンジ見たこともない」

「なぜ言いきれる！」

「だって、目盛りの色が赤――」

　その瞬間、梓月が言葉を止めた。

　梓月の目には、ニヤリと笑っている僕の顔が映っているはずだ。兄の笑い方へのオマージュだから、さだめし気に入ってくれるだろう。

チェックメイトだ。

「その通りだよ兄さん。よく分かったね」

　僕はポケットから、本物の黒いケースを取り出した。

「こっちのケースが本物だ。兄さんが今持っている赤い目盛りの注射器は、健治朗さんが使っているインシュリンの注射だ。借りてきたんだよ。でもどうやら、本物と偽物を見分けられるくらいには、見慣れたものみたいだね」

　本物のケースを開けると、黒い目盛りの打たれたシリンジが入っている。

　シリンジには、「BioMedical U.S.A.」と書かれている。製薬会社の名前だ。

「さて兄さん、次は法律の講義をしてよ。医薬品の無断輸入って、どんな罪に問われるの？」

「法律名は『医薬品医療機器等法』だ」

梓月は僕にやり込められたのがよっぽど悔しいのか、しきりに貧乏ゆすりをしている。イライラを隠そうともしていなかった。

「販売、譲渡を目的として医薬品や医療機器を輸入した場合、違法になる。販売するには都道府県から製造販売承認を取らないといけない。だが、あくまでも個人目的で使用するための輸入は認められているんだ」

「どうして?」

「外国で使っていた薬を日本で使えなくなったら困るだろ。二ヵ月以内で使う分量って限度があるから、どうしても日本に戻ってから買い足さないといけなくなるけど、国内の医者に行って処方してもらえるならそれで万々歳だ。とにかく、日本に帰国してから次に医者に行くまでの間、薬を切らしたらまずい病気はたくさんある」

「なるほど」三谷は大きく頷いた。「取り締まるばかりだと、そういう人たちが困っちゃうんだ」

「その通りだ。だからこそ、『個人使用』なら認められている」

「だけど、この薬は兄さんが使うために輸入したものじゃないだろ? きっと筋書きはこうだ。惣太郎さんは兄さんにこの薬をアメリカで買ってきてくれるよう頼んだ。ちょうど惣太郎さんが亡くなった前日、兄さんはアメリカ出張から帰って、その足で葛城家に来たっていうじゃないか。兄さんもきっと要求を突っぱねたと思うけど、結局は惣太郎さんに泣きつかれて止む無く請け負うことにした」

「個人輸入の代行はセーフなんだよ」

梓月の口から唾が飛んだ。

「あくまでも受け取れるのは薬代と代行手数料だけだ。だが、輸入代行を請け負って、海外の業者から買うのは違法じゃない。現に、海外の薬を買うためのサイトだってある」

「でもそのサイトだって怪しいもんじゃない？　本当にその客だけの分を請け負っていたらいいけど、一緒に別の客の分も輸入していたら？　これって、その業者が薬を『販売』していることにならないの？」

梓月は舌打ちした。

「……なる」

僕は梓月の答えに満足して頷いた。もちろん、兄は抜かりなく準備しただろう。手数料も常識的な値段に設定したはずだ。だけど、自分が渡した薬のせいで死に、しかもその薬が処方を通さずに輸入したものだったなんて知れたら、兄の医者としての評判はガタ落ちだ。それは、この兄のプライドが許さないだろう。

梓月は憎々しげに言った。

「……私は最初、家族か会社の人間に頼めと突っぱねた。だが、家族や会社の経営陣に言うと、薬をすり替えられて殺されるんじゃないかと言って聞かなかった。薬瓶が三階の書斎から離れに移された時もひどく怯えていたし、とにかく周囲への警戒心は強かったが、私のことだけは、なぜか信頼していたんだ」

「おじいちゃんは権威に弱い性格だった」葛城が横から補足した。「梓月さんの医者としての腕をきちんと見込んでいたということでしょう」

「へえ、そりゃどうも」

梓月が顔をしかめた。

「これだけは聞いておきたい」僕は言った。「どうして、兄さんはその薬を渡したの？」

「惣太郎氏の病気に、最も効くと判断したからだ」

梓月は身を乗り出して言った。

「日本での認可が遅すぎる。現に、アメリカでの試験では、病状の進行を八十パーセント食い止めるという研究結果もあるんだ。必ず、惣太郎氏の病状を安定させられると思った。だから使わせた。それだけだ」

梓月の瞳は一ミリも揺らぐことがなかった。その言葉だけは本物だった。兄のことは嫌いだし、彼の態度も嫌いだが、医者という仕事には案外誇りを持っているらしい。

さっき葛城は、「初めて、自分の家族と話をした気がする」と言ったが、僕も似たようなものかもしれない――医者としての兄と、家族としての兄を一緒くたにして、顧みようとしていなかった。

兄のことは嫌いなままだけど、少しだけ見直した。それで十分だ。

「……さっきの」

「あ？」

梓月が険悪に眉を上げた。

「さっきの、医療過誤がどうとか、患者を人体実験の道具と思っているとか、取り消すよ。悪かった」

梓月は意外そうに目を瞬いた。肩をすくめて、「気にしちゃいないよ」と笑った。

「だが、どうやってこのシリンジの存在に辿り着いた？　家族にも話してなかったことだったんだぞ」

「もちろん」説明は葛城が引き取った。「隠されていたケースの存在を見つけたのが大きいですが、違和感は最初からあったんです。田所君から、惣太郎おじいちゃん殺しの疑いを向けられた時、梓月さんはこう言ったそうですね。『私が犯人なら、わざわざこの家で毒を入れたりしないだろう？』と。

これはもっともな言葉です。ですが、惣太郎おじいちゃんの使っていた薬はアンプルに入っていた。アンプルはガラスを割って薬液を出すので、毒薬の混入はほぼ不可能です。実際に注射する時にその場で混ぜるか、あるいは、ガラスを割って毒薬を入れた後溶接する……つまり、製造工程から参加しないと難しいはずだ。つまり、『ここ』だろうが『自分の診療所』だろうが、混ぜることは出来ない。あなた自身、そう言っていた」

「だけど私は、さも混ぜることは出来る、というような言い方をした。だからアンプル以外の何かがあるんじゃないかと疑っていた。はあ、本当に君は細かいことに気が付くんだね」

　梓月がため息をつく。

「まだあります。二つ目の違和感は、離れで三人で捜査をしていた時です。坂口さんの撮った写真の内容について田所君から聞いて、思わず漏らした一言。『それなら、毒殺はやはりあり得ないな』です。

なぜ『あり得ない』なのか。あの時同じ疑問を田所君も持ったみたいで追及していましたが、あなたは上手くかわした。だけど、僕の頭にはずっとこのことが引っかかっていた。つまり、坂口さんの写真のことを聞くまでは、あなたも毒殺の可能性を考えていた。その疑惑が、写真の内容によって完璧に雲散霧消したのです。だったら、戸棚の前に立ってたなんて状況じゃ曖昧だ、なんて、そういう捏《こ》ねた理屈みたいなことじゃない。もっと根本的なところ……」

「アンプル……写真の男は、アンプルを手に持っていた」

　三谷が言うと、葛城は大きく頷いた。

「その通り。その情報で、梓月さんは毒殺ではないと確信したんだ。つまり、梓月さんはアンプルが事件に無関係であると、つまり、惣太郎おじいちゃんが死亡直前に使ったのがアンプル式の薬ではないことを知っていたことになる。ここまで考えて――あとはシリンジのケースそのものが出てくれば、いよいよ材料は十分でした」

梓月は納得したように、深々と頷いた。

「ところで、いつも推理をしているのは輝義君の方だろう。どうして今回は信哉にやらせた？」

「真正面から聞いても、あなたは輸入の事実を認めないでしょうから。だから、弟の田所君に揺さぶりをかけてもらうことにしたんですよ。僕から言うより、あなたのプライドを刺激するでしょう。それで、僕の掴んでいた事実をあらかじめ田所君に全部話しておいたんですよ。ただ、揺さぶる方法やセリフだけは、田所君に委ねましたよ。インシュリンのアイデアも田所君からです」

任された時はどうなることかと思ったが、無事にやりおおせて良かった。不格好ながら、そこそこ葛城の領域に辿り着けたらしい。

「参ったね」と言って、梓月は肩をすくめた。「弟にここまでやり込められるとは……完敗だよ」

「少しは見直したか？」

僕が挑発的に聞くと、苦虫を嚙み潰したような顔をしながら、「うるさいな、彼におんぶにだっこじゃないか」とムスッとしながら言う。

「さて、じゃあ情報の整理に入りましょう。

梓月さんはこの薬を惣太郎おじいちゃんに渡した。それはいつのことですか？」

「彼が死ぬ前日……アメリカから帰ったその日だ」

葛城が息を呑むのが分かった。

「本数は？」

「八本だ。週に一回打つ。それで二ヵ月の計算だ。注射器の使い方は惣太郎さんは手慣れたものだから、自己注射でも打てると思った。だから針の取り付け方だけレクチャーして、打つのは夜にやってもらうことにした。だが、夕食後に危篤の知らせを聞きつけ、焦った。少なくとも、大事になる前にケースを処分しようと思ったんだ。ケースは、惣太郎さんの机の引き出しの中に入れてあった。薬品棚はいっぱいだったから、当座の置き場所として使うと言っていたよ……」

「その日、回収出来たケースの数は？」

「六つ。その晩に一つ注射したとしても、一つ足りなかった……」

「その足りなかった一つが……」僕はケースに目を落とした。「これ……」

「注射済みのものはなかったんですか？　仮に誰かが処分したとしても、注射器は普通ゴミでは捨てられないはずですよね？」

葛城が言うと、梓月が頷いた。

「ああ。医療廃棄物になる。普通の燃えるゴミ燃えないゴミでは処分出来ない。病院とかに預けて捨ててもらわないといけない」

葛城が鼻息を荒くし、身を乗り出した。

「だったら、惣太郎おじいちゃんが突然死した後、そこにはまだ新薬のシリンジが残っていたはずだ。でも、家族の誰も、新薬のことは言い出していない。そうでなきゃ、梓月さんがこれまで誰にも追及されなかったのはおかしい」

「新薬のシリンジは、惣太郎さんを殺した人物が処分した?」

三谷が青い顔で言う。

「そうに違いない。梓月さん、このシリンジの使い方を教えてもらっていいですか?」

梓月は苦い顔をしながら、ケースの中からシリンジを取り出した。

「シリンジは薬液の入っている筒と、それを押し出す軸の部分で出来ている。そして、薬液の飛び出る方にはシールが貼ってあるんだ。これを……」

ペリペリ、とシールの剝がれる音がした。

「シールの貼ってあった部分に、この後、針を取り付ける。今は手元にないが、この部分にあてがって時計回りに回すと、針が装着出来る仕組みだ。針を付けたら、太ももに自分で刺して、注入する」

葛城はシリンジを受け取り、まじまじと観察していた。主に、シールの剝がされた穴を。

「この穴、薬液を出すための穴ですよね」

「そうだが」

「梓月さん、あなたを医者と見込んで聞きます」

葛城は身を乗り出して言った。

「この穴に逆から注射針を刺して、中に毒を混入することは出来ますか?」

梓月が目を見開いた。唸り声を発し、信じられないと言った様子で首を振る。

「……可能性としては、十分あり得る」

＊

「新薬の存在によって、いよいよ葛城惣太郎さん——葛城のおじいちゃんの殺害疑惑が確からしくなってきたな」

梓月が部屋から出ると、また三人での作戦会議が始まった。

「三谷の言う通りだ。僕の兄さんが認めた通り、新薬には毒薬の混入ルートがある。シールを剝がして、薬液の出口から毒薬を逆注入する」

「必然、シールを貼り直すことになるけど、問題はない。おじいちゃんもこの薬を使うのは初めてだ。シールの粘着力がやや弱くても、そんなものだと流してくれるだろう」

惣太郎が自己注射せず、誰かに注射を依頼したとしても同じことだ。その『誰か』も初めて目にする薬だから。

「それにしても、なんだって、昨日今日にこのケースが突然現れたんだ?」

三谷はケースを眺めて首を捻る。

「簡単なことだ——惣太郎おじいちゃんを殺した犯人、『蜘蛛』が隠し持っていたんだよ。それを、今回の事件のために取り出してきたのさ」

「なんのために？」

「実際、効果は抜群だったじゃないか……ミチル姉さんとノブ子おばあちゃん、母さん、それに梓月さんまで巻き込んで、みんな疑惑の渦に搦め捕られた……惣太郎殺しの証拠品としても重要だが、ケースの形がペンケースに似てるから、これはノブ子おばあちゃんを動かすのに使える、と考えていたんだろう」

「じゃあ、犯人は葛城家の内情に詳しい誰か……？　少なくとも、ノブ子さんの行動パターンの意味や理由まで、しっかり理解しておかなきゃいけないしな」

いよいよ内部犯行説が濃厚になってきた。犯人は、葛城家の中の誰か……。

「僕も半ば信じられない思いなんだよ……真犯人はケースを一つ抜き取った時、二ヵ月後のこの事件の構図をもう頭の中で組み立て始めていたことになる。そうでなきゃ、こんなケースは一刻も早く処分するべきなんだからね……そこが恐ろしい。先の先まで読んで、こんな周到に考え抜かなければ、こんな犯罪は組み立てられるはずもないんだ」

「だけど葛城……おかしくねえか？」

三谷が不安げな声音で言った。

「だってよ、惣太郎さんを殺した犯人にとっちゃ、このケースはどうしても隠しておきたいもののはずだろ。毒殺手段にそのまま繋がっちまうんだから」

「あ……」

言われてみればそうだ。この犯人が遺す証拠の意味、見せたいものが分からない。ところどころで矛盾しているような気がする。ティーカップの一件だってそう。今回のケースなんて、もはやアキレス腱《けん》だ。宙ぶらりんだった惣太郎の殺害疑惑を、一気に本物らしくしてしまうのだから。

「三谷君の言葉は正しい。普通そう考える」

「だろ? だったら、この証拠自体、なんか臭いっていうか……」

「そうなんだよ……だから、これはまだ、『蜘蛛』の敷いたレールの上なのさ」

反論しかけていた三谷が、「はぁ?」と素っ頓狂な声を上げた。

「もしもミチル姉さんと母さんが仲違いしたままで……ノブ子おばあちゃんと由美叔母さんが秘密を抱えたままで……惣太郎おじいちゃんの死が殺人だったのかどうか分からなくてもセーフティー。もし、僕の推理がこのシリンジと梓月さんに気付こうと、『蜘蛛』にとってはそれで構わない……!」

葛城の言葉は意味不明だった。

「待てよ、それはいくらなんでもおかしいだろ。どっちに転んでも構わないって……じゃあ、何か? 俺たちが今こうして顔を突き合わせて一人一人と話しているのも、『蜘蛛』の手の内ってわけか?」

葛城はそれには答えなかった。だが、彼の言った「『蜘蛛』の敷いたレールの上」という言葉は、僕の推測している通りの意味に聞こえる。どういうことなんだ? どっちに転んでもいいような、いいとこどりの計画というわけか？　しかしそんなものは、ただ単に犯人の意図が矛盾しているようにしか聞こえない。

「だけど、田所君、三谷君。今はとにかく目の前、前に行くしかないんだよ」

葛城は決然と言った。

「疑わしかろうが、証拠は証拠。情報は情報だ。今はとにかく一つでも多く集めなければ、何も見えない……だから、今はこれでいい。僕らにとっても、『蜘蛛』にとっても、これでいいんだよ」

「ああ、そうかよ……」

三谷は何か言い返す気力をなくしたのか、尻切れトンボのように言った。葛城は肩をすくめてから、身を乗り出した。

「さあ、とにもかくにも、次に話を聞くべき人が決まったようだね」

「それくらいなら俺にも分かるぜ」

三谷が鼻の下をこすった。

「夏雄君……誰かが毒薬を入れるのを見たと、ずっと主張していたあの子だ」

「その通り。だけど、もう一人連れてきてもらわないといけない」

「またか。今度は誰だ？」

「夏雄を連れ出そうとしたら、勝手についてくると思うよ」

毎度のことだが、焦らすような言い方にやきもきさせられた。

「だけど、夏雄君の話は正直、どうも……信じがたいし、それにたとえ本当だったとしても、シリンジが出てきた今、もう関係ないんじゃないか？　アンプルは事件に無関係なんだから」

「ふふ……」

　葛城は笑った。

「たとえ本当だったとしても、とか、そういうどっちつかずなのが一番良くない。そうだ。一つ整理してみよう」

　彼は引き出しから便箋《びんせん》とボールペンを取り出し、僕に手渡した。

「田所君が覚えている限りの夏雄の言葉を、そこに書いてごらんよ。そして、それが嘘か本当か、判断してごらん……」

　この作業になんの意味があるのだろうと思いながら、ひとまず、言われた通りにした。

　メモに書いた言葉は以下の通りだ。

・輝義は牢屋に閉じこもっている。
・魔王とお妃《きさき》さまに大目玉を食らった。
・泥棒は常に三人組。
・おじいちゃんの霊が帰ってくる。この世に未練があるから幽霊になる。
・警察官は戦っても強い。悪いやつとも戦うが、自分も悪いやつ。

・探偵には助手がつきもの。探偵はいつも意外な真実を暴く。一番怪しくない人が犯人。
・おじいちゃんは殺された。戸棚の前に男が立っていたから。
・父さん（広臣さん）は犯人じゃない。
・ばあちゃんは犯人じゃない。父さん（広臣さん）でもない。怪しいのは先生だ。家族じゃない人がいるなら、絶対に意味がある。

「こうしてみると、あんまり意味のない言葉のオンパレードだな」三谷が鼻を鳴らした。

「葛城が部屋に閉じこもってるってあたりとか、健治朗さんや璃々江さんを魔王と妃にたとえるところなんていかにも安直だ。警察官のくだりとか、一番怪しくない人が犯人とか、彼自身の思い込みによった発言もある」

「夏雄君は真実を知っているわけじゃないだろう？」

僕が問うと、葛城は頷いた。

「ああ。彼は『蜘蛛』の正体には辿り着いていない。だけど、自分の知っている限りのことについては、嘘をついていない……」

「は？」

「ほら、このリストを見返してごらん。少なくとも一つ、今では意味合いがまるで違って見える言葉が一つあるだろう」

「え……？」

一体どこにそんなものが、とリストを見返す。今では意味合いが違って見える……つまり、これまでに判明した事実を振り返って……。

「まさか……！」

僕が声を上げると、葛城がニヤリと笑った。

「泥棒は常に三人組……！」

「そうだ。この三人、ってところがミソ。ユウト君にその両親を加えれば、三人の勘定になる。この言葉は、どんなタイミングで発せられたんだ？」

「夏雄君とユウト君が一緒にいた時……ユウト君の前でだ」

「だったら、夏雄はその時、ユウト君にカマをかけていたんだよ。夏雄はあの家に住む人たち、少なくとも両親は皿泥棒に関与していると確信していた。だから、ユウト君もそのことを知っているのかどうか、関わりがあるのかどうか、確かめようとしていたのさ」

「じゃあ、夏雄君とユウト君が友達なのって……」

「ああ。夏雄の方から近付いたんだろう。順番は分からないが、夏雄は泥棒の正体について確信を持って、彼らの周辺を調べ、年代の近いユウト君から探っていたのさ」

「まさかそんなことが……」

「あと、これは確信が薄いけど、もう一つ意味合いが変わって見えるものがある。『ばあちゃんは犯人じゃない』だ。夏雄は家族たちの騒ぎを聞きつけて、自分なりに思うところがあったんだろう。その理由が分からなかったが、ミチル姉さんの話を聞いて分かったんだ。姉さんはノブ子おばあちゃんの髪を拭くために、風呂場からバスタオルを取ってきた。そして、風呂場は夏雄の部屋の隣にある……」

「あ……つまりその時、夏雄君はミチルさんの姿を見て……？」

「そう考えれば辻褄が合うってだけの話だけどね。姉さんは物音を立てないようにしたって言ってたけど、滅多にない巨大台風で気が立っている夏雄を起こすには十分だった。タオルを持って、自分の部屋のない三階を歩いて、しかもノブ子おばあちゃんの部屋に入っていく。ここまで来れば、いかにもミチル姉さんが怪しく見えてくる」

手にしていたリストに重みを感じた。今まで軽く見ていた夏雄の言葉に、まさかこれだけの意味があったとは。だとすれば、聞き流した、読み飛ばした部分にも、まだなんらかの意味が……？

「夏雄の言葉には、実はまだ他にも重大な意味がある。次に聞き出そうとしているのはその点さ」

「待てよ。夏雄君はどうして、ユウト君の家族が泥棒だと気付いていたんだ。その説明がないじゃないか」

僕が言うと、葛城が「君は本当に鋭いね」と笑った。

「まさにそれだよ。それを、彼に聞かせてもらおうというわけさ」

6　堂坂夏雄と堂坂広臣【館まで水位9・2メートル】

葛城の部屋に連れてこられた広臣は、ぶすっとした表情を隠そうともしなかった。夏雄はその隣で、いかにもつまらなそうに顔を背けている。

「今はこんなことをしている場合じゃない、そうでしょう？　食堂に人が溢れかえっている。二階の一部を開け放つかと下では検討の真っ最中ですよ。水もみるみる坂を上っている。こんなところに連れてこられて、君たちの話を聞いている時間はないんだよ」

広臣はガリガリと頭を掻いた。災害対応で振り回されて、かなり気が立っているようだ。最初から喧嘩腰だった、やりづらいったらない。

「広臣叔父さん、それでも、僕はあなたに聞かなければならないことがあるんです」葛城は落ち着いた声音で言った。「惣太郎おじいちゃんの殺害疑惑……その真相について」

フン、と広臣は鼻を鳴らした。

「もしかして、夏雄の言葉を真面目に受け止めているのかな？　やっぱりだ！」

「ところがね、広臣叔父さん、夏雄の見ていた光景は本当に起こったことなんですよ。それを、あなたはよくご存じのはずだ……」

葛城は静かに、念を押すような口調で言った。

「何を馬鹿な――」

「さあ、夏雄。もう隠し事をするのはやめようよ」

葛城が呼びかけると、夏雄が初めて彼に興味を示し、気だるげな視線を投げた。

「輝義兄ちゃん、一体何が目的なわけ？　こんなとこに連れてきて、しかも父さんと一緒だなんてさ……」

「おや、元気がないじゃないか。これは君が待ち望んでいたものなんだぜ。タンテーとジョシュが協力して、世にも意外な真相を暴く……」

ふん、と夏雄が鼻を鳴らした。

「子供だと思って、馬鹿にしてら」

「馬鹿にはしていない。むしろ、君は自分の見たもの、知っていることについて、実に正直に、率直に行動していた。君だけだ。この嘘つきだらけの館で、君だけが本当のことを貫いていた」

葛城がそう言うと、夏雄はそっと目を見開いた。

「夏雄は確かに、戸棚の前に立つ人物を見た。これは事実なんです。でもそれは、広臣叔父さんへの告発ではありません」

広臣が「なんだって？」と眉を吊り上げた。

「さあ、腹を割って話しましょうよ。真実を」

「告発、ですか。それはどういう意味かな？」

一瞬だけ反応を見せたものの、広臣はすぐに余裕を持った大人の顔に戻った。あまりに堂々としているので、さっきのは自分の見間違いだったかもと思ってしまうほどだ。

「いや、その前に……夏雄があの光景を見たっていうのはおかしいんじゃないか？　坂口さんが窓からカメラで撮っていたんだから、夏雄が隠れられるような死角はどこにもなかった」

「ふふ……そうだ。その話を先に済ませた方が、夏雄も広臣叔父さんも、これから先の話を飲み込みやすいだろう」

葛城は不意に立ち上がって、部屋の扉を開けた。

「場所を移しましょう……離れへ行きます」

「離れ？」広臣が首を傾げた。「しかし、あそこには死体が……」

「死体にはブルーシートをかけてありますから、凄惨な光景は目に入れず、まあ……確かめるべきことを確かめたら、すぐにこちらに戻ってきましょう」

葛城はそう言い残すと、有無も言わせず部屋を出ていってしまった。残された僕ら四人は互いに顔を見合わせ、狐につままれたようになっていた。

葛城は使用人控え室から鍵束を持ち出すと、離れの鍵を開けた。

死体はブルーシートで覆われており、凄惨な死体は目に入らなくなっていたが、血の臭いだけはどうにも誤魔化しようがない。部屋の中に籠る異臭があった。吐き気をこらえながら、部屋を眺めた。

「ある疑問を確かめたら、すぐにここから出よう。いくらなんでも、僕だって気が滅入《めい》るからね……」

「なあ、輝義君。一体どうしたっていうんだ？　こんなところに私と夏雄を連れてきて……こんなこと言って申し訳ないけど、今日の君、ちょっとどうかしているよ」

「そうですね。どうかしている……僕自身、そう思っているんですよ。頭の中で組み上がりつつある事件の真相は、あまりに常軌を逸していて、妄想じみている……」

広臣に手厳しく言われても、葛城は自嘲気味な笑みを崩さなかった。

「田所君、あの写真……坂口さんの写真は、どんなアングルで撮られていたんだっけ？　正確に、思い出してみてくれ」

「えっと……扉の真向かいの窓のところに立って、中を撮影していたんだ。戸棚に向けて、少し斜めの角度。男は戸棚に右半身を向けて立っていたから、わずかに横顔が写っている、という程度……」

「じゃあ、三谷君にその窓の外に立ってもらおうか。窓は開けない方がいいだろうから、僕と電話で話そう。田所君は扉を細く開けて、外に立ってみて」

その頃には、葛城に抵抗する気力をすっかり失《な》くしていた。三谷も唯々諾々と従ったあたり、同じような気持ちなのかもしれない。

三谷が窓の外に立ち、僕も所定の位置につくと、葛城が芝居がかった口調で話した。

「さて、坂口さんは、今三谷君が立っている位置から離れの中を覗き込み、事件を目撃した。そして、同じ光景を夏雄も目撃していたことから、話がおかしなことになってきた」

「ああ」三谷の声が葛城のスピーカーフォンから聞こえた。「ここに立ってみるとよー、よく分かるぜ。ここからだと、扉の外に立っている田所の姿や影が見えるし、横を見たら」

三谷が左を向いた。

「もう一つの窓の外も見える。これじゃ、夏雄君がいられた場所がない」

「だからそれは……」夏雄が後頭部をバリバリと掻いた。「……チッ」

「じゃあ、三谷君——」

葛城はおもむろにソファの横——もう一つの窓の前に立ち、三谷の方を向いた。

「ここはどうだ……？」

「は……？」

僕と電話越しの三谷が、同時に声を上げた。

「いや、確かに見えにくいけど……」

「じゃあ、こうしたら？」

葛城はそこでしゃがんだ。ソファの脇で、小さく身を屈めている。その姿は僕からは丸見えだった。

「おお、見えねー見えねえよー葛城。ソファの肘掛けとサイドテーブルが邪魔になって、すっかり死角になってるぞ。窓から顔を突っ込んでみても分からない」

「お、おい葛城、なんだよそりゃ！」

僕は思わず声を上げた。

「そんな位置にいたなんて、あり得ないだろ！　そんなところにしゃがみこんでたら、いくらなんでも目立ちすぎる。坂口さんからいくら見えなくたって無駄だ。丸見えだろ、それじゃ！　戸棚の前に立っていた男から、丸見え……！」

「そりゃそうだよ。こんな風にしゃがみこんでいたならね」

「だったら――」

「すごい……」

その時、夏雄が小さく呟いた。顔を見ると、目はきらきらして見え、口は大きく開かれていた。

「輝義兄ちゃん……マジだったんだ。マジで、そういうの分かるんだ」

僕は夏雄の反応に呆気に取られていた。それ以上に置いてけぼりになっているのは広臣だ。ポカンと口を開けて、僕らを目で追うのが精一杯という感じだった。

葛城はしゃがみこんだまま、オーディオ機器の前に敷かれたラグマットをめくりあげ、何やら床を探り始めた。

「なあ田所君……君はいつもいいところまでいっているんだよ。『なぜ夏雄はユウト君たち一家の秘密を知っていたのか？』。この疑問はクリティカルな疑問だ。それなら、もう一つ問いかけてみればよかったんだよ」

足元を探っていた葛城が、口をＯの字にして、満足げに頷いた後、僕の顔を見上げた。

「ユウト君の家にあった隠し通路。あの隠し通路は、いったい、一体どこに繋がっていたんだろう、って」

床の一角に、収納に使うような小さな扉があった。葛城はその扉を開いた。扉の向こうから、冷気が漂ってくる。

「ここだよ。これが、隠し通路の入り口だ」

騒ぎを聞きつけて、「なになに、何があったわけ？」とうるさかった三谷が、回り込んで部屋に戻ってきていた。外を回ってきたからびしょ濡れだ。彼は床の扉を見ると、「うわあ、すっげえ！」と歓声を上げた。

「ユウト君の家から続く穴も防空壕を利用して作ったものだった。これも同じだ。多分、一九四〇年代、葛城よりも前にここを持っていた家族が、高台から逃げ出すために用意しておいた穴なんだろう。田所君が避難者の高齢者から聞いたという防空壕はこれのことだよ。この離れは六十年前の水害で一度壊されて、建て直されているから、あえて残しておいたんだろうね。惣太郎おじいちゃんが面白がったか何かで……」

葛城は穴の中に体を入れ、懐中電灯で中を照らしていた。

「恐らく、広臣さんと由美さんがどうしても見つけられなかった、惣太郎おじいちゃんの

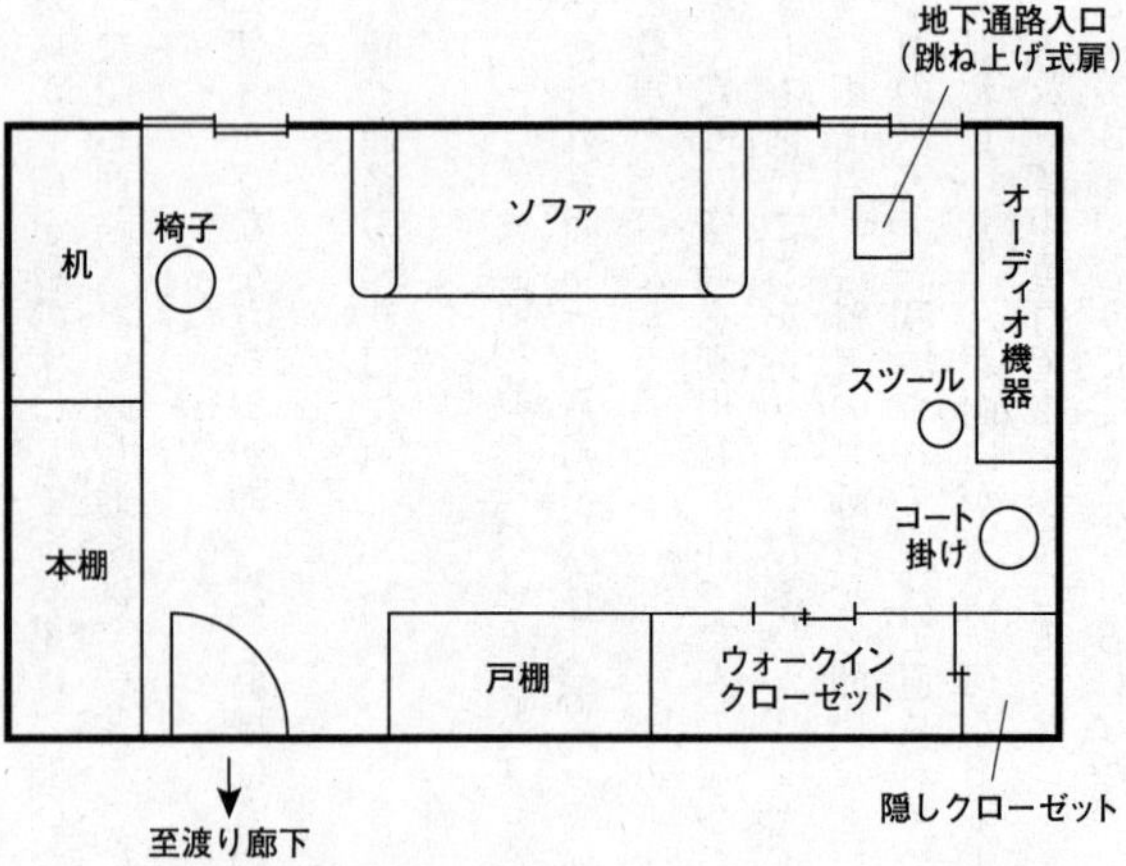
地下通路入口
（跳ね上げ式扉）
椅子
ソファ
机
オーディオ機器
スツール
コート
掛け
本棚
戸棚
ウォークイン
クローゼット
至渡り廊下
隠しクローゼット

離れ見取り図③

隠し財産は、ここにあったんでしょう」

「こんなところ……」広臣が呻き声を上げた。「見つけられるわけがない」

「隠し財産は、もう……？」

「ああ」

葛城は穴から頭を抜いて、首を振った。

「やはりない。真犯人が持ち去ったんだろう。真犯人が惣太郎おじいちゃんを殺したのは、恐らくその隠し財産の奪取が目的だ。真犯人もこの隠し通路の存在を知っていたことになるね」

「なるほど……そして、同じ隠し通路の存在に、夏雄君も気付いていた」

「その通り。この離れは、惣太郎おじいちゃんの具合が悪くなって倒れた一年以上前から放置されていた。その時から夏雄は探検を始めて、この穴を発見したんだろう」

「そうなんだ」夏雄が頷いた。「でもさあ、最初は全然奥まで繋がってなくて、途中で穴が塞がってたんだ。古い穴だから崩れたんだと思ってたけど、いつか、皿泥棒の話を聞いて……その後に入ってみたら、繋がってたんだよ、穴が……誰かが掘ったんだと思った。そして、向こうまで行ってみたら、あの家があったのさ。ユウトの家がね」

「だからこそ、君はユウト君の両親が皿泥棒なのではと疑うことが出来た……」

「そしてここからは、僕の想像になるんだけど……惣太郎おじいちゃんの隠し財産を、夏雄は見たことがあるんじゃないか？」

夏雄はビクッと肩を震わせた。

「……うん、そうだよ。袋の中に、ダイヤモンドがたくさん入ってて……不用心だと思ったけど、ラグマットの下だし、一見しただけじゃ分からないように隠し通路の壁に埋め込んであった。おじいちゃんはそうそう見つからないと思っていたんだと思うし、ユウトのパパとママも、さすがに壁を調べようとはしなかったみたい。間抜けだよな」

夏雄の言葉に、葛城は苦笑した。

「そしてあの日、惣太郎おじいちゃんの死の前日、坂口さんと謎の男が現れた日に、夏雄は離れに入った。夏雄はその宝石を、少しばかりくすねてやろうと考えていたんじゃないかな。だから、おじいちゃんの眠っているタイミングで離れに侵入した。すると、背後から近付いてくる誰かの存在に気付く。君は咄嗟に隠れなければと思って、この穴の中に入り込んだ。実はこの足音は坂口さんのもので、坂口さんはそのまま裏手の窓のところへ。そして、程なく写真の男が現れ、夏雄はずっと穴の中で息を潜めていた」

「そうなんだ」夏雄は目を伏せた。「そこに、あの人がいたんだ……」

「そして、穴から顔を覗かせた時──」

夏雄は体を震わせた。

「先生が……」

「は?」

広臣が突然顔を上げた。彼は両手を組み合わせて、まるで祈るような姿勢になっていた。

「そうなんですよ広臣叔父さん。最初から、夏雄はずっと言っていたんですよ。『先生』って」

「夏雄君」三谷が言った。「その、先生、っていうのは……」

「黒田さんだよ……決まってるでしょ、僕の先生って言ったら」

僕らは離れの隠し通路の入り口を閉じると、葛城の部屋に戻ってきていた。

「さて、広臣叔父さんも夏雄も、おまけに田所君と三谷君まで、何が起きているのかサッパリ分かっていないみたいだから、一回順番に整理しようか。

おじいちゃんが危篤になったあの日、離れにはまず広臣叔父さんが入った。その時、おじいちゃんの毒殺計画を立てようとでも思ったのか、ともかく、戸棚に近付いてアンプルに触れた……」

「魔が差したんだ……」

もはや抵抗する気力をなくしたのか、広臣はためらうことなく認めた。

「惣太郎さんが死ねば、由美のところに遺産が入ってくる……隠し財産のことも摑めるかもしれない……あの時、弁護士事務所の方の資金繰りに困っていたんだよ。君たちに、こんなことを話してるなんて、なんだか変な感じだが……」

広臣の背中は丸まり、一気に老《ふ》け込《こ》んだように見えた。四十九日にまで猟銃の試し撃ちをしていたのも、ストレスが溜まっていたからかもしれない。

「しかし、あなたは結局、アンプルには何もせずに行為を中断した。どのみち、アンプルに前もって毒物を混入する方法はありませんからね。あるとすれば、アンプルを折って、中身を吸い出す時に、毒を混ぜるしかない」

「ああ。ちょっとでも何か方法がないかと、一縷《いちる》の望みを懸けるような気持ちで手に取ったんだが、ダメだった。それで棚に戻して——その瞬間に、扉の近くで物音がしたんだ。だから、慌てて渡り廊下を見たら、もう誰もいなかった……。西館の裏口から戻ってみると、応接間の扉の前に正君が立っていてね。『ここに誰か来なかったか』と尋ねても、『誰も来ていない』ということだった。私は一回、正君を怪しんだ。彼がそんなことをするはずがないと思ったが、どうにも疑わしい位置に立っていたからね……」

「しかし、その後、夏雄があなたに話をしたんですね。離れの戸棚の前に立つ誰かを見た、と」

「ああ……そして私は、それを自分のことだと勘違いした」

広臣の立場から見れば、ごく自然な流れだ。一瞬、心に魔が差してしまった瞬間を息子に見られてしまい、それを家族や客人問わず話す。相当なストレスだったはずだ。実際には勘違いだったとしても、こんな事態はとても予想しようがない。

「そう勘違いしたからこそ、彼が口を開こうとするたびに邪魔をしたのです。『子供の言うことですから』『ドラマと現実の区別がついていない』。そんな言葉を並べ立てて、子供の悪戯をたしなめる親の振りをしていた。恐らく、妻の由美叔母さんを最初に味方につけたのでしょう。もちろん、自分の行いについては話していない。夏雄が馬鹿なことを言い出したら一緒に止めよう。大方、そんなことを言ったのではないですか」

広臣はこくりと頷いた。

「さて、離れのことに戻ろう。広臣叔父さんが退出した後、どれくらいあとかは分からないが、次に離れに入ったのは夏雄だ。彼の後ろから坂口さんがやってきて、足音を聞きつけた夏雄は床下の隠し通路の中へ。坂口さんは窓の外、そこに写真に写った男が現れる」

「黒田さんだね」

「彼は戸棚の中のアンプルを手にし、その光景を坂口さんが目撃、シャッターを押す。そして同じものを床下から夏雄が目撃。彼が去った後、戸棚を調べに坂口さんが部屋に入ってきたので、夏雄はまた隠れた。坂口さんがいなくなってから、床下を出、離れを脱出したんだろう」

「そう。輝義兄ちゃんの推測はぴたりと当たってるよ」夏雄が感動するような口調で言った。「おじいちゃんの宝石を盗むっていうのは……諦めたんだ。もちろん一人になって、チャンスはあったんだけど、黒田さんがおじいちゃんを殺そうとしているのかもって思ったり、それを見てたはずの坂口さんも何も言わないし……それで怖くなって……坂口さんは、もしかしたら僕があそこにいたのを気付いていたかもって、そんなこともチラッと思ったんだ……」

葛城は黙って頷いた。夏雄が聞いていないことまで自発的に喋るようになったのは驚いた。彼の口を開かせるのは随分難しそうだと思ったのに。それほど、葛城が夏雄の信頼を獲得せしめたということだろう。

この人に話せば、きっとなんとかしてくれる、と。

「だが葛城……どうして黒田さんは、戸棚のアンプルに触ったんだ？　だって、あれは毒殺には関係ないんだろ？」

「ちょっと待って。田所君、それってどういう……？」

僕らは先ほど発見した新薬のシリンジを見せ、説明した。広臣と夏雄に、茫然とするような表情が広がっていく。

「なんてことだ……」広臣が言った。「じゃあ結局、全部私の独《ひと》り相撲《ずもう》だったということか？」

「黒田さんが、結局は事件に無関係だなんて……じゃあ、あの時、なんのためにアンプルに触ったりしたんだろう？」

葛城は首を傾げた。

「ともかく、あなたたち二人はこれまでずっとすれ違ってきましたが、これで、お互いの勘違いなのが分かったはずです」

広臣と夏雄は見つめ合い、先に広臣の方が顔をそらした。

「広臣叔父さん……僕が言うのもなんですが、夏雄はいつだって正直ですよ。そりゃ、ゲームやテレビの影響を受けていることもありますが、僕だってそういう時期がありました。読んだばかりのミステリーのセリフばっかり口走ったりね」

「そうだな……」広臣は力なく笑った。「もっと早く、夏雄の言葉をちゃんと聞いていれば、これほど思い悩むこともなかった……」

「そりゃ、俺だってむきになったとこはあるけどさ……」

夏雄がそっぽを向いて、ぶすっと言った。

「……恥ずかしいことだけど、どうも最近、仕事が行き詰まってね……必死になるうちに、家族を顧みるのが疎《おろそ》かになった。夏雄とのこのすれ違いも、そのせいかもしれないな……」

「そうですか……」

葛城は目を細め、一瞬、何か切なそうな表情を浮かべた。

広臣がにこりと微笑んで、夏雄に手を差し出した。

「輝義君の忠告に従って、これからは、もっとちゃんと向き合うことにするよ。夏雄も、本当に悪かった。これで仲直りだ」

夏雄は不思議そうに差し出された手を見た後、ニヤッと笑い、「じゃ、お詫びにゲーム買ってよ」と言いながら手を握った。僕は三谷と顔を見合わせて苦笑した。転んでも、タダで起きるつもりはないらしい。

食えない子だ。葛城の従弟《いとこ》らしいなと思った。

＊

「で、どういうことだ、葛城？　どうしてここで黒田さんの名前が出る？」

葛城の部屋に三人だけになると、僕は葛城を問いただした。葛城はニヤリと笑った。

「そうなんだ。ここで黒田さんの名前に辿り着くってことは、いよいよ『第二段階』の最終局面に入ったってことさ。情報はもうすぐ全て手元に集まる」

最終局面。この『対話』が始まる前、葛城は『五組のホームドラマ』を見せると言った。

残る枠は、あと一つだ。

「じゃあ、お前は黒田さんが写真の男だって、目星がついてたのか？　今まで容疑圏内に一度も入ってこなかった名前だ。いくらなんでも予想外すぎる」

「ああ。夏雄が『先生』と言い続けていたのが根拠だった。それに、黒田さんを疑う理由は他にもあったしね……」

「他？　他にどんな理由があるんだよ」

「それは次の客人の前で話すことにするよ」

葛城はそれ以上話す気がなさそうだった。三谷は大げさにため息をつく。

「お前には驚かされるぜ。田所はいつもこんなのに付き合ってるのか？　ジェットコースターみてぇだよ。休みがない」

「全くだ。三谷だけでも、僕の苦労を分かってくれて本当に嬉しい」

僕らが皮肉を飛ばしても、葛城は全く動じる様子がない。

「なあそれにしてもよ」三谷が言う。「やっぱりよ、この犯人の目的が全然分かんねぇよ。今回だってそうだ。アンプルは毒殺に無関係なんだろ？　毒殺経路はシリンジなんだから。だったら、どうして黒田さんはアンプルに触れて、それを強調する必要があったんだ？」

「毒殺経路を誤解させて、捜査をかく乱するため、とか……？」

「ダメダメ、それじゃ本末転倒だろーがッ。犯人にとって一番都合がいいのは、惣太郎さんが病死したと信じられることだろ。だったら、どうして殺人事件の可能性を強調するような、危険な行為をあえてする必要がある？」

「確かに、そうなんだよな」僕は顎を撫でた。「理屈に合わない気がする。相変わらず、『蜘蛛』が何をしようとしたか分からないっていうか……」

葛城がはあっとため息をついた。

「何度も言ってるじゃないか。ここまでは『蜘蛛』のシナリオ通り。だって、広臣叔父さんと夏雄は現にあれだけ対立して、すれ違い続けただろ？　ここまでで、『蜘蛛』の目論見は成功したんだ。それでいいんだよ」

さっきも言っていたことか？　解かれようが、解かれまいが、どちらに転んでも構わない、というあの謎めいた言葉……。

「それこそがさっき、僕が『第二段階』と言ったことの意味なんだよ。『第一段階』は、ノブ子おばあちゃんに疑いがかかって、家族が一枚岩になっていた、膠着状態と疑惑のフェーズ。『第二段階』はその誤解が解きほぐれることで始まる、解放と情報収集のフェーズだ。そのフェーズは、事件のことを調べようとする者が現れれば、いずれ解かれてしまうであろう綻《ほころ》び……もつれ……。だけど、そのもつれは家族の中の深いところまで入り込んでいるから、なかなか解けない。抜けられない……つまり、犯人はこれら『第一段階』『第二段階』では、目くらましが出来れば御の字なんだ。もし家族がここから抜け出せなければベスト。犯人の痕跡を誰も辿ることは出来ない」

「待てよ。それじゃあ……これまでが全部『蜘蛛』の手のひらの上っていうなら、ここまでしてきたことは、全部無駄ってことか？」

「無駄じゃないよ。現に、色んな人の行動の意味、色んな証拠の意味は、これまでに明らかになっているじゃないか。そうやって一つ一つの意味を剝ぎ取っていけば……残された真実の手掛かりが明らかになる。そうなれば、『第三段階』に突入出来るんだ」

「第三段階……」

僕は呟いた。

「まだ『蜘蛛』の首根っこを捕まえていないというだけさ。それにもいずれ手が届く。この道の先に、このか細い糸の先に、『蜘蛛』は必ずいる……」

葛城が眉根を寄せ、一瞬、鬼をも殺しそうな険相を浮かべた。背筋が凍る。こんな顔をするやつだっただろうか。かつてないほど狡猾な犯人を相手にして、彼自身心の中で燃え滾《たぎ》るものがあるのか……。

僕は深呼吸を一つしてから、バン、と内ももを叩いた。彼がその気なら、僕も覚悟を決めるしかない。

「さあ、じゃあ葛城、『第二段階』の最後……終わらせようぜ」

僕が言うと、葛城は立ち上がった。

「じゃあ、僕が呼んでくるよ。少し済ませておくこともあるから、二人ともここで待っていてくれ」

済ませておくこと？　一体何だろうか。

「だが、黒田さんはもう死んでいるだろう。今度は誰に話を聞くんだ？」

「もちろん、黒田さんのことをよく知っていた人物だよ」

葛城は振り返って言った。

「さあ、迎えに行ってくるよ。僕の父さんを」

7　葛城健治朗と忘れられた男　【館まで水位7・2メートル】

「ようやく私の番か」

健治朗の様子は他の家族とまるで違った。

他の家族は呼び出しを受けたことへの不快感や不信感を表明し、敵意を露わにする者さえいた。だが、彼は静かに椅子に座り、瞑目《めいもく》していた。実際には十秒にも満たないわずかな時間だったが、どこか敬虔《けいけん》なものさえあり、永遠にすら感じられた。

「健治朗さん、下の様子は……」

僕は恐る恐る尋ねた。健治朗は静かに目を開け、厳かに、冷静な声音で告げた。

「ああ……もはや祈るばかりさ。眼下まで水が迫ってきている。坂道の方に視察に行かせたら、十メートルもくだらないうちに水面に辿り着いた……。ここまで来たら、これ以上のダムの決壊が起こらないこと、川の増水の影響がここで止まることを、ただただ、祈るしかない……ほうぼう連絡もしたが、この強風では、ヘリを飛ばすのも無理だ。ここで耐えるしかない」

「そんな……」

自分の手が震えるのを止められなかった。車から見た、あのすさまじい水の勢い……あれがもう間もなく迫ってくると思うと、絶望的な気分になった。

最善は尽くした。打つべき布石は全て打ち、住民も助けた。それでも、もう耐えるしかない。今回の災害を『防衛戦』と称した葛城の言葉は、言い得て妙だ。最善は尽くしたのだから……あとは、人の力ではどうにもならない。

「さあ……これぱっかりはどうにもならんが……」

健治朗は葛城に向かい合った。

「私を呼び出したからには、辿り着いたんだろう……こんな状況でも……いや、こんな、明日をも知れぬ状況だからこそ、ハッキリさせておくべきだろうな」

健治朗は長いため息をついた。

「全ては遅すぎた。今となっては、後悔に意味はないが……」

突然、健治朗のおとなしさの理由に気付く。情熱に溢れ、悪く言えば血の気の多い彼が、これほどまでに落ち着いて応じている理由。

彼はもう、覚悟を決めていたのだ。

この部屋で、葛城の口からあの「計画」の話を聞かされた時に。

「思えば、この日を待っていたのかもしれないな。誰かが過ちを正してくれる瞬間を」

「父さん、まだ述懐には早いですよ。事実の話を先にしなければ、二人が置いてけぼりです」

葛城は僕たちの方を振り向いて肩をすくめた。

「やれやれ、親に厳しいところまで似たな」

健治朗は片手を差し出した。

「私からただ話すというのも退屈だ。輝義、お前の掴んだ事実を聞かせてみなさい」

葛城が身を乗り出した。

「黒田さんは惣太郎おじいちゃんの隠し孫です。隠し子が産んだ子ですね。そして、坂口さんが握っていた恐喝のネタとは、黒田さんのことだったのではないですか？」

「はぁ⁉」

孫⁉　孫だって⁉　黒田さんが、葛城家の血縁者？

僕と三谷の驚きをよそに、健治朗が両手を挙げ、「お手上げだ」と言った。

健治朗は笑って、どこか満足そうな声音でこう続けた。

「さあ、腹を割って話そうじゃないか。真実を」

「……じゃあまず、惣太郎おじいちゃんに隠し子がいると疑った理由から説明します」

葛城は頬を膨らませ、どこかつまらなそうな口調で言った。僕は苦笑した。半ば自分のお株になっていたセリフを奪われて、不満なのだろう。健治朗はさっきまでのやり取りを聞いていたわけでもないのに、親子というのは怖いものだ。

「惣太郎おじいちゃんの興した会社のロゴマーク。田所君は覚えているかな？」

僕にお鉢が回ってきた。どうやら、父親相手に話しても面白くないことに気付いたらしい。父親の前ではやはり子供である。

「確か、剣と弓、盾をモチーフにしたロゴマークだったよな。真ん中に盾があり、剣と弓がその前にクロスするように配置されている」

「守りよりも攻め！　そんな意味だったよな」

「ああ。そして、剣、弓、盾。この三つの単語が重要なんだ。ロゴマークは惣太郎おじいちゃんがデザインの草案を出したことも、忘れてはならない」

「どういうことだ？」

僕はすぐに聞き返したが、隣で三谷が「あ！」と声を上げた。

「名前だ。健治朗さん、由美さん」

それで僕もようやく分かった。

「健治朗さんは剣。由美さんは弓だ。なるほど、ロゴマークから一つずつ名前を取っていた」

「まさしく。では、盾はどこにある？」

「そんなことで……」

僕は半ば呆れ返った。この男は、どんなものにも意味を見出《みいだ》さないと気が済まない宿命でも背負っているのだろうか？

「ノブ子おばあちゃんが認知症になった頃、惣太郎おじいちゃんはノブ子おばあちゃんの妄想に悩まされていたって言ってたよね。おじいちゃんがちょっと外出しただけで、『女のところに行ってた』と詰られたと。認知症になると、昔の記憶が強くなる。こういう浮気妄想は、おじいちゃんが浮気性だったことの表れじゃないかな。若い頃、おじいちゃんに捨てられるかもと不安に思った時期が強く印象に残っていて、妄想として現れる」

健治朗は頷いた。

「惣太郎が外に産ませた子が一人いる。名前は淳二郎《じゅんじろう》」

名前と「盾」がすぐに繋がらなかったが、「盾」を音読みするとジュンになると気付く。

「父さんはその存在をどうして知ったの？」

「政治家になる時に自分で身辺調査した。親父が自分から話すわけもないからな。淳二郎は多額の養育費と共に東北の実母の実家に引き取られた。実家も相手の女も金に困っていて、引き取ったのも金が目当てだったらしい。実母はろくな子育てもせずに淳二郎を放任し、淳二郎は十五の時に家を出た。なんとか家庭を持ったが、若い時の無理が祟《たた》ったのか、四十代の頃病死したことが分かった」

健治朗は目をつむり、首を振った。

「償う時間もなかったよ」

「父さんのせいじゃありませんよ」

葛城は気遣わしげな声で言った。

「淳二郎には息子が一人いることも、その時に摑んだ」

「だが葛城、惣太郎さんに隠し孫がいたのは分かった。でもそれが、どうして黒田さんだと分かったんだ？」

「ノブ子おばあちゃんのおかげだよ」

三谷が「どういうことだ？」と言った。

「おばあちゃん、は黒田さんに向かって、『お父さん』と呼びかけたじゃないか」

「ああっ……！」

僕は思わず叫んだ。

「あれは本当のことだったのか！　顔が分からなくなって知らない人を家族と勘違いしていたんじゃない。黒田さんの顔は、惣太郎さんの若い頃に似ていた！」

「隔世遺伝が起きたと考えるしかないね。黒田さんの顔写真を持ってきて、髭を落としてみれば、若かりし頃の惣太郎おじいちゃんにそっくりのはずだ。それも、ちょうど浮気をして淳二郎さんを産ませた時の、若い頃のおじいちゃんに」

うーん、と思わず唸る。

健治朗は苦しそうに首を振った。

「黒田君は自分が葛城家の隠し孫だと知った。父親が死の直前に聞かせたのかもしれないね。黒田君は恐らく、困惑し、苦悩しただろう。この家は、黒田君がいられたはずの場所だった……」

健治朗はひどく感傷的だった。

「自分の祖父に一目会ってみたかったのかもしれません。あるいは、自分たちを捨てた祖父に、初めから復讐《ふくしゅう》するつもりで近付いたのかも。もしくは、お金が目当てだったとか。理由はいくらでも考えられますが、ともかく、黒田さんは家庭教師として葛城家に潜り込んだ」

「黒田君が隠し孫だと気付いたのは、やはり輝義と同じキッカケだった。半年前、母さんが『お父さん』と呼びかけたことだ。そして、黒田君の顔を見た瞬間に、幼少期に見慣れた自分の父の面影《おもかげ》が重なったんだよ。偶然だと笑い飛ばそうとした。だが、どうしても出来なかった。すぐに黒田君を調べさせた。年齢も、出身も、全て淳二郎の息子に一致していた。だが、私が今さらどの面を下げて、黒田君に話をすればいいのか、ずっと分からなかった」

葛城は黙って父親の述懐を聞いていた。

「表面上、彼の態度は穏やかだった。むしろ、夏雄と仲良くやってくれ、広臣さんからの信望も厚かった。家庭教師としての腕前は確かだったんだ。何せ、あの夏雄を椅子に座らせるだけで、大したものだからね」

今のはジョークだったのだろうか。ともかく、真剣な葛城は笑う素振りさえ見せない。だが、僕たちは黒田の送ったあのメールを読んでいる。揶揄《やゆ》と押し付けがましい冗談に満ちたあのメールを。本当に、黒田は見かけ通りの人物だったのだろうか？　それも怪しい気がする。

「怪しいならすぐにでも追い出せばよかったでしょう。家族の誰かに危害を加える可能性があったならなおさらです」

「私には出来なかった。家庭教師としての報酬を多く払い、夕食に招いて、家族の時間を共にすることが償いだと思った」

「そんなことだろうと思いました」

ですが、と彼は続けた。

「そんな生活に、思わぬところから亀裂が入った。坂口さんの存在です。彼は隠し孫の存在を摑み、あなたに接触した。政治家の隠れた血縁者。それなりに美味しいネタでしょう。まして——」

葛城が言葉を切って、強調するように言った。

「その隠し孫がおじいちゃんを毒殺しようとする瞬間を、カメラに写したなら」

「ずっと、坂口さんの持っている『ネタ』とは何か気になっていました」

葛城は淡々と解説を続ける。三谷は茫然とした顔で成り行きを見守っていた。

「ミチル姉さんと付き合っていた頃の何か？　家族に関わるもの？　それとも、毒殺事件に関わる何か？　坂口さんが『ネタ』の話をしたのは、夏雄が惣太郎おじいちゃんの毒殺疑惑を持ち出した直後です。であれば、毒殺に関する写真という蓋然性が高い」

ですが、と彼は続ける。

「ここで一つ不思議なことがあります。彼はその前、テニスコートにおいて、正兄さんと部外者である客人たち——田所君、三谷君、黒田さん——のいる目の前で『ネタ』の話をしていたというのです。まるで、彼らに聞かせたいかのように」

「あの時……黒田さんのことを揺さぶっていたのか！」

その通りだ、と葛城は言った。

「初めから、坂口さんのターゲットは黒田さんだったんだよ。思い出してごらん、坂口さんが死ぬ直前、玄関で君に言った言葉を……」

あ、と思わず声が漏れた。

「惣太郎さんを殺したのは、孫……そうだ。あの時、坂口さんはハッキリ、孫の存在を口に出していた」

「そう。僕が黒田さんの正体に気付いたのは、実のところ、この坂口さんの行動が大きかった。あとは、夏雄も同じように、『先生』、黒田さんを名指ししていたこと。そして、坂口さんについては、そこまで疑うからには何か動機めいたものを摑んでいると思ったんだ」

葛城の言葉に、なるほど、と頷く。

「その通りだ」健治朗は弱々しく首を振った。「坂口さんは写真をネタに黒田君を強請ろうとした。だが、最初に働きかけられたのは私の方だったんだよ。黒田君に直接売りつけるよりも、黒田君を大切に思っている私を揺さぶる方が金を引き出せそうだ……そんな風に考えたんだろうな。黒田君本人にも揺さぶりをかけていたとは、気が付かなかった」

健治朗は突然、自分の太ももに拳を振り下ろした。拳がわなないている。すぐに飛び出せるように身構えたが、健治朗はそのまま動かなかった。

「……私のせいだ。もっと早く、もっと早く私が動けていれば」

「黒田さんは坂口さんに殺されることもなかったし、黒田さんが坂口さんを殺すこともなかった、と」

葛城の言葉に衝撃を受けた。

「お前、一体何を」

「ここまで聞いて、父さんの考えにまだ追いつかないかい？　坂口さんは強請屋《ゆすりや》だった。黒田さんには坂口さんを殺す動機がある。そして、黒田さんは坂口さんを殺そうとして、返り討ちにあった……」

「その通りだ」

健治朗は頷いた。

「坂口さんと黒田君は相、討、ち、殺、人、だった」

またか！　僕は思わず叫びだしそうになった。この男は、健治朗は、また推理を繰りだそうとしている！　目くるめく展開だった。

「恐らくだが」健治朗は重苦しく続けた。「黒田君は、曲川の視察に出かける前、坂口さんを屋敷の裏手に呼び出したのだろう。約束の金を渡すと言って呼び出したのだろうな。裏手の崖下には曲川の上流が流れている。黒田君はそこから坂口さんを突き落とそうとしたが、返り討ちにあって自分が川に落下した。あの濁流の中に飲み込まれたんだ。あえなく溺死したことは想像に難くない」

健治朗は苦々しい顔をして首を振った。

「坂口さんは殺してしまった後、駐車場に黒田君の車が残っているとまずいと気付いた。

だって、黒田君は『曲川を見に行ってくる』と言って、夕食後の午後六時半に館を出ている。車が残ったままでは、どこに行ったのか怪しまれてしまう」

「それで、車を崖下に落としたのか……！」

曲川の流域で撮影された、氾濫した川の映像のことを思い出す。

「黒田君の車が流されるところは映像で確認されているが、あの橋の付近とか、Y村に行ってから流されたと考えなくても別にいいんだ。崖下の上流域に落ち、その時はまだ陸地にあった車が、午前一時半頃になって、増水した川に浸かって押し流された……こう考えてもなんの問題もない。そして、午前一時三十七分頃、橋桁の近くで撮影された」

ピースが少しずつ嵌《はま》っていく。健治朗の推理は明瞭に思えた。

「しかし、黒田さんの犯行はそれでは終わらなかったんですね」

葛城が問うと、健治朗は頷いた。

「ああ。カメラなどのデータごと燃やし尽くせるよう、坂口さんの車にあらかじめ爆弾をセットしておいたんだ。トラップは黒田君が死んだ後に作動した。かくして、相討ち殺人は完成した」

葛城は顎を撫でていた。

「疑問が二つ。あんな殺害手段を選ぶなら、黒田さんには少なくとも、爆弾作りの知識があったはず。裏は取れているんですか？」

「残念ながら、ね。学生時代、海外でテロ組織の活動に参加して、爆弾の製造法を学んだことがある。経歴を調べたら出てきたよ。邦人が標的にされ始める前に帰ってきたそうだ。大学もバリバリの理系で、製造法さえ分かれば、火薬や薬品を密輸するなりなんなり、作る方法はいくらでもあっただろう」

まるで知らない世界の話だった。同時に、黒田がそんな活動に参加していたということに衝撃を受ける。彼が学生の頃ということは、今から十年以上前かもしれないが、それでも九・一一以後だ。

葛城は驚いた様子もなく、指を二本立てた。

「二つ目。もう爆弾をセットしているのに、あえて呼び出して殺そうとする意味は何でしょうか？　爆弾の仕掛けが上手く作動すれば、黒田さんは坂口さんと接触することさえなく、手を下すことが出来たはずです。なのになぜ」

「爆弾はカメラなど道具の処分がメインだったのかもしれない。あるいは、予想外の大雨に見舞われて、爆弾が使えなくなっているかも、と不安になったんじゃないか？」

「爆弾が使えなくなるのは、ありそうですね」

葛城は深く頷いていたが、どこまで納得しているかは分からない。

健治朗は首を振った。

「私がもっと早くに手を打てば、黒田君に手を差し伸べていれば、事態は変えられたかもしれない。そう思うと、情けなくなるんだよ。年甲斐《としがい》もなく、ね」

「珍しいですね、父さん。あなたが僕に弱音を漏らすなんて」

でもね、と彼は続ける。

「その通りですよ。あなたには事態を変えられたかもしれない。その責任は重い」

「お前！　何もそんなこと言わなくたって……！」

僕は思わず立ち上がった。自分の父親にまで、こんな酷薄な言葉を向けるとは。

「ですが、それは僕も同じです」

葛城は僕を一顧だにせず、健治朗に告げた。

「僕は黒田さんが何か嘘をついていると気付いていました。だけど、追及しようとはしなかった。坂口さんが揺さぶりをかけているのが黒田さんだと気付いてもいました。だけど、なぜそうしているのか探ろうとはしなかった」

「仕方がない。お前は痛手を負っていた」

「そうやって、自分を納得させるのは簡単なことです。だけど、僕はそうしたくない」葛城は首を振った。「そうしない」

健治朗はようやく、微かに笑った。

「血は争えないな」

「全くです。面倒な家に生まれ、面倒な父親を持ちました」

「減らず口まで叩くようになったか。ますます私に似てきたな」

感に堪えない思いだった。葛城は、自分の父をも己の中に取り込もうとしているのだ。清濁併せ呑む、政治家の父のしたたかさを。だから、彼は嘘もハッタリも使いこなせるようになった。ただの「いい子」でいることをやめた。

葛城は変わった。

「……僕は父さんを誤解していました」

健治朗はぴたりと軽口をやめた。葛城はゆっくりとした言葉でぽつりぽつりと漏らした。

「あなたの語る言葉は聞こえの良い嘘ばかりだ。いたずらに薔薇色の未来を見せようとする、無責任な言葉だ。ずっとそう思ってきました。だけど、あなたも背負っていたのですね。自分の救えなかったものを」

健治朗は目をつむって聞いていた。

「お前にもそれがあるのか?」

葛城もまた目をつむった。

「一人の少女です。それと、一人の女性。僕よりもずっと年上で、しかも元々は探偵をしていた女性です。僕が救うだなんておこがましいけど、それでも……救えなかったのは、事実です」

落日館で起きた事件のことを思い出す。あのうだるような夏のことを。

「僕はどうしても飛鳥井さんを許すことが出来なかった」

「自分が救えなかった女性に対してかね? 随分と複雑な感情だ」

「そうですね」葛城は自嘲気味に笑った。「……僕は、あの人が名探偵であることを否定したかった。名探偵であることを止めたのだと、そうすることから逃げたのだと。だけど、本当に許せない理由は別にありました。あの人は、自分自身すら救うことが出来なかったからです。そして僕もまた、彼女を救うことが出来なかったからです。そんな不甲斐ない自分を、許すことが出来なかったんですよ」

「葛城……」

僕が呟くと、葛城はチラリとこちらを見て、薄く笑った。

葛城がそんなことを考えていたとは思いもよらなかった。そして、彼の言葉が自分の憑き物をも落としてくれた気がした。どうしてあの事件で出会った「彼女」のことを認めることが出来ないのか、それなのに、どうしてこんなにも「彼女」のことを想うと胸が締めつけられるのか——彼が言葉で表現してくれたから。

「お前の言う『名探偵』には、それが出来る、と?」

「ええ、父さん、出来ますよ。この館にいる全員を救うことさえ出来る」

「なんだって?」

「全員を⁉　それはお前……この水害を止めるってことか⁉」

僕と三谷が勢い込んで尋ねた。葛城は探偵について深く考えすぎるあまり、遂に自棄《やけ》を起こしてあらぬ妄想を抱き始めたのではないか？　我ながらひどいことを考えている。

「そんなことが出来るのか？」

健治朗の目が心持ち見開かれていた。驚いているように見えるが、僕や三谷より、葛城のことを信じているように見えた。

「出来ますよ。だって、名探偵は」

葛城の口調には少しもためらいがなかった。

「ヒーローなんですから」

健治朗は驚くどころか、プッと吹き出した。「アッハッハ！」と肩を震わせて快活に笑う。葛城の言葉を馬鹿にしているのではない。爽やかな笑いだった。

「お前、本当に誰に似たんだ？」

葛城は肩をすくめ、片頬を持ち上げる少し嫌味な笑いを浮かべた。

「悲しいことにあなたですよ、父さん」

＊

それから、彼は父親と話がある、と言ってしばらく二階の部屋に二人で籠った。親子の積もる話があるのだろう。僕らも特段邪魔をせず、二階の廊下に立って待つことにした。

「いやあ、いい話だよなあ」

三谷がうっとりとした顔で言った。

「父親と息子が分かり合って、志を同じくする！　いいよなあ、なんか。ベッタベタで」

「そんな風に言ってやるなよ」

三谷のからかいにツッコミを入れていると、大水害が起こっていることを忘れてしまいそうにさえなる。

それにしても、『五組のホームドラマ』に心を動かされるなと釘を刺されていたのに、すっかり前のめりになってしまった。これではいけないと、僕は冷静に健治朗のことを見つめ直すことにした。

もし健治朗の態度に嘘があったとするなら……もし、健治朗が『蜘蛛』だったとするなら？　僕はそこまで考えて戦慄した。彼の立場なら、八割方まで、事態を完璧に動かすことが出来るからだ。

まず、ノブ子さんを犯人に仕立てて、家族全員を一枚岩にする『第一段階』。この時、健治朗は家族をまとめ上げ、議論を主導している。最初の発見者を広臣にして、自分は後から聞いたという形を取っているのも上手い。矢面に立ちながら、怪しまれる端緒を丹念に消している。

そして『第二段階』では、葛城が『対話』を始める前、健治朗は背中を押していた。葛城の前で駐在所での出来事も話し、葛城の気を惹いた。だから、健治朗が犯人とは普通、思えない。

だが、葛城が言っていた言葉を加味するとその様相は一変する。『蜘蛛』はこの『第二段階』までは葛城に解かれても構わなかった。だとすれば、背中を押した健治朗が『蜘蛛』であることもあり得るではないか。むしろ、背中を押すことで自分への疑惑を消したと考えてもいいのだ……。

なんてことだ。さっきまで見ていた父と子の『ホームドラマ』の様相が一変してしまった。葛城が僕に頼んでいたのはこういうことだったのか？　たった一滴疑惑を投げかけるだけでこうなるなら……他の四つについても、もしかして同じことが言えるのか？

ミチルと璃々江。隠し事をした娘と子を想う母のすれ違い。

ノブ子と由美。贖罪《しょくざい》を繰り返す母と明るく生きる娘の物語。

僕と梓月。兄に顧みられなかった弟と意地悪な兄との対決。

夏雄と広臣。真実のみを話す少年と嘘に塗れた父の勘違い。

葛城と健治朗。成長する息子と見守る父親のホームドラマ。

この五つの中に、嘘があったというのか？　自分の役割を演じ、全員を騙していた『蜘蛛』がいたというのか……？

廊下の窓から、弱い雨が降っているのが見えた。台風も、もうすっかりピークは過ぎたらしい。

窓から下を覗き込むと水の様子が俯瞰《ふかん》気味で分かった。水は坂をじりじり上ってきていた。標高で五メートルほど。真綿で首を絞められるように、僕らはじりじりと追い詰められていた。

そして、水害はその恐ろしさを突き付けるように――最後の猛攻を始めた。

8 〝カタストロフィ〟【館まで水位0メートル】

その時だ。

ずううううん、と館全体が大きく揺れた。重い衝撃音が響き渡る。

立っているのも難しい。思わず床に倒れ込んだ。三谷は四つん這いになって、「地震か⁉」と言った。

遅れて悲鳴が聞こえてくる。

一体何が起こっている？ 携帯電話の電波は繫がっているようだ。地震ではないのか？ 緊急地震速報も流れなかった。

揺れが収まり、ようやく動けるようになった。

葛城の部屋に入り、葛城と健治朗に「大丈夫か？」と声をかける。二人ともテーブルの下に頭を入れ、うずくまって身を守っていた。

「一体、何があった……？」

健治朗が問う。誰も答えられるものはいなかった。揺れが収まってから一分ほどが過ぎる。僕らはおずおずと動き出す。

階下から、悲鳴のような声が聞こえた。

ほぼ同時に、背後で「あなた！」と叫ぶ女性の声がした。

璃々江だった。裾を水に濡らし、肩で大きく息をしている。肩に小さな子供を担いでいた。夏雄ではなかった。避難者の一人か？

「どうしたんだ璃々江！　下の様子は？」

「水が回ってきています！」璃々江の顔が青ざめていた。「揺れが起きたら、水が一斉に流れ込んできて……！」

「なんですって⁉」

三谷が叫んだ。

「避難者の案内をする！　お前はその子を連れて、安全なところへ！」

璃々江は頷いた。健治朗は中央階段を下っていく。

その行動が呼び水になったかのように、中央階段から続々と人が現れた。

「早く上に上がってよ！　水がそこまで来てる！」

「でも一階にカバンがまだ……ああっ！　くそっ！」

その二人を先頭に、雪崩のように人が押し寄せてきた。「早く上がれ！」「押すな押すな！」「おいゆっくり上がれよ！　転んだら死ぬぞ！」「おばあちゃん、おばあちゃんはどこにいるの⁉」避難者たちの悲鳴と怒号が響き渡っている。階段に殺到する人々が押し合いへし合いながら、二階へと安全を求めてやってくる。

窓から外を見ると、東館の方からも、決死の形相で避難者が移動してきているのが見える。食堂で騒ぎを起こした男の姿もあった。

僕は一階の様子を中央階段から覗き込んだ。

水は建物の一階まで達し、既に水深十センチ以上になっているという。愕然とした。さっき、窓から見下ろした時は、まだ一階に浸水すらしていなかった。わずか十分ほどの出来事だ。あの揺れのせいか？

「葛城、僕らも早く逃げよう！　三階へ……！」

僕は茫然と立ち尽くした葛城の手を引く。

だが、いくら強い力で引っ張っても葛城は動こうとしない。僕は焦れて、葛城に「おい！」っと呼びかける。

「待っ、て、いるんだ」

「この非常時に一体何を？」

葛城は一拍置いてから、小さな声で応えた。

「蜘蛛……」

「え？」

葛城はただ階段の方をじっと見つめていた。『蜘蛛』が階段を上がってくるのを待っているのか？　健治朗と北里が、避難者の誘導をしながら階段を上ってくる。恐怖のあまりか、べそをかいた夏雄が、ユウトの手を引きながら階段を上る。ミチルが転んだ女性に声をかけ、手を差し伸べていた。由美が高齢者の背中に手を添えて階段を上がってくる。そうしている間にも、避難者が続々と階段を上ってくる。

この中に——やはりこの家族の中に、『蜘蛛』がいるというのか？

だとしても、『蜘蛛』だってこの事態には当然焦っているはずだ。自分の命に危険が迫っているのは相手も同じ。僕たちだって、こんなところで立ち竦んでいる場合じゃない！

「おい、葛城！」

「トンネルだ……」

夢うつつ状態の葛城が呟いた瞬間、僕はこの浸水がなぜ起こったのかを知った。

「ユウト君の両親が作っていたトンネル！　そうか、あのトンネルは館の地下に繋がっている！　もし、あのトンネルに水が流れ込んで脆くなり、地盤が崩れたなら——」

「そのトンネルの大きさだけ、上の地面が沈む」

「おい、離れにまだ正さんの死体が！」

三谷が言って、階段を降りようとした。だが、人の流れが激しく、逆らうことが出来ない。

「これで全員だ！」

最後に、梓月と広臣が階段を上がりきり、そう叫んだ。

「兄さん！　正さんの死体は!?」

「まだ離れの中だ」

「行ってくる！」

そう言って階段を駆け下りる。三谷もついてきた。「待て！」という声が追いかけてきた。

「……おい……なんだよ、これ……」

一階に辿り着く前、中央階段の途中で足がすくんだ。

ホールの中にまで水が入り込んできている。水は階段の二段目まで迫っていた。浸水二十センチに迫るかという勢いだ。ビニールシートや絨毯が水に浮き、家電が火花を吹いていた。雨は弱まっているのに、水は嵩を増し、生き物のようにうねっていた。

茫然としている間にも、水は這うように階段を上ってくる。

僕の立っている段まで水が上ってきて、靴下を湿らす。「ヒッ」と声を漏らした。まるで生き物に足を摑まれたようだった。生々しい冷たさが体を痺《しび》れさせる。今から、ここに足を浸して、体を浸して、正の死体を運びに行く？　そんなこと出来るか？　水は既に腰の高さほどに達している。僕が死体をここに持ってくるまで、あと何センチ水位が上がる？　人間は五センチの水でさえ溺死するという。第一、たかだか二十センチとはいえ、水塊となってぶつかったら、容易に足をとられて転んでしまうのではないか。そうなれば、溺死まで一直線だ。

額に冷や汗が浮いた。

一歩も動くことが出来ない。水が流れ込む轟音を聞きながら、僕には何も出来ない。

肩を摑まれる。振り返ると梓月がいた。

梓月はゆっくりと首を振る。

「諦めるんだ。どのみち、正さんはもう亡くなっている」

「俺もそう思う。……戻ろうぜ」

隣で三谷も僕の腕を押さえている。今の僕は、そんなにあぶなっかしく見えただろうか。

いや、自分でも分かっている。

二階に戻ると、葛城が三谷と梓月に話しかけていた。

「今、父さんの指揮で二階と三階の廊下の一部に避難者を移しています。荷物の少ない客室は女性や子供、高齢者の避難所として使うそうです。三谷君と梓月さんには、お手数ですが……」

「ああ、すぐに片付けてくるよ。荷物は大して持ってきていないからね」

「俺もすぐ出来るぜ。協力するよ」

「恩に着ます」

三谷は顔をしかめて言った。

「お前、そーしてるとマジでお前の親父みたいだぞ」

葛城が笑った。

「それで梓月さん、三谷君——この非常時に申し訳ありませんが、ちょっと田所君を貸していただいていいですか?」

体が震えた。

遂に来た！

「それで、三谷君には、田所君の分の荷物も持ち出して部屋を使えるようにしておいて欲しいんだ。僕の部屋は、物が多いから自分でやるよ」

「任された。じゃ、田所、また後でな」

二人を見送ると、僕と葛城は廊下に取り残された。水が轟々と流れ込む音が恐怖を煽っていた。

葛城と、僕の二人きりになった。

これから断罪を受けるその緊張で、胃がキリキリと締めつけられた。

……いつかこの時が来ると思っていた。葛城が、僕のしたことに気付き、問いただす段階。それが、いつかやってくると。だから、僕を貸して欲しいなどと言ったのだ。僕は目をつむり、思わず神に祈った。何を祈ればいいのかすら、分からないままに。

「まあ、田所君……そう硬くならないでよ」

葛城が微笑みながら言った。

「でもよ……」

僕はため息をついた。そうだ、このままではどのみち、僕らしくない。

「葛城……お前、『対話』の意味は検算だって、最初に言っていたよな。で、どうなんだよ。お前の計算は合っていたのか？」

葛城が目を丸くした。そして、どこか諦めたような微かな笑みを浮かべ、首を振った。

「ああ――完璧に合っていた。一分の狂いもなくね」

「良かったじゃないか」

「とんでもない。最悪だよ」

葛城が強い口調で言ったので、僕は驚いた。それは、僕の罪に気付いたから言ってくれているのか？　最後に僕を糾弾しないといけないからと、苦しんでくれているのか？　僕は息苦しくなった。もう謎かけのような会話はしたくない。いっそ、一思いに断罪して欲しかった。

「最悪……？　なんでだよ。謎が解けたってことだろ？」

「考えてもごらんよ……自分の家族なんだよ。自分の家族の中に、怪物がいるなんて、信じたくなかった……」

葛城は自分の手のひらを見つめていた。

「もちろん、僕は自分の推理に自信がある。あの手掛かりを摑んだ時、答えを確信した。だが――混じった。どうあがいても、二、三パーセント、混じった……全て間違っていて欲しいと願う気持ち……たった一つの反証で、僕の推理が全て瓦解《がかい》して欲しいと……そんな破滅を、願う気持ち……！　僕は、それによって自分の才能が否定されたとしても、喜んだかもしれないんだ……」

「葛城……」

葛城の瞳が揺れた。彼は息を吸って、ゆっくり吐いてから、僕に向き直った。

「田所君……君が持っているんだよ。その、二、三パーセント……をね」

「僕が？」

ああ、遂に訪れたのだ。僕の首に、葛城の手がかかる時が――。

「車の話だ」

「は？」

「坂口さんの車の話だよ。坂口さんの車を見ていたら、着信音が鳴った。この順序で間違いないことは、もう聞いた。それなら、その一個前……車を見る前に、車が気になった理由……行動の動機があるはずなんだよ」

「え？」

あまりにも予想外の言葉に、僕の思考は停止した。

「それは……でも、だって、あの時も分からなくて……」

「そう。意識もしないような、多分、すごく些細なことなんだよ。無意識に君の思考が追いかけたんだ。何かがおかしい。何かが変だ、って。そうでなきゃ、着信音が鳴る前に車を注視したりしない……これなんだ。これだけが、僕の仮説に嵌らないピースなんだ。僕の推理を崩してくれるかもしれない、最後の一つなんだよ」

「はあ……」

葛城の確信めいた言葉に惑わされるようにして、僕はもう一度あの時の記憶を辿り始めた。

「いや、なんというか……あの時、僕が車を見ていたのは……」

僕は目をつむった。頭の中で、形のないアメーバのようなものが、次第に実体を帯びていく感覚があった。

「そう……車だ。車の何かが気になったわけじゃなくて……分かった」

僕は目を開けて、顔を上げた。

「坂口さんが車で来た事実、そのものだ」

葛城が片眉を上げた。

「それの何が気にかかるんだ？　葛城家への交通手段は限られている。車で来るか、バスでY村までやって来て残りを徒歩で来るか……この二択だ。坂口さんが車で来たからと言って、特段驚く理由はないんじゃないか？」

「……僕は坂口さんが徒歩で来たと思い込んでいた」

葛城は小刻みに頷いて、「なるほど。なぜだ？」と促した。

「徒歩……ってことは、僕や三谷と同じだよな。道中で何かあったからか……」

あっ、と僕は声を上げた。

「分かった。ユウト君だ！」

「あの子がどうした？」

「僕と三谷は、道中でユウト君と夏雄君に話しかけられたんだ」

「そういえば、ユウト君と会った時にそんなことを言ってたね」

「彼は『今日、なんかあるの』と聞いてきた。屋敷に人が集まっているから、ってね。大きな車が通っていった。黒くてピカピカの車だって言ってたな。健治朗さんの車のことだろう」

「その車には僕の家族も乗っていたな。それで？」

葛城の問いかけによって、自分が無意識にどう思考し、思い込みに陥っていたかが明らかになっていく。僕はその過程に自分で興奮していた。

「ユウト君はその道で、『怖そうなお兄ちゃん』にも会ったと言っていた。僕は、その『お兄ちゃん』のことを坂口さんだと思い込んだんだと思う。ほら、サングラスなんてかけて、いかにも『怖そう』じゃないか。で、ユウト君は『怖そうなお兄ちゃん』は歩いていったと話していた。つまり、車には乗ってこなかった。でも、坂口さんは車に乗ってきていたから――」

僕は早口で続けていたが、葛城が黙り込んでいるのに気付いて、言葉を止める。

彼は表情をなくしていた。

「葛城？」

「続けてくれ。坂口さんは車に乗ってきていた。だとすれば？」

「……『怖そうなお兄ちゃん』は坂口さんとは別にいる」

「もし聞いていたら、教えてくれ。どうしてユウト君はその人を『怖そう』だと言ったんだ」

彼の質問で、記憶の扉が開く。

「……確か、『何考えてるか分かんなくて』『おっかない』。それに、『オオカミみたい』だと言っていた」

「オオカミ？」

「赤ずきんを食べるから」

葛城は無表情のままだった。だが、しばらくして、何度も小さく頷くと、笑みを浮かべた。その笑みは、どこか寂しそうで、何か自嘲するような笑みだった。

「ありがとう、田所君。ようやく最後のピースが嵌った」

「……お前の仮説は崩れたのか？」

「とんでもない。むしろ補強された。些細な手掛かりだが、僕の仮説と同じ方向を示している」

僕は唾を飲み込んだ。

「……まさか、ユウト君が見た『オオカミ』っていうのは——」

「君の思っている通りだ。惣太郎おじいちゃんが言った『蜘蛛』と同一人物だよ。赤ずきんのオオカミは、おばあちゃんに化けて家の中に潜んでいた。いかにも無害な振りをして、油断したところを襲うんだ。蜘蛛も似ている……透明な糸を張り巡らせて、獲物が罠にかかるのを待ち続ける。透明な悪意だ……悪意をひた隠して待ち伏せるのさ。ただ、連想したものが違ったに過ぎない。惣太郎おじいちゃんの言う『蜘蛛』も、ユウト君の言う

『オオカミ』も、犯人の本質を捉えている……」

葛城が首を振った。

ふと、疑問が湧く。葛城はこれまで、「犯人はこういう人物だ」という心理的な考察ばかりに拘泥しているように見える。ティーセットやシリンジのケースのキナ臭さを、「わざと残した」と説明したのも、同じ考察に基づいている。だが、こういう態度は、証拠を重んじる葛城のやり方にそぐわないのではないか？

葛城の推理も『蜘蛛』のやり口も、どこか捉えどころがないように見える。

そうした疑問を葛城にぶつけると、彼は苦笑しながら頷いた。

「そうだね……君には、先に教えておこうか。僕の推理を助けたのは、たった一つの物証だ。僕の出発点はそこなんだよ」

「物証？　それは一体……？」

「靴だよ」

「靴？　死んだ正さんが履いていた、あの靴か？」

そういえば、彼は事件現場で靴をまじまじと見つめていた。あの時から既に、彼は結論を導き出していたのか！

「田所君、君は最後まで見ていてくれ」

葛城の優しい微笑みに、不意に恐れと緊張が和らいだ。

きっと彼は全てを見通している。僕のしたことなど。僕の犯した罪など。見通した上で、この事件に幕を引くつもりなのだ。そう、この事件こそが、僕が始まりから終わりまでを見届ける、最後の事件になる。

葛城の隣で終わりを見届ける、最後の事件になる。

「当たり前だ」

だから僕は明るい声で答えた。

だけど――どうしても分からない。

階下で激しい水の音がしている。その音はますます強くなり、僕らの首を真綿で絞めていた。この館も、もう長くは持たない。

全員を救う？

どうやってだ？

彼がこれからやろうとしているのは、あくまでも殺人事件の幕引きに過ぎない。惣太郎、正、黒田、坂口――四人もの死。もちろん、健治朗の言う通り、黒田と坂口は相討ちで、捕まえるべき犯人ももう生きていないかもしれないが、それでもやることは変わらない。殺人犯を糾弾し、謎を解く。それだけのことに過ぎない。

謎を解くことで、この館の全員を救う？

それに、なぜ今になっても、『蜘蛛』と無関係に悪事を働いていた僕を糾弾しないのだろうか？

葛城の目は、まっすぐに前を見据えていた。その目に迷いはない。

その目がどんな光を見つめているのか、僕には分からなかった。

第六部　真実

「いい質問だよ益子君、狂人の夢想では、あそこで君を待てない。これこそ推理というものだよ」

——島田荘司《そうじ》『異邦の騎士』

1【館から水位0・8メートル】

「家族だけで集まれる部屋を作ろう」

葛城が謎解きのために人を集めようとした時、健治朗から提案がなされた。確かに、避難者は殺人事件について、一切詳細を知らない状態である。避難者の前で突然事件の謎解きを始めては、無用の混乱を招くだろう。

関係者は三階のノブ子の部屋に集められた。ノブ子の部屋は間取りが広い。

ノブ子の部屋に関係者が続々と入っていく中、僕は突然裾を摑まれた。見ると、ユウトが僕を見上げていた。

「どうしたの、ユウト君」

今は避難者が三階にも溢れている。ユウト一家も三階に上がり、二十名程度がここで過ごしていた。

「いたんだ――」

「誰がいたの？」

「オオカミ」

僕は驚いた。

さっき葛城にそのことを問いかけられたばっかりだ！　なんてことだろう！　この複雑な事件の焦点が、結局はその一言に収束するなんて！

「その人が誰か、教えてくれる」

ユウトの体が震え始めた。「……分かんない。怖い」と漏らす。

この場で誰か言わせるのは酷だろう。

「分かった。教えてくれてありがとう。今から、兄ちゃんはオオカミと対決してくるところなんだ」

「ほんと？」

「ああ、本当だよ」

僕は安心させるように笑って、急ぎノブ子の部屋に向かった。

全員がユウトの前を通り過ぎた。彼は、その時に『オオカミ』の顔を見た。お兄ちゃんというが、女性を見間違えた可能性だってある。中性的な面立ちをした璃々江は、服装いかんでは男性にも見えるだろう。

——この中に、いるのだ。

僕はノブ子の部屋に入った。

ノブ子は状況を理解出来ていないのか、車いすに座ってあたりを見回し、「今日は賑やかだねえ」と嬉しそうに笑っている。広臣と由美は彼女の両隣についていた。由美はノブ子に「そうね」と優しく語りかけていた。夏雄はきょろきょろと大人たちの顔色を窺っていたが、広臣がその肩を叩くと、安心したように広臣の隣に座った。

健治朗は両腕を組んでドアの脇に立っていた。外で何かあった時、すぐに出られるように、と言っていた。璃々江は座って背筋をピンと伸ばしている。隣に座るミチルの姿勢も母親によく似ていた。

丹葉梓月は壁にもたれかかって、口元に笑みを浮かべて家族を見回している。

そして、葛城輝義。

ドアの前に立ち、全員の顔を見渡せる位置にいた。凜《りん》とした姿勢はその母に、意志の強そうな目はその父に似ている。

「三谷は?」

ふと気になって尋ねる。隣で健治朗が答えた。

「ああ、彼には外の警備を頼んでいる。何かあったらすぐに私を呼んでもらう手はずだ。

もちろん、外には北里がいるが、北里は避難者の対応で手いっぱいだろうからね。一人くらい見張りを立てておくべきだと思ったのさ」

三谷が気の毒になった。葛城の推理を誰より見たがっていたのに、肝心のところで居合わせられないなんて。

「さて」

葛城の発声に、唾を飲み込んだ。

「皆さんに集まっていただいたのは他でもありません。惣太郎おじいちゃんの殺害疑惑に始まる一連の事件——三つの殺人事件について、僕の推理をお伝えするためです」

「それなんだが」広臣が言った。「私たちはいよいよ、死の危機に瀕《ひん》しようとしている。水が屋敷の一階まで迫り、二階を侵し始めるのも時間の問題だろう。もってあと数時間……」

健治朗が淡々とした声音で応える。

「ここにいる私たちが十名、三谷君と北里を入れて十二名。そして四十名弱の避難者まで合わせれば——ざっと五十名以上。避難者は三階まで溢れかえっている。二階の浸水が始まった時点で、人数の収容自体が難しくなる」

「避難者の受け入れをしなければ」

璃々江がぞっとするほど冷たい声で言った。

「……なんて、今から言っても始まりませんしね」

璃々江の雰囲気が途端に和らぐが、半ば冗談ではないのを肌で感じ取った。現に、長年連れ添っている健治朗ですら、胸に手を当てて後ずさっている。

「ま、広臣叔父さんたちが言いたいのはさ、なんだってわざわざ今、殺人のことを話さなきゃならないのか、ってことでしょ？」

ミチルがさばさばとした口調で揶揄する。

「僕には勝算があります」

葛城はためらわずに言った。

「この事件の先に、全員を助け出す道がある——そう信じています。だからこそ、前に進む」

「テルあんたさ……ほんとに、こっ恥《ぱ》ずかしいこと言うよね」

ミチルが体をむずがゆそうにした。

「別に構わないでしょう」梓月が肩をすくめた。「どのみち、水害を前にして出来ることなんて、対策をして籠ることぐらいですよ。今さらジタバタしたところで、どうなるものでもありません」

「達観してますなあ」

健治朗が快活そうに笑った。

途端に彼の顔から笑顔が消え、目の中に別種の光が宿るのを見た。

「ということだ、輝義。このままじっと死を待つよりも、私たちは全てを知る時間を作るべきだ。時間を取ってやる……話してみろ。お前が見つけた結論とやらを」

葛城はゆっくりと頷いた。

「一連の出来事で検討しなければならない事件は四つです。

一つ目は、二ヵ月ほど前の一幕。病死した惣太郎おじいちゃんは、実は殺されたのではないか。殺されたとすれば、薬液に毒を混ぜられたことになる。

二つ目は、昨晩起きた悲劇です。正兄さんが離れで殺害された。散弾銃で頭を撃ち抜かれ、顔さえも吹っ飛んだ凄惨な有り様でした。

三つ目は、黒田さんの失踪です。午前一時三十七分に撮影、投稿された映像に黒田さんの車が確認されています。

四つ目は、坂口さん殺し。駐車場に停められた車が爆発し、そこに坂口さんが乗っていた」

「三つ目と四つ目は、相討ち殺人だったと考えられる」

健治朗が言い、僕たちに聞かせた通りの推理を披露した。ほう、と感嘆の吐息が漏れる。

葛城はこれまでに判明した事実を簡単に並べ、報告に代えた。注射器のシリンジの話と、隠し孫の話では、特に意外そうなざわめきが起こった。

「さて、この複雑な事件を解き明かす鍵は、やはり正兄さん殺しです。最も証拠品が多く、多いのに、摑みどころがない。しかし、たった一つだけヒントはありました」

「それってなんなの？」

夏雄が身を乗り出して聞く。

「現場に残されていたスマートフォンです」

「スマートフォン？」

広臣がきょとんとした表情を浮かべる。

「そういえば、私と健治朗さん、田所君、丹葉先生の四人で調査した時、死体の指を使ってスマートフォンのロックを解除してみたよね。そして、死体の指で、正君のスマートフォンのロックを解除出来た。それで、死体の身元を確認出来た……あれは丹葉先生の機転だったよね」

「ええ、ですが、僕らは実はあの後、もう一度離れに入りました」

なんだって、というざわめきが起き、僕と葛城、梓月は非礼を詫びる。梓月も家族の前では人のよさそうな顔を崩さなかった。

「ともかく、二度目に現場に入った時、奇妙なことに気付きました。スマホカバーのフレームの縁の部分に、血が付いていたのです」

「血が……？」健治朗が言った。

「散弾銃で撃った時、血が付いたとは考えにくい。スマートフォンはサイドテーブルの上にあって距離がありますし、カバーのフレームの内側の部分にも付着していた。血の付いた手でカバーに触れなければ、血が付いたはずがない」

「犯人が現場で、正さんのスマートフォンを調べたということですか」

璃々江が冷静な声音で言った。

「その通りです。犯人は正兄さんを殺害後、死体の指を使ってスマートフォンのロックを解除した。彼の秘密に関わる、あるものを発見したかったんでしょう。そして恐らくそれは見つからなかった。

スマートフォンは手袋をしたままでは扱えない。犯人は一度、手袋を外さざるを得なかったはずです。犯人はスマートフォンを一度素手で操作し、中身を調べた後、手袋を嵌め、指紋と血痕を拭き消した。その時に使ったのが、正兄さんも愛用していた、グレープフルーツの匂いがする消毒液です」

「あのスマートフォンからは、かなり強烈な匂いがしたな」

「ここで重要なポイントが一つ。犯人は、道路が寸断され、警察が来られなくなることを、あの時点で予想することは出来なかったはずです。つまり、ある程度まで警察の介入を意識した偽装工作を行わねばならなかった。指紋の処理もその一つです。だからこそ、犯人は念入りにスマートフォンを消毒液を含ませたティッシュか何かで拭き、その結果、スマートフォンはグレープフルーツの匂いに包まれた」

ここで一つおかしなことがあります、と彼は続ける。

「スマホカバーのフレームの内側に、血痕が付着していたこと——つまり、犯人が、一度、スマホカバーを外したことです」

「それの何が――」

ミチルが言いかけて、言葉を止めた。

「おかしい……スマートフォンのデータを調べたいだけなら、スマホカバーを外す必要は全くないはず。調べている時はもちろん、カバーを外せば本体にまで指紋を残して、拭く箇所を増やしてしまうから論外……。最後に指紋を拭いて消す時だってそうだよ。触れていない部分まで拭く必要なんてない……」

「その通りだ。だからこそ、こう考えるしかない。犯人はスマホカバーに残る自分の指紋を拭いて消すために、スマホカバーを外したんだよ」

「考えられない」健治朗が言った。「触らないはずの部分に残った指紋？　いつ触ったという――」

健治朗が言葉を止めた。

葛城と同じ結論に辿り着いたらしい。

「そう。犯人は事件現場に残るスマートフォンに、一つでも自分の指紋が残っていると怪しまれると考えた。だから、スマホカバーを外して、その指紋も消すことにした。犯人はその日、スマホカバーに触れたわけじゃありません。ずっと前に、スマホカバーの裏に指紋を残していた人物です。そんな人物にしか、スマホカバーの裏側まで拭く理由は存在しない。そして、正兄さんのスマホカバーは、ある人物からのお下がりだった――そう、つまり、カバーの指紋を心配するのは元の持ち主でしかあり得ません」

正はスマホカバーをお下がりでもらったと言っていた。

元の持ち主は――。

「ねえ、由美叔母さん」

あなたが正兄さんを殺したんだ。

葛城の声が冷酷に告げた。

「私が犯人ですって？　ふふ、輝義君、面白いことを言うのね」

由美は朗らかな態度を崩さずに言った。

「そうだ、そんなのはあり得ない」

広臣が立ち上がって言った。まるで自分の最愛の人を救うために現れたナイトのように見えた。

「由美が正君を椅子に座らせ、あの姿勢を取らせて散弾銃を撃った……そう口で言うのは簡単だが、由美の細腕では困難だ」

「確かに」と健治朗が呟く。

しかし、葛城は意に介したような素振りも見せなかった。

「もし、正兄さんが自分からあの姿勢を取っていたとすればどうですか？」

「ハッ、あんな姿勢をか？　一体どうやってだ。曲芸の練習とでも言ってポーズを取らせたのか？　ちゃんちゃらおかしいよ。あんな姿勢を取るなんて、それこそ自殺以外考えられないじゃないか」

「ですから、自殺だったんですよ。途中までね」

広臣が動きを止めた。「何？」と眉を持ち上げる。

「遺書だってあったじゃないですか」

「あれは偽装の可能性が高……」

葛城は広臣の言葉に被せるようにして続ける。

「正兄さんは、自ら散弾銃をくわえ、引き金を引いた。ですが、ここでとんでもないことが起こったのです。散弾銃は不発、正兄さんはその時点では死ねなかった。しかし、死を目前にした多大なるショックのために、散弾銃をくわえこんだまま、気絶したのです」

「そんな馬鹿な！」

僕は思わず叫んだ。そんな馬鹿げた話が、この世にあっていいのか？

「証拠はある。田所君も目にしているはずだ。あの死体の傍のラグマット――透明な液体で、毛羽立っていた部分だよ」

そういえば、あった。血液が飛んでいないにもかかわらず、毛足の長いラグマットの毛がカピカピになっているところ。あれは粘性の強い透明な液体で、あの部分が濡れ、それが乾いたからだと考えられる。

粘性……。

「ああっ……！」

僕は思わず声を漏らした。

「唾液だ……！　銃をくわえた姿勢で前傾姿勢になっていたなら、開いた口から唾液《だえき》が分泌されて、下にこぼれ落ちる……そうか、あれは唾液で濡れた跡だったんだ！」

そう思うと、あれに触れた自分の手がなんだか汚く思えて、すぐに手洗い場に行きたくなった。

「拳銃自殺はリスクの高い自殺方法です。銃身を固定して、確実に死ねる喉奥から脳幹に弾を当てれば即死ですが、もし硬口蓋《こうこうがい》に当たって弾が逸《そ》れたり、頬から弾が抜けてしまったりすれば、顔面が半分消失しながら生き延びることもあり得る。また、自殺者の統計では、男性の方が女性よりも数が多く、自殺未遂歴の有無の割合も、男性が十五パーセント程度で女性が三十パーセント程度と出ている……つまり、男性の方が自分を追い詰めがちというか、やると決めたら歯止めが利かずどんどん追い込んでしまう。自分の心のSOSに耳を傾けないんです。

つまり、自殺を試みていた正兄さんはあの時、絶対に失敗が許されないという緊張感の中、自分を極限まで追い詰めて、足の指で引き金を引いたことになる。極限の緊張が弾けるあまり、気絶したとしてもおかしくはない――」

広臣が首を振った。

「でも――でも、なんで正君が自殺なんてしないといけないんだ」

「その理由は後でお話ししますよ。とにかく、今は『手段』の話を先に済ませてしまいましょう。

この犯罪は実に奇妙な犯罪です。本人は確かに自殺したかったのに道半ばで破れ、彼に殺意を持っていた人物がそれを完結させた。殺人に見せかけた自殺が、自殺に見せかけた殺人にすり替わってしまったわけです。しかし、いくら目の前に散弾銃をくわえた男がいて、そんな場面に出会ったからといって、大抵の人間は引き金を引かないわけです。むしろ悪い夢でも見たと思って寝床に戻るかもしれない。

ところが、由美叔母さんは違ったのです。全ての物事には意味があると前向きに捉える由美叔母さんにとっては、目の前の光景は自分のためにしつらえられたものに見えた。かねて殺そうと思っていた正兄さんを自分が殺すために、この機会が与えられたと考えた。自分が引き金を引くために、天はこの光景を自分に見せたのだと考えた。どこまでも自分に都合よく……」

葛城は喉仏を上下させてから、ゆっくりと言った。

「由美叔母さんには、頭を垂れるその姿が、まるで自分にかしずく忠実なしもべのように見えたのでしょう。運命が自分に与えてくれた、天啓である、と……」

呼吸が荒くなる。

信じがたい話だった。

しかし、どこまでも明るい由美の態度を見ていると、その傲慢な思考さえあり得る気がしてくる。

同時に思い出すことがあった。

――腹を割って話しましょうよ、真実を。

彼は『対話』の呼び出しを行うたびにその言葉を口にしていたが、ノブ子と由美のコンビに対しては、あまり意味を成していなかった。由美の秘密はあくまで過去にあり、ノブ子は腹を割って話そうにも覚えていないのだから。あの時、葛城は確かに、由美に対して投げかけていたのだ。もう隠していても仕方ありません、全て話してみませんか、と。

葛城はあの段階で既に、真相を見抜いていた。由美に目をつけていたのだ。そして、『五組のホームドラマ』の秘密とは、これだったのだと気が付いた。無邪気な振りをし、自分も救われたような顔をして、血に染まった自分の手を隠していた叔母――。

彼女だけは、自分の秘密を見せていなかったのだ。

「本当に、あなただけは欺けないわね、輝義君……」

由美が笑った。背筋が震えあがるような、笑みだった。

「そうよ。私は日付の変わる直前、十一時五十五分に離れに向かった……」

「離れに正さんがいること、つまり部屋交換の事実を知っていたのは、正兄さん、坂口さん、そして由美叔母さんの三人で、応接間でお茶を飲んだからですね?」

三組のティーセットから葛城が導き出した、「第三の人物」の正体は由美だったことになる。

由美は頷いた。

「ええ。お茶を飲んだのが、午後八時から九時の間でした。九時に解散した後、離れの様子を窺っていましたが、電気が消えなくて。ようやく消えたと思ったら、田所君が渡り廊下の扉から入ってくるのに気付いて隠れたり、ミチルが三階を歩いていたり……機会を逃し続けていたの」

あの日、離れの出入りは激しかった。今の時点で分かっていることを頭の中でまとめると、こうなる。

午後?時　黒田、坂口の車への爆弾設置を終える?

午後六時過ぎ　夕食。黒田、Y村への視察のため外へ。

午後六時半　黒田と坂口が館の裏手でもみ合い。

午後七時〜七時半　黒田、崖下へ転落、坂口は黒田の車を曲川の上流に落とす。

田所、睡眠薬入りコーヒーを坂口に差し入れ。

午後八時〜九時　離れに行き、テープの工作完了。

正、坂口、由美が応接間でミルクティーを飲む。

部屋交換の話題が出る。

午後九時〜　坂口は二階の部屋へ行き、眠る。

午後九時半　田所、離れの電気が消えるのを目撃する。

午後九時五十分　田所、離れに入り電球を緩める。十分程度。
午後十一時十五分　ノブ子、離れに入る。
入り口近くのスツールからケースを取る。
直後、ミチルに目撃され、三十分ほど付き添い。
午後十一時五十五分　由美、動き出す。離れに入り、銃を撃つ。
（梓月による死亡推定時刻の見立てと一致）
午前一時六分　警戒レベル3発令。全員が目覚める。
午前一時十五分　離れで正の死体が発見される。

「馬鹿馬鹿しい！　由美！　輝義君の言うことに耳を傾ける必要はないぞ！」

広臣が悲鳴のような声を上げた。由美はもうほとんど犯行を認めている。それだけに、夫の抵抗が物悲しく感じられた。

「なぜ、由美が正君を殺す必要がある⁉　なぜ、正君が自殺する必要がある⁉　この二つが分からなければ、結局は納得出来ないただの空論だ、そうでしょう？」

「二つの答えは、同じですよ」

「え？」

「残念ながら、正兄さんは殺人者だったのですよ」

葛城が悲しげな瞳で言った。

「正兄さんが惣太郎おじいちゃんを殺した」

眩暈がするようだった。次から次へと点と点が繋がり、事件の様相が変わっていく。

由美が重い口を開いた。

「惣太郎……父が殺されたなんて、最初は信じていなかった。夏雄の言葉を聞いても、とても信じられなかった。夏雄は家庭教師の黒田さんを、あの日以来避けるようになっていた。毒殺者を見た、という言葉を繰り返しながら。夫は、黒田さんを避けているあたりの機微が分からずに、随分苦しんだみたいですけど、私には分かったの。あの日、夏雄が見たと言っているのは黒田さんなんだ……だから、こんなにも避けているんだ、と」

「それで、あなたは次第に、惣太郎おじいちゃんが殺されたと信じるようになった。でもその後、正兄さんを疑うようになったキッカケは何だったのですか？」

「正さんが東京に帰った後、彼の使った部屋を整理して……ゴミ箱の中に、これを見つけた時です」

彼女はハンドバッグから何やら取り出した。

付け髭だった。

葛城は想像通りだったのか、深々と頷いた。

「黒田さんの特徴は、メガネとあの特徴的な髭です。逆に言えば、なりすましやすいことを意味します」

「正は元々、隔世遺伝で惣太郎と顔の作りが似ていた」健治朗が青ざめた顔で言った。

「そして――ああ、なんてことだ。黒田君もまた、隔世遺伝だったじゃないか。母さんが見間違えるほど、若い頃の父・惣太郎の顔にそっくりだった――」

「つまり、黒田さんの髭を落とせば」と璃々江が言う。「正さんと似た顔になる」

その逆も然りだ。

「だけど」広臣が言った。「身長が全然違うでしょう。黒田さんの方が十センチ以上……ひょっとしたら十五センチは高い。正君は小柄だったからね」

「身長はシークレットブーツでも履けばどうとでもなりますよ」

「ええ。そのシークレットブーツも、可燃ゴミの袋の中に見つけたの。随分な厚底だった。変装道具が揃ったことで、私はいよいよ、確信を深めたの」

由美はブーツの写真をスマートフォンに表示し、葛城に手渡した。葛城はそれを一瞥すると、隣にいる僕から順に回していった。黒の靴で、確かに靴底の部分が不自然に厚くなっていた。丈《たけ》の長いズボンを穿かないと、なかなか誤魔化せないだろう。

「正兄さんは変装をして戸棚の前に現れた。変装したのは、毒殺事件の濡れ衣を、黒田さんに着せるためですよ。自分の顔と黒田さんの顔が似ていることに気付いて、利用することを思いついたんでしょうね」

誰かに見せようとしたとしか思えない、離れでの不自然な一幕……あれは、そういう意味だったのか。

「――許せなかった」

由美は吐き捨てるように言った。

「由美叔母さんが正兄さんのスマートフォンに触れたのは、正兄さんの殺人の更なる証拠を見つけようとしたんでしょうね。付け髭だけでは弱い。毒薬の購入履歴や殺意をほのめかすようなやり取り。あなたは正兄さんの本性を暴き立てたくて仕方なかったはずだ。現に、あなたは正兄さんの罪を話す時、嬉しそうにしている」

葛城は由美を睨みながら言った。

「父さんを……」由美は首を振った。「あの父さんを殺すなんて、信じられなかった。自分の家族が、こんなにも残酷なことを出来るだなんて。父さんは確かに、若い頃は浮気性で、黒田さんのように外に作った子孫もいたのかもしれない。だけど、晩年はあんなに仲睦まじく暮らしていたのよ。母さんだって、父さんがいなくなってから、すっかり認知が落ちた……それだけ大切だったの。大切な人だったのよ」

許せなかった。彼女は繰り返し言った。

「だから、父さんの仇を討たなきゃいけないと思った……正さんはそれだけのものを踏みにじったんですもの。お金のためだったのかもしれないし、彼にしか分からない恨みがあったのかもしれない。でも、同情するつもりはなかった。だけど……」

由美は顔を覆った。

「出来なかった……！」

僕は思わず息を呑んだ。

「だって、殺せないじゃない……小さい頃から知っていて、年に数回だけになったとしても、こうして会って……一緒の時間を過ごして……家族なのよ！　許せない人でも、家族だった！　だから、どれだけ憎くても、殺すなんて……そう思ってたの」

彼女は髪を振り乱した。

「だけど、その後、部屋交換の話を聞いて……離れなら西館とも離れていて静かだから、ゆっくり正さんと話が出来ると思った。私の疑惑が間違いと確かめられればそれでいいし、少なくともまずは、話してみることだと思ったの……」

「危険だな」健治朗が言った。「相手は人一人殺した疑いがあるんだ。人を呼ぶなりなんなり、身を守るための何かはするべきだった」

「ええ。でも、私を待っていたのは予想外のものだった……」

電球が緩んで点かなくなった真っ暗闇の部屋の中。声をかけても返事がない。彼女は仕方なく、西館から懐中電灯を取ってきたという。

光の中に現れた、頭を垂れ、散弾銃をくわえこんでいる男。机の上の遺書。引き金さえ引けば崩れてしまう、そんな異様なバランス――。

彼女は西館に再び戻り、レインコートを羽織《はお》った。そして、男の足元にひざまずいた。レインコートで返り血を防ぐことが出来た。レインコートは、重しをつけて館の裏手の曲川に処分した。

「さっき輝義君は、『運命』とか『天啓』とかって言ってたけど……あの時の私には、そんなヒロイックな気持ちはなかった……ただ、魔に魅入られたような気持ちだったの……正さんを殺すことは、あんなに難しいことだと思っていたのに、今なら引き金一つ引くだけで出来る……遺書まである……自殺に見せかけられる……復讐を果たせる……簡単に……こんなにあっさり……自分でも何がなんだか分からなくなって、自分の行動を止めることが出来なかった」

そして。

「もういい……ッ！」

広臣が叫んだ。耳を塞いで、浅い呼吸を繰り返している。

座の面々は、それぞれに悲痛な表情を浮かべていた。顔を青ざめさせる者、目をそらす者、握った拳を震わせる者。誰もみな、由美の告白を受け入れがたく、全身全霊で抵抗しようとしていた。

しかし、由美はまっすぐに前を向いたまま、諦めたように首を振った。

肌が粟立つのを止められなかった。

惣太郎は正が殺し、

正は由美が殺し、

黒田は坂口が返り討ちにし、

坂口は黒田の仕掛けた罠で死んだ。

綺麗な二つの円環だ。こうして、事件は幕を閉じようとしている。犯行の姿こそ、動機こそ、異様だが、これで事件の全ては解明された——。

いや、そうではない。

「さあ、ここまでだ。『第二段階』は今、ようやく幕を閉じた。『蜘蛛』の描いたシナリオはこれで全てだ！」

葛城は突然言った。誰に向けて言っているのか分からず、座の面々は互いに顔を見合わせていた。

「だが、僕はこの結末に断固抗議する！」

葛城は悪鬼の如き表情で叫んだ。

「この事件には黒幕がいる——この恐ろしい設計図を書き上げた、怪物、『蜘蛛』が！」

2　『蜘蛛』【館から水位1・4メートル】

葛城は芝居がかった口調で続けた。

「さあ田所君、今話したところまでが、『第二段階』！　絡まった糸を解いた人物が、辿り着くように設定された偽りの真実だ！　ここからが本番なんだぜ……犯人が仕掛けた本物のミスから、真実に辿り着く……最後の『第三段階』は……！」

葛城の言葉は謎めいていた。

だが、まだ語られていないのは、僕のあの間違い……許されない所業ぐらいしかないじゃないか……？

どうして、僕は未だに何も糾弾されずにここにいるんだ……？

僕は『蜘蛛』の操りとは関係がないはずだ。僕は自分で犯罪を組み立てたのだから。

「『蜘蛛』は由美叔母さんの殺人を誘発するため、ある仕掛けを施していた。言うまでもなく、扉のラッチに貼った養生テープと、電球のことです」

「何⁉」

僕は思わず叫んだ。他の皆は、僕がただ葛城の推理に驚いているだけと捉えたらしく、僕のことなど見てすらいない。

だが、今の葛城の発言はどう考えてもおかしい。テープを貼り、電球を緩めたのは僕だ。僕が『蜘蛛』であるわけがない。葛城はもしや、僕の行いを勘違いして、『蜘蛛』などという存在を思い描いてしまったのか？　だとしたら、とんだ勘違いだ。

「電球？」とミチルが聞く。

「あの部屋の電球は死体を発見した時、点かなかった。停電でもないのに。加えて、電球が切れていたわけでもない。そのことは、電球を締めなおしたら明かりが灯ったことからも明らかです。犯人はあの部屋で電球を緩め、スイッチを押しても明かりが点かないようにした――」

「どうしてそんなことを？」

「なぜか？　それは後で説明させていただきます。まずは、『誰に出来たか？』を確認しておきたいと思います」

急速な喉の渇きを覚えた。

「部屋の中には椅子とスツールがあったのみでした。スツールには動かされた形跡があった。したがって、犯人はスツールの上に上り、電球を捻ったと考えられます」

僕の呼吸がますます荒くなる。

「しかし、離れの天井は三メートルよりも高い。背の低い人物なら、脚立の上に上ってつま先だちで立って、ようやく手が届くくらいでしょうか。スツールはどんなに多く見積もっても六十センチ。椅子は五十センチより低い。ですが、犯人はスツールの上に立って手を伸ばせば、電球に手が届いたのです。犯人は著しく背の高い人物だった。これは自明です」

さて、と葛城の声が続ける。

「天井の高さから考えて、身長一メートル八十五センチ前後でしょう。そんな人物は、この場に一人しかいない」

「やめろ！」僕は叫びだした。「もうやめてくれ！　葛城！」

葛城に指を差される瞬間がこれほど耐えがたいものだとは、思ってもみなかった。強烈な吐き気が込み上げ、胃酸が食道を焼いていた。呼吸が荒くなり、脂汗が滲み出、体の震えが止まらない。

「そう、田所君ですよ」

僕は座の面々の顔を見渡した。ミチルは口を押さえて僕を見つめている。その丸く大きな目が見開かれていた。夏雄は突然叫びだした僕を怯えた目で見ている。健治朗は落ち着き払った目で僕を見下ろしていた。全員の視線を受け止めるのが怖かった。これほどまでの恐怖を、僕は味わったことがなかった。

許されるのならなんでもする。

今はとにかく、この場から逃げ出してしまいたかった。

「そう、田所君です」

葛城の声が残酷に告げる。

「『蜘蛛』は自分の犯行を完成させる最後のピースとして、田所君のことを操ったのですよ」

……え？

僕は葛城を見上げた。

彼はからかうような眼を僕に向けていた。その顔の背後に一瞬、天井の明かりが被って見え、後光が差しているように見えた。

「ば、馬鹿な、あり得ないぞ葛城。僕は昨日、初めてここに来たんだ。僕の行動は『蜘蛛』とは無関係だ。僕を操れたわけがない……僕は……僕は許されないことをしたんだ。自分の意志で、それをやったんだよ……」

葛城はプッと吹き出した。

「ここまできて自覚がないとは、君には呆れ返るな。そうだね、君は確かに過ちを犯した。その罪は受け止めなければならない。だが、真に責めを負うべきは『蜘蛛』だ。ある意味で、君は操られた被害者に過ぎないんだからね」

葛城の言葉が未だ信じられず、僕は彼の顔を凝視していた。

「おいおい——まさか君は、僕が君を追い詰めるためにこんな話をしていると思っていたのかい？　君もつくづく、友達甲斐のないやつだねえ！」

「だって」僕は首を振った。「じゃあ」

「僕は、この場にいる全員を救うと言ったんだぜ！　君だってその一人だ！　僕は君をそこから救い出すために、あの手この手を尽くしてきたんだ！」

信じられなかった。

目の前の男の言葉も、大ホラにしか聞こえないこんな言葉を、信じてしまいそうな自分のことも。

彼はどんな光を見ているのか。僕はさっきそう思っていた。

僕の目にも光が見える。

こんなにもたやすく、希望の光は差す。

葛城がそれを見せてくれる。

「輝義、どういうことだ？　田所君のことを利用した、とは……」

「真犯人――これからは便宜上、『蜘蛛』と呼びましょうか――は是非とも離れの電球を落としておく必要があったのです。すなわち、明るいところで見られたくない何かがあった。もちろん、『蜘蛛』自身が東館にある脚立でもなんでも持ってきて、自分で緩める手もあった。というより、今日が来るまで、『蜘蛛』はそうする予定だったんですよ。緩めておいたところで、ぱっと見では電球が切れているのか緩んでいるのか見当はつかない。大した痕跡は残さないのです。

ですが、『蜘蛛』は計画を変更した――いや、目の前に現れた偶然を、自分の時計仕掛けの計画の中に組み込み、必然にするという誘惑に抗《あらが》えなかったのです」

「その、偶然とは……」

広臣が聞いた。

「言うまでもない。田所君と三谷君が、この館を訪れたことですよ」

すると、葛城が言っていた、この事件に存在する大雨以外のもう一つの偶然とは、僕たちの来訪のことだったのだ。

「『蜘蛛』は来訪した田所君を見て、即座に田所君を操るプランを編み出したのですよ。この犯人は狡猾で計算高いという以上に、自分の手法に絶対の自信を持っている。思いついた以上は、実行しなければ気が済まなかった」

「そ、そんな。じゃあ『蜘蛛』は、昨日初めて僕に会って、しかも僕の心を読みきって操ったっていうのか⁉　信じられない――」

「それこそが、この犯人の凄みなんですよ。自分の計画と見立てをそこまで信じてベット出来るその精神性もね。この自信は、事件の細部に何度も表れている。ユウト君の両親のこともそうです。隠し通路を通って侵入する泥棒……まるで、僕が八月に遭遇した『落日館』の事件にそっくりだ。隠し通路のことを知り、坂下の家の新しい入居者のことを知って、『蜘蛛』は自分の計画に取り入れる誘惑に抗えなかった。実在の事件が起こしたインスピレーションは、さぞ『蜘蛛』を高揚させたに違いない。防空壕やトンネルのことをユウト君の両親に吹き込んだのは、実は『蜘蛛』だったかもしれないのです……」

まさか、それすらも操りだったとは。しかし、確かに効果は絶大だった。夏雄が疑惑に導かれて動き、隠し通路を発見し、それは最終的に広臣との親子の仲違いに繋がった。インスピレーションによって置いた一つのドミノが、綺麗に繋がっていくのを見た時、『蜘蛛』は陶然としたのだろうか。

「田所君も、テープと電球の仕掛けで、大方ミチル姉さんに盗みでもさせようとしたのでしょうが、『蜘蛛』の方が役者が上だった」

「え、そんなこと考えてたわけ」

ミチルは怪訝そうな目でこちらを見た。肩をすぼめて縮こまる。

「だが、『蜘蛛』はその自信にもかかわらず、やはり急遽取り込んだ田所君という、ピースを操りきることが出来なかった。こうして生まれたんですよ。『蜘蛛』の正体に繋がる真の手掛かりが！　『蜘蛛』はその自信によって自分の首を絞めたのです。策士策に溺《おぼ》れるとは、まさにこのことです。

『蜘蛛』は電球を緩めたかった――つまり、暗闇を欲していた。何を見られたくなかったのでしょう？　部屋の中でしょうか？　それとも引き出しやクローゼット？　今は確定出来る材料が足りません」

　そこで、と葛城は告げ、傍《かたわ》らの紙袋を持ち上げた。

「『蜘蛛』の存在に迫るために、ある証拠品を検討してみましょう。これこそが、田所君が生み出してくれた、値千金の手掛かりなのです」

　彼は紙袋の中から靴を取り出した。

　死んだ正が履いていた靴だ。

「こんな靴から、一体何が分かる？」

「全てですよ」

　葛城の目にまた違う色の光が宿る。

「さあ、始めましょうか。『蜘蛛』に迫るための推理――一組の靴の物語を」

「この靴は正兄さんの靴です。履き慣れたスニーカーで、事件当日もこれを履いていた。死体が履いていたのも、この靴だった。右足の靴は脱げていて、左足の靴は履いていた」

「ちょっとテル、そんなの分かってるっての。物語とかなんとか気取っておいて……」

「前提の確認だって」

葛城は少し不満そうな声を漏らした。

「この靴については、二つばかり奇妙な点がありました。一つは、両方の靴の中敷きがじっとりと濡れ、左の靴の中敷きには刃物でつけたような傷が残っていること。二つ目は、左の靴の紐を通す穴にまで、べったりと血が付着していることです」

「それのどこが奇妙なんだ」

「順を追って説明していきます」

葛城は咳払いをした。

「まず、中敷きが水で濡れていたこと。ここからどんな結論が導けるでしょうか？」

「この大雨の中だぞ。靴の中までじっとりと濡れるほど、正君は雨に濡れていたんだ。そうでしょう？」

「であれば、まずは靴下の足先が濡れるはず。しかし、靴下は足底の部分が濡れているだけで、足首周りは乾いていた。これでは不整合です。むしろ、先に靴の中敷きが濡れ、それが靴下を湿らせたと考える方がしっくりくる」

「だったら、なぜ中敷きが濡れたんだ？」

「中敷きだけが濡れたということは——誰も靴を履いていない状態で、水が靴の中に入った。こう考えるほかありません。さあ、田所君に一つ確かめてみましょう」

葛城はニヤリと笑った。

「君は現場で水のグラスを倒し、割らなかったかい？」

「あ――」

まるで見てきたような神通力《じんずうりき》。僕の反応があからさますぎて、葛城を含めた全員が、確認の必要を感じなかったらしい。全員すぐに葛城へ視線を戻した。

「君は電球に素手で触れる前、グラスの水に指を浸した。火傷を防ぐためにね。だけど、人差し指と中指に火傷を負った。絆創膏がその証拠だ。恐らく、グラスを倒したのはこの時だ。勢いよく指を突っ込んだんだろう。グラスは机の上から落ちて割れた。水がこぼれて、靴の中に入ったのはこの時だ」

ぐうの音も出ない。

「もしかして、靴についた、刃物でつけたような傷とは――」

「ええ。この時左の靴の中に入り込んだ、ガラスの破片によるものです」

「待ってくれ」健治朗が手を挙げて遮った。「そうとは断定出来ないだろう。ナイフで刺した傷なのかもしれない。例えば、靴のソールの部分に何か隠してあって、それを取り出す必要があった……そういう風にも考えられる」

「そうした可能性を否定するために、僕は死体の足裏を見てみました。靴下と足裏には、細かい切り傷がいくつもついていた。こうした傷が足と靴の中敷きの両方に残るということは、ガラスの破片を靴の中で踏んだ場合に限られるのです」

健治朗は「なるほど」と言って引き下がった。

「これで、一つ目の結論が得られました」

「結論……？　一体、どんな結論が？」

由美が問う。

「あなた以外の人物が、あの死体に触れたということですよ」

「え⁉」

「田所君が入室した時、正兄さんは毛布を頭の上まで被って眠っていた。今までの僕たちの推理では、正兄さんは目覚めて、椅子に座り、散弾銃をくわえ、自殺を図って未遂となったことになっている。そこに由美さんが現れ、殺人を実行した。

さて、ここには見落とされている重大なステップがあるのです。正兄さんは、ソファから起き上がり、椅子に座る時、靴を履いて数歩歩いた、ということですよ！」

「それがなんだと――」

健治朗はそこまで口にして、「ああ……」とため息を漏らした。脱力したように見えた。

「考えてもみてください。靴の中は湿っており、ガラスの破片まで入っているのです。靴の中に足を入れた瞬間、違和感に気が付くはずですよ。足にケガもしたでしょう。気が付いたなら、ガラスの破片を取り出せばいい。靴を履いて、立ってガラスの破片を靴の中で割るなんてことはあり得ない」

「つまり……？」

僕が促すと、葛城は力強く言った。

「靴を履いた時点で、被害者は意識を失っていた。正兄さんが自分から自殺を試みた、などというストーリーはこの時点で瓦解します。

こうして、僕は立証出来たのです。あの死には、由美叔母さんでも田所君でもない第三者――『蜘蛛』の存在が関与していたと」

これが結論の第一です、と葛城は一度締めくくった。

目を瞠《みは》るような発見だった。僕の行動を操った存在。葛城の口から最初持ち出された時には実感が伴わなかった存在が、急に重みを持って感じられた。同時に、肚の中がスッと冷えるのを覚えた。

由美に殺人を犯させるシナリオを描いた『蜘蛛』。

誰よりも狡猾に、シナリオを組んでいた『蜘蛛』。

そんな恐ろしい存在が――この中にいる？

「では、議論を二つ目に進めましょう。靴紐を結ぶ穴にまで、べったりと血が付着していた。このことが証明するのは、一体どんな事実でしょうか？」

葛城は靴を床に置いた。

「殺人の際、由美叔母さんは散弾銃の引き金を引き、返り血が飛び散った。つまり、血は上から靴に振りかかったことになる。その時、靴のどこに血が飛ぶか。

まずは靴の上面や側面。ここには血が付きやすいでしょう。ソールの横にも血が付くはずです。靴紐にだって、当然飛ぶかもしれない。だが、靴紐の穴はどうでしょう？」

夏雄は靴をまじまじと見つめて言った。

「汚れない」

「それはどうして？」

「だって、紐が通って、蓋してる」

ああっ、と声が漏れた。

確かにそうなのだ。靴紐は穴を通り、表面から裏面へ入れたら折り返して、反対側の穴へと通っていく。この過程で、穴の内側の部分は折り込まれた靴紐に隠れ、上から血が飛び散っても、決して汚れることはない。

「では、どういう場合に靴紐の穴の内側にまで血が付くのでしょうか。簡単なことです。血が飛び散った後に、何者かが靴紐を結び直せばいいのです」

「はあ⁉」僕は思わず声を上げた。「おい、冗談だろ——一体どんな理由があれば、死体に靴を履かせるんだ？」

「靴を脱がせたんだよ、もちろん。だから、履き直させた」

次第にイライラしてきた。葛城の言い方は持って回りすぎだ。

「『蜘蛛』は君の人差し指と中指の絆創膏を見て、あることを思い出した。田所君の後に部屋に入った時、グラスの色が違っていたことだ。青色と水色。注意してみれば十分見分けがつく。そこで、犯人はアクシデントに思い至った。利用したはずの君が、よりにもよって現場でグラスを割ったことにね。ベッドに眠らせておいた被害者の足に靴を無理やり履かせた時、引っかかり感があったのも覚えていたのかもしれない。つまり、『蜘蛛』は左足の靴の中にガラス片があることに思い至ったんだよ。

『蜘蛛』の推理力は靴の中にガラス片が入っていることに――そして、そのたった一つの綻びが自分の描いたシナリオを瓦解させかねないことに気付いたんだ」

「由美さん以外の誰かが、死体に触れた可能性が浮上する……」

「そういうことさ。そこで、犯人はガラス片を回収することに決めた。現場に侵入し、靴を脱がせ、ガラスを取り出した。その時、犯人は靴紐を一度緩め、履かせる時にもう一度締め直した。血が付いたのはその時だ。ああ、もちろん、靴紐は自分で結んだ時と誰かに結んでもらった時で結び目の向きが変わるから、そのあたりは慎重にやっただろうね。絨毯の上に寝転んで、椅子の脚の後ろから手を伸ばす、とかはどうだろう」

「だが――そんなのいつやったんだ？　だってそうだろ……犯人は僕の絆創膏を見てから行動を始めなきゃいけない。だとしたら、午前一時六分、緊急速報が鳴って全員が起きてからだ。それ以降、僕らは最低でも二人一組で動くというルールを、忠実に実行してきたんだぞ」

　トイレに行く時でさえ、三谷がついてきたり、葛城と梓月のところへ行く時でも「広臣・由美・北里」「僕・葛城・梓月」の三人グループになることを律儀に確かめたりした。それくらい、僕らは連続殺人と災害のダブルパンチに怯えていた。

「お見事だ！　田所君！　それこそが真実に至る問いだよ！」

葛城が陽気な声で言った。

「午前一時十五分頃、死体が発見された。この時は死体の靴にいじられた痕跡はなく、周辺に足跡もなかった。死体はこの後、二名以上の監視下にあった。一時三十分頃、最初に死体を調べた時も、田所君、梓月さん、父さん、広臣叔父さんの四人組で動いていた。父さんと広臣叔父さんが一度中座した時も、田所君と梓月さんは互いに監視し合っている。そうして、父さんが離れに鍵をかけた。

午前四時過ぎ、もう一度現場を訪れた時には、靴紐穴は今言ったような状況になっていたんです。しかも、血液はすっかり凝固していた。血液が凝固するまで、おおむね一時間から三時間……由美叔母さんが引き金を引いたのは十二時頃だから、『蜘蛛』は遅くとも午前三時までの間に、靴に手を触れたことになる」

「待って、それなら、各自の行動を書き出してみよう」

広臣が言い、白い紙にタイムテーブルを書いた。法律家らしい手際の良さだった。

だが、タイムテーブルを何度読み返しても、僕には犯人が誰かが分からなかった。

午前一時六分　警戒レベル3発令。全員が目覚める。

午前一時十五分　離れで死体発見。靴に触れた痕跡なし。

午前一時三十分　離れで健治朗・広臣・梓月・田所調査。常に二名以上の監視下に置かれる。離れ、施錠。鍵は使用人控え室に。

午前一時四十分～午前二時

食堂で話し合い。殺害疑惑について。（健治朗・璃々江・広臣・由美・ミチル・梓月・田所・三谷・坂口）

部屋で待機（輝義・夏雄、ノブ子・北里）

午前二時五分　田所・三谷・坂口一時離脱→坂口死亡。

この時、広臣・健治朗がすぐに田所・三谷のところに行き合流、輝義も夏雄をノブ子と北里のところに預けすぐに降りてきた。夏雄が預けられたのが二時六分（夏雄・北里証言）、下で合流したのが二時七分（田所・三谷他証言）。

午前二時二十六分　警戒レベル4発令。

午前二時半～　輝義・広臣、一時離脱してノブ子の衣類処分。

避難者三名が来訪。健治朗・田所出迎える。

午前二時三十五分～午前四時頃

分担作業に入る。以下の通りの動き。

①テーブルなどの搬出、避難所用のビニールシートを東館まで取りに行く。必ず二人一組で動く。

食堂　夏雄・ノブ子除く全員

健治朗・三谷、広臣・田所、梓月・輝義、璃々江・ミチル、由美・北里のペアで動く。

三階　夏雄・ノブ子（部屋で待機）

↓（①終了後、分担作業へ）

②水のうによる逆流防止措置、避難所受け入れのための準備。

応接間　司令塔・指示役　健治朗・三谷

一階　梓月・輝義

二階　由美・北里

三階　田所・広臣、夏雄・ノブ子（部屋で待機）

キッチン　調理（避難者用の葛湯など）　璃々江・ミチル

この後、「田所・梓月・輝義」の三人組が午前四時頃に離れで調査へ。「広臣・由美・北里」の三人組と別れる。

↓（②終了後、外作業へ）

③館周辺への水のう、土のうの設置、側溝掃除等。

応接間　司令塔・指示役　璃々江・ミチル・由美

三階　夏雄・ノブ子（部屋で待機）
外　　健治朗・三谷、広臣・北里、田所・梓月・輝義

単純作業を終えた広臣が、唸り声を上げた。

「こりゃ駄目だ、輝義君。一人でいた時間が全然ない。トイレの時間は当然あるだろうが、二人組で動いてるんだから、相手を欺いて離れに向かうのは難しい。控え室に忍び込んで鍵を手に入れ、離れに行き、靴を脱がせて正しく履かせる……最低でも十分は欲しい。それほど長い時間、一人でいた人物はいないよ」

「いるじゃありませんか」

葛城がそんなことを言うので、全員が目を白黒させた。

彼は書き出されたタイムテーブルの、「午前二時半」の項を指さした。

「避難者三名が来訪……」

まさに頭を殴りつけられたような衝撃だった。

「避難者が本格的に増え始めたのは午前三時以降だ。彼らには可能性がない。ですが、この三人には可能性があります。午前二時半に辿り着いて、隙を縫って離れに向かうことが出来た。僕らはそれぞれの作業に必死で、彼らのことは気にしていなかった」

「馬鹿な！　葛城、お前さっきから言っていることが矛盾してるぞ！　使用人控え室のキーボックスは、家の人間でなきゃ知らない位置にあったんだろ⁉　それに、『蜘蛛』はこ

れまで家族全員を操ってきたんだろ……『蜘蛛』は絶対に葛城家の中にいるッ！　この三人の避難者のうちの誰かが、『蜘蛛』であるはずがない！」

「正確に言えば、生死不明だった家族の中の一人が、変装して避難者として舞い戻ってきたんだよ。水害からの避難者だ。泥汚れを顔に付けることも、レインコートなどで体形を隠すことも出来る。水害が進行して川が渡れなくなれば、『蜘蛛』もこの村から逃げることが出来ない。避難者として舞い戻る計画をあらかじめ立てていたのですよ。父さんの度量と性格を読みきって、避難所開設をすると考えた。そして、その判断を後押しするには、自分が最初の一人になるのが最も確実だ」

　そんなことまで周到に考えていたのかと舌を巻く。

　それにしても、生死不明だった家族――？

「まだ分かりませんか？　それならもう一つ、別の角度から証拠を提示しましょう。父さんが最初の推論の中で提示した、『なぜ犯人は散弾銃を使ったか？』という疑問です」

「それなら、由美の口から半ば明かされたようなものだ。現場に散弾銃があったから……」

　広臣はそこまで言って首を振った。

「そうではないか。君の仮説では、『蜘蛛』は由美を操っていた。そうでしょう？　ということは、『蜘蛛』は由美に『使わせる』凶器として散弾銃を選んだ。ここには作為がある」

「散弾銃を使えば顔を潰せる。しかし、部屋のコレクションの他の武器を使っても同じ効果は狙える。では、散弾銃は何が特別なのか？　どうして、犯人は散弾銃を選択したのか？」

　葛城は口元を押さえた。一瞬、顔色が悪くなったようだった。

「……由美叔母さんに殺しをさせる時の光景を、思い浮かべてみたんです」

「え？」

「被害者は散弾銃を口にくわえ、前かがみになっている。ショックのあまり気絶した、という状況ですから、当然俯いた姿勢です。口にものもくわえているから、顔相も変わっている」

「……まさか！」

「『蜘蛛』は、由美叔母さんに被害者の顔を見せないために、散弾銃を選択した。暗闇を作り出したのもそのためです。由美叔母さんは被害者の顔をよく確認しないまま、目の前にいるのが正兄さんだと思い込んで、引き金を引いた」

「馬鹿な……それでは！」

　葛城は目を閉じた。

「ええ……離れで殺されていたのは黒田さんです。そして、こんな恐ろしい設計図を書いた『蜘蛛』、その名前は――」

　彼は一息に言いきった。

「葛城正。僕の……兄さんです」

「そんな馬鹿な……」

健治朗が茫然とした様子で呟いた。家族の皆、同じ気持ちのようだ。あり得ないと首を振る者、深いため息をつく者、嘘だと繰り返す者。

「黒田さんと兄さんの顔が似ているのは、先ほども確認した通りです。あの二人は惣太郎おじいちゃんからの隔世遺伝の影響が色濃く出ている。兄さんが髭をつければ、黒田さんの顔になる。逆に、黒田さんから髭を落とせば、それは兄さんの顔になる。暗闇の中でなら、由美叔母さんを騙せるほど似ています。おまけに、後から述べるように、黒田さんと兄さんは共犯関係を結んでいたと思われます。身長が違うと思っていましたが、黒田さんと兄さんは元が似た体型で、兄さんは黒田さんに、葛城家ではシークレットブーツを履いて生活するように強いていたのでしょう。この家では室内でも靴を脱ぐ必要がありません。兄さんはなんらかの理由を言い含めて、黒田さんに協力をさせていた。黒田さんは変装程度に思っていて、それが自分と兄さんの入れ替わりの可能性を潰す小道具だったとは、考えてもみなかったでしょう」

由美の喉がごくりと動いた。

「正兄さんと黒田さんの目的は、惣太郎おじいちゃんを殺して隠し財産を奪い、恐喝者の坂口さんを殺すこと。正兄さんにとっては、変装道具と、爆弾、そして何より、自分の替え玉を手に入れるための重大なステップだった。そして正兄さんは黒田さんを裏切り、自分の身代わりに殺したのです」

「馬鹿な……」

葛城はニヤリと笑った。

「この犯行はあまりに芸術的です。裏の裏の裏を読んで、状況を解けば解くほど自分への疑いを消すように仕向けている。

まず、あの顔のない死体を見た時、僕らはチラリとでも考えたはずだ。これは、正兄さんの死体ではないんじゃないかと。入れ替わりの可能性を、当然考える。

そうした疑惑を、『間違い殺人』の構図が払拭します。部屋交換の事実、現場の暗闇、坂口さんという『もっともらしい被害者』が生きていること。正兄さんは間違って殺された、純粋な被害者だとこれで全員が思い込む。この瞬間、顔のない死体、入れ替わりの可能性は一瞬忘れ去られる。巧妙なのは、現場の暗闇という条件を、入れ替わりのための状況ではなく、間違い殺人の起きる条件だと説明をつけることで、疑問を拭い去っていることです。

そして、坂口さんが爆殺される。この時、『ああ、やはり正兄さんの死は間違い殺人で、今正しいターゲットが殺害されたんだ』という印象が完成される。こうして、正兄さんは側杖《そばづえ》を食った被害者になり、今度はむしろ、爆殺という手口により、坂口さんの入れ替わりトリックの方が疑わしくさえなる。

正兄さんにとっては、ここで僕らの追及が止まってもＯＫ。しかし、もし僕らが家族の間に起きている出来事を読み解き、誤解を一つ一つ解いていくと――今度は黒田さんへの疑惑が生じる。そうして、黒田さんと坂口さんの相討ち殺人説が完成し、黒田さんが死んだ事実の据わりの悪さが消え、代わりに坂口さんが間違い殺人だったという可能性が消える。爆弾が設置されたのは、『正兄さん』の死体発見より前ですからね。

　ですが、そこまでくれば、殺人の実行犯である由美叔母さんまで一直線。『正兄さん』は惣太郎おじいちゃんを毒殺したことを暴かれ、名誉を失いますが、代わりに、もう誰も『正兄さん』が死んだことを疑うものはいなくなる――だってそうでしょう？　犯人の方から、自分が殺したと保証してくれるんですから、これほど完璧なアリバイもない。

　こうして、最初は『間違い殺人』の構図によって、次に『相討ち殺人』と『殺人犯によるアリバイ』によって、最も疑わしい『入れ替わりトリック』の臭いを完全に消し去る。それこそが、正兄さんの計画の全貌《ぜんぼう》だったのです」

　頭がくらくらした。自分に繋がる手掛かりを消すためとはいえ、組み上げた構図があまりに複雑すぎる。まるで時計仕掛けのようと言った葛城の言葉は本当だった。

　同時に、葛城の言葉の意味を理解する。『蜘蛛』にとって、『第二段階』までは解かれても解かれなくても構わない、という言葉の意味を。『間違い殺人』という偽装のままでも十分な目くらましだが、謎が解かれ、由美が自白することによって、偽装はより完璧に、強固なものになる。

「こんな顔のない死体の理由は、見たことがない。死体から顔を奪ったのは、実行犯でさえ誰を殺したのか分からなくさせるためですよ。

少し僕の推測も混じりますが、実際の犯行の手順は恐らくこうです」と葛城は手書きの表を見せ、話を続ける。〈P.586～P.591のタイムテーブルを参照〉

「まず、兄さんは坂口さんと部屋を入れ換える。兄さんはあらかじめ、離れのソファの下にトカゲのしっぽを置いておきます。坂口さんの爬虫類嫌いはリサーチ済みだったんでしょう。こうしておけば、坂口さんの方から『部屋を換わりたい』という言葉を引き出すことが出来る。おまけに坂口さんが『部屋交換を申し出たのは正の方から』と嘘をつくだろうことは、心理的に予想していた。これで盤石。万が一にも、自分の方に部屋を交換したい動機があったことには気付かれない……」

こんな些細な点一つとっても、坂口の心理を読みきり、狡猾なやり口で操っていたのだ。

「これが八時から九時のこと。この会話の際、由美叔母さんを応接間のお茶に招いて、会話を聞かせておく布石も打った。ティーセットはこの時、洗わずに残しておきます。あとで、僕が『第三の人物』の存在に思い至るようにです。

それまでに、黒田さんは車を茂みの中に隠す。茂みの中に隠したのは、自分が曲川に視察に行っていることになっていたからだ。この後、実際に部屋が交換された。

次に、九時十分頃、正兄さんは黒田さんを裏切る。黒田さんを睡眠薬で眠らせたんだ。

●タイムテーブル

時刻	関係者の動き	正（犯人）の動き	周辺状況その他
午後6時過ぎ	全員で夕食を取る。 黒田、Y村の視察を申し出。	この時間までに、離れのソファ下にトカゲのしっぽを置いておく。	
午後7時～7時半	田所、睡眠薬入りコーヒーを持って離れへ。坂口、コーヒーを飲む。帰り際に、玄関扉のラッチに養生テープを貼り付け。	正の共犯者・黒田、Y村に行った振りをして車を館裏手の茂みに隠し、正の連絡を待つ。	
午後8時～9時		正、坂口、由美の三人で応接間にて三組のティーセットでミルクティーを飲む。正と坂口の部屋交換の話題が出て、実際に交換される。 正は由美の存在を示すため、あえてティーセットを残す。 同時刻、黒田は坂口の不在を狙って坂口の車に爆弾をセットする。起爆用の携帯電話もこの時にセット。	
午後9時10分	坂口、二階の正の部屋で就寝。		

～9時半		正、隠れていた黒田と合流。黒田を睡眠薬で眠らせ、離れのソファに横たえる。自分の衣服を着せ、正の靴はソファの脇へ。黒田の服からキーを奪い、黒田の車を館裏手から曲川上流へ遺棄する。	
午後9時半	田所、離れの電気が消えたことを二階廊下の窓から確認。坂口の眠りが少しでも深くなるのを待つため、20分後に動き出すと決意。		
午後9時50分～10時	田所、離れに侵入。スツールの上に上がり、電球を緩める。グラスを割り、指を切った（部屋に戻ってから絆創膏を貼付）。替えのグラスを給湯室から探して用意し、置いておく。	正は東館から散弾銃とサイレンサーを確保する。雨の中火薬を湿気らせないよう、厳重に梱包して持ち出し。	

午後10時半～11時		離れに舞い戻り、テープと電球により、田所が侵入したことを確認する。眠っている黒田を椅子に座らせ、前傾姿勢を取らせ、喉奥に散弾銃の先端を差し込んだ形で固定。自分の手帳の真ん中のページを開け、遺書代わりに置いておく。黒の薬品ケース（シリンジ入り）に一回り大きい赤のケースを被せ、扉付近に移動させたスツールの上に置く。三階に上がり、ノブ子を起こして離れに行かせる。ノブ子はこの時のことを思い出さない。三階の書斎に隠れて動向を窺う。
午後11時15分	ミチルがノブ子を一階廊下で目撃。ノブ子の手は、離れの入り口で見つけた赤いケースを握っている。	
～午後11時45分	ミチルがノブ子を三階に連れて行き、ノブ子の髪を拭くなどして寝かせる。ミチル退室し眠る。	三階の書斎から物音を聞き、経過を把握。ミチルが退室後、ノブ子の部屋に侵入、ノブ子の服に動物の血を付着させる。ここまで済ませたら、正は葛城家から一旦退場する。

午後12時前頃	由美、ずっと離れに行く機会を窺っていたが、田所の姿を見かけたり、ミチルも動き回っていたので待機していた。 午後12時頃、動き出し。離れに入ったところ、引き金一つで簡単に殺すことの出来る「正」の姿を見て天啓に打たれる。「正」の身代わりになった黒田が死ぬ。		
午前1時6分	全員が目覚める。 広臣は血痕と泥汚れに塗れたノブ子を発見する。情報を璃々江、ミチル、由美、北里と共有。		警戒レベル3発令 猛烈な台風に。
午前1時15分	「正」の死体が離れで発見される。		
午前1時30分〜	健治朗、広臣、梓月、田所で離れを調査① この間、璃々江、ミチル、由美はノブ子の服とシーツを替えて証拠を隠滅する。 広臣の口からノブ子のことを聞き、健治朗も把握した。	正、避難者に紛れ込むための変装をする。	

午前1時37分			曲川が氾濫を起こす。 W村から動画撮影。 曲川にかかる橋が破壊され、流される。
午前1時40分～2時	食堂で話し合いをする。田所・三谷・坂口が真相を探ることを牽制し、ノブ子を守るため、健治朗は偽推理を展開。家族は一枚岩となって協力する。議論の末、坂口が飛び出す。	正、避難者の若者とその祖父を見つけ、彼らを連れて三人で葛城家に戻れば、怪しまれることはないと考える。駄菓子屋の息子を偽称し、若者に手を貸して避難する。	Y村への浸水が進行。最初の避難者となった若者が祖父を連れて避難を開始する。
午前2時5分	坂口の車が、田所・三谷・広臣の前で爆発し炎上。坂口が死亡。 田所、輝義にこれまでの経過を報告。 輝義は田所と三谷のために激怒する。	坂口が乗車したことをセンサーによって確認、自分の携帯から使い捨ての携帯電話に電話をかけ、それが起爆スイッチとなって爆発が起きる。振る舞いとしてはただ電話をかける行為なので、若者とその祖父に見られても問題はない。	
午前2時26分			警戒レベル4発令

午前2時半～3時	避難者三名が来訪。健治朗と田所が出迎える。 輝義と広臣が一時離脱し、ノブ子の衣類を焼却処分する。 分担作業を開始。水のう作りと設置、外の掃除等。	正、避難者二名と葛城家に舞い戻る。田所の指に巻かれた絆創膏を見て、田所のミス及び靴の中にガラス片が入っている可能性に思い至る。 トイレと偽って避難者二名と別れ、使用人控え室から鍵を盗み、離れへ。靴を一度脱がせ、ガラス片を回収。鍵を元に戻して、素知らぬ顔で避難者の中に戻る。	
～午前4時	分担作業を継続。		
午前4時～	輝義、田所、梓月が離れを調査② この時には靴に触れられた痕跡（靴紐穴の内側に血痕が付いている）が残っているが、血液は完全に凝固している。		
午前5時46分	健治朗、輝義、田所、三谷、Y村へ向かい避難者の誘導を開始。		夜が明ける。

黒田さんの服を脱がせ、自分の服を着せ、靴も入れ替えた。自分はあらかじめ用意しておいた別の服を着たのでしょう。ソファに寝かせ、黒田さんの顔まで毛布を引き上げておき、顔を隠しておきます」

この直後、九時半に離れの明かりが消える。正が部屋を出たのだ。そして僕が十時前に部屋に入り、電球を緩めたり、グラスを割ったりする。

「九時半頃に離れを出た兄さんは、駐車場に向かう。まず、茂みに隠された黒田さんの車を動かし、崖下の曲川上流に落としておく。

坂口さんの車に爆弾を仕掛けるのは、あらかじめ黒田さんにやらせておいた。携帯電話の起爆装置は最初から兄さんの手の中。準備は万端だ。

十時半頃、兄さんが離れに戻る。電球のスイッチを操作して、確かに田所君が入室したことを確認する。黒田さんを椅子に座らせ、靴を履かせる。口に散弾銃をくわえさせた状態で置いておく。机の上には自筆の遺書だ。これで由美叔母さんに『殺させる』ための状況が完成しました。三十分ほどかかったでしょう。

去り際に、スツールを離れの入り口付近にセット。ノブ子おばあちゃんにケースを拾わせるための準備を整え、三階に上がってノブ子おばあちゃんを起こした。そうして離れに向かって歩き始めるのを確認したら、三階の書斎にでも隠れて様子を窺った。この時点では死体が発見されてないから、万が一誰かに見つかっても『眠れなくて起きてきた』とでも言えば済む。

十一時四十五分頃、ノブ子おばあちゃんを部屋に戻して髪を拭いてやったミチル姉さんがようやく部屋に戻る。それを確認してノブ子おばあちゃんの部屋に入り、用意していた動物の血のパックをノブ子おばあちゃんの衣類にぶちまける。これで、ノブ子おばあちゃんへの疑惑を生み出す工作が全て済んだ。

　ここまでやったら、兄さんは家を出る。避難者に紛れ込むために、Y村へ行ったんだ。そして、十二時頃。由美叔母さんが離れに入室して、散弾銃を撃つ。かくして、正兄さんの身代わりに、黒田さんは亡くなった」

　唖然として言葉が出てこなかった。

「兄さんは田所君と由美叔母さんの二人を操り、『自分』を殺すための計画を立てた。由美叔母さんには確かに兄さんを殺したと信じ込ませ、田所君には『自分』のせいで殺人が起きたと信じ込ませる。かくして、二人は口をつぐみ、真実は永遠に明らかになることはない。これはそういう仕掛けだったわけです」

　ああ、と僕は思わず声を漏らした。

「全部……全部そうなんだな。この事件では、全員が正さんの駒《こま》にされていた。全員の思考を操って、互いに互いを疑わせて、身動きが取れないようにしていた……。

　最初はノブ子さんへの疑惑……これで葛城家を一枚岩に仕立て上げ、家人と客人の対立を深める。

　そして、隠し持っていたシリンジのケースを一つ使った仕掛け……これで、ミチルさんがノブ子さんを更に疑い、璃々江さんがミチルさんを疑った。しかも、証拠はノブ子さん自身が隠してくれる……。

そして、変装と戸棚の前の写真の仕掛けで、今度は広臣さんと夏雄君を疑惑の中心に置き、仲違いさせた……黒田さんは疑われ、彼を疑う健治朗さんはますます身動きが取れなくなった……。

最後は僕だ……僕と由美さんを操って、暗闇の中の殺人を作り上げた……僕は自分の行いを悔いて言い出せず、由美さんも殺人という大罪に口をつぐむ……」

完璧だ——と思わず呟く。全てが円環のように繋がり、強固な煙幕を作り上げている。普通の人間に、見通せるはずがない。こんなとんでもない構図を——。

広臣は唸り声を上げた。

「大雨の時を狙ったのは、死体などの証拠を洗い流してしまうためか。爆殺した坂口さんの車と体も洗い流されてしまえば疑惑の確かめようがない。一階まで浸水して、黒田さんの死体も今頃水に浸かっているはずだ……」

「田所君の来訪だけは、さっきも言った通り、正兄さんにとって想定外の偶然だった。だが、正兄さんはあらかじめ、僕の口から田所君のことを聞いていた。その中で、ある程度君の性格を読んでいたんだろう。そして、君の様子を見て、手駒として使えると確信したんだ……これは推測だけど、僕と田所君が久々に対面して僕の部屋で話をした時と、段ボール貼り付けの作業をしながら三谷君と田所君が話をしていた時……この二回の機会に、正兄さんは会話を盗み聞きしてたんじゃないかと思う。それで田所君の性格と、心理状態を読んだんだよ」

　葛城の部屋を出る前、確かに外で物音がした。作業中、三谷と僕の前に現れたのもよくよく考えればタイミングが良すぎた。

「それにしても、本当に手間のかかる計画ね……」と由美が独り言ちた。

「葛城家の人間全員を欺こうというのです。皆さんの推論や議論からも分かる通り、ここにいる人間全員を騙すのは、並大抵のことではない。だけど、AとBが互いを疑うように仕向け、身動きを取れなくさせてしまえば、真実から遠ざけておくことが出来る。

　正兄さんが描いた設計図は強固です。一事が万事この通りだ。不確定要素が大きくて、全てが計算ずくとは考えにくいですが、母さんがミチル姉さんを庇おうとすることも、赤いケースでノブ子おばあちゃんのスイッチを入れられることも、兄さんにとっては想定の範囲内だったでしょう」

「それが全部上手くいって、兄いを守っていたわけ？」ミチルが不満そうに唇を尖らせた。「そんなの、兄いにとって都合が良すぎる！」

「全部上手くいったわけじゃない。正兄さんは、このレベルの仕込みを大量にしているはずだ。現に、黒田さんの失踪を考えてみてくれ。自分の身代わりに殺す以上、黒田さんについては『失踪した』とするしかない。黒田さんと入れ替わるには、あまりにリスクが大きいからね。明るいところで見たらバレる。家族だからね。

だけど、『失踪』なんていかにも怪しい。『銃で撃たれた死体は黒田さんではないか？』とすぐ疑いを招いてもおかしくない。そこで、正兄さんは黒田さんを水害による事故死に見せかけようとした。それが、川に流された車だよ。でも、あの車は仕込みとしてあまりに不確実だと思わないかい？　たまたまW村から若者が通りかかって撮影したからいいが、夜の闇の中ではっきり映るとは限らない。定点カメラに映ることも、あの画質では期待出来ないだろうね。僕らがあの雨の中、橋桁まで行くとはますます考えにくい。つまり、あの仕込みは『見られなくても別段構わない』仕込みだったんだ。館の裏手の崖下に車を落としておくだけの簡単な仕込みだ。コストパフォーマンスは良く、成就すれば黒田さん失踪のストーリーはより強固になる」

「……兄いは、そういう仕込みをたくさんしていた……？」

「今回上手くいったのは、仕込みのうちの半分くらいじゃないかな。絶対に上手くいかなければならない仕掛けはない。仕掛け同士も互いの邪魔をしないようにしている。上手くいけばいくほど、正兄さんの作った設計図は強固になり、彼の足跡は消えていく。こんな狡猾な図柄を描ける人間を僕は知らない」

本当に蜘蛛みたいだ、と葛城が小さく呟く。

葛城は一呼吸置いて続けた。

「この事件は、発端のところから、兄さんの用意周到な性格が表れている。例えば、坂口さんや黒田さん、梓月さんを呼んだ『招待状』の一件もそうだ……」

「ああ、この家でプリントアウトされたのは間違いないのに、誰が送ったか分からなかった、あの……」

「そう。今ならもう分かるよね。あの招待状を作り、三人に送ったのは兄さんだ。最大の目的は、黒田さん。彼がこの家に上がり込む口実を作ること。共犯者であり、爆弾の提供者であり、自分の計画の要である替え玉だ。彼がこの家に来ることは絶対条件だ。だが、黒田さんだけを招いては、あまりに露骨すぎる……黒田さんを血縁者だと知っている父さんの目から見たら、バレてしまうかもしれない……だからこそ、彼は三通作り、三人を招いたのさ。坂口さんと梓月さんを招き、招待客の中に、本当に招待したかった相手を隠した……坂口さんを呼べば、殺害疑惑についてぶちまけてくれるかもしれないし、写真をネタにもっと家族を揺さぶることも出来、招待状の謎を、『なぜ坂口さんなんかが呼ばれたのか』という謎にすり替えることが出来る……まさに一石三鳥だよ。梓月さんを呼べば、死体の簡単な検死をしてもらえるかもと、期待さえしていたかもしれない。だから、田所君と三谷君が現れた時、兄さんは大歓迎だったんじゃないかな。客が増えれば増えるほど、その分、黒田さんの存在は目立たなくなる……」

自分たちを快く迎え入れ、家の中を案内してくれた、あの優しくて、陽気な正の姿が、不意に頭の中で歪んだ。あの時から、僕らは騙されていたというのか。

「兄さんは直接的な言葉を使わずに、人の思考を誘導する。確かにそうに違いないと信じさせる説得力が、彼の言葉にはある。悪いのは自分の方だと思わせてしまう清廉さがある」

僕の脳裏に、テニスコートでの正と三谷のラリーが蘇ってくる。彼はショットの打ち分けで、巧《たく》みに三谷のプレーを引き出していた。彼が家族の全員を操っていた構図も、同じようなものだったのかもしれない。

「輝義それはあまりに――」健治朗は首を振った。「机上の空論だ」

「父さんは会社のロゴマークのことを、自分から気付いたんですか？」

「え？」

健治朗はきょとんとした顔で口を開けていたが、その顔がみるみる青ざめた。

「皆さんも自分の記憶を辿ってみてください」

葛城は一人一人指さしながら、口にしていった。

「母さん――母さんが内心気にしているミチルとの親子仲について、あえて田所君たちの前でも口に出していたのは誰だった？

広臣叔父さん――あなたが戸棚のアンプルに触った時、物音がして、誰かに見られたと思ったんですよね？　その時、西館の応接間の前にいたのは誰でしたか？　変装による偽装によって広臣叔父さんと夏雄の仲たがいを起こすには、広臣叔父さんがアンプルに触ったことを知っていないといけませんよね？

由美叔母さん――夏雄の言うことは『子供の証言は慎重に扱う』と、あえて広臣叔父さんと夏雄の対立を煽るように、冷静にたしなめる振りをして口にしたのは誰でしたか？」

全部、全部心当たりがある……この事件のそこかしこに、正の影がある。付きまとっている……。

「田所君」

葛城は最後に僕の方を向いた。

「君は、睡眠薬を仕込み、テープを貼って鍵がかからないようにして、おまけに電球を緩めた。どうして、そうしたんだい？」

「コーヒーなら睡眠薬の苦みを消せる。鍵もラッチが飛び出すタイプだからテープを貼ればいい。あとは電球……これは、昨日の夕方、三谷と一緒に離れに行った時、坂口さんに色々聞いたんだよ。吊り紐もないし、スマートフォンで操作したりも出来ず、スイッチを押すしかない。だから、電球を緩めて、スイッチを押してもすぐ電気がつかないようにしておけば、泥棒が仕事をやりやすいと思ったんだ……」

「つまり君は、離れに行った時には、そういう項目をチェックしようと思っていた」

「そうだ……恥ずかしい話だが、葛城、お前のために何か事件が起これば、と思って、坂口さんのカメラを人に盗ませようとしたんだ」

「なぜ、カメラを盗ませるのに、そうした工作が必要なんだい？」

「なぜって——泥棒は、人、時、光を嫌うからだよ。人に見とがめられること、鍵の解錠などに時間がかかること、明かりに照らされて犯行がバレること——」

「君は、どうしてそれを知っていたんだ？」

「どうしてって……」

盗難事件を扱う他課の同僚から教わった泥棒の思考パターン……。

「あああああっ……！」

正だ！　あの時……三谷と正がテニスをした直後、警察の話を聞かせて欲しいとせがんだ時！

「なんという……」

あの時に、もう正は仕込みを終えていたんだ……。僕に「泥棒の三原則」を吹き込み、僕自身に、離れの条件を調べさせた。僕が、電球を緩めるという工作に確実に辿り着くように。僕自身が動いて調べたという思いが、僕の中からも正の臭いを消す。

僕に優しくする振りをして、希望を与える振りをして、誰よりも人の良さそうな笑みを浮かべて……正はあの時、僕の話なんて、という態度をとっていたが、僕らが話をせがんだことは、彼にとってベストだったのだ……。

足元が揺らぐ。

――田所君はいつもテルに寄り添ってくれていたんだね。

――テルが立ち直るには、何かのキッカケがいる……君が来てくれた時、僕はこの、『何かのキッカケ』を摑んだような、温かくて救われたような気持ちになったんだよ。

――なあ、田所君。テルをあそこから救い出してやってくれないか。

僕は目を強くつむった。

馬鹿だ！　僕は馬鹿だ！　あれこそ……あれこそ『出来すぎたホームドラマ』ではない

か！　何も信じるなと言った葛城の言葉を、僕は何一つ、実践出来ていなかった！

あの時の正の優しい表情を思い出した。葛城家の人々から厳しい言葉を向けられ、葛城の様子にも不安が膨らむ中、この人だけは自分の味方だと思えたあの顔を思い出した。あれが全て、偽りだったなんて。

信じたくない。だが、真実だった。

嘘つきだらけの葛城家で、最も誠実に見えた男が――最悪の嘘つきだった。

「……輝義は、いつこの真相に気が付いた」

健治朗が重苦しい声で聞いた。

「靴を見た時です。ですが、どうしてもこの結論を受け入れることが出来なかった。だけど、その結論を受け入れるための手掛かりが、二つあった。一つは、黒田さんから正児さんに送られたメールです」

葛城はその内容を諳《そら》んじてみせた。

『葛城の家に行く、坂の途中に、古い家が一軒あるだろ。あそこの家族が引っ越して、新しい人が入居したらしい。村の噂じゃ、あそこの一人息子が事業の失敗で引きこもりになって、家族の方がいたたまれなくなって引っ越しを決意したとか。買い物行くたびにひそひそ噂されて勘繰られるんだ、そりゃ嫌にもなる。にしても、引きこもってるのに引っ越しはOKって笑えるよな。

新しい家族も、なんかうさんくさい感じだぜ。気を付けろよ』

「なんだか、嫌な文章だね」ミチルが鼻の頭に皺を寄せた。「すごく独善的な感じ」

「その通りだ。ここに黒田さんの本性を見て取ることも出来る。正兄さんと、黒田さんの仲が、考えられているより親密で……どこかうさんくさい臭いがすることも。だけど、本当にそれだけだろうか？　この面白くない冗談は、果たして黒田さんの独善性だけの表れなんだろうか？　それは、僕たちの抱く黒田さん像とあまりにかけ離れている。

そこで、僕はこう考えた。黒田さんは、この冗談を相手も面白がってくれると思っていい、いい、いい、いい、いい、いい、いい、いい、いるからこそ、こんな文言を送るのではないか、と」

「つまり……受け取る側の性格の問題、だと？」

僕の言葉に葛城が頷いた。

「もちろん、これだけではどちらの可能性もあり得る。黒田さんは本当に独善的だったかもしれないし、あるいは、正兄さんの性格がねじくれていたかもしれない。だけど、それはどっちでもあり得る話だ。決め手にはならない。ただ――正兄さんが見かけ通りの人物ではないかもしれないと、疑いを抱かせるには十分なキッカケだった。

そして、確信を与えてくれたのは田所君とユウト君だ」

ああ、と僕は言う。

「車の話か。坂口さんが『オオカミ』ではない、という……」

「子供の目は、往々にして真実を見抜くよ。だけど、ユウト君が会ったのは一体誰なんだろう？　坂口さんかと思われたが、彼は車で来ていた。ユウト君と話すこともなく通り過ぎたはずだ。黒田さんも、梓月さんも、健治朗一家も容疑から外れる。だけど、たった一人だけいたんだよ。急な仕事が入って、一人バスと徒歩でしか来られなかった人物が」

「正さんだ……」

僕は思わず嘆息した。

だが次の瞬間、僕は首を捻った。

「でも待ってくれ。この部屋に入る直前、ユウト君は『オオカミがいた』と言ってきたぞ。僕はてっきり、この部屋の中にいる誰かのことだと思っていた。ちょうど、ユウト君の目の前を通り過ぎたからだ」

「その通り。このフーダニットは二段階なんだよ。一度目は、犯人の名前を言い当てること。二度目は、犯人の居場所を探し当てることだ」

僕は首を傾げた。

「この環境下で、最も身近にユウト君が触れている人々がいるだろう――『オオカミ』はその中にいたんだ」

「そうだったのか！　ここでも、最初の三人の避難者の中に『蜘蛛』が――正さんが紛れ込んでいたという、結論に繋がってくる」

葛城は両手を広げた。

「さあ、今からこの部屋を出て、君たちを真犯人に会わせてあげることにしよう。田所君、出て」

言われたままに出ると、みんなはすぐについてこなかった。訝しんでいると、十秒後に出し抜けに扉が開き、葛城が出てくる。

「輝義君、それって一体どういう――」

広臣が追いすがるように聞きながら、葛城の後ろについていく。葛城は得意そうな笑みを浮かべて、「すぐに分かりますから」と言った。

家族にだけ、何か言ったらしい。一体なんだろう?

葛城は三階北側の廊下、少し幅が広く、避難者が座り込んでいるスペースに向かう。十名ほどの避難者が壁沿いに座り込んでいた。

途端に避難者たちのざわめきが聞こえてくる。恐怖と不安に震える声に、こちらまで不安を駆り立てられる。

葛城は唇を湿した。

「さて。正兄さんは午前二時半から三時までの間に、事件現場に立ち入った。その時間帯に動けるのは、最初に避難してきた三人だけだ。ここまでは先ほども話した通りだね。ここまでくればあとは一息です。三人のうち、二人はお年寄りとその孫だ。しかし一人だけ、駄菓子屋の息子と名乗る人物がいましたね。親類はこの場に一人もおらず、祖母の家に立ち寄っただけだから村の人との面識もない。

すなわち、誰にも顔を確かめられる心配がない、ということです。おまけにその人は、僕と田所君、三谷君が食堂前の廊下で話していた時、一人だけ姿が見えなかった」

葛城はその人物の肩に手を置いて、微笑みかけた。

「久しぶり兄さん。一日ぶりになるかな？」

男は昏い目つきで葛城を睨んでいた。

3　対決　【館から水位2・0メートル】

「——兄さん？」

男は首を傾げる。あくまでもシラを切り通すつもりのようだった。

現に、顔は正とも似ても似つかない。だが、葛城はあくまでも変装だと主張した。家族の前に顔を晒し、少しの間だけとはいえ注目を浴びるわけだから、変装しないわけがない、と。頬への詰め物をし、顔にメイキャップも施しているに違いない、と。

「えと、申し訳ありません。全く心当たりがなくてですね……」

困ったように渋面を作る正の表情には説得力がある。

「あくまでトボけるなら、少しの間話を聞いてもらいましょうか」

葛城が目の前にしゃがみこんで、正のことを挑発していた。

正は「はあ、まあ、それでお気が済むのでしたら」と、気弱そうに答えていた。

「兄さんは服と靴だけでなく、全ての所持品を黒田さんと入れ替えた。だが、スマートフォンだけは回収したはずだ」

葛城は早口で追い立てる。正は黙って俯いていた。

「スマートフォンの入れ替えだって簡単な工作だ。何せ、黒田さんを睡眠薬で眠らせているんだからね。兄さんは自分のスマートフォンに黒田さんの指紋を登録しておいた。新しい指紋の登録にはパスコードがいるけど、自分のものなら問題ない。こうして、兄さんは『死体のすり替え』を盤石にするための仕込みを施しておいたんだよ。現に、僕らは死体の指でスマートフォンのロックを開けて、『この死体は正兄さんで間違いない』と思い込んだ」

あれさえも、正に操られていたというのか！　啞然とする思いだった。

「兄さんの描いた一連の事件には、こういう仕込みがたくさんある。作動するものから、結局不発に終わるものまで、数多《あまた》の仕込みがね。家族に互いを疑わせるよう仕向けたのもそう、スマートフォンの指紋もそう、黒田さんの車もそう。これらは全て、作動しなくても兄さんの描いた設計図を崩さない代わりに、作動するたびに兄さんの仕掛けを盤石にしていく。

ところで、スマートフォンは緊急速報を流す。ひっきりなしに鳴るこのアラームを、家族の人間も、避難所の人間も何度も聞かされている。鳴るたびに全員がスマートフォンを取り出して画面を見ていたんだ。その環境下で、スマートフォンを持っていない若者はいかにも怪しい。自分を決して疑わせないように構図を組み立ててきた兄さんのことだ。そんな凡ミスでしくじることはなんとしても避けたかった。だからあなたは、黒田さんのスマートフォンを処分出来なくなった。緊急速報ならロック画面を開けなくても確認出来るからね。とにかく手元にあり、避難所の人間と同じタイミングで確認出来ることが重要だ」

　さあ、と葛城が正に詰め寄った。

「今までの推理が僕の妄想に過ぎないというなら、今ここにいる全員の目の前で、そのスマートフォンのロックを解除してみせろ！」

　正がゆっくりと顔を上げた。胡乱《うろん》な目をしている。

「出来ないでしょう。自分のスマートフォンに黒田さんの指紋を登録することは出来る。だが逆は無理だ。黒田さんのパスコードが分からなければ、黒田さんのスマートフォンに指紋は登録出来ない。コードで開けることも不可能だ。さあ、僕の推理が間違いだというなら証明してみろ！」

　さあ。

　葛城の口から唾が飛んだ。

　これほどまでに激しい口調で犯人を追い詰める葛城を、未だ見たことがない。極限状況の中で彼自身張り詰めているのだろうか。

　それとも、信じていた兄が恐ろしい殺人犯であることに、すさまじい怒りを感じているのか。

その時、正が肩を震わせた。

彼はゆっくりと立ち上がる。

正は顔を上げ、ニンマリと笑った。

「お話を黙って聞いていましたが、なんのことだか分かりません」

「もうとぼけなくてもいいんですよ、兄さん」

葛城の鼻息は荒い。正は落ち着き払った様子で対峙していた。

「とにかく、スマートフォンを開ければいいんですね。それであなたは引き下がる、と」

正はスマートフォンを取り出し、挑発するように頭上に掲げてみせた。緊張のあまり喉が渇いた。

なぜだ？

どうして正はこんなにも落ち着いている？

基板の部分にゆっくりと親指を乗せた。

い、い、い、
ホーム画面が開く。

馬鹿な——。

突き落とされるようなショックだった。ここまで積み上げてきた推理が、全て崩れ去ってしまった。文字通り水泡に帰したのだ。この事件に真犯人はいない。正が操り手だという推理はまやかしだったのだ。やはり、この事件を引き起こしたのは僕だ。僕のせいで正は死んだ。目の前の男は正ではない。

「これでよろしいですか？」

男は優しげな微笑みを浮かべている。

「いや。これで証明出来た。あなたが兄さんだとね」

「何？」

男の眉が吊り上がった。

「兄さん、あなたのミスはね」

葛城がバッと顔を上げた。

「隠れているのが自分だけだと思ったことだ」

「え？」

「うおおおおおっ！」

雄たけびのような声が聞こえ、突然、正が視界から消えた。

声を上げたのは避難者のうちの一人。レインコートのフードを深く被った男だった。男は正の足に組み付いている。正が「ぐあっ！」と声を上げて床に倒れ込む。隣から健治朗と広臣が飛び出し、正を床にうつ伏せに押さえつけた。

「ああっ、お前……」

僕はレインコートの男を指さした。

「三谷！」

葛城の大事な推理の時にいないと思っていたら、まさかあんなところにいたとは！

正の持っていたスマートフォンが宙を舞う。

「田所君！」

声に反応して、スマートフォンを確保する。

「画面は開いたまま！　ロック画面に戻らないように！」

指を乗せて画面が閉じないようにする。しかし、葛城はなんのためにこんなことを？

正に視線を戻すと、彼の表情は様変わりしていた。

歯を剝き出しにして、ギョロリと目を剝いている。体をわななかせ、三人から取り押さえられているのに、抵抗をやめない。殺気を全身から発していた。

「輝義ィィ……輝義ィィィィ……貴様、貴様ァァ……！」

正を見下ろす葛城の目を見た時、僕は血の気が引くのを感じた。

一切の人情を感じさせない絶対零度の目。何を言っても許されないと思わせる目。目の前で虫がもがき苦しんでいるのを見る時、人はこんな目をするだろう。

軽蔑の目。

「おいおい、正さん、あんたひどい顔だね」

梓月が肩を震わせてせせら笑った。うつ伏せに押さえつけられた正の近くでわざわざしゃがみこんで、顔を覗き込むように言う。

「悔しいですよねえ、兄が弟にやり込められるというのは。私にだって経験がある。だが、そういう時兄は、素直に敗北を認めて褒め称《たた》えてやるしかないんですよ」

「なんだと……！」

梓月が僕を振り返り、口元に微笑みを浮かべた。シリンジのことで僕は兄を欺いた。あの時のことを言っているのだと分かり、肩をすくめてみせた。

「田所君、そのスマートフォンを貸してくれ」

僕は葛城に気圧《けお》されたまま手渡す。

葛城はスマートフォンをいじりながら、正には目もくれずに喋った。

「兄さんが自分のスマートフォンを持っているのなんて分かっているよ。あなたの計画は長期的なものだ。ただ、死体の処分に都合がいいから水害を利用することにして、実行時期を早めただけ。それなら、スマートフォンのすり替えはあらかじめ計画している。自分のスマートフォンを二台用意しておくことくらい当然やっている。第一、黒田さんのスマートフォンをあなたが持ち歩くはずがない。そんな決定的な証拠、あなたなら真っ先に処分するはずだ」

「ならなぜだ！　どうしてあんな長い弁舌を振るって、間違った推理をあえて口にした！」

正の右肩を固めている健治朗が答える。

「正。お前のスマートフォンを手に入れるためだよ。ロックを開けた状態でな」

「何？」

「私と広臣さん、そして三谷君は、輝義からあらかじめこの計画を聞かされていたんだ。お前のスマートフォンを奪い取る計画をな。避難者の中には三谷君がレインコートを被って隠れていた」

「馬鹿な、三谷とかいうガキはそこに……」

彼は僕の背後を見て目を見開いた。

振り返ると、正が三谷と思っていた男は、三谷の服を着た別人だった。

「避難者の一人に、同じ年頃の男性がいたんだ」広臣が厳しい声音で言う。「それで服を取り換えてもらったんだよ。さすがに一度見ただけの高校生の顔は覚えられなかったみたいだ、そうでしょう?」

「ハッ!」正が激しく首を振った。「それがどうした! 俺のスマートフォンを奪ったからなんだというんだ⁉ そんなもの、大した証拠になりゃしないぞ!」

「見つけた」

葛城は言い、スマートフォンの画面を掲げた。

ダイヤル画面だ。十一桁の番号が表示され、ダイヤルすればそこにかかるようになっている。

その瞬間、正の顔が青ざめた。

「携帯電話にかけることで爆発を起こしていたのは、坂口さんを殺した時の手口で分かっている」

葛城は淡々と続けた。

「兄さん。あなたはとにかく慎重だ。石橋を叩きすぎて壊すくらいにね。だからこそ、これほどまでに複雑な蜘蛛の巣を作り、自分の死を偽装することに成功した。そんなあなたが、なんの保険もかけずに災害を利用するわけがない。僕はこの番号を探していたんだよ。現場にあったスマートフォンからは見つからなかったからね」

「道理で災害の進行が速すぎたわけだ」健治朗が言った。「正。お前が使ったのは爆弾だ。坂口さんを車ごと吹き飛ばしたのと同じ、な。お前は人為的に土砂崩れを引き起こし、警察の介入を妨げたんだ。お前にとっては、海外でテロ組織の活動に参加して、爆弾作りの経験を持っていた黒田君は、まさに喉から手が出るほど欲しい存在だったんだ……」

「そういうことだ」広臣が言った。「警察の進入路を断ったのは、『自分』の死体を調べられたら困るから。そして、その土砂によってY村から水が下流に流れるルートを塞いだんだよ。結果、水害の進行は速まり、この館まで水が到達することを狙った。そうでしょう?」

「この館まで水浸しにしたかった理由は死体の処分を容易にするため、証拠を洗い流すためだ」

「だけどさ」ミチルが首を振る。「いくらなんでもそんなのあり得ない。だって、自分だって避難者の一人として紛れ込むんでしょ? 自分の身を危険に晒すなんて――」

あ、とミチルは言った。

「そうか」璃々江が頷いた。「だから輝義は今、『保険』と言った……」

「水害を速める爆弾をセットしたなら」由美が首を振る。「溜まった水を逃がすための爆弾もセットしておけばいい……なんて恐ろしいことを……」

「皆、同じ結論に辿り着いたみたいですね」

葛城の顔は満足げだった。

彼が辿ってきた道が、ようやく、家族を一つにしたのだ。

正が疑惑を仕掛けて一枚岩にした家族が、今、葛城への信頼によって一つに繋がっている。

「やめろ、押すな、スイッチを押すな！　こうなったらお前らも全員道連れにしてやるんだ！　助かるなんて……助かるなんて許さないぞ！」

「自分のために用意したものだろ？　兄さんも身勝手だな」

「うるさい！　それに、い、いいのかよ、下流域にはまだ村がある。爆弾を起動させれば、水門を開くのと同じだ。下流域で被害が出るぞ」

体が震えた。

「そうだ……葛城。確かに、ここにいる五十人の命は大事だ。でも、そのために誰かを犠牲にしては……」

「ハハッ！　お友達もそう言っているぞ。どうだよ輝義。お前にそのスイッチが押せるのか？　それさえも引き受ける勇気があるのか？」

あまりにも重い問いだった。

だが、健治朗が決然とした声で言った。

「下流域の村の避難は既に完了させた」

「え?」

「『ダムを開門する』という警報も一時間前に発令済みだ。もちろん下流域やこの川が流れている関東圏、特に東京では世論は大荒れだ。だが、私は地元の役所とも連絡を取り合って、避難が完了していると確認している。お前が考えるようなことを、私が考えていないとでも思ったか?　……あんまり、私を舐めないでもらおう」

正が「あ、あ」と口をわななかせる。ブンブンと首を振り回し、唾を飛ばしながら叫んだ。

「だが、だが証拠がないだろう」正が唾を飛ばしながら言った。「俺の犯行を証明する証拠だ。そんなスマートフォン、なんの役にも立たねえぞ。それに、それにだ。俺の目的は既に達している。離れの死体は洗い流された!　坂口の死体も、水に流れた。俺の犯行を証明するものは、全て消し去ったんだよ!」

それが彼の狙いだった。水害の進行を速めて、自分の犯行の痕跡を全て消し去る。誰も疑えるはずがない。自然災害をも操ろうとするなど、想像の埒外《らちがい》だからだ。

ところが、葛城は笑っていた。

「兄さんは、入れ替わりトリックを使ったのも自分だけだと思っている」

「は？」

「田所君は覚えているかな。父さんを僕の部屋に呼ぶ前、済ませておくことがあると言って席を外したのを」

僕は目を見開いた。

「まさか」

「そう。黒田さんの死体は二階の部屋に移しておいた。警察が到着すれば、もはや言い逃れは出来ない。所詮、あなたの偽装工作は、警察の介入を前提にしていないものに過ぎない。デンタルチャートでも照合すれば、一発でバレる」

正は唇まで青くなっていた。体の震えはいよいよ目に見えるほどになり、彼の体を押さえつけている面々が「動くな」と冷めた声で言った。

「ふざけるな！　こんなの嘘だ、ハッタリだ！　おかしいじゃないか、お前ら全員、俺が完璧に操っていたはずだ。俺のことは誰も疑えないようにしてやっただろう！　手を組むのが早すぎる！　テルに何を吹き込まれた⁉　そんな時間どこにあった……！」

両目を剝いて、葛城をじっと睨みつけている。

「往生際が悪いな」と言って、健治朗が首を振った。「私はいち早く輝義に相談されていた。あいつが一人一人と対話をして、信頼を固めていったのも事実だ。だが、お前が真犯人だという説明は……最後の最後まで、信じることが出来なかった。だが、我々は今この場で、輝義を信じることにしたのさ」

「なぜだ！」

「さっき部屋を出る直前に、輝義は予言をしたんだよ。『これからある人物がスマホのロックを開けます。ロックは必ず開きます。その時の、その人の表情を見てください』とね」

正が呆けたように口を開けた。憑き物が落ちたように、彼が体の緊張を緩めるのが分かった。

「あいつはお前の裏の裏まで読みきったのさ。そして、スマホのロックを開けた時、お前は笑ったんだよ、正。口元にそっと笑みを浮かべて……見慣れた、お前の笑い方だった」

「僕自身、兄さんの表情を確かめたんですよ。さっき、一階が浸水に遭って全員が階段を駆け上がってくる時に、避難者に紛れ込んでいるあなたの顔をね……。浸水が始まった瞬間、あなたは離れの証拠と死体が洗い流されるのを確信した。あなたは怯える避難者の演技を実に上手くやっていましたが、それでもほんの一瞬、場違いな笑みを浮かべてしまったんですよ。その時、僕はあなたが『蜘蛛』であるとの確信を得たんです」

正はもう何も言わず、うなだれていた。

完璧なまでの勝利だった。

先を読み、布石を打ち、相手を欺く。

防戦一方だった葛城は、最後には兄との読み合いに勝ったのだ。

輝義、と健治朗は続ける。

「そのスイッチを押しても、下流で誰も死ぬことはない。それでも、非難はされるだろう。人的被害を防いでも、建物や土地には被害が及ぶ。だが、痛みなく災害を切り抜けることは出来ない……。全ては、生きていてこそだ。安心しろ。お前一人には抱えさせない」

健治朗は僕らに背を向けて、天を仰ぎながら言った。

「私たちは――家族だからな」

葛城は微笑んだ。ゆっくりと持ち上がった頬に、涙が一筋走る。

「ありがとう、父さん」

葛城の指が通話ボタンを押す。

雨は降り止み、大気は雨にすっかり洗い流されている。

冷えた空気は澄んだ音を響かせる。塵《ちり》がなければなおさらだ。

どおん、と音が響く。打ち上げ花火が上がるような、小気味の良い音だった。

それが僕には、祝砲に聞こえた。

「どうして彼はこんな犯行を？」

「恐らく大きな目的は金でしょう。惣太郎おじいちゃんの隠し財産――隠し通路の入り口に隠されたダイヤモンドを見つけた兄さんは、それを奪い取るため、おじいちゃんを殺した。だが、宝石はそのままでは使えない。そこで、自分の存在を葛城家から抹消し、新しい人生を送ろうとした。宝石はその元手だよ。入念な入れ替わりトリックも、二重三重の間違い殺人の構図も、家族に互いを疑わせる構図も——全部、自分が盲点に隠れ、姿を消すための工作です」

「自分を支配してきた家への復讐……これだけ意地の悪い図柄を見ていると、そんな風にも感じるがね」

　健治朗が醒めた声音で言った。

「そう。兄さんは、『第一段階』……つまり、何も謎が解かれていない、兄さんの偽装が完璧に成功した段階でそのまま推移してもいいと思っていたんだ。ただ、一応僕のことを考えて、どうせなら、僕を利用したシナリオをもう一本合わせ、自分の『間違い殺人』を盤石にする工作をしたんです。それが、『第二段階』……僕が推理することで開く道です。だが、兄さんにとっては、これもあくまで保険……僕が解こうが解くまいが、本質的にはどうでもいい……僕は兄さんにとって、ただの道具に過ぎなかった……」

　葛城の声は次第に恨みがましいような強い調子になっていった。

「僕は、完璧に侮られていた……。僕のことなんて関係なく、金と新しい人生を手に入れたかっただけなんですよ、この人は……」

「テル、どうしてだよ」

　正は未だ取り押さえられながら、葛城を見上げていた。

「お前は『いい子』だったのに。俺がそうしてやったのに。お前は嘘をつかない。だが、今のはどうだ？　俺から爆弾のスイッチを引き出すために、嘘を言ったんだぜ。お前は大嘘をついたんだ」

正を見下ろす葛城の目に、ようやく感情のようなものが宿った。柔らかい微笑みと、「兄さん」という時のいやに優しい声音で、その感情の正体が分かった。

憐れみだ。

「僕は今日初めて、本当の兄さんと話せた気がするよ」

葛城は長い息を吐いた。

「思えば、兄さんは最初からそうだったね。僕が謎を解いたんだと警察で声高に主張して馬鹿にされたと、僕に言って聞かせた。あの時、父さんから『正の手柄になってるならそれでいいじゃないか。輝義だって、兄さんの役に立てるなら嬉しかろう？』という言葉を引き出したのもあなたの思惑のうちだ。僕には兄さんしか味方がいないと信じ込ませたかったんだよね？　あなたの手口はいつもそうだ。人の心に入り込み、支配し、それを相手に悟らせない。透明な悪意……惣太郎おじいちゃんの『蜘蛛』という形容は、兄さんの本質を捉えていますよ」

「馬鹿にするな。お前が今こうして名探偵を気取ってるのだって、全部俺のおかげだろうが。嘘の見抜き方を教えてやったのは誰だ？　推理の仕方を教えてやったのは誰だ？　俺だよ。全部俺なんだよ。お前の人生のレールは全部俺が敷いてやったんだ。お前の人生はどこにもない。お前という役者の人生は、俺が作ってやったんだ。作られたものが、作り手を裏切るなんて……」

その言葉が、僕を刺激した。僕の頭に、あの編集氏の顔がチラついた。自分が書いた短編小説のことも。

違う。自分が手塩にかけて育てたものが、自分を裏切ることはある。あの短編小説だってそうだ。自分が書きたかったものは失われ、意図しなかった部分がいつの間にかもてはやされ、作り手が作品に縛られるようになる。だが、全てが思い通りになるなどというのは、所詮、驕《おご》りに過ぎない。

ああ、似ている。

僕は、この男に似ている。

そうして、ひどく絶望的な気分になった。今すぐにでも否定したいのに——どうしても、似ていると思ってしまう。

その時、葛城が言った。

「兄さんは、僕に嘘の見抜き方を教えてくれた」

彼はニヤリと笑って、首筋に手をやった。

「広臣叔父さんは嘘をつく時、首の後ろに手をやる」

「え、本当に？」

広臣が目を丸くした。

「由美叔母さんは目を伏せる。父さんは咳払い。母さんはメガネを拭く。ミチル姉さんは腕を組む……そして、正兄さんは、頬を掻くんだったよね？」

　正はじっと葛城を睨んでいた。体の部位を示された面々は、薄気味悪そうに目を細めて、葛城を見ている。

「これは全部、兄さんに教えてもらったことだよ。嘘をつく時、人の体には微細な反応が現れる。それを、見抜けるようになれば、嘘を見破れるようになるってね……」

「ああ……そうだ。全部教えた」

「おかしいと思ったんだよ……」

「は？」

「だってさ、正兄さんが嘘をつく時は、頬を掻いてなんかいないんだ……。兄さん、僕の目はね、あなたが教えてくれた時より、ずっと良くなっているんだよ。自分で実践経験も積んで、もう癖を教えてもらわなくても見抜けるくらいになっている。だから、こう考えるしかないんだよ。兄さんは、そもそもの初めから、自分の癖を偽って教えたんだ、とね……」

　正は何も答えなかった。

「そう。あなたはずっと前から、嘘つきだったんですよ」

「ハッ、そんなわけあるか。第一、そんな布石打つかよ。いつ役に立つかも分かんないのに――」

「ほら。鼻の頭に皺が寄った。それが兄さんの癖だ」

「つまんねえハッタリはよせ！」

正が息巻くと、葛城が笑った。

「ああ、ハッタリだよ。兄さんには効果てきめんだったみたいだけどね」

「え？」

僕は自分の目を疑っていた。

正が自由になった自分の右手で、鼻先に触れていたのだ。

無意識の行動だったのだろう、彼の顔はサッと青ざめ、素早く鼻から手を離した。

押し負けたのだ。

心で、押し負けた。

「兄さん……確かにあなたが、僕に嘘の癖を偽って教えた時は、ただの悪戯程度の考えだったかもしれない。だけど、あなたはここ一番でその偽りを生かしたんだ。あなたはそういう人だ……だから、僕も嘘で返した」

葛城は正を見下ろしながら言った。

「これから兄さんは、嘘をつくたびに、一生自分の鼻先を気にするようになるだろう。これはそういう呪いなんだよ。本当の癖が何か突き止めようとするかもしれないが、もう鼻先を意識するのはやめられない。そうなれば、僕の嘘が本当になる。本当に、兄さんの鼻は強いストレスで反応するようになるだろうね……」

淡々と告げる葛城の顔は、まるで悪鬼かなにかのように見えた。正は目を見開いて、震えていた。

勝ったのだ。育てられた存在が、自ら成長し、打ち勝った……。

これは、葛城家の過去を清算する戦いだったのだ。

勝った。葛城は勝った。そのことが、僕の心をも軽くしていた。僕は僕、正は正だと、素直に割り切ったような爽やかな気持ちだった。僕と正の姿が一瞬重なって──だからこそ、正をここまで切り伏せてくれた葛城のことを、僕は逆に、心地よく思った。今ならまっさらな気持ちで、また小説が書ける気がした。

そして今、葛城輝義と正の兄弟の過去がその本当の姿を現し──清算され、幕を閉じようとしている。

「兄さん。あなたは、僕の人生を作ったと言った。それなら、僕が謎にこだわるのも、謎を解き明かすのも、それによって人を救おうとするのも、全て錯覚なのかもしれない。あなたから教えられたことを全て忘れて、ただの人間に戻った方が楽に生きられるのかもしれない」

葛城はそう言いながら、避難者の一群の方を見やった。

そこにはユウトがいた。葛城が両親を救い、彼自身も救った少年。彼は確かにそこにいる。

葛城は正に向けて、屈託のない笑顔で言った。

「それでも僕は——謎を解くことしか、出来ないんです」

【館から水位2・0メートル】
【館から水位0・8メートル】
【館まで、水位0メートル】
【館まで、水位2・2メートル】
・・・

エピローグ

水が完全に引くまで十日以上かかった。

親と学校に連絡出来るうちに電話したところ、僕も三谷も大目玉を食らった。当然の報《むく》いだ。僕なんか、夏の山火事に続いて二度目だから、母親から「大学進学まで一切の旅行を禁ずる」なんて厳命まで下ってしまった。三谷にはゲラゲラ笑われている。納得がいかない。

大雨が止み、ドローンの空輸によって物資が届けられるようになり、命の危機は脱した。その一番辛い時期が過ぎた後、ただただ「しんどい」時期がやってきた。防水のズボンを穿いて館の一階に戻り、家の中まで入り込んだ泥水をかきだし、泥汚れを掃除し、使えなくなった家具類を処分していく作業は、ひたすらにしんどかった。家具の釘で指を傷つけた時は、破傷風などの感染症の危険があると、梓月が念入りに手当てをしてくれた。

梓月が僕を見る目も、変わった気がする。

以前、梓月は僕に何も期待していないと言った。不出来な弟として顧みられてさえいなかった。

それが、葛城の部屋での一幕以来、一目置かれるようになった……いや。目を付けられるようになった、という方が正しい。

「あんなのは負けたうちに入らないからな」と梓月は憎々しげに言うので、僕は笑いながら「敗北を認められないのって、負けるよりかっこ悪いよね」と返してやった。苦虫を嚙み潰したような顔をしていたが、傷口に施した処置は完璧だった。

正はすっかり抵抗する気力をなくし、二階の一室で虚脱したように座り込んでいた。警察が到着し、引き渡すまでの間、扉に外から鍵をかけておくことも検討されたが、最後には健治朗が不要と退けた。親として、最後の情があったのかもしれない。

由美も正に操られたとはいえ、殺人を犯した。周囲が許しても、彼女自身がそれを許さなかった。警察には全てを正直に話し、あとは委ねることになった。少しでも由美にとっていい判決が出るよう、広臣も弁護士として尽力するという。夏雄も両親によく寄り添っている。これから先も試練は待ち受けているだろうが、広臣はこれまでよりもっと、夏雄に寄り添えるだろう。夏雄とユウトも、わだかまりが晴れた今なら、素直にもう一度友達になれるはずだ。

璃々江とミチルは、途端に母娘の距離が縮まった。一階の様子が落ち着いてきた時、ミチルが璃々江をプロデュースするといって、今までにしたことのないメイクや服装を試させていた。喪服を着た時の刃のような雰囲気とは打って変わり、百合《ゆり》の花のような可憐《かれん》さが覗いて驚かされた。と、口に出して言えば、葛城に「田所君は年上好きだったのかい？」と揶揄されるだろうから、黙っておいた。

避難者は一人、また一人と礼を言いながら、水が引いた後の村に戻っていった。村の家に戻って修復を図る者も、県外の親類に連絡し、当面そちらに移ることを約束して、引き取られていった者もいた。川が元の水量に戻り、仮設の橋でどうにか渡れるようになっていた。それもあって、W村の小学校の避難所に移った者もいる。

立派な橋がまた架かるまでには、何年もの時間が必要になるだろう。

災害の爪痕も痛みも、すぐに消えてはくれない。

彼らもそれぞれの戦いがあることだろう。自分の家を建て直すにも、避難所での生活を続けるにも、親類の家で新しい生活をするにも――それぞれの戦いがある。

だけどそれも、生きていてこそだ。

葛城は成し遂げたのだ。

黒田と坂口のことは、葛城も悔やんでも悔やみきれないという。特に坂口については、自分がもっと早く動き出していれば、死を防げたのではないかと話す。離れの死体が見つかった時から動き出していれば、坂口の命の危険に気付き、殺される前に守れた――かもしれない。

正を告発した直後の夜のことを思い出した。

「それでも謎を解くことしか出来ない、か」葛城が自嘲気味に笑った。「そんなことを言いながら、結局僕は未熟なままだ」

彼は部屋の壁にもたれかかって、いつまでもうなだれていた。

彼は勝負に勝った。だが、多くの犠牲を払った勝利だった。

「葛城、本当にすまない。僕まであんなことを――」

「正兄さんの操りは念入りだった。動かされたとしても仕方がない。大丈夫だ、君がしたのはせいぜい睡眠薬を入れたことぐらい。刑事罰には問えるが、そこまで追いかけることはしないはずだよ。ま、重々反省はしてもらいたいがね」

「それもあるけど、そうじゃなくて……」

僕は刑事罰なんかよりも、葛城に許されないことを恐れていた。

それを口に出すのも恐ろしく、僕は押し黙っていた。

「田所君にはすまないことをした」

「え?」

「僕がもっと早く気付けていれば――」

「違う……違う! どうして葛城が謝るんだ。責められるべきなのは、僕の方だ……。僕は許されないことをした。僕は……」

「それこそ、筋違いというものだ」

葛城は僕をまっすぐに見つめていった。

「田所君、もう気にするのはやめよう。僕だって、許されないことに手を染めたのさ。ノブ子おばあちゃんの服が残っていれば、血液鑑定くらいは出来ただろう。証拠隠滅なんて、僕が一番やっちゃいけないことだ……」

俯く葛城の顔は、この災害のせいか、それとも心労のせいか、さらに痩せこけて見えた。

「そうか……葛城も、自分のことをそんな風に思っていたのか。変な感じだな。探偵も、助手も、罪人だなんて……」

「許しの言葉が欲しいなら、僕が君に与えてあげよう。だが、もし勝手に自責の念を感じて僕の前から消えるなら――僕は君を許さないだろうな」

じんわりと安堵感が上ってくる。

僕はまだ、ここにいていいのだ。

葛城は言いたいことを言い終えたのか、途端に糸が切れたように静かになった。両膝に顔を埋める。次第に、葛城は肩を震わせ始めた。啜《すす》り泣《な》きの音が微かにした。

不意に、僕は気付いた。

葛城はこの事件で、二度兄を喪ったのだ。

一度目は死体を見つけた時。

二度目は犯人だと知った時。

傷ついていないわけがない――傷ついていないわけがないのだ。彼はこの事件の間中、苦悩し、もがき、苦しんでいた。僕はその心に全然追いつけていなかった。離れで靴を見た時、彼は、自分が贈った誕生日プレゼントを見て、死を実感してショックを受けたのだと思っていた。違ったのだ。彼は、正が犯人であると気付き、そんなプレゼントさえ躊躇なく計画の歯車に組み込めてしまう、正の非情さにショックを受けていたのだ。そうしたこと、全て——全てに、僕は気が付けていなかった。

葛城はうずくまったまま顔を上げなかった。鼻をすする音が聞こえる。「これで良かった」「これで良かったんだ」と壊れた機械のように繰り返す。

どんな言葉も野暮に思えた。

葛城が落ち着くまで傍を離れなかった。

罪を犯した名探偵とその助手の二人。

彼の隣にいて、少しでも分かってやれるのは、自分しかいないと感じていた。

あれほど悩んでいた自分の立ち位置が、この時だけはスッと理解出来た。

山間を照らす太陽が、水に濡れた大地を鈍色《にびいろ》に光らせていた。

この作品は、書き下ろしです。

講談社タイガ

〈著者紹介〉

阿津川辰海（あつかわ・たつみ）
1994年東京都生まれ。東京大学卒。2017年、新人発掘プロジェクト「カッパ・ツー」により『名探偵は嘘をつかない』（光文社）でデビュー。以後、『星詠師の記憶』（光文社）、『紅蓮館の殺人』（講談社タイガ）、『透明人間は密室に潜む』（光文社）などを発表、それぞれがミステリ・ランキングの上位を席巻。'20年代の若手最注目ミステリ作家。

蒼《あお》海《み》館《かん》の殺《さつ》人《じん》

2021年2月16日　第1刷発行　　定価はカバーに表示してあります
2024年4月17日　第9刷発行

著者……………………阿《あ》津《つ》川《かわ》辰《たつ》海《み》

発行者……………………森田浩章
発行所……………………株式会社 講談社
〒112-8001 東京都文京区音羽2-12-21
編集03-5395-3510
販売03-5395-5817
業務03-5395-3615

KODANSHA

本文データ制作…………講談社デジタル製作
印刷……………………株式会社ＫＰＳプロダクツ
製本……………………加藤製本株式会社
カバー印刷……………株式会社新藤慶昌堂
装丁フォーマット………ムシカゴグラフィクス
本文フォーマット………next door design

ISBN978-4-06-521207-3　N.D.C.913　632p　15cm

講談社タイガ

阿津川辰海

紅蓮館の殺人

イラスト
緒賀岳志

山中に隠棲《いんせい》した文豪に会うため、高校の合宿をぬけ出した僕と友人の葛城《かつらぎ》は、落雷による山火事に遭遇。救助を待つうち、館に住むつばさと仲良くなる。だが翌朝、吊《つ》り天井で圧死した彼女が発見された。これは事故か、殺人か。葛城は真相を推理しようとするが、住人と他の避難者は脱出を優先するべきだと語り――。

タイムリミットは35時間。生存と真実、選ぶべきはどっちだ。

講談社タイガ

相沢沙呼

小説の神様

イラスト
丹地陽子

僕は小説の主人公になり得ない人間だ。学生で作家デビューしたものの、発表した作品は酷評され売り上げも振るわない……。物語を紡ぐ意味を見失った僕の前に現れた、同い年の人気作家・小余綾《こゆるぎ》詩凪《しいな》。二人で小説を合作するうち、僕は彼女の秘密に気がつく。彼女の言う〝小説の神様〟とは？　そして合作の行方は？書くことでしか進めない、不器用な僕たちの先の見えない青春！

講談社
タイガ

井坂暁

僕は天国に行けない

イラスト
くっか

「死んだらどうなるのかな、人って」親友の殉《じゅん》にそう聞かれた。俺は何も言えなかった。だって彼は、余命あと数ヶ月で死ぬ。翌日、殉は子供を助けようと溺死《できし》した。謎の少女・灯《ともり》は、これはトリックを用いた自殺だと告げ、俺に捜査を持ちかける。今なら分かる。灯との関係は恋じゃなかった。きっともっと切実だった。生きるために理由が必要な人に贈る、優しく厳しいミステリー。

講談社
タイガ

如月新一

あくまでも探偵は

イラスト
青藤スイ

「森巣《もりす》、君は良い奴なのか？　悪い奴なのか？」平凡な高校生の僕と頭脳明晰《めいせき》、眉目秀麗な優等生・森巣。タイプの違う二人で動物の不審死事件を追いかけるうちに、僕は彼の裏の顔を目撃する。その後も、ネット配信された強盗と隠された暗号、弾き語りする僕に投げ銭された百万円と不審なゾンビ、と不穏な事件が連続。この街に一体何が起こってるんだ!?　令和の青春ミステリの傑作！

講談社
タイガ

芹沢政信

吾輩は歌って踊れる猫である

イラスト
丹地陽子

バイトから帰るとベッドに使い古しのモップが鎮座していた。「呪われてしまったの」モップじゃない、猫だ。というか喋《しゃべ》った⁉ ミュージシャンとして活躍していた幼《おさな》馴《な》染《じみ》のモニカは、化け猫の禁忌《きんき》に触れてしまったらしい。元に戻る方法はモノノ怪たちの祭典用の曲を作ること。妖怪たちの協力を得て、僕は彼女と音楽を作り始めるが、邪魔は入るしモニカと喧嘩はするし前途は多難で⁉